Clara Bernardi

REQUIEM AM COMER SEE

Clara Bernardi

REQUIEM AM COMER SEE

Ein Fall für Giulia Cesare

Kriminalroman

DUMONT

FSC
www.fsc.org
MIX
Papier aus verantwortungsvollen Quellen
FSC® C083411

Erste Auflage 2019

Umschlaggestaltung: Lübbeke Naumann Thoben, Köln
Satz: Angelika Kudella, Köln
Gesetzt aus der Adobe Garamond
Druck und Verarbeitung: CPI books GmbH, Leck
Gedruckt auf säurefreiem und chlorfrei gebleichtem Papier
Printed in Germany
ISBN 978-3-8321-6474-4

www.dumont-buchverlag.de

Für Gaby und Fabio »Brutus« Grazioli,
die echten Italiener

1

Bis in die frühen Morgenstunden hatte es geregnet. Und auch nach Anbruch des Tages hingen die Wolken noch so schwer über den Gipfeln der Berge, dass sie jeden Moment wieder aufzureißen drohten. Dicke Nebelfetzen schwebten wie ein Schleier tief über dem Comer See und versperrten den Blick auf die Dörfer der verschlafenen Westseite. Unter den Schwaden jedoch leuchtete der See in einem satten Türkisblau, wie er es ausschließlich nach einem kräftigen spätsommerlichen Regenguss tat. Das Gesicht des Lago di Como wandelte sich von Stunde zu Stunde. Die Jahreszeiten, das dem Wetter geschuldete Spiel von Licht und Schatten, und auch die besondere Lage des von Bergen umrahmten Gewässers, dessen Seitentäler sich bis zum Ufer hinabzogen und die unterschiedlichsten Strömungen hervorriefen, gaben dem Lago ein ständig wechselndes, malerisches Antlitz. Das zog jeden, der es einmal gesehen hatte, in seinen Bann und ließ ihn nicht wieder los. Angelockt von dieser Einzigartigkeit, strömten jährlich Tausende Touristen in diesen Teil der Lombardei, ließen sich vom Zauber des Lario, wie die Einheimischen ihn nannten, einfangen und versuchten diese Einzigartigkeit mit unzähligen Schnappschüssen festzuhalten und zu konservieren. Doch der See gab sein Geheimnis nur selten preis. Man musste schon ein echter *Comasco* sein, um ihn zu verstehen.

So wie Giulia Cesare. Die schöne Lombardin lag auf der Wiese am Friedhof der Gemeinde Zana, ein kleiner Ort in den Berghängen des sich am Ostufer des Comer Sees erhebenden Grigna, sah in den Himmel und kaute auf einem Grashalm. Ihre Knie schmerzten unter dem Baumwollstoff ihrer verwaschenen kakifarbenen Hose, und die hohe Luftfeuchtigkeit hatte ihr die Schweißperlen auf die

Stirn getrieben. Auf ihrem blassgrauen T-Shirt, dessen Vorderseite eine verblichene Stones-Zunge zierte, zeichneten sich am Rücken und unter den Armen Schweißflecken ab. Ihre nackten, braun gebrannten Füße ruhten übereinandergeschlagen im Gras. Einige Meter neben sich hatte sie ihre Zehentrenner-Sandalen mit ergonomischem Fußbett und ihre halb volle Wasserflasche abgeworfen. Giulia spürte jeden Knochen, und sie war nicht bereit, diesen grässlichen Rasenmäher auch nur einen Meter weiter über die Anhöhe zu schieben.

»Du willst doch wohl nicht schon schlappmachen, Pipistrello«, rief ihr Mann Jacopo Pavese ihr lachend zu. Der große, kräftige Jacopo kauerte auf dem Dach des *Locolu*, des langen Grabgebäudes auf dem Friedhof, und schlug Nägel in die Bitumendachpappe. Seine goldbraunen Haare standen unter der Wirkung des Haargels, das er jeden Morgen großzügig darin verteilte, in alle Richtungen ab, und seinem Vollbart konnte man die intensive Pflege, die er darauf verwendete, ansehen. Das Leinenhalstuch, das er sonst stets um seinen sehnigen Hals geknotet trug, baumelte aus der rechten Gesäßtasche seiner Jeans. Sein T-Shirt war nicht halb so verschwitzt wie das von Giulia, und auch sonst machte er nicht den Eindruck, als ob ihm die körperliche Arbeit etwas ausmachte. Nur ab und zu stand er auf, federte leicht mit den Beinen auf und ab und streckte seine Gliedmaßen durch. Giulia hatte sich aufgesetzt und beobachtete ihn. Er hatte trotz seines Alters – Jacopo war dreiundfünfzig Jahre alt – noch immer einen erstaunlich sportlichen Körper. Davon hatten sich erst vor zwei Wochen alle Gäste der Osteria *Sali e Tabacchi*, ihrer Stammkneipe im Nachbarort Maggiana, überzeugen können. Eigentlich hatten sie und Jacopo lediglich mit Giulias bestem Freund Brutus Grazioli, dem örtlichen Briefträger, ihren Fünfzigsten begießen wollen. Dann aber war es, wie so oft, mit dem Koch Fabrizio zu einer Fachsimpelei über die richtige Zubereitung des *Carpaccio di Bresaola con Rucola e Grana* gekommen. Giulia vertrat dabei den Standpunkt, dass der Rucola den ausgezeichneten Geschmack des Rinderschinkens, wie man ihn nur im norditalienischen Veltlin bekam, dominierte und daher überflüssig war. Fabrizio, der Koch, argumentierte mit der Harmonie zwischen dem nussigen Salat und dem luftgetrockneten Fleisch und schimpfte Giulia eine Banausin. Irgendwann im Verlauf dieser Diskussion, die normalerweise in einer Schreierei endete, musste der gutmütige Brutus Giulias Geburtstag erwähnt haben. Wieso er diese Art des Ablenkungsmanövers gewählt hatte, war später nicht mehr zu klären gewesen. Zumal er wusste, dass es Giulia ganz und gar nicht recht war, dass die gesamte Gemeinde an ihr Alter erinnert wurde. Doch am Ende war das bedeutungslos. Hier oben am Berg kannte ohnehin jeder jeden, und vor allem kannte man Giulia Cesare. Die Anwesenden hatten sich daraufhin bemüßigt gefühlt, der Jubilarin etwas Gutes zu tun, angeführt von Fabrizio, denn ein echter Lombarde war niemals nachtragend. Im Handumdrehen war vor ihr eine Batterie ihres geliebten Amaro, des typisch italienischen Kräuterlikörs, aufgebaut worden, die sie, um niemanden vor den Kopf zu stoßen, eigentlich hätte austrinken müssen. Da Giulia aber vieles, nur nicht trinkfest war und ein derartiger Exzess für sie noch bis in den nächsten Tag hinein weitreichende Folgen gehabt hätte, hatte sich Jacopo erbarmt. Er vertrug alles Alkoholische ausgezeichnet – bis auf Kräuterlikör. Voller Eifer und mit einem fröhlichen Augenzwinkern hatte er einen Schnaps nach dem anderen auf das Wohl seiner Frau geleert. Das wiederum hatte bei ihm neben heiterer Ausgelassenheit zu dem Drang geführt, sich und insbesondere seiner Gattin zu beweisen, was er noch immer für ein Kerl war. Also hatte er sich einen Stuhl geschnappt, war in einem Satz draufgesprungen, hatte sich hingehockt und in gebückter Haltung versucht, eine Euromünze, die vor seiner Frau auf dem Fußboden lag, zu greifen. Mit erstaunlicher Gelenkigkeit war ihm dies tatsächlich gelungen, was die Zuschauer mit lauten Jubelschreien quittiert hatten. Vom Applaus angespornt, hatte er das nächste Kunststück zum Besten gegeben, bei dem er sich, ohne das Gleichgewicht zu verlieren, auf dem linken Bein stehend in die Hocke begeben und dabei das andere nach vorn gestreckt hatte. Dieser weitere Beweis von Muskelkraft und Selbstbeherrschung hatte die Anwesenden zum Toben gebracht. Daraufhin hatte Jacobo noch einige akrobatische Nummern nachgeschoben, die seinen Schwiegervater, einen ehemaligen Schauspieler, mit Stolz erfüllt hätten – wenn er denn da gewesen wäre.

Ihr schmerzender Rücken holte Giulia aus ihren Gedanken. Sie war müde. Langsam stand sie auf, wischte sich mit dem Handrücken über die Stirn, öffnete ihren Zopf, sodass ihre glänzenden schwarzen Locken auf die Schultern fielen, fasste erneut nach ihrer Haarpracht und knotete alles wieder straff zusammen. Dabei rieb sie ihre markant geschwungenen Lippen fest aufeinander, so wie es Frauen taten, die ihren Lippenstift gleichmäßig verteilen wollten. Nur dass Giulia nie welchen trug. Jetzt ließ sie ihren Blick zufrieden über den See wandern. Sie atmete tief durch und genoss die Ruhe eines Sonntagmorgens. Bis spät in die Nacht hatten sie unten am See gefeiert. Das ganze Wochenende stand im Zeichen der *Giornata Mondiale dei Moto Guzzi*, der Welt-Moto-Guzzi-Tage. Seit 2002 kamen Tausende von Bikern aus aller Welt einmal im Jahr an den See, um ihrer Leidenschaft für dieses außergewöhnliche italienische Zweirad zu frönen. Eine Moto Guzzi war nicht irgendein Motorrad, sie war Kult, und Mandello del Lario war für echte Fans ein Muss. Der Ort war seit der Gründung des Unternehmens 1921 der Stammsitz der Guzzi-Familie, und sogar das Grab des Gründers Carlo Guzzi befand sich auf dem direkt an das Werk grenzenden Friedhof. Dieses Jahr feierte die Guzzi ihren achtundneunzigsten Geburtstag. Zum Neunzigsten hatten die Veranstalter rund zwanzigtausend Besucher gezählt. Giulia schätzte, dass sie den Rekord diesmal noch gebrochen hatten. In der Gegend war kein freies Bett mehr zu bekommen. Die Fans campierten in Zeltstädten am See oder in den Vorgärten der Einheimischen. Seit Freitag waren die engen Gassen von Mandello komplett verstopft. Das Dröhnen der Motoren hallte tagsüber durch die Straßen und wurde allein von den Konzerten abgelöst, die ein paar überdrehte Rockbands bis weit nach Mitternacht auf der Bühne am Lago gaben. Heute

Nachmittag stand der Höhepunkt des dreitägigen Spektakels an, die Parade der klassischen Guzzi-Modelle. Doch noch wirkte oberhalb des Sees alles so verschlafen wie immer.

Die Ortschaft Onno auf der gegenüberliegenden Seite des Lago, das Heimatdorf ihres Jacopos, blieb vom Nebel verschluckt, und das Spiel der Wolken verriet Giulia, dass sie gut daran taten, ihre Arbeit so schnell wie möglich zu beenden. »Wir müssen uns beeilen«, rief sie ihrem Mann zu. »Auf einem Friedhof können wir uns keine Bummelei erlauben. Erst recht nicht, wenn morgen Vormittag die Beerdigung von Großvater De Luca ansteht.« Der alte Knabe hatte zur Verwunderung aller darauf bestanden, die letzte Ruhe neben seiner Frau zu finden. Wo sonst konnte er absolut sicher sein, dass seine Gattin nie mehr keifen würde. Sein letzter Wunsch sollte dem Verblichenen erfüllt werden. Nur dass bei dem maroden Dach in Verbindung mit Regenschauern den Trauergästen morgen, noch bevor sie die Urne hier hereinschieben konnten, das Wasser aus dem geöffneten Grabfach entgegenschießen würde. Das wiederum würde die Trauerzeremonie und vor allem die Laune des Prete Filippo, des Gemeindepfarrers, empfindlich stören. Beides musste Giulia unbedingt verhindern, und so hatte sie dem alten Campanaro Chiapponi seine Bitte, den Friedhof für die Beerdigung herzurichten, nicht abschlagen können. Überhaupt sagte Giulia nie Nein, wenn jemand aus der Gemeinde ihre Hilfe brauchte. Oftmals jedoch waren auch die Fähigkeiten ihres Jacopo gefragt, denn begabte Handwerker waren rar. Abgesehen davon war dieser Friedhof, zweihundert Meter über dem See am Felsvorsprung des Grigno, der einzige, den sich fünf Fraktionen, wie die kleinen Ortschaften in Italien hießen, teilen mussten. Giulia und Jacopo trugen also nicht nur Verantwortung für das Gemeinwohl – so zumindest hatte Giulia ihrem Mann gegenüber argumentiert, um ihn an einem Sonntagvormittag zu diesem Dienst zu bewegen –, sondern standen auch unter Beobachtung der Bewohner von Zana, Linzanico, Novegolo und Crebbio, die zur Stadt Abbadia Lariana gehörten, und von Maggiana, das verwaltungstechnisch der Stadt Mandello del Lario zugeordnet war. Für einen Außenstehenden war es schier unmöglich, die Grenzen zwischen den Kommunen auszumachen, waren sie doch über die Jahre so ineinander verwachsen, dass das Wohnhaus einiger Bewohner zu der einen, der angrenzende Garten aber zu der anderen Kommune gehörte, was besonders bei steuerlichen Fragen zu einigem Durcheinander führte.

Giulia Cesare war vor fünfzig Jahren und zwei Wochen in der Küche des Hauses ihrer Großeltern väterlicherseits in der Strada per Molina in Maggiana, keine zwei Häuser von der Osteria entfernt, geboren worden, nachdem sich ihre Mutter, eine ebenso schöne wie energische Argentinierin, geweigert hatte, sich in das Manzoni-Krankenhaus von Lecco einliefern zu lassen. Als die Wehen eingesetzt hatten, war sie kaum einen Monat dem schwankenden Schiff entstiegen gewesen, das sie auf einer sechswöchigen Reise von Argentinien nach Italien zu ihrem geliebten Gatten gebracht hatte. An der Seite des attraktiven Piergiuseppe Cesare, der sich als aufstrebender Star am italienischen Fernsehhimmel wähnte, konnte sie es nicht erwarten, ein aufregendes Leben jenseits des ärmlichen Daseins in ihrer kleinkriminellen argentinischen Großfamilie zu führen. Aber dem feingeistigen, ein wenig lebensfremden Piergiuseppe, der seine Maria vergötterte, blieb die Schauspielkarriere mangels Talent verwehrt, und seine Frau hatte sich in einer kleinen Mansardenwohnung mit Außentoilette im Haus ihrer Schwiegereltern wiedergefunden. Maria nahm es mit Humor und führte ihren Ehemann künftig an straffen Zügeln durch das gemeinsame Leben. Dies war dem sanftmütigen Piergiuseppe erstmals an jenem regnerischen Tag klar geworden, als sich seine Frau kurz vor der Niederkunft geweigert hatte, in die *Ambulanza* einzusteigen. Nach der Erfahrung als Schwangere auf hoher See hatte sie keine Lust mehr auf einen Transport zu dem höchstens zehn Kilometer entfernten Lecco verspürt. Ihre Tochter kam als Hausgeburt zur Welt, was selbst im Italien der Sechzigerjahre eine Seltenheit geworden war, und wurde kurz darauf auf den ebenso wohlklingenden wie verheißungsvollen Namen Giulia Cesare getauft. Pierguiseppe hatte diese Entscheidung seiner temperamentvollen Ehefrau zähneknirschend, aber ohne Widerworte zur Kenntnis genommen. Insgeheim befürchtete er jedoch, die Bürde dieses Namens konnte auf den Schultern seines einzigen Kindes schwer lasten und sich im schlimmsten Fall als böses Omen erweisen. Doch daran verschwendete Maria keinen Gedanken. Das auf den Namen Giulia getaufte Schiff hatte sie und das Baby in ihrem Bauch sicher über den Atlantik geschippert. Damit war es für die frischgebackene Mutter das Naheliegendste gewesen, das Mädchen zeit seines Lebens daran zu erinnern, was seine Mutter auf sich genommen hatte. Dass eine Giulia mit dem Nachnahmen Cesare für Irritationen sorgen könnte, hatte sie dabei wenig gestört.

Giuli, wie ihre Freunde sie von klein auf nannten, hatte hier oben an den Hängen des Grigna eine friedvolle, fröhliche Kindheit verlebt. Und das, obwohl sie sich während ihrer gesamten Schulzeit die Bank mit einem Jungen namens Brutus hatte teilen müssen. Das Leben der Familie Cesare war ruhig und in geordneten Bahnen verlaufen. Pierguiseppe hatte sich mit Gelegenheitsjobs durchgeschlagen, während er insgeheim immer noch auf seine Entdeckung als Schauspieler hoffte, und Maria hatte sich glücklich in die Rolle der italienischen Mama gefügt. Nur zweimal war das Familienleben in eine Art Ausnahmezustand geraten. 1984, als Giulia sich gegen den Willen ihrer Eltern auf den Weg zur *Scuola Superiore di Polizia*, der Polizeischule, nach Rom gemacht hatte. Eine Cesare im Polizeidienst war ungefähr so abwegig wie ein Risotto ohne Parmesan. Noch dazu in einem Land, in dem Korruption auf der Tagesordnung stand und man sich selbst als vorbildlicher Bürger mit dem Eintritt in den Staatsdienst in eine Gemengelage begab, die niemand zu durchschauen vermochte. Doch Giulia hatte sich von alldem nicht beeindrucken lassen. Auch nicht von dem inständigen Flehen ihrer Mutter, deren Sorgen weniger der Mafia als ihrer argentinischen Verwandtschaft galten. Denn wie sollte sie einer Dynastie von *motochorros*, von Räubern auf Motorrädern, beibringen, dass ihre einzige Tochter die Polizeilaufbahn eingeschlagen hatte? Die toughe Giulia schüttelte auch diese Bedenken ab und brachte es in wenigen Jahren bis zum Commissario. Und Maria erfand Geschichten für die Verwandten im fernen Südamerika. Gerade allerdings, als sich ihre Eltern mit ihrer aus der Art geschlagenen Tochter abgefunden hatten, war die Familie von einem noch schlimmeren, geradezu absurden Ereignis heimgesucht worden. Es war der 4. Januar 1992 gewesen, Maria vermerkte dieses Datum bis heute in jedem Küchenkalender, als Vater Piergiuseppe tatsächlich seine erste Fernsehrolle ergattern sollte. Mit siebenundvierzig Jahren. Die RAI hatte Piergiuseppe für die Serie *Mord in der Toskana* als Polizisten engagiert. In Maggiana hatte ihn sein Durchbruch bei der *Radiotelevisione Italiana* viele Runden in der Osteria gekostet. Dabei war Piergiuseppe in der äußerst erfolgreichen vierteiligen Miniserie lediglich einmal kurz zu sehen gewesen. Und sein Text hatte aus genau zwei Worten bestanden: »Bitte, Commissario«, wobei er dem Star der Serie, Ray Lovelock, den Mantel reichen durfte. Für Piergiuseppe, der dies mit Bravur und der Eleganz eines stolzen Lombarden gemeistert hatte, waren weitere Rollenangebote dennoch ausgeblieben. Doch mit den wenigen Tagen am Set hatte sich seine Einstellung zur Polizeiarbeit schlagartig gewandelt, immerhin wusste er nun aus erster Hand, wie die Uhren in einer *Questura* tickten. Die väterlichen Ratschläge beim gemeinsamen sonntäglichen Mittagessen gehörten von da an zum festen Ritual der Familie Cesare.

Giulia nahm die Wasserflasche, lief hinüber zum Loculigebäude, stieg die daran lehnende Leiter hinauf, setzte sich neben Jacopo und streckte ihm die Flasche entgegen. Er trank einen Schluck, lächelte ihr zu und widmete sich wieder seiner Arbeit, während die Glocken der Kirche St. Antonio von Crebbio zur Zehn-Uhr-Messe riefen. Sie atmete die weiche Luft des Sees, streckte ihren Kopf in Richtung des Glockenturms, beobachtete das übergroße Läuterad mit der ausgeschwungenen Glocke, wie es in den *Campanile* häufig vorkam, und war froh darüber, dass diese Aufforderung des altehrwürdigen Prete Filippo nicht ihr galt. Seit ihrer heiligen Kommunion hatte sie weder diese noch irgendeine andere Kirche zu ihrem Privatvergnügen betreten. Wohl aber aus beruflichen Gründen. Oder aus Pflichtgefühl. Zum Beispiel, als der mitunter schusselige Prete Filippo den Schlüssel zur Sakristei verlegt hatte, in der er seine Weinvorräte versteckte. Allein ihr Jacopo hatte die Flasche Barolo daraus befreien können, ohne die dem Pfarrer das *Risotto con filetti di pesce persico* nur halb so gut schmeckte. Der Prete griff in solchen Fällen zum Telefon, und Giulia überredete ihren Mann, dem Pfarrer behilflich zu sein. Auch weil man ja nie wissen konnte, ob Gott nicht vielleicht doch ein wenig nachtragend war, und da Giulia in Glaubensdingen nicht sonderlich bewandert war, wollte sie kein Risiko eingehen.

Das Geläut von St. Antonio hatte gerade den letzten Schlag getan, als die Glocken von St. Rocco in dem kaum hundertfünfzig Meter entfernten Maggiana einsetzten. Kurz darauf ertönte der kräftige Schlag von St. Lorenzo vom See herauf. Der Wind stand gut, und so meldeten sich nach und nach alle Gotteshäuser in der Umgebung. Prete Filippo hatte es mal wieder geschafft. St. Antonios Ruf war als erster erklungen. Wie das zu Zeiten von digital gesteuerten Uhrwerken möglich war, blieb das Geheimnis seines Campanaro Chiapponi.

Der fast neunzigjährige Küster, dessen Schlitzohrigkeit proportional zu seinen Lebensjahren zu wachsen schien, hatte gerade das Portal von St. Antonio geöffnet und wartete auf die braven Gemeindeschäfchen. Giulia sah, wie der kleingewachsene Mann in ihre Richtung schaute, und zog es vor, sich wieder dem See zuzuwenden, bevor der Campanaro noch auf die Idee kam, über die Straße zu rufen.

Chiapponi war der beste Freund des Pfarrers und in allen kirchlichen Angelegenheiten wie auch sonst sein ergebenster Gralshüter. Moto-Guzzi-Chiappi, wie man ihn nannte, war ein äußerst schwieriger Charakter. Das hatte Giulia bereits mit zehn Jahren eindrucksvoll zu spüren bekommen, als sie in Chiappis Kirschbaum sitzend in den Lauf eines Carcano Modell 1891, eines Repetiergewehrs aus dem Jahr 1941, geblickt hatte. Chiappi hatte kein Verständnis für Mundraub gezeigt, obwohl es sich eigentlich um einen Liebesdienst gehandelt hatte. Denn die Handvoll Kirschen war für Brutus bestimmt gewesen, also eigentlich für Rossella, ein zierliches Mädchen mit langen Zöpfen und eng stehenden schwarzen Augen, für die ihr Freund in der Grundschule, geschwärmt hatte. Doch Brutus' erste Liebe sollte unerhört bleiben, wie so viele danach. Das hatte nicht daran gelegen, dass Giulia, den Tod vor Augen, sich selbst über die Kirschen hergemacht hatte, sondern an Andrea, einem pickligen Zwölfjährigen aus der Nachbarschaft. Chiappi hatten dieses Liebesdrama sowie die Tränen des treuen Brutus, der zwischen seiner Verehrung für Rossella und der Angst um seine beste Freundin Giuli geschwankt hatte, gänzlich unbeeindruckt gelassen. Ihm war es nur um die Kirschen gegangen, seine Kirschen. Denn wenn der liebe Gott ihm schon diesen Baum geschenkt hatte, dann wollte er auch, dass er allein sich an den Früchten erfreute. Chiappis Logik in solcherlei Dingen war wohl seiner Kindheit geschuldet. Er stammte ursprünglich von einem kleinen Berghof auf der gegenüberliegenden Seite des Sees. So rau wie seine Kinder- und Jugendjahre gewesen waren, so gnadenlos war der alte Mann bis heute im Umgang mit seinen Mitmenschen, vor allem mit Giulia, die er noch immer für eine Kirschendiebin hielt.

Gerade im sechzehnten Lebensjahr angekommen, sollte sich Chiappis Erfahrungshorizont, der sich bis dahin auf Viehwirtschaft und die gemeinsamen Gebete mit seinen zehn jüngeren Geschwistern beschränkt hatte, in ungeahnter Weise erweitern – und er angesichts eines steifen Beines bis heute täglich daran erinnert werden. Vater Chiapponi, ein Mann von nicht zu unterschätzender Bauernschläue und überzeugter Gegner Mussolinis, hatte seinen Sohn im September 1943 mit dem Ochsenkarren nach Mailand gebracht, um ihn von dort auf eine abenteuerliche Reise Richtung Süden zu schicken, die den Jungen vor einem Einsatz für Mussolinis in Norditalien ausgerufene Italienische Sozialrepublik und damit vor dem Kampf auf der Seite der Faschisten bewahren sollte. Chiappi, der sich bis Neapel durchschlagen konnte, wurde von ein paar Soldaten der Regierung Badoglio, die von Süditalien aus mit den Alliierten kooperierte, aufgegriffen. Da der Junge sich in der Fremde keinen anderen Rat wusste und ihn schon einige Tage der Hunger geplagt hatte, meldete er sich freiwillig zum Kriegsdienst und kam dabei bis Sardinien, wo ihm deutsche Granatsplitter den rechten Unterschenkel zerfetzten. Die Kapitulation des Deutschen Reiches hatte er im Lazarett in den Armen einer jungen Krankenschwester erlebt, mit der er sich kurz darauf auf den Heimweg nach Norden gemacht hatte. Irgendwie war er in Mandello del Lario hängen geblieben, hatte geheiratet und dort im Stammsitz der Moto-Guzzi-Werke angeheuert. Von seinem ersten Gehalt hatte er sich 1946 die Astore, ein Motorrad ebenjener Marke, gekauft, das er zeit seines Lebens wie seinen Augapfel hütete, zur Beruhigung seiner Mitmenschen jedoch seit etwa einem halben Jahr nicht mehr gefahren war. Allerdings hatte er das Gefährt nach dem Tod seiner geliebten Frau direkt neben seinem Fernsehsessel aufgestellt. Auf diese Weise mied er für das stundenlange tägliche Polieren der Maschine den zugigen Gartenschuppen. Und, was aus seiner Sicht viel bedeutsamer war: Er schmälerte das Risiko, dass deutsche Touristen, die es zuletzt vermehrt an den Lago zog, ihm sein Heiligtum stehlen konnten. Dabei hätte die an der Hütte hängenden drei Nummernschlösser nicht einmal ein deutscher Ingenieur knacken können. Aber Chiappi hegte ein geradezu wahnhaftes Misstrauen gegen die »Kartoffelfresser«, das stets zunahm, wenn eine Gewitterfront über dem See aufzog. Durch die Luftdruckveränderung fingen die in seinem Bein verbliebenen Granatsplitter an zu wandern und erinnerten ihn bei jeder Bewegung an das Artilleriefeuer der Wehrmacht. Aber auch sonst machte er keinen Hehl aus seinem Argwohn gegenüber den *Tedeschi*. Nicht einmal, als er mit knapp siebzig das Amt des Küsters übernommen hatte und in den Dienst Gottes getreten war, was eigentlich ein höheres Maß an Freundlichkeit gegenüber Menschen jedweder Nationalität vorausgesetzt hätte. Ansonsten jedoch tat er für den Herrn und seinen Freund Prete Filippo alles, wozu auch das manuelle Glockenläuten zwei Minuten vor der Zeit zählte. Wobei ein an einem Seil hängender Greis mit dem Gewicht eines Schulkindes nicht nur über ein gehöriges Maß an Gottvertrauen, sondern auch Wagemut verfügen musste. Chiappi kannte lediglich eine Einschränkung: Blitz und Donner. Dann musste die Technik ran. An den vergangenen Sonntagen war die Wetterlage entspannt gewesen, und der Prete hatte mit seiner Kirche eindeutig den Sieg davongetragen.

Während Giulia noch immer auf dem *Loculo* hockte, konnte sie sehen, wie ein Schäflein nach dem anderen sein Haus verließ und den Rufen der Kirchenglocken folgte. Zuerst erschien Cesira Negri, eine trotz ihres fortgeschrittenen Alters auffallend schöne und grazile Frau von elegantem Äußeren. Die Leute erzählten, dass sie einmal Musiklehrerin in Mailand gewesen war. Näheres wusste man nicht zu berichten, denn Cesira Negri schwieg beharrlich über ihr Alter und hatte auch sonst nicht viel mit den Dorfbewohnern zu schaffen. Die strenggläubige alleinstehende Frau hatte vor einigen Jahren das Haus des alten Rossi, dessen Kinder ihn in ein Seniorenheim nach Lecco verfrachtet hatten, direkt gegenüber der Kirche erworben und lebte dort mit Tausenden Schallplatten und ohne Fernsehgerät. Das wusste der junge De Luca zu berichten, der mit seinem Ein-Mann-Betrieb hin und wieder ein paar Hausmeistertätigkeiten bei ihr ausführte. Er und der Prete waren die Einzigen, die ihr Haus bisher betreten hatten.

Cesira Negri trat auf die Straße, ohne nach links und rechts zu sehen, befeuchtete auf eine ihr eigene vornehme Art den Zeigefinger ihrer rechten Hand, fuhr sich nacheinander über die schmal gezupften Augenbrauen und strich anschließend über ihr schwarz glänzendes, zu einem strengen Knoten zurückgebundenes Haar. Sie wischte sich über die flachen, von einer hochgeschlossenen dunkelblauen Strickjacke bedeckten Brüste, als könnte ein Fussel darauf geraten sein, steuerte mit energischen Schritten auf das Denkmal für die

Gefallenen des Ersten Weltkrieges zu, verneigte sich leicht und bog schließlich in Richtung Kirche ab. Wie an jedem Sonntag war sie die Erste.

Giulia war sich sicher, dass die Negri sie gesehen hatte, doch sie würdigte sie wie immer keines Blickes. So waren sie nun einmal, die Mailänder – am See die Ruhe und Natur suchen, auf die Einheimischen aber herabschauen, dachte sie, als plötzlich lautes Geschrei auf der Straße losbrach. Luigi und Achille, die beiden achtjährigen Enkelsöhne von Eleonora und Francesco Tommaso, waren aus dem Haus ihrer Großeltern gestürzt und prügelten sich um einen langen Holzstock, den sie augenscheinlich mit in die Messe nehmen wollten. Kurz darauf kam Francesco, ein großer, kräftiger Mann mit dunklem Schnauzbart, im Sonntagsanzug herausgeschossen, schnappte mit beiden Händen nach dem Holz, zerbrach es unter lautem Gezeter über seinem rechten Knie in zwei Hälften und reichte jedem der Kinder eine, die mit verdutzten Gesichtern danach griffen. Francesco war nun einmal ein kluger Mann und als Angestellter der Stadtverwaltung in Lecco ein angesehener Bürger. Als der Frieden zwischen den Enkeln wiederhergestellt war, folgte Eleonora, seine kleine, rundliche Frau mit kupferrot gefärbter Lockenmähne und viel zu großen Zähnen, deren Stimme mühelos bis hinunter zum See schallte. Sie versetzte den beiden Jungs eine Kopfnuss, henkelte sich bei ihrem sie um drei Köpfe überragenden Gatten ein und spazierte mit allen gemeinsam zur Kirche hinüber. Francesco schaute dabei kurz zum Friedhof und hob grüßend die Hand. Giulia winkte zurück und sah den Tommasos nach, bis sie aus ihrem Blickfeld verschwunden waren. Wenn man es nicht besser wüsste, könnte man die vier für eine richtig nette Familie halten, dachte sie amüsiert. Dann fiel ihr die sperrangelweit offen stehende Haustür ins Auge. Wie oft sollte sie Francesco eigentlich noch Vorträge über durch Leichtsinnigkeit begünstigte Einbrüche halten? Die Tommasos waren dafür bekannt, dass sie ihre Haustür niemals verschlossen, es sei denn, das Thermometer fiel doch einmal unter null Grad. Diese Angewohnheit war fahrlässig, auch den anderen Dorfbewohnern gegenüber. Denn diese wurden so unfreiwillig, aber äußerst umfassend über das Leben der Familie informiert. So waren alle dabei gewesen, als Francesco den Vater seiner Enkelsöhne, einen arbeitsscheuen Kellner aus Palermo, unter dem lautstarken Protest seiner Tochter Francesca die Treppe heruntergeprügelt und vor die Tür gesetzt hatte. Wütend darüber, dass sein eigen Fleisch und Blut ihm in den Rücken gefallen war, hatte Francesco kurzen Prozess gemacht, und Francesca durfte ihrem Palermitaner gleich folgen. Eleonora hatte das Toben ihres Mannes mit der Entsorgung von Francescas Sachen durch das Fenster hinaus auf die Straße begleitet, wobei sie von ihren Enkelsöhnen angefeuert worden war. Die Jungs blieben kurzerhand bei den Großeltern, und in der Familie wagte von da an niemand mehr, Francescos Autorität anzuzweifeln. Die Enkel waren nun mal sein Ein und Alles. Ansonsten liebte Francesco deftiges Essen und Fußball; Letzteren in einem Maße leidenschaftlich, dass er beim Sieg der Italiener über die Deutschen im Halbfinale der Europameisterschaft 2012 so laut und ausdauernd gejubelt hatte, dass einige Mitbürger besorgt die *Ambulanza* gerufen hatten. Man hatte befürchtet, dass Francesco in eine seiner Wildererfallen getreten war, die er regelmäßig oben bei der Cascata, einem kleinen Wasserfall im Wald, versteckte. Was seine Enkelsöhne anging, so kamen sie vom Temperament ganz nach dem Großvater, und mit ihren acht Jahren waren sie in kaum mehr als drei Minuten in der Lage, einem toten Hasen das Fell abzuziehen. Auch ihre Flinkheit beim Kastaniensammeln war beeindruckend. Noch ehe der gutmütige Giuseppe seine Plantage betreten hatte, waren die beiden mit vollen Beuteln über alle Berge. Trotzdem, es waren liebenswerte Burschen. Wie es dem Prete allerdings gelang, sie für die Dauer der Messe still auf seiner Kirchenbank zu halten, blieb Giulia ein Rätsel. Und die Geschichte, die ihr Freund Brutus immer wieder gern zum Besten gab, wonach die beiden vom Campanaro mit einem Strick an die Bank gefesselt wurden, wollte sie kaum glauben.

Als Nächste kam die schöne Teresa, gefolgt von ihrem Mann Giovanni, die Straße heraufgetrippelt. Die schlanke Brünette, deren Kurven sämtliche Männerblicke auf sich zogen, war erst vor einem knappen Jahr der Liebe wegen auf den Berg gezogen. Dass ihr Giovanni der Anlass gewesen sein sollte, Como zu verlassen, einen Job in Varenna anzunehmen und nach Abbadia Lariana zu ziehen, mochte man, wenn man die beiden so beobachtete, nicht glauben. Der *Bellezza*, wie sie im Dorf genannt wurde, sah man deutlich an, wie sehr sie das Landleben hasste und dass sie jeden Tag verfluchte, den sie hier oben verbringen musste. Der bedauernswerte Giovanni hatte die schönste Frau des Ortes, aber bereits kurz nach ihrem Einzug in seinem Elternhaus keinen gnädigen Gott mehr.

Das halbe Dorf ergötzte sich an den weiblichen Reizen der attraktiven Teresa, die das mit ihrer figurbetonten Kleidung und ihren ausladenden Bewegungen genüsslich zu provozieren schien. Was die Gafferei der Männer anging, so musste diese jedoch möglichst unauffällig geschehen, denn Giovanni hatte zwar im eigenen Haus nichts zu melden, aber bei potenziellen Nebenbuhlern vergaß er, ganz in der Manier eines echten Italieners, seine gute Erziehung. Amüsiert betrachtete Giulia das schwungvoll hin- und herwackelnde Hinterteil, bis ebenjenes von breiten Hüften in verbeulten schwarzen Plisseeröcken verdeckt wurde. Die Frauen des Kirchenchores hatten Teresa aus ihrem Blickfeld verdrängt. Die fünf ältlichen Damen, die aussahen, als wären sie einem kleinen sizilianischen Dorf bei Kriegsende entsprungen, und die gefühlt seit Giulias Geburt der christlichen Singgemeinschaft angehörten, fanden sich heute für ihre Verhältnisse erstaunlich spät ein. Wie aufgescheuchte Hühner schoben sie sich unter aufgeregtem Geschnatter nacheinander in die Kirche. Giulia schmunzelte. Gewiss stritten sie mal wieder über ihre Tiramisu-Rezepte oder über die in Olivenöl geschwenkten Tagliatelle mit Trockenfisch, eine der Spezialitäten am See. Meistens ging es bei ihren Zwistigkeiten ums Essen. Und um die Frage, auf wessen Kochkünste der Prete am ehesten schwor. Immerhin war der Pfarrer jeden Sonntag bei einer anderen Chordame zum Mittagessen eingeladen, das sich zum Leidwesen der Ehemänner meistens bis weit in den Nachmittag hineinzog.

Kaum waren die Singschwestern im Gotteshaus verschwunden, setzten Maria und Piergiuseppe Cesare ihre Füße auf die Stufen von St. Antonio. Giulia stutzte. Warum waren ihre Eltern hier und nicht in St. Rocco? Um die heilige Messe zu feiern, mussten sie nicht mehr als zwei Schritte aus der eigenen Haustür machen. Sonst kamen sie nie hierher. Sie hatten doch wohl nicht das gemeinsame Mittagessen verschoben, ohne ihr Bescheid zu sagen? Ausgerechnet, wenn Jacopo sich hier für Giulia abmühte. Er würde bestimmt einen Bärenhunger haben. Dabei gelang es ihr schon im Normalfall mehr schlecht als recht, ein paar *Spaghetti al pomodoro* zuzubereiten. Und heute hatte sie nicht einmal Tomaten im Haus. Dann sah sie, wie Maria vor dem Kirchenportal stehen blieb und sich hektisch nach allen Seiten umschaute. Sie führt etwas im Schilde, dachte Giulia. Hoffentlich ging es dabei nicht wieder um ein von Francesco Tommaso illegal erlegtes Wildschwein, von dem sie ihm für ein paar Euro ein Stück abschwatzte, das sie anschließend für viel Geld an die Osteria weiterverscherbelte. Irgendwann würde Francesco dahinterkommen. Bei dessen aufbrausendem Naturell wäre die Peinlichkeit für die gesamte Familie Cesare vorprogrammiert. Oder sie hatte sich mit Angelo, dem Einsiedler von der Cascata, verabredet. Dann gab es zum Nachtisch wenigstens Ziegenkäse. Was der seltsame Kauz sonst noch alles aus den Bergen mit ins Dorf brachte, wollte Giulia gar nicht so genau wissen. Hauptsache, Maria bezahlte den armen Schlucker dieses Mal. Ewig würde sie sich die Nummer mit der Kostprobe, anhand derer sie sich erst von der Qualität des Käses überzeugen musste, nicht leisten können. Giulias Mutter nahm es mit der Ehrlichkeit und auch hin und wieder mit dem Gesetz nicht so genau, und es war besser, stets ein Auge auf sie zu haben. Giulia blickte zur Kirche, bis ihre Eltern darin verschwunden waren. In der einstündigen Messe konnte Maria nichts anstellen – das hoffte sie zumindest. Neugierig suchte sie die Umgebung nach einem von Marias Geschäftspartnern ab. Doch außer ein paar weiteren braven Mitbürgern, die im schönsten Sonntagszwirn zum Gotteshaus eilten, war niemand zu sehen. Es war schon erstaunlich, wie viele Menschen auch im 21. Jahrhundert ihr Seelenheil im Glauben fanden. Zumindest oberhalb des Sees, denn im einstmals tief katholischen Italien war dies lange keine Selbstverständlichkeit mehr. Aber so waren die Menschen nun einmal. Sie brauchten jemanden, an den sie sich halten konnten, auch wenn derjenige seit zweitausend Jahren tot war. Sollten die alle der langweiligen Predigt des Prete lauschen, Giulia hatte Wichtigeres zu tun. Das Dach musste dicht sein, bevor der nächste Regenguss kam. Und so, wie der Himmel über dem See aussah, konnte das nicht mehr allzu lange dauern.

2

»Giuli! Giuli! Komm runter. Du musst sofort runterkommen.« Brutus Grazioli, der Postbote der Gemeinde und engster Freund von Giulia Cesare, rief schon von Weitem, während er in einem mörderischen Tempo auf seinem hellblau-weißen E-Bike die steile Dorfstraße heruntergeschossen kam. Beim Friedhof angekommen, kam das Rad quietschend zum Stehen, und er sprang breitbeinig ab. »Giuli, schnell!« Aufgeregt fuchtelte er mit den Armen. »Ich brauche dich.«

Irritiert blickte Giulia ihren Freund an. Die beiden kannten sich seit dreiundvierzig Jahren, aber so durch den Wind hatte sie den scheuen Brutus noch nie erlebt. Doch, vielleicht einmal. Da sollte er Matteo ein Paket überbringen, irgendein teurer Handykram für dessen Enkel. Eigentlich wäre das nicht der Erwähnung wert gewesen, denn Brutus erledigte seinen Job äußerst gewissenhaft, wie alles andere auch. Aber Matteo hatte an diesem Tag schlichtweg zu viel mit der Herstellung seines *Bitto* um die Ohren gehabt und darüber vergessen, Werner, seinen Deutschen Schäferhund, wegzusperren. Jeder hier oben – vorausgesetzt, er wollte seine Post bekommen – schloss für Brutus Grazioli die Hunde weg. Dessen Angst vor Vierbeinern war legendär, und alle respektierten sie. Es sei denn, Mario De Luca erwartete ein Einschreiben vom Finanzamt. Dann band er seinen Foxterrier, ein außergewöhnlich liebes Tier, das unter Arthrose litt und längst erblindet war, am Briefkasten an. Das brachte ihm mangels zugestellter Post gut und gern drei Tage Aufschub für seine säumigen Steuern. Im Fall von Matteo und seinem Werner war das Ganze allerdings nicht geplant gewesen. Der ahnungslose Brutus war, kaum dass er den Vorgarten betreten hatte, unter fröhlichem Gebell und

Schwanzwedeln von dem Schäferhund begrüßt worden. Normalerweise harrte der Rüde an einen Baum gebunden im Garten aus. Brutus hatte die Begeisterung nicht teilen können und war laut schreiend um sein Leben gerannt, einmal quer durch die Gemeinde. Und was dabei alles über seine Lippen gekommen war. Nicht einmal Giulia hatte ihn beruhigen können. Erst als sie ihre Dienstwaffe gezogen und zweimal in die Luft geschossen hatte, war Brutus die Spucke weggeblieben, und der verspielte Werner hatte das Weite gesucht.

Giulia schaute ihren Freund prüfend an. Was auch immer er von ihr wollte, es würde sie an einem Sonntagvormittag nicht aus der Ruhe bringen. Was sollte es schon so Dringendes geben, mitten in der heiligen Messe? Da standen in den meisten italienischen Gemeinden die Uhren still.

»Was ist los, Brutus? Wirst du von einem Pekinesen verfolgt?«, rief Jacopo unter schallendem Lachen vom Dach des *Loculo*.

»Lass den Blödsinn«, bellte Brutus mit beleidigter Miene zurück. »Und du komm endlich runter, Giulia. Da ist etwas, das du dir ansehen solltest. Du auch, Jacopo, man kann ja nie wissen, wie gefährlich das wird …« Dem kleinen, drahtigen Mann mit den abstehenden Ohren und dem kahl rasierten Schädel, an dessen dunklen Haaransätzen man unschwer erkennen konnte, dass er eigentlich eine Halbglatze hatte, lief der Schweiß an den Schläfen herunter. Er trug eine himmelblaue Radlerhose und ein gelbes, eng anliegendes T-Shirt mit dem blauen Schriftzug *POSTEitaliane*, wobei die ersten fünf Buchstaben fett hervorgehoben waren. Um seinen Hals baumelte eine Kordel, an der eine schmale Sonnenbrille hing. Seine mit dichten schwarzen Härchen überzogenen Arme und Beine waren braun gebrannt, nur sein Gesicht wirkte ungewöhnlich blass.

»Geht nicht.« Jacopo hob entschuldigend die Schultern. »Wenn es regnet, tropft es ins Grab der De Lucas, und die alte Tante Rossi wird auch nass. Das wollen wir doch nicht.« Er zwinkerte Giulia zu, und das Hämmern setzte wieder ein.

»*Mamma mia!* Die ist seit fünf Jahren tot. Wen juckt das noch?«

Brutus japste. »Die Frau bei der Kirche. Die … die ist noch nicht einmal kalt. Nun macht schon!«

Giulia hielt einen Moment inne. Dann sprang sie auf, schüttelte kurz die Beine aus, wischte die Hände an den Oberschenkeln ab und stieg mit federnden Schritten die Leiter hinunter. Jacopo ließ den Hammer fallen und folgte ihr schweigend. Ohne auf ihre Schuhe zu achten, die immer noch im Gras lagen, marschierte sie im Stechschritt die kleine Anhöhe zur Straße hinauf. Oben angekommen, musterte Giulia ihren Freund mit dem durchdringenden Blick einer Commissario, die schon so einige fürchterliche Dinge zu sehen bekommen hatte. »Was hast du gesagt?«

Der sanftmütige Brutus zuckte angesichts ihres scharfen Tons zusammen. »Auf … auf dem Rasen hinter St. Antonio. D… da liegt eine t-t-tote Frau«, stammelte er mit hochrotem Kopf. »Ich habe sie beim Vorbeifahren zufällig gesehen. Mehr nicht … Das schwöre ich!«

Giulia brummte. »Jetzt klappen die Leute schon auf dem Weg in die Messe ab.« Sie streckte in einer übertrieben theatralischen Geste die Hände mit gespreizten Fingern in die Luft und schaute zum Himmel, so als würde sie den Heiligen Geist dafür verantwortlich machen.

Jacopo, der neben ihr stand, musterte seine Frau mit einer Mischung aus Sorge und Belustigung.

Ein Seufzer entfuhr Brutus' schmalem Brustkorb. »Ich glaube nicht, dass sie …« Er senkte seine Stimme fast zu einem Flüstern. »… dass sie in die Kirche wollte.«

»Wieso denn nicht? Die sind doch alle vorhin brav hingedackelt wie Matteos Ziegen«, antwortete Giulia, während die drei schnellen Schrittes hinauf in Richtung St. Antonio gingen.

»Trotzdem«, sagte er gedehnt. »Sie wollte … sie wollte ganz bestimmt nicht …«

»Ach, papperlapapp!« Ungeduldig schnitt Giulia ihrem Freund das Wort ab. »Ganz sicher war sie auf dem Weg in die Kirche.«

»Ja gut, wenn du meinst, Giuli. Aber dann wollte sie im Evakostüm die Messe feiern. Sie ist nackt. Splitterfasernackt.«

***

»Die Deutsche«, entfuhr es Giulia beim Anblick der Toten auf der Kirchwiese. Gedankenversunken stand sie neben dem leblosen Körper und betrachtete die Situation eingehend. Es brauchte keine dreißig Jahre Erfahrung in kriminalpolizeilicher Arbeit, sondern allein gesunden Menschenverstand, um zu erkennen, dass die Dame kaum durch einen Unfall oder Herzinfarkt auf dem Weg zur Messe dahingeschieden war. Ihre Nacktheit genügte, um vom Schlimmsten auszugehen. Die Frau lag im Gras, ausgestreckt auf dem Rücken, die Arme eng am Körper anliegend. Dieser war wohlgeformt, vielleicht etwas rundlich, aber durchaus ansehnlich. Ihre Haut schimmerte weiß und durchlässig wie Pergamentpapier und war für die sechzig Lebensjahre, die sie mindestens erreicht haben musste, erstaunlich straff. Zwischen ihren Brüsten, deren Üppigkeit die Gesamterscheinung komplettierte, funkelte ein edel wirkendes silbernes Amulett, das sie an einer Erbskette um den Hals trug. An ihrem rechten Handgelenk glänzte das dazu passende Armband neben dem grellgrünen Einlassbändchen des Moto-Guzzi-Festes. Ihr Gesicht wirkte entspannt und für eine Leiche außergewöhnlich ausdrucksstark, was wohl an ihren ausgeprägten Wangenknochen und den dunkelrot bemalten Lippen lag. Ihre blonden Haare hatte sie zu einem Haarkranz zusammengebunden, wie man ihn von auf Traditionen bedachten Ukrainerinnen kannte, wobei die Frisur der Toten ziemlich ramponiert wirkte. Vermutlich lag das an der übel aussehenden Platzwunde, die oberhalb der linken Schläfe klaffte und diesem fast friedlich wirkenden Akt seine Unschuld nahm.

Jacopo stand ein wenig abseits und sagte kein Wort. Giulia wusste, dass er alles Verständnis der Welt für ihre Arbeit hatte, obwohl er dem Job, den sie so sehr liebte, nur wenig abgewinnen konnte.

Brutus, der fast an Giulia lehnte, als müsste sie ihn vor der toten Frau beschützen, beugte sich weit nach vorn, nickte zustimmend und sagte ein wenig überrascht: »Angelika Krüger, tatsächlich.«

Giulia hob die rechte Augenbraue. »Ich dachte, du wusstest, dass es sich um die Krüger handelt? Ich meine, wer hat denn sonst noch strohblonde Haare hier oben? Die leuchten doch schon von Weitem.«

Brutus schüttelte eifrig den Kopf. »Das habe ich gar nicht wahrgenommen, weil ich heute so spät dran war. Du weißt schon, die Messe.« Er hatte die Unterlippe vorgeschoben und musterte die nackte Frau eingehend.

Giulia wusste, dass ihr Freund Sonntag für Sonntag die Kirche besuchte; warum er das tat, war ihr nach wie vor schleierhaft. Bis vor drei Jahren hatte Mutter Grazioli ihren Sohn ganz nach alter Sitte dazu gezwungen, aber seitdem sie in einer Urne im *Loculo* lag, gab es niemanden mehr, der Brutus bevormundete. Außer natürlich seine biestigen Schwestern, die doppelte Sonnenfinsternis, wie Giulia die beiden aufgrund ihrer Leibesfülle getauft hatte. Aber die Matronen lebten in Bellagio auf der anderen Seeseite mit ihren bemitleidenswerten Ehemännern und kamen kaum noch auf den Berg. Giulia verkniff es sich, ihren Freund heute damit aufzuziehen, stattdessen nickte sie verständnisvoll.

Brutus redete weiter, ohne seine Blickrichtung zu ändern. »Wie ich mit meinem Rad so die Straße zur Kirche hinuntersause, sehe ich im Augenwinkel die Nackte da liegen.« Er atmete schwer.

»Und bei dem Anblick einer nackten Frau hast du sofort das Weite gesucht. Kein Wunder, dass du jeden Samstag mit uns in der Osteria hockst, statt mit einer hübschen Blonden, Brünetten, Rothaarigen im Kerzenschein am See zu sitzen …«, neckte Jacopo, um den sichtlich angeschlagenen Brutus aufzuheitern. Er lächelte Giulia zu, nickte und machte sich wieder auf den Weg hinunter zum Friedhof.

Giulia schaute ihrem Mann noch einen Moment nach, dann fischte sie ein Tempotaschentuch aus der Hosentasche, ging in die Knie, drehte vorsichtig den Kopf der Krüger zur Seite und betrachtete die

Wunde. »Du hast nicht angehalten?«, fragte sie, wobei ihr ein Duft in die Nase stieg, den sie nur allzu gut kannte.

»Ich mag lieber den dunklen Typ, die Rassigen«, entgegnete Brutus geistesabwesend und ohne seine Freundin anzusehen. Schließlich schien ihm einzufallen, das Giulia etwas anderes gefragt hatte, und er schüttelte heftig den Kopf. »Ich konnte nicht anhalten. Wenn mich jemand bei einer Toten stehen sieht ... du weißt, wie die Leute reden. Außerdem wusste ich ja, dass ihr in der Nähe seid. Ich habe Jacopos Hämmern gehört. Du bist doch, na ja, du kannst doch ...« Er räusperte sich. »Eine Leiche bei uns hier oben, und ausgerechnet die Deutsche. Und dann auch noch, wie Gott sie schuf. Meine Güte, hat die weiße Haut. Wusstest du, dass die deutschen Frauen so weiß sind?« Brutus beäugte die Krüger immer noch neugierig. »So schlecht sieht sie gar nicht aus, ich meine, für ihr Alter. Sie wäre nächsten Monat achtundsechzig geworden, am dritten, um genau zu sein. Schade drum. Sie hatte eine so hübsche Stimme, auch wenn sie ganz schön arrogant sein konnte. Aber wenn man ein echter Star ist ...«

Giulia nahm das Gesagte ohne weitere Nachfragen zur Kenntnis. Sie wusste, dass Brutus' ausgeprägte Neugierde und seine Beredsamkeit jetzt durchaus von Vorteil sein konnten. Abgesehen davon hatte ihr Freund ein Gedächtnis wie ein Elefant. Er kannte sie alle, denn durch die Post, die ein Mensch erhielt, gab er mehr von sich preis, als ihm bewusst war. Und was die Hellhäutigkeit der Deutschen anging – ja, das wusste sie sehr genau. Seit dem Moto-Guzzi-Treffen 2002. Ihr Exfreund, Rosario Fabri, liebte nicht nur die Maschinen, sondern auch die schönen Frauen, die von den Motorradfreaks magisch angezogen wurden. Und Giulia hatte Rosario geliebt. Das Gesicht der Deutschen, die ihre weißen Arme um die Hüften ihrer großen Liebe geschlungen hatte und mit ihm auf einer Moto Guzzi über die Autostrada nach Lecco davongerast war, hatte sie noch lange vor sich gesehen. Die deutschen Frauen – wenn ihr das einer vorher gesagt hätte. Von wegen zurückhaltend. Davon erwähnte sie jetzt lieber nichts. Brutus hatte Rosario ohnehin nie ausstehen können.

Konzentriert ging sie zur Tagesordnung über. Die Krüger war gewaltsam aus dem Leben gerissen worden, daran bestand kein Zweifel. Die Umstände waren äußerst merkwürdig. Einen Raubmord jedoch schloss sie aus, dann hätte der Täter ihren Schmuck mitgenommen. Dass es jemand auf ihre Kleidung abgesehen hatte, was ihre Nacktheit erklären würde, hielt sie ebenfalls für abwegig. Die Krüger war nicht gerade dafür bekannt, Haute Couture zu tragen. Sie fasste nach dem Medaillon und öffnete es. Der Anhänger war leer. Nachdenklich ließ sie von der Kette ab. Wenn Brutus die Krüger gesehen hatte, hätte sie dann nicht auch einem der anderen Kirchgänger auffallen müssen? Also zumindest denen, die ebenfalls über die Via Lombrino den Berg hinuntergekommen waren? Sie stand auf und ging über die Wiese in Richtung Straße, um die Sicht zu prüfen. Brutus folgte ihr schweigend. Giulia sprang über einen kleinen Mauervorsprung und lief an den vier überlebensgroßen Bildstöcken vorbei, die sich an die hintere Seite des Kirschenschiffes anschlossen und die Straße zur Linken säumten, machte kehrt und kam – wie Brutus vorhin – den Weg wieder hinunter. Angestrengt versuchte sie einen Blick auf die leblose Krüger zu erhaschen. Sie hielt inne. Zwischen dem ersten und zweiten Jesusbild leuchteten sie die blonden Haare und die weißen Brüste der Toten an. Brutus hatte auf dem Rad gesessen, also konnte er sie von seiner erhöhten Position aus noch etwas besser sehen. Es musste schlichtweg Zufall gewesen sein, dass er im richtigen Moment zur Wiese geschaut hatte. Ob jemand anderes diesen Moment auch abgepasst hatte, würde sie schon noch herausfinden. Sie wandte sich ihrem Freund zu. »Woher wusstest du, dass sie tot ist? Sie hätte ohnmächtig sein oder auch nur ein Sonnenbad nehmen können?«

Brutus schnappte nach Luft. »Giuli, bitte! Sie sah eben tot aus. Nun sei nicht so.« Er schaute zum Himmel. »Außerdem scheint keine Sonne, es soll noch regnen. Und auf Matteos Wiese? Ich bitte dich! Hier ist doch alles voller Ziegenscheiße. Und überhaupt – so direkt neben der Kirche, in der gerade die heilige Messe gefeiert wird …« Brutus bekreuzigte sich.

Giulia schwieg. Sie lief zurück zur Wiese und sah sich suchend um. In der Tat, wo waren Matteos Ziegen? Die hatte er gestern erst hierhergetrieben, und für gewöhnlich blieben die Tiere so lange auf den Rasenflächen, bis das Gras komplett heruntergefressen war. Das sparte der Kommune das Geld für den Grünschnitt und Matteo die Pacht für eine Weide. Sie musste ihn später nach den Tieren fragen. Nachdenklich musterte sie ihren Freund. Er war quasi der Erste an einem Leichenfundort gewesen. Eigentlich wäre er damit ein wichtiger Zeuge. Aber der zartbesaitete Brutus hatte nicht einmal angehalten, geschweige denn richtig hingeschaut. Wenn er nicht sogar vor Schreck die Augen zugekniffen hatte. Zuzutrauen war es ihm. »Dir ist also nichts weiter aufgefallen?«, hakte sie nach. »Hast du jemanden gesehen?«

Der Briefträger trat von einem Bein auf das andere. »Nein. Nichts und niemanden. Die sind doch alle in der Kirche. Wie gesagt, ich war spät dran … Dieser Anblick ist so schrecklich.« Er schwitzte heftig und sah insgesamt ziemlich mitgenommen aus.

»Der einer nackten Frau?« Giulia drehte sich einmal um die eigene Achse und beäugte die umliegenden Häuser. Natürlich hätte sie mit verbundenen Augen sagen können, welche Familien in direkter Nachbarschaft zum Gotteshaus wohnten. In den fünfzig Jahren, die sie hier oben auf dem Berg verbracht hatte, hatte sich nicht viel verändert. Es wurde geboren, gelebt und gestorben. Die alteingesessenen Familien waren geblieben, und wenn sich doch einmal einer ihrer Sprösslinge nach Mailand, Turin oder Bologna verirrt hatte, kehrte er irgendwann zurück. Ein echter *Comasco* brauchte den See wie die Luft zum Atmen. Und was die Fremden anging – die suchten, wenn sie überhaupt nach Abbadia Lariana kamen und nicht in den touristischen Vorzeigeorten Varenna oder Como abstiegen, in den Berghängen nach ihrem Urlaubsidyll, nicht aber nach einem Ort zum Altwerden. Mit Ausnahme von Angelika Krüger, der Deutschen, deren kalter Körper nun direkt vor ihren Füßen lag. Giulia kniff die Augen zusammen und blickte von einem Haus zum nächsten. Sie prüfte, welche Anwohner von ihrem Grundstück aus einen unverstellten

Blick auf diese Wiese hatten. Da war das Haus von Prete Filippo, das der Tommasos, der Riccis, der Marinos und natürlich das von Signora Negri. Es waren viele; viel zu viele, um jemanden unbemerkt um die Ecke zu bringen. Und wenn der Fundort nicht der Tatort war? Dann musste Angelika Krüger nackt durch die Gemeinde transportiert worden sein. Oder der Täter hatte sie neben der Kirche ausgezogen, was das Risiko, dabei ertappt zu werden, noch vergrößert hätte. Aber warum in Gottes Namen war die Frau überhaupt nackt?

»Der Anblick eines toten Menschen ist schrecklich. Tu nicht so, als hättest du mich nicht verstanden«, antwortete Brutus beleidigt.

Giulia hielt inne und schaute ihren Freund schelmisch grinsend an. »Das sagt der Richtige.« Jedes Kind in Italien kannte die Geschichte von dem berühmten römischen Herrscher Gaius Iulius Caesar, dessen Senatoren ihn mit dreiundzwanzig Dolchstichen ermordet hatten, angeführt von einem seiner engsten Vertrauten, Marcus Iunius Brutus. Und Giulia Cesare liebte es, ihren Freund damit aufzuziehen. Der sensible Brutus allerdings, der in seinem ganzen Leben noch keiner Fliege etwas zuleide getan hatte, hasste diese Späße.

»Lass die Sprüche bitte.«

»Du hast ja recht. Zumal wir es hier mit einem Mordopfer zu tun haben. Tut mir leid«, sagte Giulia besänftigend.

Schlagartig verloren die vor Aufregung geröteten Wangen von Brutus ihre Farbe. »Du denkst, die Deutsche ist … ermordet worden?« Mit zittrigen Beinen wankte er zur beigefarben getünchten Wand von St. Antonio und lehnte sich schwer atmend dagegen. »Ein Mord!«, wiederholte er fassungslos. »Hier bei uns?« Dann kam ihm ein weiterer Gedanke. »Und wenn nun jemand glaubt, dass ich die Krüger … Wenn jemand gesehen hat, wie ich hier vorbeigerast bin?« Seine Worte überschlugen sich. »Sie könnten sagen, ich hätte sie … na, du weißt schon. Oder noch schlimmer. Bei Columbo gab es mal so einen ähnlichen Fall … das war *Mord mit der linken Hand*. Oder nein, *Etüde in Schwarz*. Vielleicht auch … na, egal, jedenfalls war es da kein Postbote, sondern …«

»Brutus, bitte!« Giulia fiel ihm ins Wort. »Auf die Idee kommt niemand, der dich kennt. Mach dir mal keine Gedanken.« Während Brutus schweigend und sichtlich niedergeschlagen am Gemäuer lehnte, zog sie ihr Mobiltelefon aus der Gesäßtasche und wählte die Nummer des Rechtsmediziners Professore Andrea Fontana in Mailand. Fontana leitete das rechtsmedizinische Institut, mit dem die *Questura* in Lecco seit vielen Jahren zusammenarbeitete, und eigentlich kamen die Leichen zu ihm. Doch Giulia ahnte, wie hocherfreut der Professore sein würde bei der Aussicht, aus dem überlaufenen, stickigen Mailand an den See fahren zu können, zumal er jede Gelegenheit, seiner Ehefrau davonzulaufen, beim Schopf packte. Abgesehen davon hatte Fontana einen ausgeprägten Hang zum außerehelichen Vergnügen, dem er unter dem Vorwand einer frischen Leiche im rund siebzig Kilometer entfernten Abbadia Lariana bestimmt frönen würde. Giulia wusste: Wenn Fontana kam, erwartete sie nicht nur eine hoch professionelle Leichenschau, sondern zumeist noch eine weibliche Begleitung von kaum zwanzig Jahren, mit eher dürftigem Intellekt, dafür aber umso üppigerer Oberweite. Normalerweise hätte Giulia dem Professore für die kommende Nacht gleich ein Doppelzimmer bei ihrem Freund Lorenzo in der Villa Cipressi in Varenna reserviert, so sicherte sie sich die schnellen rechtsmedizinischen Ergebnisse, um die sie alle Kollegen beneideten. Doch das war an den Guzzi-Tagen aussichtslos. Sie würde sich etwas anderes einfallen lassen müssen, wenn sie Angelika Krüger zügig unter Fontanas Hände bekommen wollte. Sie hatte kaum dreimal klingeln lassen, da hob der Rechtsmediziner ab. Als Giulia die gequälte Stimme des Arztes am anderen Ende hörte, wusste sie, dass sie mit ihrer Vermutung richtig lag und Fontana für einen Kurztrip dankbar sein würde. In knappen Worten trug Giulia ihr Anliegen vor, und als sich ihr Gesprächspartner verabschiedete, klang er wesentlich aufgeräumter als zu Beginn des Telefonats, ja, nahezu euphorisch. Was darauf zwangsläufig folgen musste, brachte die sonst so entspannte Giulia allein beim Gedanken daran zur Weißglut. Sie musste Chiara Elisa Zorzi informieren. Rothaarig, vollbusig, auffallend sexy – und die zickigste Vorgesetzte, die Giulia je gehabt hatte.

Die kaum Fünfunddreißigjährige war vor einem Jahr zur Leiterin der Kriminalpolizei in der *Questura* Lecco ernannt worden, und sie zeigte keinerlei Verständnis für Giulia Cesares Arbeitsauffassung. So oft, wie der Zorzi die Worte Pünktlichkeit, Zuverlässigkeit und Pflichterfüllung über die blutrot bemalten Lippen kamen, konnte man meinen, sie entstammte einer deutschen Beamtenfamilie. Dabei besaßen ihre Eltern eine kleine Pizzeria in Siena, zumindest behauptete das Zorzis Sekretärin, der sie hin und wieder Tipps für das Gelingen des Teiges gab. Giulia interessierte dieses Geschwätz herzlich wenig. Sie konnte weder eine Pizza noch irgendetwas anderes zubereiten, und sie hasste überdrehte, überehrgeizige Frauen, die sich wie Feldwebel aufführten und dabei noch aussahen, als wären sie gerade der DONNA MODERNA, einer angesagten italienischen Frauenzeitschrift, entstiegen. Die Zorzi hatte es sich mit ihr bereits an ihrem zweiten Tag in der *Questura* verscherzt. Damals hatte sie Giulia vor versammelter Mannschaft für ihr dreistündiges Zuspätkommen gerügt. Giulia, die alles andere als eine unzuverlässige Bummelantin war, hatte ihr eine triftige Erklärung für den aus ihrer Sicht leicht nach hinten verschobenen Dienstbeginn geliefert. Arglos hatte sie von der Jesusfigur der Kirche in Maggiana berichtet, deren Strahlenkranz über Nacht nicht mehr golden, sondern moosgrün vom Altar geleuchtet hatte. Giulia hatte die Übeltäter schnell ausfindig machen können, dafür war die Farbgebung des Gartenzaunes der Familie Tommaso einfach zu ähnlich gewesen. Und Luigi und Achille hatten sich dummerweise die Hände gründlich an ihren T-Shirts abgewischt. Nichtsdestotrotz hatte Jesus so nicht bleiben können, hatte er doch eher an eine Jahrmarktfigur als an den Erlöser erinnert. So war Giulia nichts anderes übrig geblieben, als Jacopo, dessen Vespa nur selten ansprang, von seiner Werkstatt in Varenna abzuholen, damit er sich der Wiederherstellung des Jesus annehmen konnte. Abgesehen davon – auch das hatte sie zugegeben – hatte es sie gereizt, ihrem Mann dabei zuzusehen, wie er ein über fünfhundert Jahre altes christliches Symbol von dieser schrecklichen Farbe befreite. Dass dies während ihrer Arbeitszeit geschehen war und in den Augen der Zorzi nicht als gute Tat für die Gemeinde, sondern als Dienstverweigerung galt, hatte sie bis zu deren Wutausbruch nicht ahnen können. Seitdem geriet Giulia beinahe wöchentlich mit ihrer Vorgesetzten aneinander. Als sie die Kirche in Crebbio geputzt und ausgiebig mit Blumen geschmückt hatte, damit alles beim Festwochenende zu Ehren des heiligen Antonius gerichtet war, und deshalb zu spät zur Dienstbesprechung gekommen war. Oder bei der Geschichte mit dem Kerl, der seine Freundin mitten auf dem See von der Fähre gestoßen hatte, wohl wissend, dass die Arme nicht schwimmen konnte – nur weil sie nicht ihm, sondern seinem besten Freund das Jawort geben wollte. Keine zwei Stunden, nachdem das Boot in Bellagio angelegt hatte, war Giulia dem Mörder schon auf den Fersen gewesen. Dass der Geständige allerdings einen ganzen Tag auf seine Vernehmung hatte warten müssen, hatte allein an der neunjährigen Sofia gelegen. Die Enkelin von Matteo war nach der Schule nicht nach Hause gekommen, worauf Sofias Mutter die gesamte Nachbarschaft abgesucht und schließlich in Tränen aufgelöst bei Giulia angerufen hatte. Die war den Schulweg abgefahren, hatte den Fahrer des Schulbusses befragt, der das Kind ordnungsgemäß abgesetzt hatte, und war von Haus zu Haus gegangen. Als sie das Mädchen schließlich bei den gerade geborenen Kaninchen der schrulligen Giuliana gefunden hatte, war es längst Abend gewesen. Matteo hatte es ihr mit einer Packung Eier und zwei doppelten Amaro gedankt. Die Zorzi, die den Mörder gern so schnell wie möglich dem Haftrichter vorgeführt hätte, um sich – davon war Giulia überzeugt – einmal mehr auf ihre Kosten beim Chef der *Questura* einzuschmeicheln, hatte lediglich mit den Augen gerollt, als Giulia ihr von dem Wurf Albino-Widder berichtet hatte. Danach war sie unter hysterischem Gezeter aus deren Büro gestürmt.

Giulia starrte auf ihr Handy und überlegte, ob sie die Benachrichtigung ihrer Vorgesetzten noch ein oder zwei Stunden aufschieben und Riso, den Leiter der Kriminaltechnik, gleich selbst anrufen sollte. Bis die Zorzi ankam, würden sie und Jacopo auf dem Friedhof fertig sein, vorausgesetzt, jemand bewachte die Leiche.

Sie hob den Kopf. »Brutus, bist du so nett und holst Matteo, ihr beide müsstet mal auf die Krüger aufpassen, solange ich auf dem Friedhof zu tun habe.«

Brutus öffnete den Mund, brachte aber keinen Ton hervor. Er starrte Giulia an, als hätte er einen Geist gesehen.

»Also?« Giulias Stimme klang jetzt ein wenig ungeduldig. »Morgen ist die Beerdigung, und du weißt, wie der Prete ist. Wenn meine Kollegen erst aufgetaucht sind, kann ich mich nicht mehr darum kümmern, dass alles für Großvater De Luca vorbereitet ist. Und ich will das nicht Jacopo allein zumuten.«

»Giuli«, krächzte Brutus. »Das kann ich nicht. Es tut mir leid. Kannst du dir für so etwas nicht die *Polizia Municipale* holen?«

Giulia, die natürlich schon lange an die Kommunalen gedacht hatte, es aber angesichts der Moto-Guzzi-Tage für aussichtslos hielt, jemanden von den Kollegen auf den Berg zu lotsen, während unten Tausende den schnellen Maschinen und dem Alkohol frönten, schüttelte den Kopf. Wie so oft war sie zwischen der Verantwortung als Polizistin und der Liebe zu ihrer Heimat hin- und hergerissen. »Gut. Ich warte hier, und du gehst runter zum Friedhof und hilfst Jacopo. Und bitte vergiss nicht, später meinen Rasenmäher nach Hause zu bringen, nicht dass ich ihn mir morgen bei Salvatore abholen muss. Du weißt ja, wenn der einmal etwas in seinen Klauen hat, kann ich froh sein, wenn es nicht schon heute Nacht bei eBay auftaucht. Und bring mir später eine Decke mit, wir können die Krüger ja nicht ewig so liegen lassen. Die Messe ist jeden Moment vorbei. Ich muss jetzt erst einmal mit der Hölle telefonieren, mal schauen, welche Laune der Teufel heute hat.« Sie entsperrte ihr Handy, suchte die Nummer der Zorzi im Adressbuch und verzog genervt das Gesicht, noch bevor das Freizeichen ertönte. Ein Klingeln, dann hörte sie das Unvermeidliche. *»Lasst mich singen, mit der Gitarre in der Hand. Lasst mich* *singen, ich bin ein Italiener.«* Toto Cutugno, Italiens alternder Schnulzenbarde Nummer eins, trällerte die ersten Zeilen seines Welthits *»L'Italiano«. »Merda«,* knurrte Giulia leise. Kein Mensch hört sich das freiwillig an. Noch dazu brachte es Cutugno heute auf eine vollständige Strophe. Die Zorzi war nicht erreichbar. Das war ungewöhnlich. Normalerweise klebte die Chefin an ihrem Mobiltelefon. Selbst auf dem Sterbebett würde sie wohl das in einer *Dolce e Gabbana*-Hülle steckende Smartphone noch in ihrer manikürten Hand halten, damit ihr nur ja nichts entging. Giulia zuckte mit den Schultern und wählte die Nummer des Kriminaltechnikers.

»Giuli, Giuli …« Brutus stand noch immer an der Kirchenwand und streckte seinen rechten Zeigefinger in die Höhe, als wollte er dem Lehrer im Schulunterricht eine Frage stellen. »Ich bin nicht so gut, also handwerklich. Meinst du, ich sollte das wirklich machen?«

»Du sollst nur den Rasen zu Ende mähen. Geh einfach«, kommandierte Giulia mit weicher Stimme. Ihre Geduld mit Brutus war nahezu grenzenlos. Genauso wie ihre Zweifel daran, dass Vornamen einen Hinweis auf den Charakter geben können.

»Giuli.«

»Was denn noch?«

»Du hast deine Schuhe da unten vergessen. Soll ich die auch mitnehmen?«, fragte Brutus schüchtern.

Giulia, die in der Aufregung überhaupt nicht bemerkt hatte, dass sie den Weg barfuß zurückgelegt hatte, schaute an sich hinunter und nickte dann grinsend.

Brutus lächelte erleichtert und hastete davon. Kurz darauf hörte man das alle paar Minuten wieder verstummende Dröhnen eines Benzinrasenmähers. Offenkundig hatte er den Dreh mit dem gleichmäßigen Gasgeben noch nicht ganz raus.

***

Keine anderthalb Stunden später erklomm ein silberner Fiat Punto im Schritttempo die Straße in Richtung St. Antonio. Am Steuer saß Professore Andrea Fontana, der hinter seinen großen, getönten Brillengläsern unentwegt von einer Straßenseite zur anderen blickte, als suchte er nach dem Empfangskomitee oder wenigstens ein paar Passanten, die sich für sein Kommen interessieren könnten. Aber die kleine Gemeinde war wie leer gefegt. Giulia, die auf den Stufen vor dem Kirchenportal Platz genommen hatte, um die Straße überblicken zu können, erkannte das Auto schon von Weitem. Es gehörte Fontanas Gattin und war der sichere Beweis dafür, dass es beim Aufbruch des Professore Streit zwischen den Eheleuten gegeben hatte. Seit Giulia ihn und seine Leidenschaft für das andere, kaum der Pubertät entwachsene Geschlecht kannte, hatte sie sich gefragt, warum seine Gattin – eine überaus intelligente und attraktive Dame – die Eskapaden ihres Mannes ertrug. Über die Zeit hatte sie jedoch feststellen müssen, dass Signora Fontana augenscheinlich nicht darunter litt und deshalb auch keinen Gedanken an eine Scheidung verschwendete, sondern sich mit dem zuweilen typisch weiblichen Hintersinn daran ergötzte, ihrem untreuen Gatten in allen erdenklichen Varianten ein Schnippchen zu schlagen. So hockte der Professore mit seiner aktuellen Eroberung im Drittwagen der Fontanas, der ansonsten nur für die Fahrten der Jagdhunde zum Tierarzt oder Signora Fontanas Ausflüge ins Gartencenter zum Einsatz kam. Dem Gesichtsausdruck des Mädchens, das verkrampft auf dem Beifahrersitz saß, nach zu urteilen, war sie davon ausgegangen, im Mercedes-S-Klasse-Cabrio ihres Sugardaddys – das gerade jetzt zweifelsohne dringend von Signora Fontana benötigt wurde – und nicht zwischen Blumenerde und Hundehaaren chauffiert zu werden. Vielleicht aber hatte sie auch nicht damit gerechnet, vor dem Schäferstündchen an einer Frauenleiche haltzumachen. Die Geschmäcker in Sachen Romantik waren nun einmal verschieden.

»Salve, Commissario«, schmetterte Fontana, kaum dass er dem winzigen Auto entstiegen war, sich vor Giulia aufgebaut und sein Sakko gerichtet hatte. Der Professore war ein stattlicher Mann jenseits der

Fünfzig, der seinen grau melierten, dunklen Haarschopf jeden Morgen zu einer Föhnwelle stylte und die in der Mailänder Modewelt angesagtesten Schnitte trug. Dabei bevorzugte er die Farbe Dunkelblau und deren auffallenden Kontrast zu seinen stets weißen Oberhemden aus den edlen Stoffen des Hauses Marzotto. Sein Gang erinnerte an das leichtfüßige, aber zugleich schwungvolle Tänzeln, wie es die Models auf den Laufstegen der Welt praktizierten. Er war überaus gebildet, speziell in italienischer Geschichte und Kultur, liebte Dante und war ein Verfechter der deutschen Europapolitik. Das musste man ihm zugutehalten, seiner Schwäche für naive junge Frauen, deren Ausschnitte fast bis zum Bauchnabel reichten, zum Trotz.

Giulia trat einen Schritt zurück, nickte zum Gruß und musterte ungeniert die im Wagen verbliebene aktuelle Eroberung Fontanas, während der Professore seine Utensilien aus dem Kofferraum lud.

Er hatte ihren Blick bemerkt. »Cinzia, einundzwanzig, Pharmaziestudentin«, flüsterte er prahlerisch. »Hast du das Zimmer reserviert?«

»An den Guzzi-Tagen? Aussichtslos«, murmelte Giulia.

»Wie?« Die Miene Fontanas fror umgehend ein. »Und da lotst du mich hier heraus?« Ein verstohlener Blick in sein Auto folgte. Aber die junge Schönheit war so in ihr Handy vertieft, dass sie ihn nicht bemerkte. »Mein Schreibtisch ist voll.«

»Wir haben eine Frauenleiche, nackt und nach meinem Dafürhalten erschlagen. Ob das tatsächlich die Todesursache ist, wirst du mir sagen«, antwortete Giulia, wandte sich ab und ging hinüber zur Wiese.

»Cinzia hat sich extra freigenommen, eine Auszeit vom Prüfungsstress, und ich werde vor morgen Mittag nicht in Mailand erwartet. Raffaella ist mit den Hunden in unser Haus nach Cadenabbia gefahren, und deine Leiche hält es im Kühlhaus auch ein paar Stunden ohne mich aus.« Fontana folgte ihr schwer bepackt. »Giulia Cesare, du kannst mich nicht sonntags hierherbeordern, wenn du kein Hotelzimmer für mich hast. Und für Cinzia«, sagte er vorwurfsvoll.

»Ach, papperlapapp«, entgegnete Giulia nur, während sie Fontana zu der Leiche führte. Sie blieb stehen. »Schau dir das mal an. Und sag mir, was du denkst.«

Der Rechtsmediziner stutzte. Er schob seine Sonnenbrille hinter die Föhnwelle, stellte seine Tasche ab, zog einen Schutzanzug und Handschuhe heraus, streifte alles über und hockte sich neben die Tote. Aus St. Antonio erscholl der Gesang der Kirchengemeinde. Er räusperte sich. »Interessante Sache, nackt während der Sonntagsmesse. Für meinen Geschmack aber deutlich zu alt. Hast du ihre Sachen gefunden?«

Giulia lauschte einen Moment dem Chor. Sie hätte schwören können, dass die dadrinnen dieses Lied jetzt schon zum dritten Mal anstimmten. Obendrein dauerte die Messe nun schon fast zwei Stunden. Ungewöhnlich lange für einen normalen Sonntag.

»Commissario Cesare?« Fontana schaute Giulia fragend an.

»Entschuldige. Nein, aber ich habe auch den Fundort nicht verlassen. Riso sollte gleich eintreffen.«

»Der Wahnsinnige? Na, wenn du meinst. Ehe der etwas findet, lässt die Merkel ihre Landsleute über den Austritt aus der EU abstimmen. Ich habe erst gestern einen interessanten Kommentar über die immer lauter werdende Kritik der Deutschen an ihrer Bundeskanzlerin gelesen. Der CORRIERE DELLA SERA nimmt da wahrlich kein Blatt vor den Mund. Merkels Rolle in der Flüchtlingskrise ist ja insbesondere aus europäischer Sicht interessant, mal abgesehen von den innenpolitischen Schwierigkeiten, in die sie sich damit gebracht hat.« Fontana beugte sich tief über das Opfer, drehte dessen Kopf und begutachtete die Wunde. »Aber für Europa, na ja, das mit der Vorbildrolle ist ja nicht ganz aufgegangen. Die Deutschen werden sich wohl ewig durch ihre Nazigeschichte gefangen fühlen. Wobei ich wirklich sagen muss, dass die permanente Auseinandersetzung mit der eigenen Vergangenheit auch so etwas wie das Lebenselixier der deutschen Demokratie darstellt …«

»Du, ich bin mir sicher, dass die von *Rai Tre* dich irgendwann als Talkgast einladen werden, aber wir haben hier einen Fall zu lösen. Was kannst du mir zur Krüger sagen?«, entgegnete Giulia ungeduldig.

Fontana zeigte keine Regung. Er unterbrach seine politischen Ausführungen und schaltete sofort um. »Krüger? Eine Deutsche also. Wo habt ihr die denn her, hier oben?« Er schnalzte anerkennend mit der Zunge. »Eines von Merkels Schäfchen, den wilden *Comaschi* hilflos ausgeliefert.«

Giulia ignorierte den letzten Kommentar. »Woran ist die Frau gestorben?«

»Den Wundrändern nach zu urteilen, wurde sie erschlagen, mit einem stumpfen Gegenstand. Querbruch der Schädelbasis. Da haben wir auch ein bisschen vom Gehirn; und was ist denn da Interessantes …« Er stand auf, ging zurück zu seiner Tasche und holte eine Pinzette und eine Beweismitteltüte heraus. Wieder bei der Leiche angelangt, zupfte er kleine Glasscherben aus den blonden Haaren der Toten und ließ eine nach der anderen in die Tüte fallen. »Das Tatwerkzeug war eine Flasche, eine Weinflasche. Das hast du doch gerochen, oder?«

»Ich dachte, sie hat vielleicht getrunken«, antwortete Giulia unbedarft. Ihr waren die winzigen Scherben nicht aufgefallen, wobei sie der Krüger auch nicht so nah gekommen war wie Fontana. Das gehörte fraglos zu seinem Beruf. Was Giulia allerdings störte, war die Tatsache, dass der Professore auch bei den Lebenden keinerlei Distanz wahrte. Die Verblichenen konnten seine Grenzüberschreitungen nicht mehr stören, Giulia aber hasste sie. Das Leben mit einer argentinischen Mutter, die sogar den Kassierer im Iperal-Supermarkt zwischen ihre üppigen Brüste drückte, nur weil das Spülmittel im Angebot war, oder dem Fleischer die Wange tätschelte, wenn er von der Bresaola besonders dünne Scheiben abschnitt, hatte ihre Leidensfähigkeit diesbezüglich überstrapaziert.

»Kann sein, dass sie von dem Wein getrunken hat, das kläre ich morgen ab. Auch, ob sie vergewaltigt wurde, das ist angesichts ihrer Blöße ja nicht ganz von der Hand zu weisen, wobei die typischen äußerlichen Anzeichen wie Hämatome oder Abwehrverletzungen fehlen. Aber das da in ihren Haaren und auf dieser unschön geplatzten Kopfhaut sind Scherben einer Weinflasche. Dem Geruch nach würde ich auf Barolo tippen, aber das haben wir gleich.« Der Professore setzte eine wichtige Miene auf, legte Pinzette und Tüte beiseite und ließ eine Haarsträhne der Krüger zwischen dem Daumen und Zeigefinger seiner rechten Hand hindurchgleiten. Anschließend leckte er einmal kurz über die beiden Finger, schmatzte laut, nickte wissend und wiederholte die Prozedur. Giulia verzog kaum merklich das Gesicht. »Barolo, keine Frage«, bestätigte Fontana nickend. »Gemischt mit dem Haarwaschmittel von Testa Nera, Apfelblüte, Schwarzkopf Düsseldorf. Na ja, die Teutonen können eben auch nicht aus ihrer Haut. Der Mörder hätte ihr wenigstens die letzte Ehre erweisen und ihr eine Flasche Mosel-Riesling über den Schädel ziehen können.« Der Professore lachte herzhaft über seinen eigenen Scherz. Als er merkte, dass Giulia nicht einstimmte, räusperte er sich und zog beide Augenbrauen nach oben. »Deine Deutsche ist mit einem ausgezeichneten Tropfen aus dem Piemont erschlagen worden – welch eine Verschwendung. Da wäre der Moselwein für diesen Zweck schon besser gewesen, also für meinen Geschmack. Ganz abgesehen davon, dass du damit weniger Mühe gehabt hättest, den Täter zu finden, denn wer trinkt diesseits der Alpen schon deutschen Wein.« Er wandte sich ab und machte sich daran, die Tote weiter zu untersuchen.

»Barolo also«, kommentierte Giulia. Sie wusste, dass sie sich auf die Geschmacksnerven des Professore verlassen konnte. Fontanas zuweilen gewöhnungsbedürftige Methoden, seine »Suche mit allen Sinnen«, wie er es nannte, machte ihr nach all den Jahren nicht mehr viel aus. Für neue Kollegen und Außenstehende war es allerdings mehr als befremdlich, mitzuerleben, wie der Kollege von Beweismitteln kostete und Urinproben per Geruch beurteilte. Wie bei der Kellnerin aus Varenna, die sie mit ihrem Seidenschal erdrosselt neben dem Fähranleger gefunden hatten. Giulia hatte damals schnell den geschiedenen Ehemann der Frau unter Verdacht gehabt. Doch der hatte ein lückenloses Alibi vorzuweisen, und er hatte behauptet, seine Frau seit Monaten nicht gesehen zu haben. Bis Fontana an Schal und Hals des Opfers den Duft von gerösteten Haselnüssen ausgemacht hatte. Wer einmal in der Nähe des Stammsitzes von Ferrero, in dem hübschen Städtchen Alba, gewesen war, wusste, wie penetrant dieses Aroma sein konnte. Und wenn man, wie der Ex-Mann des Mordopfers, täglich acht Stunden die Nutella-Abfüllanlage des Lebensmittelherstellers überwachte, dann haftete der Duft permanent an einem. Erstaunlicherweise hatte die vor keinem Staatsanwalt der Welt als Beweismittel bestehende Entdeckung des Professore zur Überführung des sich schlussendlich als labil erweisenden Täters geführt. Der hatte kurzerhand ein Geständnis abgelegt und war bei der *Questura* in Lecco als Nutella-Mörder in die Akten eingegangen.

Fontana kroch auf allen vieren um die Krüger herum, drehte den Leichnam auf den Bauch, drückte in die Totenflecken auf dem Rücken und versuchte, ihre Beine zu bewegen. Als er gerade im Begriff war, die Rektaltemperatur zu messen, tauchte überraschend Cinzia, seine Begleiterin, neben Giulia auf.

»Fonti, geht das auch schneller? Ich hab heute noch nichts gegessen«, maulte die junge Frau in einem breiten Dialekt, den Giulia auf die Schnelle nicht zuordnen konnte. Zumindest fiel es ihr schwer zu glauben, dass man damit eine mündliche Prüfung an einer noch so unbedeutenden italienischen Universität bestehen konnte. Ansonsten schien Cinzia in keiner Weise schockiert von dem Anblick, ganz so, als wäre es das Alltäglichste auf der Welt, dass ihr Liebhaber am helllichten Tag am entblößten Gesäß einer verschiedenen Seniorin hantierte.

Fontana hielt in seiner Bewegung inne und säuselte mit süßlicher Miene: »Gleich, *cara mia,* gleich gehen wir einen ausgezeichneten Fisch unten am See essen. Du hast es fast geschafft.«

Für Cinzia schien diese Antwort absolut zufriedenstellend, denn sie lächelte kurz und verschwand, ohne Giulia eines Blickes zu würdigen, wieder in Richtung Auto, wobei sie aufreizend mit den Hüften wackelte.

Fontana, das Thermometer immer noch fest in der Hand, schaute ihr mit lüsternem Blick nach, leckte sich einmal über die schmalen

Lippen und widmete sich erst wieder seiner Arbeit, als Cinzias Kurven außer Sichtweite waren.

Giulia verdrehte die Augen. »Was denkt die Kleine eigentlich, was wir hier machen?«, fragte sie. Die Szenerie kam ihr mehr als seltsam vor, obendrein befürchtete sie, dass jeden Moment das Kirchenportal aufgehen und der Prete seine Schäfchen in den Sonntag entlassen könnte. Der Anblick der aufgedonnerten Cinzia, der nackten, toten Krüger und des über ihr knienden Fontanas könnte dabei auf die frommen Kirchgänger höchst verstörend wirken. Dabei hätte die Leiche allein schon völlig ausgereicht, um beim einen oder anderen einen Herzanfall zu provozieren. Abgesehen davon fürchtete Giulia, dass die Bewohner Abbadias sich bemüßigt fühlen würden, sich in ihre Arbeit einzumischen. Hier oben schien es, mal abgesehen von den Öffnungszeiten der Osteria und den am Schwarzen Brett klebenden Todesanzeigen, kein faszinierenderes Gesprächsthema zu geben als die Arbeit einer Commissario in der *Questura* Lecco.

Fontana reagierte nicht und ging hinüber zu seinen Sachen. Dabei schüttelte er das Thermometer, als könnte er sich daran die Hände verbrennen, desinfizierte es ausgiebig und verstaute alles in seiner Tasche. Ohne auf Giulia zu achten, streifte er die Handschuhe ab, warf sie mit einer schwungvollen Bewegung in seine geöffnete Tasche, zog den Reißverschluss des Overalls auf und schälte sich langsam heraus. So als handelte es sich um eines seiner teuren Oberhemden, legte er das Teil zusammen und verstaute es ebenfalls.

»Und?«, hakte Giulia nach.

»Der Tod ist zwischen Mitternacht und zwei Uhr morgens eingetreten. Den Kratzern und Schrammen an ihren Schenkeln und auf dem Rücken nach zu urteilen, hat man sie mit irgendetwas hierhertransportiert und dann über den Weg geschleift. Zwischen den abgeschürften Hautfetzen klebt vertrockneter Rasenschnitt, deshalb würde ich auf eine Schubkarre oder Ähnliches tippen. Alles Weitere kann ich dir morgen Nachmittag sagen.« Fontana griff nach der Brille in seinen Haaren, schob sie sich auf die Nase, fuhr sich mit der Hand durch seine Locke und sah Giulia mit ausdrucksloser Miene an. »Und, was denkst du, kann ich Cinzia nach dem Essen noch bieten?«

»Was hast du ihr erzählt, Fontana?«, fragte Giulia neugierig. »Kein Mädchen bleibt so cool, wenn sie sieht, was diese Cinzia gerade gesehen hat.« Giulia zog ihren Schlüsselbund aus der Hosentasche, löste den für ihre Berghütte an der Cascata ab und ließ ihn vor Fontanas Nase baumeln.

Der Professore rang sichtlich mit sich. »Na ja, wir sind eine semiprofessionelle Theatergruppe und üben für das *Festival del Giallo Tedescho*, das Krimifestival in Rom«, murmelte er kleinlaut.

Giulia starrte ihn einen Moment lang ungläubig an, dann prustete sie laut los.

»Wer will denn schon mit einem Rechtsmediziner ausgehen? Also von den jungen Dingern. Wenn die sich vorstellen, dass ich mit meinen Händen … und dann will ich mit denen …« Fontana winkte ab. »Du weißt schon. Nein, nein. So bin ich ein braver Landarzt, der bei grippalen Infekten und Diarrhö ein paar tröstende Worte spricht und Rezepte ausstellt; ein Halbgott in Weiß, der mit einem Neugeborenen auf dem Arm einer Greisin über die Straße hilft und nebenbei hobbymäßig Theater spielt – und nicht einer, der in Eingeweiden und Exkrementen nach den Spuren eines perversen Serienkillers sucht.« Fontana zuckte mit den Schultern und strecke die Hand aus.

Wenn die erst wüssten, was alles in deinem Mund landet, dachte Giulia amüsiert.

Sie ließ ihren Schlüssel in Fontanas Hand fallen. »Der Straße folgen …« Sie deutete auf den sich hinter der Kirche hinauf in die Berge schlängelnden Weg. »Zum alten Waschplatz, dann einfach der Beschilderung bis zum Wasserfall nach. Nicht zu übersehen. Aber morgen früh seid ihr verschwunden. Schick den Schlüssel ans Büro und kein Wort zu Jacopo. Wenn der erfährt, dass ich dich bei deinen Liebesabenteuern unterstütze, bringt er mich um.«

»Danke, Commissario.« Ein erwartungsfrohes Lächeln huschte über Fontanas Gesicht.

3 Giulia lehnte mit verschränkten Armen an der Seitenwand des Kirchenschiffes und beobachtete die Wolken. Die Hammerschläge und das Dröhnen des Rasenmähers aus Richtung des Friedhofs waren seit einer Weile verklungen, und der Gedanke, dass Großvater De Lucas letzte Ruhestätte nun trocken bleiben würde, erfüllte sie mit Zufriedenheit. Eine Heimat zu haben war etwas Kostbares und, wie Giulia fand, etwas, für das man ein Leben lang Verantwortung übernehmen sollte. Sie hatte, das zumindest behauptete ihre Mutter Maria, ein seelengutes Herz und zwei fleißige Hände, die sie zu deren Leidwesen nicht zur Hausarbeit, sondern für ihre Mitmenschen einsetzte – aber immerhin. Es gab kaum jemanden auf dem Berg, dem Giulia nicht schon aus der Patsche geholfen hatte. Dafür war sie da – und für Recht und Ordnung, angefangen vom Eierdiebstahl über das Falschparken bis zur Ruhestörung. Allesamt Bagatellen, harmlose Zänkereien, wie sie zwischen Menschen hin und wieder vorkamen, vor allem, wenn sie einander gut kannten und sich in typisch italienischer Manier gegenseitig mit viel bissigem Humor und dem Drang, alles bis zum bitteren Ende lautstark auszudiskutieren, begegneten. Niemals würde jemand auf die Idee kommen, die *Polizia Municipale* zu rufen. Sie vertrauten ihrer Giulia. Sie war ihre Schlichterin, Polizistin und Richterin, eine Tatsache, die sie, wenn sie ehrlich war, mit Stolz erfüllte. Und sie dankten es Giulia auf ihre Weise, mit frischen Eiern, Selbstgebranntem, mit Buchweizenkuchen, Schaffellen und ihrem berühmten *Bitto*, dem lombardischen Bergkäse, für den bereits Leonardo da Vinci geschwärmt hatte. In den Hängen des Grigno war Giulia Cesare eine still respektierte Autorität und die Gemeinschaft am Ende mehr wert als die Egos ihrer Mitglieder.

Und jetzt lag sie da, die tote Deutsche. Giulia schloss die Augen. Vom See herauf ertönte das Knattern der Motorräder und die Sirene einer *Ambulanza*. Die Moto-Guzzi-Fangemeinde war langsam erwacht und stürmte nun bereits den dritten Tag das sonst so verschlafene Städtchen Mandello del Lario. Giulia blies sich eine dunkle Strähne aus dem Gesicht, rieb sich die Augen und schaute verdrießlich auf den See. Carmelo Riso, der Kriminaltechniker, und sein Team waren weit und breit nicht zu sehen. Auch Tiziana, die Bestatterin, ließ heute erstaunlich lange auf sich warten. Von Brutus und seiner Decke ganz zu schweigen. Wenn das so weiterging, lag das Opfer noch heute Abend hier. Giulia blickte der Toten ins Gesicht. Es musste zwanzig Jahre her sein, seit sie die Frau das erste Mal gesehen hatte. Damals hatte die Krüger eine Gruppe junger Männer unter geträllerten Anweisungen dabei beaufsichtigt, wie sie ihren Umzugswagen ausräumten und nicht daran gedacht, dass sich die Nachbarschaft frühmorgens um vier möglicherweise in ihrer Nachtruhe gestört fühlen könnte. Fabio Romano, einer der direkten Nachbarn, gläubiger Katholik und als Angestellter der Bezirksverwaltung in Lecco erster Ansprechpartner für Angellizenzen am Comer See, hatte Giulia damals aus dem Schlaf geklingelt. Giulia, die eigentlich nicht zuständig gewesen war, aber beim Gedanken an Fabios berüchtigte Tobsuchtsanfälle auch nicht warten wollte, bis er die Krüger gewaltsam zum Schweigen brachte, hatte damals mit Engelszungen auf die Deutsche eingeredet. Doch beim Vorschlag, ihren Einzug auf den nächsten Morgen zu verschieben, hatte die Krüger bloß mit den Augen gerollt, hochmütig gelächelt und sie schließlich stehen gelassen. Als die Knabenmeute alle Möbel und Kartons im Haus verstaut hatte, war sie zurückgekehrt, hatte einen Flachmann aus ihrer Handtasche gezogen und Giulia sowie dem im Pyjama auf der Straße stehenden Fabio einen ordentlichen Schluck Jägermeister verabreicht. Fabio hatte sich, soweit Giulia wusste, von da an nie wieder über seine Nachbarin beschwert, und Giulia hatte sie, bis auf ein paar flüchtige Begegnungen in der Osteria, nie wieder aus der Nähe gesehen. Aber sie hatte ihr

Bild auch nach zwei Jahrzehnten noch genau vor Augen. Nicht weil sie besonders schön gewesen war, zumindest nicht auf den ersten Blick. Es war ihre Ausstrahlung gewesen, ihre Stimme, die üppigen Kurven und das goldene Haar. Wie sie da so vor ihr im Gras lag, war sie nicht mehr ganz so ansehnlich, aber immer noch die nordische Walküre aus Giulias Erinnerung.

Das quietschende Portal von St. Antonio holte Giulia aus ihren Gedanken. Ich muss Jacopo dringend bitten, die Tür zu ölen, dachte sie noch, da ertönte schon die krächzende Stimme des Campanaro Chiapponi.

»Es darf nicht klimpern! Es darf nicht klimpern!«, rief er immer wieder in forderndem Ton, wobei Giulia hörte, wie er den Klingelbeutel schwang, sodass die Münzen darin durcheinanderklirrten. Schließlich wurden Stimmen laut. Der Prete hatte die Messe nach mehr als zwei Stunden beendet, aber die Schäfchen kamen erst zu ihrem wohlverdienten Sonntag, wenn sie bei der Kollekte ihre Großzügigkeit unter Beweis stellten.

Giulia drückte ihren Rücken durch und räusperte sich. Es konnte losgehen.

»Giulia, meine Liebe, was machst du denn da? Willst du deine Eltern abho…? Jesus!« Die schrullige Giuliana hatte sie zuerst entdeckt. Wie ein kleines Mädchen, das etwas gesehen hatte, was nicht für Kinderaugen bestimmt war, schlug sie die Hände vors Gesicht, um – kaum dass ihr der Blick auf die Tote verwehrt war – die Finger zu spreizen und zwischen ihnen hindurchzuspähen.

»Gott im Himmel!«, gellte Eleonora Tommaso und ließ sich in die Arme ihres ziemlich unwirsch dreinschauenden Mannes fallen. Den durchaus kräftigen Francesco hatte die Wucht seiner stämmigen Gattin gänzlich unvorbereitet getroffen, sodass er mit einem langen Ausfallschritt nach hinten sein Gleichgewicht zu halten versuchte, was Eleonora wiederum der Länge nach hinschlagen ließ. Daraufhin schimpfte sie noch lauter, wobei ihre Aufmerksamkeit jetzt ganz ihrem ungeschickten Angetrauten galt. Luigi und Achille, ihre Enkelsöhne, wurden, bevor sie die Situation erfassen konnten, von der schönen Teresa geschnappt und unter wüstem Gezeter nach Hause geschoben, während ihr Mann Giovanni sich unschlüssig umsah, als wüsste er nicht, ob er ihr folgen oder Giulia seine Hilfe anbieten sollte. Schließlich entschied er sich für Ersteres.

»Ihr sollt den Namen des Herrn nicht missbrauchen, ihr Sünder«, keifte Campanaro Chiapponi. »Und das auch noch am heiligen Sonntag.« Aufgebracht lief er, so schnell ihn seine dürren Beine tragen konnten, in Giulias Richtung und drohte den Kirchgängern, die ihm allesamt neugierig gefolgt waren, immer wieder mit seiner erhobenen rechten Faust. Dann sah er Giulia und die tote Krüger und bedachte beide mit einem abschätzigen Blick. »Was hast du angestellt, Cesare? Wo sind Matteos Ziegen? Wenn den Viechern etwas passiert ist, bist du dran.«

Giulia, die Chiapponis Prioritätensetzung nicht im Mindesten verwunderte, reagierte gelassen. »Ich möchte euch alle bitten, nach Hause zu gehen und euch für eine Befragung durch die Polizei bereitzuhalten. Angelika Krüger ist einem Verbrechen zum Opfer gefallen, und ich werde dieser Sache nachgehen«, erklärte sie mit ruhiger Stimme. »Es besteht keinerlei Gefahr. Macht euch keine Sorgen.« Giulia konnte, was das anging, zwar lediglich Vermutungen anstellen, aber eine ermordete Deutsche war noch lange kein Grund, eine ganze italienische Ortschaft in Angst und Schrecken zu versetzen.

»So, wie Gott sie geschaffen hat!«

»Diese weiße Haut. Wusstest du, dass die Deutschen so weiße Haut haben?«

»Wieso sollte der Rest anders aussehen als ihre Kalkbeine, wenn sie sie in den See halten?«

»Herr, beschütze uns.«

»Ausgerechnet am Sonntag. Heiliges Italien!«

»Seit dem Krieg hat es das hier oben nicht mehr gegeben.«

Die Meute redete aufgeregt durcheinander. Zwei ältere Damen fielen in Ohnmacht, andere weinten oder blickten nur fassungslos auf den hüllenlosen Körper. Ein paar Frauen zischten ihren fast schon schamlos starrenden Männern etwas zu und zogen sie am Arm davon. In der Ferne sah Giulia, wie ihre Eltern, Maria und Piergiuseppe, ohne sich umzudrehen, schnellen Schrittes davoneilten. Angestrengt versuchte der Campanaro Chiapponi Ruhe in den aufgeregten Haufen zu bringen, wobei er zu jedem ein paar mehr oder weniger besänftigende Worte sagte, nicht ohne demjenigen dabei den Klingelbeutel unter die Nase zu halten. Das führte jedoch glücklicherweise dazu, dass einer nach dem anderen das Weite suchte.

Und dann kam der Pfarrer.

Der beleibte Prete Filippo mit seinem schweren Schritt und den ausladend schwingenden Armen blieb wie angewurzelt stehen, sah mit weit aufgerissenen Augen erst zu der Krüger, danach zu Giulia, machte ein paar linkische Bewegungen, faltete die Hände, senkte seinen Kopf auf die Brust und fing an, leise vor sich hin zu beten.

Während Giulia, die nicht einmal mehr das Vaterunser zusammenbrachte, ihn ein wenig peinlich berührt dabei beobachtete, verließ Cesira Negri als Letzte die Kirche. Sie ließ ihre Augen flink über die Köpfe der anderen huschen, erblickte schließlich den ins Gebet versunkenen Prete. Mit besorgter Miene eilte sie dann direkt auf ihn zu, blieb dicht hinter ihm stehen und stimmte ebenfalls in das Gebet ein. Währenddessen hastete der praktisch veranlagte Chiapponi in die Kirche, brachte die Kollekte in Sicherheit – zumindest vermutete Giulia das – und kam mit einem der Priestergewänder zurück. Mit einem Funkeln in den Augen, das Giulia an die unschöne Kindheitsepisode im Kirschbaum des Alten erinnerte, warf er ihr das Messgewand zu. Giulia verstand, und die Blöße der Krüger verschwand unter einem violetten, mit filigraner Goldstickerei verziertem Priestertalar. Dann wandte sich Chiappi mit besorgter Miene dem Prete zu, umfasste mit seinen dürren Fingern die Arme des Priesters und redete beruhigend auf den ihn um fast einen Meter überragenden Geistlichen ein. Die dahinterstehende Negri ignorierte er dabei völlig. Sie lauschte offenkundig einen Moment, bekreuzigte sich dann hektisch und eilte davon. Giulia, die sich erfolglos bemühte, irgendein Wort zu verstehen, beobachtete das Schauspiel aus den Augenwinkeln. Schließlich nickte der Prete kurz, rührte sich aber ansonsten nicht weiter und starrte ins Leere. Chiappi lief erneut in die Kirche und kam mit dem Messweinbecher zurück, der, so vorsichtig wie der Alte ihn vor sich her balancierte, randvoll mit gutem Wein gefüllt sein musste. Als der Prete danach griff, den Becher ansetzte und ihn in einem Zug leerte, wusste Giulia, dass ihre Beobachtungsgabe sie nicht getäuscht hatte. Was folgte, war ein ausgiebiges Abtupfen der priesterlichen Lippen mit einem karierten Stofftaschentuch und ein deutlicher Blick in Richtung des wartenden Chiappi. Der schnappte sich den Becher und rannte hektisch zurück in die Kirche.

Seinen geröteten Wangen nach zu urteilen, kehrte in den Prete allmählich das Leben zurück. »Was ist passiert, Signora Giulia?«, fragte er mit brüchiger Stimme.

»Das kann ich noch nicht genau sagen. Aber mit Sicherheit ist eines unserer Gemeindemitglieder, Angelika Krüger … nun ja, ermordet worden«, antwortete Giulia mitfühlend. »Brutus hat sie so, wie Gott sie schuf, gefunden.« Giulia, die sich ansonsten nie auf Gott bezog, hatte die Worte mit Bedacht gewählt. Bei dem hypertonen Prete, so wusste sie, bewirkte die bloße Erwähnung seines Herrn zuweilen mehr als die morgendlichen Blutdrucksenker, die er zu seinem Espresso und der dicken Portion Tiramisu, seiner ersten Mahlzeit des Tages, einnahm.

Der Prete schnaufte, machte eine verzweifelte Geste, schaute kurz gen Himmel und drückte sich das Taschentuch in die Augenwinkel, als müsste er Tränen wegtupfen. Schließlich stierte er durch seine zusammengekniffenen Lider wieder auf den Leichnam. Derweil kam Chiappi mit neuem Wein zurück.

»Also wirklich, Chiapesso, musste es denn ausgerechnet mein Lieblingsgewand sein? Das violette?«, ereiferte sich der Prete in vorwurfsvollem Ton, ohne seinen eilfertigen Gehilfen anzusehen. Dabei bekam sein rundes Gesicht eine unangenehme dunkelrote Färbung.

»Die Farbe der Buße«, rechtfertigte sich Chiappi. »Abgesehen davon habe ich die anderen im Pfarrgarten zum Auslüften aufgehängt.« Er fixierte den Priester ungerührt mit seinen stechenden, kalten Augen.

Der Prete knurrte, sagte jedoch nichts.

Giulia nahm diesen absurden Dialog verwundert zur Kenntnis. Der Prete war noch nie die Ausgeburt der Großzügigkeit gewesen. Sie erinnerte sich gut daran, dass Jacopo, der alle kleineren und großen Reparaturen in der Kirche und im Pfarrhaus verrichtete, nicht ein Mal auch nur eine bescheidene Aufmerksamkeit, geschweige denn ein paar Euro dafür bekommen hatte. Nicht, dass sie es darauf abgesehen hätten. Giulia verdiente gut bei der *Questura*, Jacopos Restaurationsbetrieb lief mittlerweile hervorragend, und sie hatten alles, was sie brauchten – aber eine nette Geste zeugte schließlich auch von Wertschätzung. Und wenn es ein paar Eier aus dem priesterlichen Hühnergehege gewesen wären, das Jacopo im Garten des Pfarrhauses errichtet hatte. Ein beleuchtetes Hühnerhaus, Stangen, Nestplätze und fuchssichere Maschendrahtzäune für über vierzig Tiere aufzubauen war keine Arbeit gewesen, die er mal eben so in der Mittagspause erledigt hatte. Zwei ganze Urlaubstage und ein Wochenende hatte ihr Mann in das Hühnerhobby des Pfarrers investiert. Aber nicht einmal, als ihre Mutter Maria am Ostersonntag in einen Streit mit ihrem Mann Piergiuseppe geraten war und ihm im Eifer des Gefechts die kompletten Eiervorräte an den Kopf geworfen hatte, war Prete Filippo imstande gewesen, auszuhelfen. Ein angeblicher Lichtmangel hatte die Tiere ihre Legetätigkeit einstellen lassen. Glücklicherweise muss diese Krise bereits einen Tag später wieder ausgestanden gewesen sein, denn Brutus hatte damals Camilla Damesi, eine der Damen des Kirchenchores, dabei beobachtet, wie sie fünf prall gefüllte Eierpappen für den Pfarrer auf dem Markt von Abbadia verkauft hatte. Der jetzt gezeigte Egoismus war allerdings selbst im Falle des Prete mehr als befremdlich. Oder war es schlichtweg der Schock über die nackte Verblichene auf seiner Pfarrwiese?

Chiappi, der brav gewartet hatte, bis der Pfarrer den zweiten Becher geleert hatte, sagte kein Wort. Als er sich gerade aufmachen wollte, einen Nachschlag zu holen, drangen wüste Schimpftiraden die Straße hinauf, von denen Giulia allein das deutsche Wort »Spaghettifresser« verstand. Sie kamen von drei Männern, die in schwarzer Motorradkleidung und mit ihren Helmen unter den Armen durch die Gemeinde liefen und erst verstummten, als sie direkt vor den Italienern standen.

»*Ciao* Mann, unsere Motorräder im Müll. Diese Nacht. Sie verschwunden. Nichts. Alles Zeugen. Moto Guzzi. Osteria«, sagte der eine auf Italienisch. »Drei.« Dabei hielt er vier Finger hoch.

»Der Google-Übersetzer ist auch nicht mehr das, was er einmal war«, kommentierte der Prete naserümpfend. »Habt ihr irgendetwas davon verstanden?«

»Ich vermute, man hat ihnen ihre Maschinen gestohlen«, bemerkte Giulia, während sie in ihrer Hosentasche nach ein paar Visitenkarten kramte. »Hier oben bei uns. Die Herren müssen Gäste der Osteria gewesen sein.«

»Widerliche, heimtückische Kartoffelschwänze.« Chiappis Gesichtszüge verhärteten sich, und in seinen Augen stand der blanke Hass. Ein Zucken erfasste seinen schmächtigen Körper. Es folgte eine zackige Armbewegung, der Messweinbecher flog mit Karacho in den Dreck, und er hastete davon, so schnell er konnte. »Gnade ihnen Gott, wenn sie Hand an meine Astore gelegt haben. Meine geliebte Astore!«, brüllte er wie von Sinnen.

Der Prete, dem die Verwunderung über einen solchen Umgang mit Kircheneigentum ins Gesicht geschrieben stand, schaute seinem Gehilfen nach, fühlte sich aber erstaunlicherweise nicht bemüßigt, das wertvolle Gefäß aufzuheben. Stattdessen wartete er, bis Giulia dies tat, um damit anschließend grußlos in der Kirche zu verschwinden. Giulia wollte sich gar nicht ausmalen, was die deutschen Touristen angesichts des Benehmens der beiden Männer dachten, zumal sie sah, dass einer von ihnen einen langen Hals in Richtung Angelika Krüger machte und dabei seinen Nachbarn immer wieder am Jackenärmel zupfte. Mit Händen und Füßen machte sie ihnen klar, dass sie sich am nächsten Morgen in der *Questura* in Lecco einfinden sollten. Die Visitenkarte tat dabei ein Übriges. Die Männer verabschiedeten sich, und Giulia konnte ihnen ansehen, dass sie nicht sicher waren, ob sie den Diebstahl ihrer Motorräder weiter beklagen oder lieber gleich das Weite suchen sollten. Vor allem, als einer von ihnen auf dem Fußweg fast von einem Bestattungswagen erfasst wurde.

Die Rostlaube des Bestattungsunternehmens *De Angelis & figli* hatte sich mit eingeschalteter Warnblinkanlage den Berg heraufgequält und kurz vor der Kirche gefährlich die Bordsteinkante touchiert. Gleich dahinter und ebenfalls bedrohlich dicht am Gehsteig tauchte der Kleinbus der Kriminaltechnik auf. Als die Autos nah genug heran waren, sah Giulia, dass Carmelo Riso und seine Truppe über ein Abschleppseil mit dem Bestattungsauto verbunden waren.

Auf Giulias Höhe quietschten die Reifen, und der Leichenwagen bremste abrupt ab, was den aufgeregt telefonierenden Carmelo dahinter sichtlich ins Schwitzen brachte. Tiziana De Angelis kletterte, ohne weiter auf das Auto im Schlepptau zu achten, aus dem Wagen. Sie war eine klein gewachsene Frau mit einem ausgeprägten Witwenbuckel, der ihrem ungesunden Lebenswandel, aber auch dem fortgeschrittenen Alter von über neunzig Jahren geschuldet war. So lange Giulia sich erinnern konnte, trug Tiziana ihre schwarz gefärbten Haare nicht länger als einen Zentimeter. Das Schneiden erledigte sie einmal im Monat mit einem Haarschneider selbst, was sich, wenn sie vergaß, das Scherblatt zu wechseln, regelmäßig als Desaster erwies. Heute jedoch zierten ihren Schopf keine kahlen Stellen. Ansonsten war alles wie immer. Tiziana trug ein schwarzes Schürzenkleid, dicke schwarze Wollstrümpfe, dazu schwarze Turnschuhe mit weißen Schnürsenkeln, und in ihrem Mundwinkel glomm eine Merit.

»Salve Giuli, was hast du denn heute für mich?«, fragte sie mit einer für eine Dame ihres Alters ungewöhnlich kräftigen Stimme.

Sie knallte schwungvoll die Autotür zu und tippelte zur Leiche hinüber, um diese ausgiebig in Augenschein zu nehmen. »Die große Angelika Krüger, soso. Und auch noch im Büßergewand.« Durch die Bewegung ihrer Lippen löste sich ein breites Stück Asche von der Zigarette und landete auf Tizianas üppiger Oberweite. Den grauen Schlieren auf dem schwarzen Stoff nach zu urteilen, passierte das häufiger. Tiziana störte sich nicht daran. »Ausgeträllert«, kommentierte sie knapp, als sie schon wieder auf dem Weg zurück zu ihrem Auto war.

Die Fahrertür des Busses der Kriminaltechnik wurde aufgestoßen, Carmelo Riso sprang heraus und trat mit voller Wucht gegen den Vorderreifen. »Verdammte Scheiße, so eine verdammte Scheiße! Ausgerechnet heute. Keiner hat Zeit. Das ist doch lächerlich! Wo leben wir denn? Typisch für die *Comaschi*. So was wäre in Palermo nicht passiert. Ihr Maul aufreißen, das können die hier. Was Besseres sein wollen, dass ich nicht lache …« Carmelos sizilianisches Temperament ging mit ihm durch. Er versuchte, sich am Abschleppseil abzuregen. Drei seiner Leute stiegen ebenfalls aus dem Bus und machten sich schweigend an die Arbeit. Giulia nickte ihnen kurz zu, bevor sie sich wieder Tiziana widmete.

»Was kannst du mir über die Krüger sagen?«, fragte sie. Giulia wusste, dass Tiziana über jeden in der Gegend um Abbadia Lariana etwas zu berichten hatte. Tiziana war das perfekte Personenlexikon der Lebenden und der Toten, tausendmal ergiebiger als der Tratsch in jeder Osteria zwischen Como und dem Ätna. Sie war die dritte Generation der bekannten Bestatterfamilie aus der kleinen, wenige Kilometer entfernten Gemeinde Linzanico. Ihr Urgroßvater, dem die Geschäftsidee während einer kurzen Episode als Gehilfe eines Militärarztes im zweiten italienischen Unabhängigkeitskrieg gekommen war, hatte das Unternehmen 1859 gegründet und bis zu Giuseppe Garibaldis Einzug in Como bereits zu einem florierenden Geschäft ausgebaut. Der Verlauf der Geschichte Norditaliens und seine Tüchtigkeit taten dabei ein Übriges. Der Name »De Angelis und Söhne« jedoch sollte ein Wunschtraum bleiben, denn der Familie wurden bis zum heutigen

Tag nur Töchter geboren, was dem Erfolg des Unternehmens allerdings keinen Abbruch tat. Generation vier und fünf, Tizianas Tochter und Enkelin, lebten pflichtschuldig ebenfalls die Bestatterdynastie fort, wobei Tiziana trotz ihres fortgeschrittenen Alters immer noch darauf bestand, »die besondere Fuhre«, wie sie es nannte, allein zu unternehmen.

»Die Krüger war *der* Star an der Mailänder Scala. 1972 war sie die Aida, als Mezzosopran.« Tiziana schüttelte ungläubig den Kopf. »Die Nero wäre die bessere Besetzung gewesen. Na ja, jedenfalls war das ihr Durchbruch. Von da an wurde sie weltweit gefeiert. Ich habe das nie verstanden. Mein geliebter Alessandro, Gott hab ihn selig …« Sie blickte kurz zum Himmel hoch und bekreuzigte sich. »Dieser nichtsnutzige kommunistische Bestattergehilfe hat sich seinerzeit an der nicht sattsehen können. Was auch immer er an diesen vulgären Teutonenweibern gefunden hat.« Sie schaute Giulia fragend an. Die musste an ihre einstige Liebe Rosario denken und bemühte sich um ein ausdrucksloses Gesicht. »Dabei hatte mein Vater uns die Karten zum Hochzeitstag geschenkt.« Ihr Blick verfinsterte sich. Sie zog einmal kräftig an der Zigarette, was einen erneuten Ascheregen nach sich zog. »Dass die auch noch zu euch auf den Berg gezogen ist … Haben die Reichen und Schönen nicht lieber eine Villa direkt am See? So wie der Clooney? Aber dafür hätte sie vielleicht länger arbeiten müssen. Und da sagt man immer, die Deutschen seien so fleißig. Mit achtundvierzig steht man doch noch voll im Saft. Das muss man sich mal vorstellen. Seit zwanzig Jahren macht die nichts.« Unwirsch schüttelte sie den Kopf. Sie schob die Ärmel ihres Kleides nach oben, schnippte die fast heruntergebrannte Zigarette auf die Straße, öffnete die hinteren Fahrzeugtüren und schlug mit der flachen Hand auf den sich darin befindenden Zinksarg. Ihr Auto verfügte über keine moderne Schiebevorrichtung für den Sarg, und es war auch sonst alles andere als zeitgemäß, aber es erfüllte seit über vierzig Jahren seinen Zweck, war lange abgeschrieben und treu wie der schlafende Rauhaardackel auf dem Beifahrersitz.

»Wenn ihr Jungs jetzt mal mit anpacken würdet.« Wieder klopfte sie gegen den Sarg. »Wird aber auch Zeit, dass die endlich wegkommt.«

Giulia schaute Tiziana prüfend an. Die Alte war zwar ein Raubein, aber sie hatte sie noch nie so ungehalten, ja pietätlos erlebt. »Was war die Krüger für ein Mensch? Du kanntest sie näher?«

Tiziana zuckte mit den Schultern. »Eine Operndiva eben. Mehr weiß ich nicht«, antwortete sie schmallippig. »Können wir jetzt? Ich muss noch nach Maggiana, und bei dem Spektakel da unten ist kaum ein Durchkommen. Ich habe mit deinen Leuten da«, sie wies auf die Kriminaltechniker, »schon genug Zeit verplempert. Zeit ist Geld, meine Liebe, auch bei uns Bestattern. Oder was glaubst du?« Ohne eine Antwort abzuwarten, schlurfte sie zur Fahrertür, stieg ein und zündete sich eine neue Zigarette an. Unvermittelt sagte sie: »Grüß den schönen Jacopo und pass gut auf ihn auf. Ich könnte ihm gefährlich werden.« Sie lachte heiser auf und wurde dann von einem heftigen Hustenanfall geschüttelt, sodass Glut und Asche in ihrem Wagen nur so umherflogen.

Giulia ahnte, dass es vorbei war mit Tizianas Plauderlaune. Die Alte wusste mehr über die Tote, das konnte sie förmlich riechen, aber sie würde nicht mehr preisgeben, zumindest nicht heute. Sie signalisierte einem der Kriminaltechniker, dass er gebraucht wurde. »Wir können die Frau doch wegbringen lassen?«, fragte sie freundlich, als der Mann neben ihr stand.

Der schaute unschlüssig zu Carmelo Riso hinüber. Dieser war jedoch so intensiv damit beschäftigt, eine Autowerkstatt zu finden, dass er keinen Kopf für seinen Job hatte. »Die Fotos haben wir im Kasten. Fontana war schon da, oder?«

Giulia bejahte, und kurz darauf befand sich Angelika Krüger in einem Zinksarg auf dem Weg in die Mailänder Rechtsmedizin. Brutus kam die Straße heraufgerannt. Über seinem Arm hing eine Bettdecke. Auf deren Bezug prangte in grellbunten Farben Ringo, der Held aus Italiens erfolgreichster Comicserie *Waisen*, in Kampfpose erstarrt.

***

»Der Zweitschlüssel liegt da drunter«, sagte Brutus und deutete mit der über seinem Arm hängenden Bettdecke auf ein Windlicht neben dem Hauseingang. »Wenn Signora Krüger für ein paar Tage verreist war, musste ich ihre Post auf den kleinen Schrank in der Küche legen. Kam allerdings nicht oft vor. Ab und zu bekam sie einen Brief aus Deutschland, von irgendeiner anderen Frau Krüger, aber das war bestimmt jemand aus der Familie. Werbung mochte sie gar nicht, die musste ich gleich entsorgen. Hin und wieder hat sie mir diesen schrecklichen Kräuterschnaps angeboten, den sie immer trank.« Brutus schüttelte sich. »Aber nett war sie. Also, für eine Deutsche.«

Giulia öffnete die Tür, trat ein und drehte sich auf der Schwelle noch einmal um. »Brutus, schaff den Kram nach Hause und geh zu meinen Eltern zum Mittagessen. Für mich fällt das heute flach.«

»Du bist immer noch sauer wegen der Sache mit der Decke, Giuli. Was hätte ich denn machen sollen? Jacopo war noch nicht fertig mit dem Dach. Dann bin ich eben zu mir gegangen. Und ich mag nun mal Comics …« Er schaute seine Freundin betrübt an.

»Geh. Wenn die Kriminaltechniker kommen, möchte ich nicht, dass du hier rumstehst. Und nein – ich bin nicht sauer«, antwortete Giulia mit der Sanftmütigkeit, die sie nur gegenüber Brutus walten ließ. Schließlich hatte ihr Freund sogar seine eigene Bettdecke zur Verfügung stellen wollen. Dennoch, den exaltierten Riso, den sie von der Kirche bis hierher toben hörte, besänftigen zu müssen, genügte ihr für den Moment.

Brutus verschwand.

Aus dem Haus der Krüger strömte ihr ein intensiver Blumenduft entgegen, eine schwere, süßliche Note, die sich überall am Körper festsetzte und die man nicht mehr aus der Nase bekam. Das Ganze vermischte sich mit einem Damenparfüm, das Giulia kannte, auf dessen Namen sie allerdings gerade nicht kam. Sie blieb stehen und schaute sich um. Das letzte Mal war sie als Kind in diesen Räumen gewesen. Damals hatte sie bei der alten Lucia, der dieses Haus einst gehört hatte, regelmäßig Bärlauch, Arnika, Mistel und Zistrose für ihre Mutter holen müssen. Die Namen der Kräuter hatte sie nie vergessen, warum aber die halbe Gemeinde darauf schwor, war ihr bis heute ein Rätsel. Als die Kräuterfrau Lucia gestorben war, hatte das Haus lange Zeit leer gestanden. Ein Bauernhaus aus dem 16. Jahrhundert ohne Strom und fließendes Wasser hatte damals einfach keiner haben wollen. Abgesehen davon behaupteten die Leute, dass es darin spukte und dass Lucia eine Hexe gewesen sei. Giulia, die alle mit ihren Tee-, Tinktur- und Salbenbestellungen zu Lucia geschickt hatten, war schon als Zehnjährige immun gegen diesen voraufklärerischen Humbug gewesen.

Die Krüger hatte das aus Feldsteinen erbaute Haus aufwendig renovieren lassen. Der schmale Flur war verschwunden, und Giulia stand in einer weitläufigen Küche, auf deren langem Esstisch sie die Quelle des Gestanks ausmachen konnte – ein riesiger Strauß weißer Lilien. Langsam bewegte sie sich durch die blitzblanken Räume, in denen sie durchweg auf mehr oder weniger üppige Lilienarrangements traf. Irgendwann war sie es leid, ihre Atmung auf ein Minimum zu drosseln, und riss zwei der Fenster zum Garten auf. Angelika Krügers Wohnungseinrichtung zeugte von Geschmack. Weit weniger gefielen der praktischen und eher zu Jeans und Birkenstocks greifenden Giulia die wallenden, großblumig gemusterten Seidengewänder, die sie im Kleiderschrank der Deutschen gefunden hatte. Überall an den Wänden hingen Fotos, auf denen man die Sängerin in teuren Abendroben und ergreifender Pose auf den Bühnen der bekanntesten Opernhäuser der Welt stehen sehen konnte. Irgendjemand hatte sich die Mühe gemacht, Daten und Orte auf den Bildern zu vermerken. Mailänder Scala, Wiener Staatsoper, Royal Opera – die Krüger war als gefeierter Star in der Welt herumgekommen. Tiziana und auch Brutus hatten nicht übertrieben, als sie sie als »die Große« tituliert hatten. Giulia hatte davon nie etwas mitbekommen, schließlich hatte sie weder ein Faible für Opern, noch hatte die Krüger zu denjenigen gehört, die ihre Hilfe in Anspruch genommen hatten. Offenbar hatte sie sich professionelle Handwerker leisten können. Wie einiges andere mehr. Dass sie vermögend gewesen sein musste, sah man auf den ersten Blick. Genauso wie die ausgeprägten Marotten. Giulia war im Arbeitszimmer angekommen. Stirnrunzelnd betrachtete sie einen Röhrenfernseher aus den Dreißigerjahren, dessen Innenleben vermutlich komplett ausgeschlachtet war. Denn da, wo eigentlich der Leuchtschirm hätte sein müssen, klebte ein großes Foto, das die Krüger in einem historischen Kostüm, mit langen schwarzen Haaren und ägyptischem Kopfschmuck zeigte. Vorsichtig drehte Giulia das Gerät halb herum und besah sich dessen Rückseite. Tatsächlich. Die Technik war verschwunden und zu ihrer Überraschung einem Plattenspieler gewichen. Sie fasste nach dem Tonarm und führte ihn vorsichtig auf die Platte. Ein lautes Kratzen ließ sie zusammenzucken, dann erschallten schrille Trompetenklänge. Dass sich darüber keiner der Nachbarn beschwert hatte, war Giulia ein Rätsel. Sie schob den Tonarm unsanft zurück.

»*Komm, Krieger, unser Rächer du, die Lust mit uns zu teilen; wir streuen Blumen und Lorbeern auf unsrer Helden Pfad. Heil dir, Ägypten. Heil!*«, schmetterte Carmelo Riso, der unbemerkt hinter Giulia getreten war, mit tiefem Bass, als die Musik längst verstummt war. »Verdi! Der zweitgrößte Italiener nach Berlusconi. Was für ein Genie!«, rief er mit überschwänglicher Begeisterung aus. Risos euphorische Aufwallungen waren ebenso legendär wie seine Wutausbrüche. Giulias Vater, Piergiuseppe, würde – wenn er denn bei seiner Frau Maria jemals zu Wort käme – behaupten, dass alle Süditaliener nur zum Quatschen auf die Welt gekommen waren, aber Giulia hielt nichts von Vorurteilen, auch dann nicht, wenn sie sich auf die eigene Heimat beschränkten. Carmelo Riso war für sie ein langjähriger Kollege, auf dessen emsiges und gründliches Team sie sich blind verlassen konnte und der ihr mit seiner überdrehten Art gehörig auf die Nerven ging. Der breitschultrige Mann mit den tiefblauen Augen und dem wuscheligen roten Haar war einer der Süditaliener, denen man heute noch die normannischen Besatzer ansah. Dabei lag diese Zeit gute tausend Jahre zurück. Er stammte aus einem abgelegenen Dorf, in dem man, wie auf Sizilien allgemein, die wechselvolle Geschichte der Insel am Phänotyp ihrer Bewohner erkennen konnte. Griechen, Araber, Wikinger, Spanier – die Insel hatte viele unterschiedliche Herrscher gesehen, die im Blut der Insulaner bis heute fortlebten.

»Berlusconi«, murmelte Giulia kopfschüttelnd vor sich hin, während sie von einem Stapel Programmhefte das oberste nahm und darin blätterte. Sie wusste, dass die Süditaliener zu den größten Anhängern Berlusconis gehört hatten. 2001 hatte der ehemals mächtigste Mann Italiens dort bei den Regionalwahlen alle Wahlkreise geholt. Aber diese Zeit war glücklicherweise lange vorbei. Auch die Sizilianer mussten einmal zur Vernunft kommen. Carmelo Riso mal ausgenommen.

»Ihre Ausstrahlung haut einen um. Aber richtig schön war die nicht«, sagte Carmelo beiläufig, ohne sich einen Schritt von Giulia wegzubewegen. Sein Rasierwasser hatte den Lilienduft übertüncht. Die Hände in den Hosentaschen, stand er da und betrachtete die Plakate an den Wänden.

»Müsste eigentlich genau dein Typ sein«, murmelte Giulia mit einem leicht unwirschen Unterton, ohne vom Schreibtisch aufzusehen.

»Na, na, nur kein Neid.« Carmelos kehliges Lachen dröhnte durch das gesamte Haus. Nachdem er sich gefangen hatte, stolzierte er umher, nahm hier und da ein Buch aus dem Regal, griff sich eine Platte, steckte seine Nase in eines der Blumengestecke, sah aus dem Fenster und verschwand schließlich. Wenig später hörte Giulia eine Toilettenspülung rauschen, woraufhin Carmelo zurück ins Zimmer trat. »Sie hat allein gelebt. Aber bei den Diven ist das vielleicht so. Die sind doch alle irgendwie seltsam« sagte er.

Giulia hatte am Schreibtisch Platz genommen und begutachtete die darauf befindlichen Dinge. Neben allerlei Nippes, einer Schreibfeder und einem Tintenfass sowie einer in einem silbernen Milchkännchen steckenden einzelnen Lilienblüte gab es noch ein mit aufwendigen Intarsien aus sich im Reigen wiegenden Putten versehenes, breites elfenbeinfarbenes Kästchen. Giulia griff danach und musste zu ihrem Erstaunen feststellen, dass es sich dem Gewicht, der glatten Oberfläche und dem gelblichen Schimmer nach wohl um echte Elefantenstoßzähne handelte. In dieser Größe und handwerklichen Verarbeitung hatte sie so etwas noch nie in der Hand gehabt. Es musste ein Vermögen wert sein. Ihr Geschmack war es trotzdem nicht, abgesehen davon, dass sie der Überzeugung war, dass niemand auf der Welt einen Elefantenstoßzahn brauchte außer ein Elefant. Äußerst behutsam – denn sie schätzte trotz aller ästhetischen und ethischen Einwände echte Handwerkskunst – hob sie den Deckel an und klappte ihn nach hinten. In der Schatulle befanden sich mehrere mit dunkelroten und blauen Samtbändern umwickelte Packen Briefe. Sie nahm einen der rot eingebundenen heraus, besah den Stapel von allen Seiten, schätzte die Umschläge auf eine höhere zweistellige Anzahl und versuchte, das Band zu lösen, wobei sie mit dem Knoten so ihre Probleme hatte. Carmelo, der hinter sie getreten war, blickte ihr dabei über die Schulter.

»Hast du nichts zu tun?«, fragte Giulia genervt.

»Ich schaue, was du entdeckt hast«, antwortete Carmelo seelenruhig.

»Wenn wir beide uns unterschiedlichen Aufgaben widmen, sind wir schneller fertig«, entgegnete Giulia. »Für die Aufklärung eines Gewaltverbrechens ist das vielleicht nicht von Nachteil.«

»Ich finde das aber jetzt spannender. Wenn Frauen Briefe auf diese Weise aufbewahren, dann müssen es schon besondere sein. Ich will wissen, was drinsteht. Außerdem will es Tilda heute Abend ganz sicher auch wissen, und wenn ich keine Ahnung habe …« Er fuchtelte mit seiner rechten Hand herum, als hätte er sie sich verbrannt. »Du weißt, wie die Frauen sind.«

Giulia senkte die Lider, biss sich auf die Lippen und dachte an

Tilda, Carmelos Ehefrau. Einer derartigen Verallgemeinerung hätte sie vehement widersprechen müssen, denn niemand war annähernd so wie Tilda Riso. Sie war der Inbegriff einer anstrengenden Zicke und gluckenhaften Ehefrau und trotzdem, das musste sie ihr neidlos zugestehen, dabei auch noch klug, selbstbewusst und als Chefdesignerin der Firma Marzotto in Sondrio sehr erfolgreich. Ganz abgesehen von ihrem bestechenden Äußeren. Zu allem Überfluss besaß sie auch noch im Gegensatz zu ihrem Mann eine erstaunliche kriminalistische Kombinationsgabe, was Giulia und Jacopo bei der ersten und einzigen Einladung zum Abendessen bei den Risos sofort aufgefallen war. Die vielen weiteren Aufforderungen Carmelos, einen gemeinsamen Abend zu verbringen, hatten sie mit verschiedenen Ausreden abwenden können. Noch einmal mehrere Stunden dieses durchgeknallte Paar aushalten zu müssen überstieg ihre Kräfte. Ansonsten überging sie Carmelos lockere Zunge, was dessen turbulentes Eheleben mit der Schwedin anging, großzügig und bemühte sich um einen professionellen Umgang mit dem Kollegen.

Giulia entknotete das Band, öffnete den ersten Umschlag und faltete den Brief auf. Carmelo atmete in ihren Nacken. Vor ihnen breiteten sich mehrere mit schnörkeligen Buchstaben in roter Tinte eng beschriebene Seiten aus.

»Ach, jetzt hör mir aber auf«, schnaufte Carmelo enttäuscht. Er nahm Giulia die Zettel aus der Hand und hielt sie sich unter die Nase. »Das gibt's doch nicht!«

Giulia widmete sich den übrigen Briefen. »Was hast du erwartet? Sie war Deutsche. Dass die in ihrer Muttersprache korrespondieren, soll vorkommen«, entgegnete sie ungerührt.

»Der hier an einen gewissen Claudio ist auf den 3. März 1968 datiert.« Carmelo blätterte. »Und mit ›Angelika‹ unterschrieben.« Er stutzte, legte das Papier vor Giulia auf den Tisch und schaute sie unschlüssig an. Die Stimmen seines eintreffenden Teams ließen sein Interesse mit einem Mal erlöschen, und er ging hinaus, um seine Kollegen zu begrüßen.

»Sie hat sich ihre Briefe wiedergeben lassen. Das machen wichtige Leute und die, die fürchten, dass der Adressat irgendwann etwas über sie preisgeben könnte«, murmelte Giulia vor sich hin. Sie ging die vor ihr liegenden Schreiben durch. 15. März 1968, 18. März 1968 ... das fünfundsechzigste und letzte stammte vom 3. Februar 1972. Sorgfältig packte sie alle wieder zusammen und zog nun jene Packen heraus, die ein dunkelblaues Samtband zierten. Zu ihrem Erstaunen waren es diesmal noch mehr Umschläge, wobei der Inhalt deutlich knapper ausfiel. Manchmal bestand er nur aus ein paar einzelnen Worten. Auf den ersten Blick ließ sich nicht einmal eine Anrede oder eine Unterschrift finden. Das Schriftbild war jedoch unverkennbar das von Angelika Krüger, allerdings wirkten die lang gezogenen Buchstabenbogen zuweilen etwas zittriger. Giulia kontrollierte die Datumsangaben, die penibel auf dem noch so kleinsten Nachrichtenschnipsel vermerkt waren. Die ersten Zeilen hatte Angelika Krüger am 3. Mai 1998 verfasst, die letzten waren zwei Tage alt. Wer auch immer der Adressat dieser Mitteilungen war, sie hatte ihm über zwanzig Jahre lang geschrieben. Dieser Mann – davon ging Giulia aus – hatte ihr achtundvierzig Stunden vor ihrer Ermordung ihre Briefe zurückgegeben. Und war damit eine erste Spur.

»Giulia, das musst du dir ansehen«, ertönte Carmelos Stimme aus dem angrenzenden Schlafzimmer.

4

»Nun sitzt nicht da und starrt mich an wie die Ölgötzen. Keiner von euch ist ein Unschuldslamm. Ihr redet jetzt. Und zwar alle.« Giulia bemühte sich um Fassung, am liebsten aber hätte sie jedem Einzelnen, allen, wie sie da mit ihren betont arglosen Gesichtern vor ihr hockten, eine Backpfeife verpasst.

Sie war vom Haus der Krüger direkt zur Osteria *Sali e Tabacchi* geeilt, da sie wusste, dass die männlichen Gemeindemitglieder nach dem sonntäglichen Mittagessen dort zusammenkamen, um bei einem Glas Grappa zu plaudern oder eine Runde Scopa zu spielen. Heute, auch das war ihr bewusst gewesen, hatte sich angesichts der toten Deutschen sicherlich keiner auf sein Kartenspiel konzentrieren können. Sie hatte sich zu ihnen gesetzt, jeden von ihnen nach der ermordeten Angelika Krüger befragt, war hart geblieben, hatte nachgebohrt. Doch keiner der Männer hatte irgendetwas über das Opfer zu sagen gewusst, das sie weitergebracht hätte. Eine durchgeknallte Operndiva, unnahbar, deutsch, mit einer akkurat geschnitten Buchsbaumhecke im Vorgarten. Jemand, der nicht dazugehörte, den man auf der Straße grüßte, zu dem man ansonsten aber keinen Kontakt pflegte, von dem man nicht einmal wusste, ob er Haustiere hatte oder regelmäßig in den Urlaub fuhr. Giulia hatte jeden in Ruhe angehört, den aufbrausenden Francesco, den gutmütigen Matteo, den Heißsporn De Luca, den rabiaten Fabio, den schüchternen Giovanni, ja sogar Piergiuseppe, ihren Vater. Auch ihren Freund Brutus, den aber nur, weil er sie so mitleiderregend angesehen hatte und Giulia nicht riskieren wollte, dass er sich ausgegrenzt fühlte.

Dann war sie laut geworden.

»Gut, ihr wollt es nicht anders.« Sie zog das ledergebundene Notizbuch aus ihrer Gesäßtasche, das die Kriminaltechniker unter dem Bett der Krüger gefunden hatten, schlug es auf und begann laut vorzulesen, was ihr der Google-Übersetzer auf die Schnelle ausgespuckt hatte. »Fabio Romano, 4. Mai 1998, zügig bei der Sache und mit wenig zufrieden – wird sich nicht mehr beschweren.«

Der junge De Luca jaulte vergnügt auf und machte eine ebenso eindeutige wie obszöne Geste mit seiner rechten Hand. Fabio Romano verzog das kalkweiß gewordene Gesicht, sprang von seinem Platz an der Theke auf, legte einen filmreifen Satz in Richtung De Luca hin und verpasste ihm einen Fausthieb, der ihn mitsamt seinem Stuhl nach hinten umkippen ließ. De Luca brauchte einen Moment, um sich hochzurappeln, während er sich wimmernd seine blutende Nase hielt. Die übrigen Männer schwiegen und sahen Giulia mit großen Augen an.

Die fuhr ungerührt fort. »Francesco Tommaso, 3. Januar 1999, besondere Vorliebe …«

»Hör auf!«, polterte Francesco. »Ja, ich hatte was mit ihr.« Er wand sich. »Eleonora hat sich immer so mit ihrem Asthma und der Bandscheibe. Es war ein einmaliger Ausrutscher. Das müsst ihr mir glauben.« Mit flehendem Blick sah er von einem zum anderen.

Die Männer machten nicht den Eindruck, als ob sie sich für Francescos Rechtfertigungsversuche interessierten. Mit Gesichtern, in denen das Entsetzen über ihre aufgeflogenen Eskapaden und die Wut der Gehörnten geschrieben standen, ertrugen sie die unwürdige Situation durch stoisches Abwarten.

Giulia blickte mit süffisanter Miene in das Büchlein, bewegte lautlos die Lippen und nickte dazu. »Dreiundzwanzigmal in neunzehn Jahren«, sagte sie schließlich, worauf der Koch Fabrizio mit einer Flasche Grappa hinter der Theke hervorkam und sie vor Francesco auf den Tisch stellte. Der füllte mit zittriger Hand sein Glas und kippte den Schnaps in einem Schluck hinunter. »Kaum mehr als einmal im Jahr. Was für eine Quote«, murmelte er enttäuscht.

»Wieso ausgerechnet du?«, blaffte Matteo. Er hatte sich zu Francesco umgedreht und starrte ihn an. »Bei mir hatte sie nicht einmal Zeit, sich die neugeborenen Zicklein anzusehen. Aber meinen *Bitto*, den mochte sie.« Matteo, ein gedrungener, krumm gewachsener Mann mit schütterem Haar, lächelte selig bei dem Gedanken und gab damit den Blick auf die ausgedünnte Zahnreihe seines Oberkiefers frei.

Fabrizio lachte erleichtert. Augenscheinlich war der Koch gerade auf einen Leidensgenossen gestoßen.

Francesco blickte gequält drein und gönnte sich einen zweiten Klaren.

»Aber mich hat sie wirklich geliebt«, presste Giovanni mit traurigen Augen hervor. »Für mich war sie immer da.«

»Kannst du dich nicht in deiner Altersklasse tummeln? Das Feld ist in unserem Alter ohnehin schon dünn besiedelt, also mit Frauen, die etwas hermachen«, entgegnete Fabrizio, dem man den Neid auf den gut dreißig Jahre jüngeren Giovanni deutlich ansah.

»Genau. Und mit solchen, die einen auch mal ranlassen«, kommentierte Fabio mit noch immer vor Wut geröteten Wangen und unter dem Kneten seiner Hände.

Giulia, die sie alle in diesem Buch gefunden hatte, hatte ins Schwarze getroffen. Die Namen, die Datumsangaben und die wenigen übersetzten Zeilen waren eindeutig. Das Verhalten der Männer auch. Wenn ihr morgen Mittag die Notizen und die Dutzende Briefe der Krüger in italienischer Übersetzung vorlagen, würde sie weitersehen. Vorausgesetzt, sie konnte so schnell einen Übersetzer auftreiben. Ihren Vater Piergiuseppe mehrfach in diesem seltsamen Buch erwähnt zu finden, darauf hätte sie allerdings liebend gern verzichtet.

»Euch ist ja sicherlich klar, dass ihr damit alle zum Kreis der Verdächtigen im Mordfall Krüger gehört. So wie ich das sehe, habt ihr alle ein Motiv. Oder eure Frauen. Ihr versteht daher gewiss, dass ich meine Befragungen ausweiten muss. Morgen früh um zehn findet ihr euch in meinem Büro in der *Questura* ein. Ich hoffe für euch, dass ihr mir plausibel erklären könnt, was ihr heute zwischen Mitternacht und zwei Uhr früh gemacht habt. Eure Ehefrauen befrage ich natürlich ebenfalls.« Giulia stand auf und verließ mit ernster Miene und ohne ein weiteres Wort die Osteria. Die Wahrheit war: Sie hätte für jeden dieser Männer die Hand ins Feuer gelegt. Sie mochten Kindsköpfe, Schlitzohren, eitle Gecken sein, die sich um die einzige Fremde hier oben, die womöglich temperamentvoller und zupackender als ihre Ehefrauen war – was auch immer man von den Klischees über deutsche und italienische Frauen glauben mochte –, wie die Fliegen geschart hatten. Aber sie waren keine Mörder. Die meisten von ihnen hatten sich der Lächerlichkeit preisgegeben, und nun waren sie, die Menschen, die sie seit ihrer Kindheit kannte, die zu ihrem Leben gehörten, die sie mochte, in einen Mordfall verwickelt, in dem sie zu ermitteln hatte. Giulia ahnte schon jetzt, dass das Probleme mit sich bringen würde. Dennoch, nachdem sie sie allesamt so schamlos angelogen hatten, empfand sie diese für sie ungewöhnlich harschen Worte als gerechte Strafe. Alles andere würde sich finden, müsste sich finden, wenn es bleiben sollte, wie es war. Unschlüssig über ihre weitere Strategie hielt sie auf der Türschwelle inne, bog dann schließlich nach rechts ab und machte sich auf den Weg nach Hause, wo Jacopo mit Sicherheit bereits auf sie wartete. In der Osteria, in der bei Giulias Abgang Totenstille geherrscht hatte, brach, kaum, dass sie durch die großen Fenster nicht mehr zu sehen gewesen war, ein Streit los, wie es ihn am Berg selten zuvor gegeben hatte. Die wüsten Beschimpfungen, die sich die Männer gegenseitig an den Kopf warfen, konnte Giulia noch aus einiger Entfernung hören. Besonders, als sich die Tür der Osteria öffnete und Brutus das Weite suchend hinausgeschlüpft kam; kurz darauf war er mit schnellen Schritten zu Giulia aufgeschlossen.

»Stand mein Name eigentlich auch drin, in diesem Notizbuch?«, fragte er unsicher und ohne seine Freundin dabei anzusehen.

»Gibt es etwas, was du mir verschwiegen hast?«, fragte Giulia, obwohl sie sich ganz sicher war, den Namen ihres Freundes nicht gelesen zu haben.

»Natürlich nicht, Giuli«, entgegnete Brutus empört. »Ich dachte bloß …«

»Du warst auch aufgeführt, aber nur unter denen, für die sie geschwärmt hat«, schwindelte Giulia.

Brutus schwieg. Schließlich fand er seine Sprache wieder. »Aber da hätte sie doch einmal etwas sagen können.« Ein tiefer Seufzer hallte durch die leeren Straßen von Abbadia Lariana. Dann begann es zu regnen.

***

»Na, Pipistrello, hast du der Gerechtigkeit schon zum Erfolg verholfen, auch ohne Schuhe?«, fragte Jacopo mit weicher Stimme, als sie die Küche betrat. Er saß wie so oft am Tisch und brütete im Schein der grellen Deckenlampe über seinen Plänen. Die Küche, der wichtigste Raum ihres Hauses, das eigentlich zu einem erheblichen Teil aus einem alten Wehrturm, dem *Torre del Barbarossa*, bestand, lag im Erdgeschoss, war kaum zwölf Quadratmeter groß und ohne das Einschalten der elektrischen Beleuchtung quasi nicht nutzbar. Das einzige Fenster, das in Richtung der Nachbarn lag, wurde durch deren kaum dreißig Zentimeter entfernte Hausmauer so gut beschattet, dass Jacopo es kurzerhand zur Regalfläche für seine Gewürze umfunktioniert hatte, was das letzte bisschen Licht nun fast gänzlich am Einfallen hinderte. Jacopo war ein leidenschaftlicher Koch und hatte als solcher natürlich eine Schwäche für elektrische Küchengeräte jeglicher Art – vom Backautomaten über Wok und Tajine bis zum vollautomatischen Kirschentkerner. All das steckte in drei deckenhohen, eng bestückten Wandregalen. Das Teuerste jedoch waren der Herd, Jacopos ganzer Stolz, dessen eingebauter Dunstabzug ohnehin jegliche Lüftung obsolet werden ließ, der danebenstehende Backofen mit integriertem Dampfgarer und natürlich der Weinkühlschrank. Am Küchentisch, der kaum mehr als einen Quadratmeter groß war, spielte sich bei Giulia und Jacopo das halbe Leben ab. Hier wurde gefeiert, gestritten, diskutiert und gearbeitet. Das war nicht nur bequem, sondern auch dem Umstand geschuldet, dass es im Torre bis auf ein Schlafzimmer mit Bad und ein kleines Wohnzimmer keine weiteren Räume gab. Dafür bot der lauschige Innenhof eine perfekte Ergänzung, und wo, wenn nicht in Italien, konnte man wunderbar laue Sommernächte im Freien verbringen?

Jacopo fuhr sich fahrig durch die Haare, und sie konnte ihm ansehen, dass er noch nicht zufrieden war. Die Restauration der beiden barocken Orgelhäuschen im Hauptschiff des Doms zu Como bereitete ihm schon seit Wochen Kopfzerbrechen. Der heilige Abbondio, auf der Spitze des rechten Häuschens, war Opfer einer Taubenplage geworden, deren einzelne Exemplare sich in die Kathedrale verirrt und mit Vorliebe über dem Haupt des einstigen Bischof von Como ihren Darm entleert hatten. Die Schärfe des Kotes hatte die Figur nicht nur ihren goldenen Glanz, sondern auch einen Teil ihrer Nase gekostet, was für Jacopo eine echte Herausforderung darstellte; zumindest behauptete er das. Giulia hingegen war der Meinung, dass es nichts gab, was ihr Mann mit seinen geschickten Händen nicht wieder richten konnte. Noch heute ging sie hin und wieder erstaunt durch ihr gemeinsames Haus, den Barbarossaturm, und bewunderte Jacopos Arbeit. Der Torre de Barbarossa mit dem angrenzenden Wächterhaus stammte aus dem 12. Jahrhundert und war dafür bekannt, dass der deutsche Kaiser Friedrich I. hier im Jahr 1158 übernachtet hatte. Bis vor ein paar Jahren waren die Leute dann nur noch gekommen, um den stetigen Verfall des alten Gemäuers zu bedauern. Schließlich hatte die Gemeinde, die nicht das Geld für die Erhaltung all ihres kulturhistorischen Erbes besaß, die Ruine zum Verkauf angeboten. Jacopo, der eigentlich lieber wieder an das gegenüberliegende Seeufer gezogen wäre, hatte Giulias Drängen unter einer Bedingung nachgegeben: Er allein durfte sich beim Wiederaufbau verwirklichen. So hatte, bis auf Jacopos Bruder, ein Schneider aus Onno, kein anderer Hand angelegt, was dem frisch vermählten Paar vier Jahre im Gästezimmer der Familie Cesare eingebracht hatte. Doch das war lange vergessen.

»Mhm, frag bloß nicht«, antwortete Giulia schmallippig, ließ sich auf einen der Küchenstühle fallen, goss sich das Glas, das Jacopo für sie bereitgestellt hatte, randvoll mit Barolo und nahm gierig einen großen Schluck.

»Hey, so trinkt man nicht einmal einfachen Landwein«, sagte Jacopo belehrend. »Erzähl mir, was passiert ist, und genieß den Wein. Er hat es verdient.«

»Da gibt's nicht viel zu erzählen. Das halbe Dorf hatte ein Verhältnis mit der Deutschen …« Sie musterte ihren Mann prüfend.

Der hob abwehrend beide Hände. »Denk nicht einmal daran.«

Sie grinste, wobei sie ihre Erleichterung kaum verbergen konnte, und erzählte ihm von dem geheimnisvollen Buch, in dem die Krüger ihre Liebhaber aufgelistet hatte. »Sie stehen alle unter Mordverdacht, rein theoretisch zumindest. Oder ihre Frauen. Du hättest sie sehen sollen, diese Kindsköpfe. Und dann auch noch Brutus.« Sie schüttelte den Kopf, dass ihr Zopf umherflog.

»Brutus auch?«, fragte Jacopo ungläubig. »Das hätte ich nie für möglich gehalten. Das ist doch mal was.« Er rieb sich feixend die Hände.

»Eben nicht. Alle anderen. Alle außer ihm«, entgegnete Giulia. »Und jetzt hör auf mit deinen Späßen. Meine Freunde, alle, mit denen ich aufgewachsen bin, die mir wichtig sind, kommen als Mörder infrage. Sie haben mich angelogen«, sagte sie nachdenklich. »Sogar mein Vater taucht in diesem Buch auf.«

»Piergiuseppe, der heimliche Adriano Celentano?« Jacopo lachte auf.

»Du sollst ihn nicht immer so nennen«, beschwerte sich Giulia.

»Er findet das gut. Celentano ist doch sein großes Vorbild«, wandte Jacopo ein.

»Du nimmst ihn hoch, dabei ist er ein alter Mann.« Giulia zog einen Flunsch.

»Celentano auch«, witzelte Jacopo. Dann kam er zurück zum eigentlichen Thema. »Dein Vater hatte ein Verhältnis mit der Krüger?«

»Ich hoffe es nicht«, erwiderte Giulia kleinlaut.

»Giuli«, er fasste nach ihrer Hand. »Es sind auch nur Menschen. Das vergisst du immer. Die heile Welt, die du hier oben siehst, die existiert nicht. Nimm die rosarote Brille ab, Pipistrello. Und erwähne davon bloß kein Wort gegenüber deiner Mutter.«

Giulia war zum Heulen zumute. Natürlich war sie nicht so naiv, zu glauben, dass der Ort ihrer Kindheit, ihr Lebensmittelpunkt, frei von Gewalt und krimineller Energie war. Keineswegs. Aber ein Mord unter ihresgleichen, die schonungslose Realität ihres Jobs direkt vor der eigenen Haustür, das hatte sie nachdenklich gestimmt. Die Welt der Kapitalverbrechen und der Kriminellen sollte draußen bleiben, in ihrem anderen Leben. Sie leerte ihr Glas, stand auf und küsste ihren Mann auf die Stirn. »Du hast mit allem recht, wie immer. Mach nicht mehr so lang. Gute Nacht.«

Sie war noch nicht ganz aus dem Raum, da sagte Jacopo, ohne aufzuschauen: »Ach, übrigens. Ich habe vorhin ein paar Kastanien an der Cascata geholt. Was meinst du wohl, ist die jauchzende junge Dame, die von einem halb nackten Fontana quer über unsere Terrasse verfolgt wurde, schon volljährig?« Er hielt inne, und ein Lächeln zuckte um seine Mundwinkel. Dann grinste er breit. »Schäm dich, Commissario.«

***

»Guten Morgen, mein Name ist Doktor Barbara Wohlgemuth. Tiziana De Angelis schickt mich. Sie sagte, Sie brauchen meine Hilfe. Heute früh um acht sollte ich mich einfinden.« Sie warf einen kritischen Blick auf ihre Armbanduhr und auf die Wanduhr in Giulias Rücken. Schließlich zog sie die linke akkurat gezupfte Braue nach oben und bedachte ihr Gegenüber mit einem strafenden Blick.

Giulia, der die Nacht noch in den Knochen steckte und die kaum ihre Lider offen halten konnte, schaute die Frau vor ihrem Schreibtisch fragend an. Sie konnte sich nicht erinnern, Tiziana um Unterstützung gebeten zu haben, erst recht nicht in Gestalt einer groß gewachsenen, streng dreinblickenden Dame, deren Italienisch bemüht korrekt war und dabei doch bei jedem Zungenschlag ihre deutsche Abstammung verriet.

»Tizianas Enkeltochter nimmt Deutschunterricht bei mir«, erläuterte Doktor Wohlgemuth im Brustton der Überzeugung, als ob das als Ausweis ihrer Sprachkompetenz ausreichte. »Ich habe genau zwei Stunden, bevor mein nächster Schüler kommt«, erklärte sie weiter.

Giulia zog ihr Haarband fest und nickte zögerlich. Sie hatte noch nie auf die Dienste einer Dolmetscherin zurückgreifen müssen und war sich nicht sicher, welche rechtlichen Voraussetzungen dafür erfüllt sein mussten – immerhin handelte es sich um Einsichtnahme in das Beweismaterial in einem Mordfall. Aber schließlich war sie eine italienische Polizistin im Range eines Commissario, und die Zeit drängte. Da sollten zwei Zeilen zur Geheimhaltungspflicht genügen. Ansonsten konnte sie sich auf die gute Tiziana verlassen, was auch immer diese im Schilde führte. Dass sie eine Übersetzerin brauchen würde, hatte sie eigentlich nicht wissen können. In jedem Fall hatte sie gerade ein Problem gelöst. Das könnte die Ermittlungsarbeit erheblich beschleunigen. »Sie sprechen Deutsch! Entschuldigung … ich hatte Sie nicht erwartet. Tiziana muss wohl vergessen haben, mir Bescheid zu sagen. Ich freue mich, dass Sie hier sind.« Giulia lächelte charmant und gab der Dame zu verstehen, dass sie an dem schmalen Tischchen, das an Giulias Arbeitsplatz grenzte, Platz nehmen sollte. Als sie deren irritierten Blick registrierte, sagte sie: »Ich kann Ihnen leider kein eigenes Büro zur Verfügung stellen. Die Platzverhältnisse bei uns in der *Questura* sind beschränkt. Aber wenn Sie etwas anderes brauchen? Einen Espresso vielleicht?«

Doktor Wohlgemuth schüttelte den Kopf, und Giulia konnte ihr ansehen, dass sie der alten Tiziana gerade einen großen Gefallen tat. Ohne weiter nachzufragen, reichte sie ihr die Schriftstücke und widmete sich wieder den Nachrichten in ihrem E-Mail-Postfach. Das Licht des Computerbildschirmes flimmerte vor ihren müden Pupillen. Sie dachte an die schrecklichen Augenringe, die sie heute früh im Spiegel gesehen hatte, und an die gestrige Nacht. Es war kurz nach Mitternacht gewesen, da hatte der Erste um Einlass gebeten, und bald hatten die Verdächtigen einer nach dem anderen vor ihrer Haustür gestanden. Im Viertelstundentakt hatten sie die gusseiserne Glocke bemüht. Giulia hätte es auch nicht gewundert, wenn sie alle gemeinsam gekommen wären, um sich von ihr die Absolution zu holen. Die *Comaschi* konnten streiten wie die Kesselflicker, aber am Ende standen sie zusammen. Jeder von ihnen hatte ihr sein Herz ausgeschüttet, unter Tränen oder mit der Faust in der Tasche, und alle hatten sie geschworen, dass ihre Frauen nichts davon gewusst hatten. Nicht einer – und das fand Giulia wirklich erstaunlich – hatte jemals einen Liebesbrief oder auch nur ein paar Zeilen von der Krüger erhalten, weder in deutscher noch in italienischer Sprache. Nicht dass sie auch nur ein einziges deutsches Wort verstanden hätten. Der geheimnisvolle Inhalt des Elfenbeinkästchens musste also an jemand anderen gerichtet gewesen sein. Was auch immer die deutsche Frau Doktor an ihrem Nachbartisch aus den Aufzeichnungen der Krüger über ihre Freunde herausbekommen würde – Giulia wusste es bereits. Was sie aber schließlich etwas beruhigt hatte, waren die Alibis der Männer gewesen, und auch, wenn sie noch nicht einmal damit angefangen hatte, sie zu überprüfen, hatten diese ihr wenigstens für ein paar Stunden die dringend gebotene Nachtruhe beschert. Alle wollten bis tief in die Nacht beim Guzzi-Fest gewesen sein, zuweilen gemeinsam, was Giulia für absolut glaubhaft hielt, zumal sie einige der Männer dort auch getroffen hatte. Sie selbst hatte mit Jacopo am Samstagnachmittag den alten Windkanal des historischen Werkes besichtigt und war danach an einem der zahlreichen Weinstände hängen geblieben. Allerdings hatten Jacopo und sie die ausgelassenen Massen bereits gegen zehn Uhr verlassen. Sie beide feierten gern, aber nicht, wenn am nächsten Morgen die Reparatur eines Grabgebäudes auf dem Friedhof anstand.

»Was über Piergiuseppe Cesare zu lesen ist, wovon ich annehme, dass es Sie am meisten interessieren dürfte, ist vollkommen belanglos«, sagte die Dolmetscherin, ohne den Kopf zu heben. »Die Dame, die ihr männliches Umfeld katalogisiert hat, wollte mehr von Herrn Cesare, als er ihr zu geben bereit war. Dabei, das muss man schon sagen, war sie offenbar äußerst hartnäckig. Vermutlich ist Herr Cesare ein attraktiver Mann.« Bei dem letzten Satz taxierte sie Giulia dreist. »Was die anderen Herren angeht, nun ja, Signor Cesare war diesbezüglich wohl eine Ausnahme. Der Rest wollte und durfte oder wollte und durfte eben nicht. Sie hat all jene, die das Vergnügen hatten, bezüglich ihrer Leistungsfähigkeit und Qualitäten beurteilt und danach, was sie ihnen an Gegenleistungen abverlangen konnte. Von einer kostenlosen Anglerlizenz bis zur wöchentlichen Portion *Bitto* ist alles dabei. Ich schreibe Ihnen das Ganze auf, nehme ich an?«, fragte sie forsch.

Giulia, der wegen ihres Vaters ein Stein vom Herzen gefallen war, nickte. Sie hätte den guten Piergiuseppe nicht verurteilt, moralische Erhebungen über andere waren nicht ihr Ding. Aber Mutter Marias Rachefeldzüge, die sie erfahrungsgemäß mühelos über Monate und in der Form eines Grabenkrieges ins Werk setzte, brauchte wirklich niemand. Giulia erinnerte sich noch allzu gut an das letzte Mal. Piergiuseppe hatte der schönen Teresa eine schwere Einkaufstasche aus dem Auto gehoben und ins Haus getragen. Ganze sechzig Sekunden war er dabei aus dem Blickfeld seiner Frau, die ihn durchs Küchenfenster beobachtet hatte, verschwunden gewesen. So wie Teresa, die ihm die Tür aufgehalten hatte. Für Maria war das der eindeutige Beweis, dass es mehr gewesen sein musste als eine freundliche, nachbarschaftliche Geste. Giulia fragte sich bis heute, was ein über siebzigjähriger Mann mit Bruchband und arthritischen Fingern in einer Minute bei einer jungen Frau auszurichten vermochte. Im Ergebnis erhielt Piergiuseppe von seiner Gattin drei Monate Hausverbot. Dies bescherte Giulia eine durchaus intensive Zeit mit ihrem Vater, den sie gezwungenermaßen bei sich aufgenommen hatte. Es war sogar so weit gekommen, dass sie dem Alten neue Unterhosen kaufen musste, weil Maria sich geweigert hatte, ihm wenigstens Wechselunterwäsche einzupacken. Allerdings gab es ohnehin nicht mehr viel einzupacken, denn während der gutmütige Piergiuseppe seine nachbarschaftlichen Pflichten erfüllt hatte, hatte Maria seine Boxershorts in tausend Teile zerschnitten und dabei nicht einmal vor dem Ersatzbruchband haltgemacht. Giulia atmete tief durch und fragte sich, ob die Krüger ihren Vater in Anbetracht eines zusammengeflickten Bruchbandes immer noch so reizvoll gefunden hätte.

Doktor Wohlgemuth räusperte sich verlegen. »Nur eines ist seltsam.« Nachdenklich wischte sie wiederholt mit der rechten Handfläche über den Falz der aufgeschlagenen Kladde.

»Und was?«, wollte Giulia wissen.

»Das Buch ist ja lediglich halb beschrieben. Also, nicht dass Sie mich falsch verstehen – die Zahl der Liebhaber ist schon beachtlich. Trotzdem. Ich dachte zunächst, da kommt nichts mehr. Aber hier.« Sie hielt Giulia das aufgeschlagene Notizbuch entgegen. »Mittendrin gibt es mehrere Seiten über einen Campanaro Chiapponi, die nicht recht zu dem restlichen Inhalt zu passen scheinen.« Doktor Wohlgemuth blätterte hin und her, schüttelte immer wieder den Kopf und verzog den Mund zu einem schmalen Strich.

Giulia stutzte. An den hatte sie überhaupt nicht gedacht. Ausgerechnet Moto-Guzzi-Chiappi, der sonst den Moralapostel spielte. Wenigstens schien er in seinem Hass auf alles Deutsche bei den Frauen eine Ausnahme zu machen. In diesem Fall bestand doch noch Hoffnung für diesen verbohrten alten Chauvinisten.

Die Wohlgemuth rümpfte die Nase, schob das Buch von sich weg, verschränkte die Arme vor ihrer schmalen Brust und spitzte die Lippen. »Zwischen Ihrem Mordopfer und diesem Herrn muss es eine Art Kleinkrieg gegeben haben. Am Anfang klingt das alles …«, sie dachte nach, »na ja, harmlos wäre das falsche Wort. Ich würde sagen: seltsam. Sie hörte zum Beispiel gern Wagner-Opern in ihrem Garten, und er behauptete, dass seine italienischen Hühner bei den deutschen Klängen, also, um genau zu sein, steht hier, ›bei dem Führergeträller‹, keine Eier legen könnten.«

Giulia grinste in sich hinein. Das war Chiappi, wie er leibte und lebte. Sie erinnerte sich, dass der Alte seinerzeit bei der Ankunft der Krüger ein Riesentheater bei der Gemeindeverwaltung aufgeführt hatte. Die Rückseiten ihrer Gärten grenzten auf einigen Metern aneinander, und Chiappi fand es unzumutbar, mit einer Deutschen Tür an Tür leben zu müssen. Sogar eine finanzielle Entschädigung hatte er gefordert. Niemand hatte ihn damals ernst genommen. Er war nun einmal ein alter Mann, der über die Erfahrungen des Krieges nicht hinwegzukommen schien beziehungsweise – das war eher Giulias Vermutung – ein gesundes Feindbild pflegte, um sich fit zu halten. Regelmäßige Anregungen des Herz-Kreislauf-Systems sollen ja Wunder wirken.

»Hallo? Hören Sie mir überhaupt zu?«, herrschte Signora Wohlgemuth sie an. Die Anfeindungen des Campanaro gegenüber einer ihrer Landsleute schien ihr aufs Gemüt zu schlagen. »Im Ergebnis jedenfalls hat er ihr einen Stein durchs Fenster geworfen, in der Absicht, damit ihren Plattenspieler zu treffen.«

»… und dabei den Fernseher zerschmettert«, murmelte Giulia in Gedanken.

»Wie meinen?« Signora Wohlgemuth rutschte auf ihrem Stuhl nach vorne, drückte den Rücken durch und zog das Notizbuch wieder zu sich heran. »Jedenfalls hat sie alle Übergriffe minutiös mit Datum und Uhrzeit aufgeführt, die dieser *Herr*«, das Letzte spuckte sie fast aus, »ihr in den letzten zwanzig Jahren hat zuteilwerden lassen.«

»Albern«, kommentierte Giulia.

»Wie man es nimmt. Oder finden Sie es lustig, wenn jemand auf den Besuch schießt, der gerade an ihrer Haustür klingelt?«

»Wann ist das zum ersten Mal vorgekommen?«, wollte Giulia wissen.

»Am, Moment … 4. Mai 1998.«

»Dann hat er auf Romano geschossen«, murmelte Giulia gedankenversunken.

Frau Wohlgemuth blätterte rasch um, suchte mit dem rechten Zeigefinger die richtige Zeile und gab einen anerkennenden Schnalzlaut von sich. »Gut kombiniert. Stimmt genau.«

»Steht da, auf wen der Alte noch gezielt hat?«

»Hier: Fabio Romano, Matteo … Also wenn ich es richtig sehe, auf all diejenigen Herren, die auch einen Eintrag bekommen haben.«

»Sonst keiner?«, hakte Giulia nach.

Die Dolmetscherin warf einen erneuten Blick ins Buch. »Entschuldigung, ich habe mich vertan. Hier ist noch ein Name. Alfonso Fabio Gazetti.« Das Papier raschelte, so schnell blätterte sie. »Der taucht lediglich in diesem Zusammenhang einmal auf, vor fast genau einem Jahr. Aber da war keine engere Verbindung, wenn Sie verstehen … also zumindest nicht schriftlich hinterlegt.«

Giulia verstand weniger, als ihr lieb war. Auf dem Berg gab es keinen Alfonso Fabio Gazetti. Offenkundig hatte dieser Mann jedoch auch kein Verhältnis mit der Krüger gehabt oder keines, dass sie dokumentiert hatte. Der Campanaro Chiapponi ließ seinem Hass auf Angelika Krüger freien Lauf und schoss auf die Männer, die an ihrer Tür klingelten. Offenbar hatte die Deutsche ihn dafür niemals angezeigt. Und ihre Verehrer? Die müssen es mitbekommen haben, wenn jemand eine Kugel auf sie abfeuerte. So etwas merkt man schließlich. Gerade mit Chiappis antikem Repetiergewehr. Das donnerte bis an den See hinunter. Dafür musste es Zeugen geben! Und wieso hat der Alte niemanden getroffen? Aktuell wäre das bei einem Greis mit eingetrübtem Augenlicht nicht allzu verwunderlich. Aber vor zwanzig Jahren hatte Chiappi noch jeden Star erwischt, der sich seinem Kirschbaum auf wenige Meter genähert hatte.

Giulia seufzte. Die Arbeit der Übersetzerin hatte mehr Fragen als Antworten gebracht.

***

»Bitte was, Commissario?« Claudio Marcello hatte die Rückenlehne seines Schreibtischstuhls bis aufs Äußerste strapaziert, indem er seinen massigen Körper so weit wie möglich nach hinten gedrückt und sich zur Unterstützung der Gewichtsverlagerung mit einem Bein am Rollcontainer seines Schreibtisches abgestützt hatte. Obwohl die Räume der *Polizia Municipale*, der örtlichen Polizeistation, durch ein monoton brummendes Klimagerät gut gekühlt waren, lief dem dicken Marcello, der schon gefühlt seit der *Scuola Elementare* einen Großteil seines Haupthaars eingebüßt hatte, der Schweiß die Schläfen hinunter, um von dort auf seinem Hals und dann in dem speckig glänzenden Kragen seines hellblauen Uniformhemdes zu landen. Der Polizist schwitzte, als ginge es um sein Leben, und Giulia war sich sicher, dass die überbordende Transpirationsneigung weder etwas mit ihrem Erscheinen noch mit dem Stress der kommunalen Polizeiarbeit in Abbadia Lariana zu tun hatte. Marcello ging Giulia, seit sie im Polizeidienst war, aus dem Weg und war auch sonst schlau genug, sich um jede Arbeit zu drücken. Zum Leidwesen seiner Blutfettwerte fehlte ihm diese Konsequenz bei dem ausgezeichneten Tiramisu, das seine Frau tagtäglich für ihn zubereitete.

»Ich möchte eine Auflistung aller Anzeigen, die gegen den Campanaro Chiapponi in den letzten Jahren erstattet wurden. Wer, wann und weshalb. Ist das so schwer zu verstehen?« Giulia verspürte unbändige Lust, den dummdreisten Marcello in Grund und Boden zu stampfen, aber bei dem Kerl würde das zu nichts führen. Ganz im Gegenteil, sein Phlegma würde sich schlagartig verdoppeln, und sie müsste noch länger warten. Noch dazu konnte sie nicht einmal sicher sein, dass er nicht noch auf die Idee kam, die Computer abschmieren zu lassen, nur um sie bei ihrer Arbeit zu behindern. Warum der Hornochse mit dieser chronischen Verweigerungshaltung noch immer im Polizeidienst war, wunderte in Abbadia und Umgebung niemanden. Der Grund saß eine Etage über Marcello, war der Bürgermeister der Gemeinde und sein jüngerer Bruder. Seit sie denken konnte, stand Giulia mit allen Marcello-Brüdern, vier an der Zahl, auf Kriegsfuß, aber in Abbadia Lariana kam keiner an den Marcellos vorbei. Davide, der jüngste, war der Bürgermeister, dann kam Samuele, der Leiter des hiesigen Tourismusbüros, Alessio, der Arzt, und Claudio, der Erstgeborene, der mit Abstand dümmste von allen.

»Commissario Cesare«, hob Marcello nuschelnd an. »Ich bin leider gerade viel beschäftigt.« Er sagte das, ohne sich nur einen Millimeter zu bewegen, und wenn man nicht genau hinsah, konnte man meinen, er hätte sogar das Atmen eingestellt. »Das Moto-Guzzi-Wochenende. Du weißt doch, wie das ist.« Marcello schaute sie mit einer Mischung aus kindlicher Naivität und ausgebuffter Bauernschläue an, wobei er seinen Mund so weit geöffnet hielt, dass der Blick auf einen schlecht angepassten Stiftzahn frei wurde.

Giulia erwog für den Bruchteil einer Sekunde, ihm einen Fausthieb zu verpassen, dachte dann aber an Jacopos Verbot, ihre Interessen mit Gewalt durchzusetzen; obwohl sie das bei den Marcello-Brüdern bis zu ihrem zwanzigsten Lebensjahr immer so gehandhabt hatte und damit gut gefahren war. Vor allem, als die Typen ihren Freund Brutus für zwei Tage in einer heruntergekommenen Hütte in den Bergen eingesperrt hatten, woraufhin er bei seiner Ausbildungsabschlussprüfung unentschuldigt gefehlt hatte. Für Brutus, der sich niemals etwas sehnlicher gewünscht hatte, als ein Mitglied der großen Familie der *Poste Italiane* zu sein, war eine Welt zusammengebrochen. Da Brutus' Eltern damals schon lange das Zeitliche gesegnet hatten, war es Maria Cesare gewesen, die kurzerhand das Zepter in die Hand genommen hatte und zu seinem Ausbilder marschiert war, während Giulia den Marcellos die Abreibung ihres Lebens verpasst hatte. Im Ergebnis fehlte Claudio Marcello ein Zahn, Brutus durfte seine Prüfung wiederholen, und niemand hatte je herausbekommen, wie Maria Cesare das Leben von Brutus Grazioli gerettet hatte. Giulia, die Schlimmes ahnte, würde einen Teufel tun und danach fragen.

Die Erinnerung an diese Genugtuung und Jacopos Worte wogen mehr als ihre Antipathie gegen die Marcello-Sippe, und mit dem Bewusstsein, dass ein Commissario der *Questura* in Lecco nicht auf seine

Mitbürger einprügeln sollte, stemmte sie beide Hände in die Hüften und beschränkte sich darauf, Marcello mit Blicken zu töten. »Claudio, die Anzeigen, aber sofort.«

Marcello tat nichts dergleichen. »Ich habe gleich Mittagspause.«

Giulia trat an den anderen Arbeitsplatz, wackelte an der Maus und hämmerte auf die Tastatur ein.

»Passwortgeschützt«, sagte Marcello, wobei man ihm die Schadenfreude deutlich anhörte.

»Cioccolato, eins, zwei, drei, vier«, murmelte Giulia während sie die Buchstaben-Zahlen-Verbindung eingab. Alle Hunde, die Marcello bislang besessen hatte, waren dunkelbraune Labradorrüden gewesen, und wenn sie richtig mitgezählt hatte, war das übergewichtige Tier, das sein Herrchen hin und wieder am See hinter sich herzerrte, Nummer vier. Volltreffer. Das Intranet der *Polizia Municipale* öffnete sich. Ein paar Klicks weiter und Giulia hatte die Datenbank gefunden.

»Wenn du das Passwort dreimal falsch eingegeben hast, ist der Computer gesperrt«, leierte Marcello. »Dann muss Armando die Zentrale anrufen, wenn er vom Außendienst zurück ist. Das bedeutet, wir sind bis heute Abend dienstunfähig.«

»Mhm.« Giulia starrte die kleine Sanduhr auf dem Bildschirm an und wartete ungeduldig auf die Suchergebnisse. Die Seite öffnete sich. Nichts. Keine Anzeigen oder auch nur Beschwerden gegen den Campanaro. Das konnte nicht sein. Sie wiederholte ihre Eingabe. Es blieb dabei, der Alte war ein unbeschriebenes Blatt bei der Polizei. Nun suchte sie Angelika Krüger. Auch hier: Fehlanzeige. Giulia registrierte das zunächst mit einer gewissen Genugtuung, bestätigte es doch ihr Ansehen in der Gemeinde. Allerdings konnte sie sich keinen Reim darauf machen. Warum ließ Signora Krüger zwanzig Jahre auf ihre männlichen Besucher schießen, ohne jemals den Versuch zu unternehmen, dies mithilfe der starken Arme des Gesetzes zu unterbinden? Nicht einmal bei Giulia war sie vorstellig geworden, obwohl sie gewusst hatte, dass sie bei der Polizei arbeitete. Selbst wenn sie sich nicht vom Campanaro bedroht gefühlt hatte, was Giulia von einer toughen deutschen Frau beim Anblick eines lombardischen Greises, bewaffnet mit italienischer Vorkriegstechnik, gern glauben wollte, hätte einer der Herren doch handeln müssen, allein schon aus Sorge um die Geliebte. Aber all die Jahre hatte niemand etwas unternommen. Marcellos Schnaufen riss sie aus ihren Gedanken. »Stimmt das mit dem Mord an unserer Deutschen?«, fragte er mit der Neugier eines Waschweibes. »War offenbar nackt.« Er grunzte. »Und dein Freund Brutus soll auch in die Sache verwickelt sein.«

»Welche Deutsche?« Giulia gab sich unwissend, schloss die Dateien und warf einen Blick in die aufgeschlagenen Akten auf dem Schreibtisch. Siehe da, die deutschen Motorradfahrer hatten Marcello gestern Vormittag einen Besuch abgestattet, um den Diebstahl ihrer Maschinen anzuzeigen. Erfreulicherweise hatte sich die Sache laut Protokoll mittlerweile erledigt. Na wenigstens etwas, dachte Giulia und wollte gerade weiterlesen, als die Tür aufging und Armando, der zweite in Abbadia Lariana ansässige Polizeibeamte und getreuer Handlanger Marcellos, mit einer dicken Einkaufstüte unter dem Arm hereinspazierte.

»Mittagess…«, rief er freudestrahlend, hielt dann aber inne, als er Giulia sah und lief knallrot an. Diesen Reflex zeigte Armando, seit sie beide vor mehr als vierzig Jahren gemeinsam in der *Scuola Primaria* eingeschult worden waren. Erstaunlicherweise war es ihm nie gelungen, seine schwärmerische Befangenheit gegenüber Giulia abzulegen.

Armando hastete zu einem Aktenschrank, warf den Beutel, in dem Giulia den frischen hauchdünn geschnittenen *Prosciutto cotto* aus Peppos Lädchen vermutete, noch im Laufen ab, irrte ziellos durch das Büro und fing an zu stammeln. »Du hast nicht lange gewartet, oder? Es geht um Amtshilfe. Was sollen wir machen? Ich notiere gleich alles.« Armando stolperte zu seinem Tisch, warf sich auf den Stuhl, schnappte sich Zettel und Stift und schaute Giulia diensteifrig an.

»Ich habe bloß mal reingeschaut, kein besonderer Grund. *Ciao*«, flötete diese, winkte lässig und verschwand. Der arme Armando würde sich den ganzen Tag lang grämen, wenn ihn nicht sogar die Sorge um den unprofessionellen Eindruck, den er bei Giulia hinterlassen haben könnte, dazu trieb, sie anzurufen. Aber Armandos Seelenheil mit der Einbindung eines Marcello in ihre Ermittlungsarbeit herbeizuführen war das Letzte, was Giulia in den Sinn gekommen wäre. Die *Polizia Municipale* blieb so lange draußen wie möglich. *Basta.*

Während Giulia in ihr in die Jahre gekommenes Fiat-Punto-Cabrio sprang, das sie verbotenerweise direkt neben dem Zebrastreifen vor der Polizeistation geparkt hatte, bemerkte sie, wie Armando sie durch das Fenster beobachtete. Sie hob noch einmal die Hand zum Gruß und lächelte freundlich, woraufhin er erschrocken zurückwich. Dann ließ sie die 88 PS des Fiat aufheulen und sauste hinauf auf ihren Berg, um dem Campanaro Chiapponi einen Besuch abzustatten. Bei allen charakterlichen Schwächen des Alten hätte sie bis heute Morgen niemals vermutet, dass der Campanaro jemandem nach dem Leben trachten könnte. Jetzt wiederum erschien ihr alles denkbar. Der Alte war noch durchgeknallter, als Giulia es jemals für möglich gehalten hatte.

Über den schmalen Straßen von Abbadia Lariana flimmerte die Mittagshitze. Giulia hatte das Verdeck geöffnet und die Fenster heruntergekurbelt. Sie genoss den sanften Fahrtwind und den Duft des Sommers. Immer wieder fiel ihr Blick auf den Lario, dessen Wasser durch den gestrigen Regen von einem so leuchtenden Blau war, dass es fast schon magisch wirkte. An solchen Tagen wollte sie gern daran glauben, dass im nächsten Moment das geheimnisvolle Seeungeheuer aus den Wassertiefen auftauchen und damit ein zweites Loch Ness heraufbeschwören könnte. Seit 1946 hatte sich der Lariosaurus, wie ihn alle nannten, nur insgesamt vierzehnmal gezeigt und war erstaunlicherweise jeder wissenschaftlichen Untersuchungskamera, die den See durchkämmt hatte, entkommen – aber die *Comaschi* schworen auf ihr eigenes Ungeheuer, und solange dies mehr Touristen anlockte, als es vertrieb, sollte es Giulia recht sein.

Das kleine, ein wenig in die Jahre gekommene Häuschen des Campanaro wirkte auf den ersten Blick verwaist. Die Holzrollläden waren vollständig heruntergelassen, was im sommerlichen Italien üblich war, um sich gegen die drückende Hitze zu schützen. Giulia sparte sich den Gang zum Eingang, drückte sich zwischen der Hauswand und mehreren Johannisbeerbüschen hindurch und lief um das Haus herum zum Wohnzimmerfenster, hinter dem sie Chappi vor seiner Moto Guzzi kniend vermutete. Entschlossen klopfte sie gegen die Jalousien, wobei die in der Sonne weich gewordenen Harzaustritte an dem Fingerknöchel ihres rechten Zeigefingers kleben blieben und dabei diesen holzig warmen Geruch verströmten, den sie so sehr mochte. Im Haus tat sich nichts, es blieb auch nach einem ausgiebigen Sturmklingeln ruhig. Der Campanaro war nicht da. Dann kam nur noch die Kirche zum heiligen Antonius infrage. Sicherlich hatte der Pfarrer den Campanaro mal wieder zu sich bestellt. Giulia verließ Chiappis Garten, schaute sich noch einmal um und war sich nicht sicher, ob der Alte sie nicht durch irgendeinen Rollladenschlitz beobachtete. Schließlich machte sie sich auf den Weg zur Kirche.

»Herr, strafe mich nicht wegen meiner Schuld. Heute erkenne ich mein falsches Handeln. Herr, sei mir gnädig mit deiner Huld …« Der Prete lag tief im Gebet versunken bäuchlings auf dem Steinboden vor dem Altar. Seine Arme hielt er weit von sich gestreckt, als wollte er sich der göttlichen Übermacht in Gänze ergeben. Seine Stirn klebte förmlich auf dem kalten Marmor, und Giulia fragte sich, wie lange ein Mann seines Alters und mit seiner Statur diese unbequeme Körperhaltung und die klamme Kälte des Steinbodens aushalten konnte. Leise nahm sie auf einer der hinteren Bänke Platz und lauschte seinen Worten, in der Hoffnung, dass der Prete sie irgendwann bemerken würde. Ihn im Gebet zu stören wagte nicht einmal eine laizistische Commissario. Während er den Psalm immer wieder herunternudelte, hielt sie Ausschau nach dem Campanaro. Doch außer dem Gemurmel des Geistlichen blieb die Kirche still. Sein Röcheln und ein darauffolgendes Hüsteln unterbrachen den monotonen Singsang. Giulia hob den Kopf. Das Gebet begann von vorn. Langsam schlich sie zum Ausgang. Den Campanaro würde sie auch so finden, und den Prete nach Chiappi auszufragen, vielleicht noch dessen Schießattacken anzusprechen, hatte keinen Sinn. Zunächst musste sie die Geschichte des Alten hören.

***

Unverrichteter Dinge verließ sie die Kirche und lief dabei Camilla Damesi, einer der Damen des Kirchenchores, in die Arme. Die war im Begriff, dem Prete den von den Frauen ausgearbeiteten wöchentlichen Speiseplan zur Abstimmung vorzulegen. Etwas konfus, wie es Camillas Art war, versuchte sie Giulia über den schrecklichen Mord auszufragen, um – als dies ohne das gewünschte Ergebnis blieb – fast schon vorwurfsvoll die schadhafte Leiter im Glockenturm anzusprechen. Giulia hatte nicht gezögert und Jacopo angerufen, der versprochen hatte, sich den Schaden am Abend anzusehen. Auch wenn ihr immerwährender Groll dem Campanaro gegenüber heute eine neue Dimension erreicht hatte, war ihr nicht daran gelegen, dass der Alte sich während des Glockenläutens den Hals brach – nicht bevor sie ihn zur Rede gestellt hatte. Sie lief hinauf zum Pfarrhaus, aber auch da war der Campanaro nicht zu finden. Kurzzeitig dachte sie daran, dass der Alte sich aus dem Staub gemacht haben könnte, ein gutes Versteck in den Bergen kannte er allemal. Aber diesen Gedanken verwarf sie wieder. Er war boshaft, aber nicht blöd. Dass er es mit seinem allseits bekannten Hass auf die Krüger auf die Liste der Verdächtigen geschafft hatte, musste ihm klar sein. Dass er sie sogar anführte, ahnte er möglicherweise nicht, es sei denn, an ihm nagte die Gewissheit der Tat. Einen Moment lang blieb Giulia unschlüssig auf der kleinen Anhöhe stehen und schaute über die Dächer der Häuser hinunter zum See auf das gegenüberliegende Ufer. Alles wirkte wie immer. Aber die Idylle trog. Nein, der Campanaro würde nicht flüchten. Er, der seit 1945 den See nicht verlassen hatte – ausgeschlossen. Eher würde er sterben.

***

Doktor Barbara Wohlgemuth hatte schon lange ihre Übersetzungsarbeit beendet und die *Questura* verlassen, als Giulia kurz vor Mittag wieder in ihrem Büro eintraf. Auf dem Gang war sie dabei den drei deutschen Motorradfahrern, denen sie am Vortag ihre Hilfe beim Aufspüren ihrer verschwundenen Maschinen angeboten hatte, in die Arme gelaufen. Die Männer unterhielten sich weithin hörbar in der für Giulias Ohren so fremd und roh klingenden Sprache, der sie seit dem deutschen Ausrutscher ihres Ex-Geliebten Rosario noch weniger abgewinnen konnte. Dass Rosario bei dem kehligen Gekrächze und den schrecklichen Knacklauten nicht den Rückzug angetreten hatte, würde ihr auf ewig ein Rätsel bleiben. Aber um eine angeregte Unterhaltung war es ihm wohl kaum gegangen. Wie eine Schreibmaschine, die Alufolie frisst und die Kellertreppe heruntergetreten wird, dachte sie und musste schmunzeln. Der Spruch war nicht von ihr, sondern von irgendeinem irischen Komödianten, aber er war gut und aus ihrer Sicht absolut treffend. Die Männer verstummten bei ihrem Anblick. In ihren Gesichtern konnte sie lesen, dass sie bereits einige Zeit hier gewartet haben mussten und dass eine in Jeans und T-Shirt herbeigeschlendert kommende Commissario, die offenkundig erst zur Mitte des Tages ihre Arbeit aufnahm, nicht den deutschen Gepflogenheiten entsprach. Dafür aber die latent vorhandenen Vorurteile gegenüber Italienern mehr als bestätigte, was einer der Biker mit dem Fuchteln seiner Arme und dem immer wieder vorwurfsvoll hervorgebrachten *»Italia«* zum Ausdruck brachte. Giulia war unangenehm berührt, weil sie nicht mehr an die drei gedacht hatte. Andererseits war ihr Erscheinen auf der *Questura* angesichts dessen, was sie gerade im Bericht der *Polizia Municipale* gelesen hatte, vollkommen überflüssig. Eifrig lief sie zum Kaffeeautomaten, steckte das Münzgeld hinein und wartete Becher für Becher ab. Vorsichtig balancierte sie die heißen Latte macchiati hinüber zu den Männern, denen sie mit einem Kopfnicken signalisierte, dass dies ihre Art war, sich für die Wartezeit zu entschuldigen. Die Fremden verstanden und griffen mit besänftigten Mienen nach den Kaffees. Kurz darauf stand ihre des

Englischen mächtige Assistentin Elena im Flur. Die junge Frau hatte eine erstaunliche Gabe, immer im richtigen Moment aufzutauchen. Giulia erklärte ihr die Situation kurz. Gerade als sie die drei Herren in ihre Obhut übergeben wollte, erschien Chiara Elisa Zorzi, ihre Vorgesetzte, in einem knallengen schwarzen Kostüm und grellroten High Heels, ein Anblick, der die Motorradfreaks offenkundig für ihre verbummelte Zeit entschädigte und Giulia die Schweißperlen auf die Stirn trieb.

»Na, Commissario, was war es denn heute? Ein in eine ausgetrocknete Zisterne geratenes Katzenbaby oder Großreinemachen bei den Ärmsten der Gesellschaft?«, fauchte die Zorzi, wobei sie beide Hände auf ihre wohlgeformten Hüften legte und angriffslustig mit ihrem rechten Bein auf und ab wippte, was ein unschönes Klacken ihres Pfennigabsatzes auf dem Linoleumboden hervorrief. Dabei streckte sie ihr spitzes Kinn energisch nach vorn und blinzelte gefährlich mit den Augen. »In mein Büro. Sofort!« Ohne auf die Umstehenden zu achten, machte sie auf dem Absatz kehrt und schritt auf ihre geöffnete Bürotür zu. Die Biker ließen ihrer Freude über diesen Anblick für Giulias Geschmack etwas zu offensichtlich freien Lauf. Doch sie konnte es ihnen eigentlich nicht verdenken. Welche Freude blieb den armen Kerlen denn noch, nachdem sie ihre Zeit auf dem tristen Flur der *Questura* verschwendet hatten, anstatt an den schicken Bars am Seeufer ein paar kühle Drinks zu sich zu nehmen.

Lustlos folgte sie der Aufforderung ihrer Chefin. Als sie das Zimmer betrat, stand die Zorzi an den Schreibtisch gelehnt, die rot lackierten Fingernägel trommelten ungeduldig auf die Tischplatte, während sie Giulia fixierte wie eine Beute, die sie umgehend erlegen wollte. »Bitte erzählen Sie mir etwas über den Mordfall Krüger«, sagte sie, im Gegensatz zu ihrer Körpersprache und dem soeben erfolgten Auftritt erstaunlich mild, ließ vom Schreibtisch ab und trat einen Schritt zur Seite.

Giulia, die die Tür hinter sich geschlossen hatte und mit beiden Händen in den Jeanstaschen am Rahmen lehnte, schwieg einen Moment zu lange, bevor sie ihrer Vorgesetzten einen kurzen Abriss der Ereignisse gab. Dabei unterschlug sie ganz bewusst die anrüchigen Notizen der Krüger und die Tatsache, dass deren Übersetzung bereits vorlag. Sie wollte ihre Jungs nicht in Misskredit bringen. Die Zorzi würde voreilige Schlüsse ziehen und sich zur Anführerin eines Kreuzzuges der betrogenen Ehefrauen aufschwingen, was wiederum nach sich zöge, dass die Hintergangenen von diesem Umstand Kenntnis bekämen. Das allerdings galt es für Giulia – auch wenn sie den Männern gegenüber etwas anderes behauptet hatte – nach Möglichkeit zu vermeiden, denn für den daraus folgenden Unfrieden auf dem Berg wollte sie keineswegs verantwortlich sein. Sie kannte ihre Leute, und wenn Eleonora Tommaso vor Gram zwei Wochen das Bett hüten und ihre Enkel Luigi und Achille nicht beaufsichtigen würde, hatte das schlimmere Auswirkungen auf das Gemeindeleben als ein gestörtes eheliches Vertrauen. In diesem Fall sah sich Giulia nämlich jeden zweiten Tag mit einer anderen Missetat der beiden Knaben konfrontiert. Ähnlich verhielt es sich mit Matteos Gattin, die es, ohne mit der Wimper zu zucken, fertigbringen würde, die tägliche Ausbeute an Ziegenmilch in den Ausguss zu kippen, um dem armen Kerl das Geschäft mit seinem *Bitto*-Käse zu verderben. Die Gemeinde und Giulia, die den *Bitto* am liebsten frisch zu Bandnudeln aß, müssten auf die Erzeugnisse anderer Käsebauern zurückgreifen, die es bei Weitem nicht mit denen des alten Matteo aufnehmen konnten. Auch die Reaktion von Giovannis schöner Teresa wollte sich Giulia nicht ausmalen. Nein, lieber blendete sie die Reihe der Verdächtigen aus und tat so, als hätte sie bis auf eine deutsche Frauenleiche nichts weiter vorzuweisen.

Die Zorzi lauschte ihren Schilderungen schweigend, schüttelte hin und wieder den Kopf und machte ein betroffenes Gesicht, das sich mit jedem ihrer Sätze mehr verfinsterte. Ermordete Geschlechtsgenossinnen lösten bei ihr, das hatte Giulia bereits beim Nutella-Mörder feststellen müssen, feministisch motivierte Hassreaktionen aus, die ihr die Arbeit nicht gerade erleichterten.

»Nackt, sagen Sie? Also wurde sie vergewaltigt. Haben wir dazu schon was?«, unterbrach die Zorzi sie aufgebracht.

Giulia schüttelte den Kopf. Mit etwas Glück hatte sich Fontana jetzt gerade nach Mailand aufgemacht. Aber auch das behielt sie klugerweise für sich.

»Mit Sicherheit wurde sie das. Wieso sonst sollte sie unbekleidet neben der Kirche liegen?« Sie hielt inne. »Andererseits … Dieses Bild. Haben sie einmal über dieses Bild nachgedacht, Commissario? Nackt neben einem Gotteshaus, am Sonntag. Das schreit doch förmlich nach einem Protest gegen das antiquierte Frauenbild der katholischen Kirche.« Sie lief hinter ihrem Schreibtisch auf und ab und machte auf Giulia einen ungewöhnlich mitgenommenen Eindruck.

»Mit Verlaub, Signora Zorzi, wir sollten uns vor derartigen Spekulationen hüten. Wenn Sie gestern dabei gewesen wären …« Sie machte eine Pause, als sie die funkelnden Augen der Zorzi bemerkte. Sie auf ihre Nichterreichbarkeit am Vortag anzusprechen war ein Fehler gewesen.

»Mein Mobiltelefon hat den Geist aufgegeben«, antwortete diese etwas zu schnell. »Das kann ja mal passieren.«

Giulia waren die hektischen roten Flecken an ihrem Hals nicht entgangen. Dass ihre Vorgesetzte sich soeben einer Lüge bedient hatte, war unübersehbar. Dabei war das vollkommen unnötig. Die Zorzi musste sich nicht vor ihr rechtfertigen, schon gar nicht an ihrem freien Sonntag. Abgesehen davon, dass Giulia die Nichterreichbarkeit ihrer Chefin ausgezeichnet in den Kram gepasst hatte. Ohne sich etwas anmerken zu lassen, fuhr sie beschwichtigend fort: »Zugegeben, die Fundumstände sind eigenartig, aber dafür wird es eine plausible Erklärung geben. Ich würde das nicht so aufbauschen.«

»Aufbauschen?! Commissario, Ihnen ist aber schon klar, dass es sich bei Angelika Krüger um eine prominente Deutsche handelt?«, fauchte die Zorzi, die in Windeseile ihre Selbstsicherheit zurückgewonnen hatte.

Giulia hatte Probleme, den sprunghaften Gedankengängen zu folgen. Abgesehen davon hasste sie es, wenn die Zorzi sich in das operative Geschäft einmischte, obgleich ihre Überlegungen in den meisten Fällen äußerst scharfsinnig waren. Aber diese überzogene Heißblütigkeit ging ihr gehörig auf die Nerven. »Nun, ihre Blütezeit liegt wohl schon ein paar Jährchen zurück«, bemerkte Giulia unbeeindruckt. »Und ob ihre Nationalität eine Rolle spielt …« Giulia stockte bei dem Gedanken an Campanaro Chiapponi und ließ den Satz unvollendet.

»Sie werden es herausfinden. Und zwar schnell. Das Moto-Guzzi-Fest ist *das* Großereignis am See. Da können wir uns keine Skandale erlauben, ob religiös oder politisch motiviert. Erst recht nicht mit einer Deutschen. Einen schönen Tag noch.«

***

Giulia stand am Fenster ihres Büros und starrte auf die sich langsam öffnenden Flügel des eisernen Gittertores der *Questura*, vor dem ein Wagen der Carabinieri auf Zufahrt wartete. In der Hand hielt sie einen Espresso, den man in Italien vorzugsweise nach dem Mittagessen trank und der für Giulia – sofern sie nicht die Zeit fand, mit Jacopo am See eine Kleinigkeit essen zu gehen – zumeist die komplette Mahlzeit ersetzte. Sie ließ ihre Gedanken schweifen. Einen Mord auf ihrem Berg hatte es noch nie gegeben, zumindest nicht, solange sie dort lebte. Der Gedanke, dass sie friedlich in ihrem Bett gelegen hatte, während Angelika Krüger ein paar Straßen weiter dem Tod ins Auge geblickt hatte, schnürte ihr den Hals zu. Was bin ich nur für eine sentimentale Kuh, dachte sie. Wenn die Deutsche in Varenna oder Bellano gefunden worden wäre, hätte sie einfach nur ihren Job gemacht, ohne gleich an sich und der Welt zu zweifeln. Aber ein Mord auf ihrem Berg – das lastete schwer auf ihrem Gemüt.

Das Telefon klingelte. Hastig kippte Giulia den lauwarmen Kaffee hinunter, stellte die Tasse auf dem Fensterbrett ab, setzte sich an ihren Schreibtisch und nahm den Hörer ab.

»Fontana hier«, knurrte es am anderen Ende der Leitung.

»Ach, Professore, das ging aber schnell. Ich hatte dich noch gar nicht erwar…«

»Angelika Krüger wurde nicht vergewaltigt. Das sollte dich schon mal beruhigen. Sexualstraftäter hast du da oben wenigstens keine«, brummte der Professore dazwischen.

Daran habe ich nicht einen Moment lang gezweifelt, dachte Giulia. Auf dem Berg gibt es nur liebestolle Dummköpfe.

Fontana begann die Ergebnisse der rechtsmedizinischen Untersuchung herunterzurasseln. »Keine Vorerkrankungen, außer etwas zu hohes Blutfett, und ich würde sagen, eine sich im Anmarsch befindliche Altersdiabetes. Aber nichts weiter von Belang. Sogar die Knochendichte war erstaunlich gut …«

»Du hast ihre Knochendichte gemessen?«, fragte Giulia verwundert dazwischen. »Meinst du, mit einem härteren Schädel hätte sie den Schlag mit der Flasche schadlos überstanden?«

Fontanas enerviertes Aufstöhnen zeigte, was er von ihrem laienhaften medizinischen Sachverstand hielt. »Ich beschäftige mich derzeit ein wenig mit Osteoporose, eine der teuersten Volkskrankheiten in Europa. Die Deutschen, die ja sonst so auf ihr tolles Gesundheitssystem bedacht sind, behandeln nur rund fünfundzwanzig Prozent aller Erkrankten, bei uns sind es um die fünfzig. Entsprechend weniger häufig sind bei uns die Folgeerkrankungen, wie zum Beispiel Oberschenkelhalsbrüche. Manchmal muss man eben etwas investieren, um am Ende sparen zu können. Dass wir Italiener darin besser sind als die Deutschen … erstaunlich.«

»Professore, die Krüger hat seit mehr als dreißig Jahren in Italien gelebt. Ich denke, sie wurde hier auch medizinisch betreut.«

»Dreißig Jahre?« Fontana klang enttäuscht. »Wie dem auch sei, ihre Knochen waren in Ordnung.« Er seufzte. »Der Barolo war die Todesursache, ganz eindeutig, also der Schlag mit der Flasche. Wie man so etwas tun kann bei diesem traumhaften Jahrgang … aber die Menschen sind nun einmal Banausen. Die Tote jedenfalls hat im Vorfeld davon höchstwahrscheinlich nichts abbekommen, also vom Wein, meine ich. Der Alkoholgehalt in ihrem Blut tendierte gen null. Ich vermute, wenn sie überhaupt etwas getrunken hat, dann Bier, das liegt bei den Deutschen ja in der Natur, aber höchstens eins. Ansonsten bestand ihre letzte Mahlzeit aus Vollkornbrot, Schinken und sauren Gurken und wurde nicht später als gegen sieben Uhr abends eingenommen. Das typisch deutsche Abendbrot, wenn du mich fragst.« Der Professore sagte das deutsche Wort für »Abendbrot«, zumindest vermutete Giulia das, und betonte dabei jede Silbe, als spräche er ein bedeutungsvolles Mantra. »Giulia, ich sage es dir: Ganz egal, wie lange und wo auf der Welt man lebt, keiner kann aus seiner Haut.«

»Fontana, sie war auf dem Moto-Guzzi-Fest, das Armband, du erinnerst dich. Bist du dir sicher mit dem Alkohol?«, hakte Giulia nach, ohne auf Fontanas Ausführungen zu den nationalen Trinkgewohnheiten einzugehen. »Sie hat tatsächlich den ganzen Abend nichts getrunken?«

»Nichts Promillehaltiges«, bestätigte er. »Ich verstehe deine Verwunderung nicht. Ob sie getrunken hat oder nicht, spielt keine Rolle. Sie ist ja nicht an einer Alkoholvergiftung gestorben. Bei einer Frau bauen sich in einer Stunde etwa 0,1 Promille ab. Ein halber Liter Wein oder ein Liter Bier haben etwa 0,7 Promille. Dann kannst du es dir selbst ausrechnen«, antwortete Fontana schnippisch.

»Ist ja schon gut. Ich dachte nur«, lenkte Giulia ein. »Was ist dir denn heute für eine Laus über die Leber gelaufen? War es nicht erquicklich mit Cinzia?«

»Mhm. Sie war auf der Stelle tot.«

»Cinzia?« Giulia unterdrückte ein Lachen.

Fontana reagierte nicht. »Der Schlag mit der Flasche wurde mit einer enormen Wucht ausgeführt. Die Hirnblutungen und die Gewebszerstörungen sind eindeutig. Als Folge ist sie gestürzt und auf den Hinterkopf gefallen. Die Quetschungsherde sind gut sichtbar. Die Verläufe der Bruchlinien des Schädels sind wie aus dem Lehrbuch. Sogar beim Sterben bleiben die Deutschen noch korrekt.«

»Fontana …«, sagte Giulia ungeduldig.

»Ist ja schon gut. Schweres Trauma infolge stumpfer Gewalt – keine Chance. Allerdings ist sie nicht auf dem Rasen gestorben, das habe ich dir ja schon gestern gesagt. Der Untergrund passt nicht zu den Sturzverletzungen. Pflaster oder Asphalt, da hat so ein Schädel nicht viel entgegenzusetzen. Die Abschürfungen an ihren Ellenbogen, den Schultern und am Beckenkamm unterstreichen das. Hinzu kommen die Kratzer vom Transport, aber auch das weißt du schon.« Fontana wurde immer unleidiger. »So ein Aufwand«, murmelte er, »und alles umsonst.«

»Was war umsonst?«

»Ach, nichts. Die Frau war eins fünfundachtzig groß und brachte genau 90,5 Kilogramm auf die Waage. Die abzutransportieren erforderte Muskelkraft, auch wenn die Leichenstarre noch nicht eingetreten war. Und noch was: Anhand der Hautverschiebungen um die Kopfwunde lässt sich der Schlagwinkel ableiten. Der Täter muss deutlich kleiner gewesen sein als sein Opfer.«

»Viel kleiner und trotzdem kräftig genug, die Krüger wegzubringen.« Giulia dachte laut.

»Ja, so ist das wohl«, bestätigte Fontana. »Ach, und bevor ich es vergesse. Dein Opfer hatte etwa vierundzwanzig Stunden vor ihrem Tod Geschlechtsverkehr. Das Beweismaterial war nicht sehr ergiebig, aber immerhin. Einem Gentest steht nichts im Wege.« In seiner Stimme lag ein wenig Stolz. »Du kannst schon mal die Q-Tips einpacken und deinen Leuten da oben einen Besuch abstatten. Macht bestimmt Freude.« Er hüstelte.

»Aber keine Vergewaltigung?«, fragte Giulia und dachte sorgenvoll an die Vielzahl der möglichen heimlichen Stelldichein mit einem ihrer Leute vom Berg. Angespannt zog sie das Notizbuch der Krüger, in dem auf fast jeder Seite Post-it-Zettel mit den Übersetzungen steckten, zu sich herüber und blätterte zum aktuellsten Datum vor. Die letzte vermerkte Zusammenkunft lag einen Monat zurück. »Der Beischlaf war also freiwillig und hat nicht in der Nacht des Mordes stattgefunden?«, fragte sie noch einmal.

»Ja – und nochmals nein«, erwiderte Fontana und fügte leise hinzu: »Da oben scheint allerdings allgemein ein schlechtes Karma für den Koitus zu herrschen. Zu viele negative Schwingungen …«

»Was ist passiert, Fontana? Du bist doch sonst nicht so brummig. Nicht nach einer Nacht bei uns am See.«

»Ja, ja«, jammerte Fontana. »Du hättest mir ruhig sagen können, dass dieser Wahnsinnige in den Bergen herumschleicht und seine Ziegen mit Kosenamen anredet.«

»Matteo?«

»Woher soll ich wissen, wie der Irre heißt? Das spielt auch keine Rolle. Es reicht, dass er für seine Ziegen keinen besseren Platz als die Wiese vor eurer Hütte finden konnte.«

Giulia schwieg und dachte nach. Was hatten Matteos Ziegen mit Fontanas offensichtlich verpatzter Liebesnacht zu tun? Und was hatten die Tiere auf einer Grünfläche zu suchen, die sie vor zwei Tagen bereits komplett abgefressen hatten, wenn sie am Wochenende eigentlich auf dem fetten Rasen neben der Kirche grasen sollten?

»Cinzia hat eine Ziegenallergie. Ihr süßer Körper war in Windeseile mit einer unappetitlichen Dermatose überzogen – wie eine Verrückte hat sie sich blutig gekratzt. Also Giulia, mal ehrlich, wie soll ich denn dann noch …« Er seufzte tief.

Giulia bemühte sich, ihre Schadenfreude zu unterdrücken. »Konntest du ihr denn nichts dagegen geben?«

Fontana wurde laut. »Ich bin Rechtsmediziner. Glaubst du etwa, dass ich für meine toten Patienten ein paar Cortisonspritzen für den Notfall mitführe? Wie oft sollen die deiner Meinung nach zum Einsatz kommen? Exanthem und Ziegenschiss … So viel zur leidenschaftlichen Liebesnacht am See.«

»Verstehe …« Giulia verspürte beinahe so etwas wie Mitleid. »Ach, Professore.«

***

Sie wollte das alles nicht wissen, wirklich nicht. Die Männer, deren sexuelle Vorlieben, Gelüste und kleine Perversionen sie in einem von Frau Doktor Wohlgemuth mit spitzen Buchstaben geschriebenen Italienisch vor sich hatte, sollten ihr Gesicht nicht verlieren. Sie war mit ihnen aufgewachsen, nannte sie beim Vornamen, war Sandkastenfreundin, Trauzeugin, Kumpel. Sie mochte und achtete sie, mit all ihren Eigenheiten. Aber das, was Angelika Krüger aus diesen Männern gemacht hatte, war einfach nur widerwärtig. In den Augen dieser Frau waren sie nichts weiter als eine Ansammlung hormongesteuerter Hampelmänner, die mit Wildschweinkeulen, Käse und Olivenöl, mit Frondiensten und Gefälligkeiten um sie buhlten; die sich für einen Kuss, einen schnellen Liebesakt oder auch nur für ein paar flüchtige Blicke auf ihre Beine oder ihren Hintern erniedrigen ließen. Diese Dummköpfe, dachte Giulia, als sie bei den letzten Eintragungen angekommen war. Diese gottverdammten Idioten. Der Mord an »ihrer Deutschen« hatte Giulia in Abgründe blicken lassen, die sie niemals vermutet hätte. Er hatte dem Berg und seinen Bewohnern ihre Unschuld genommen. Im schlimmsten Fall hatte er einen oder eine von ihnen zu einem Mörder gemacht. *»Merda«*, schimpfte sie. Zu allem Überfluss hatten Fontanas Untersuchungen nun auch noch einen weiteren Unbekannten auf den Plan gerufen. Jemand, mit dem die Krüger vierundzwanzig Stunden vor ihrem Tod zusammen gewesen war und der es nicht mehr in ihr Notizbuch geschafft hatte, oder hatte er es gar nicht schaffen sollen? Giulia würde diesen Mann ausfindig machen müssen. Dass es dafür eventuell Genproben ihrer Jungs vom Berg brauchen würde, bereitete ihr jetzt schon Bauchschmerzen. Wie sollte sie – jemand anderes kam niemals infrage, wenn sie das Vertrauen ihrer Freunde nicht verspielen wollte – durch die Gemeinde laufen und Speichelproben einsammeln? Nachdenklich nahm sie sich die Liebesbriefe der Deutschen vor, aber auch damit wollte sich ihre Stimmung nicht heben. »Geliebter Claudio, Einziger, Ewiglicher«, murmelte sie vor sich hin und blätterte sich Seite für Seite durch die Übersetzung. Der geheimnisvolle Claudio war vier Jahre lang mit theatralischen Liebesbekundungen überschüttet worden. Grenzenlose Hingabe, die der Angehimmelte, nach allem, was Giulia hier lesen konnte, erwidert haben musste. Zumindest in geschlechtlicher Form, denn dafür bedankte sich die Krüger bei ihm mehrfach und überschwänglich. »Wer bist du, Claudio?«, flüsterte Giulia zu sich selbst. Die Frage blieb unbeantwortet. Ebenso wie der Adressat des zweiten, jüngeren Stapels. Die darin niedergeschriebenen Liebesschwüre waren nicht weniger gefühlvoll, aber ohne sexuelle Anspielungen und deutlich kürzer. Dafür war die Ausdauer, die die Krüger beim unbekannten Angebeteten aufgebracht hatte, beeindruckend. Zwanzig Jahre lang, über zweihundert Nachrichten, und das bis zwei Tage vor ihrem Tod. Ob sie tatsächlich etwas mit dem Mann oder der Frau – auch das hielt Giulia durchaus für möglich – gehabt hatte, war jedoch beim besten Willen nicht herauszulesen. Giulia hatte Zeile für Zeile ein zweites Mal gelesen. Nichts. Kein Hinweis. Schließlich packte sie alles zusammen, als ihr Blick noch einmal auf den ersten Brief fiel. 3. Mai 1998. Sie dachte nach. Das war das Wochenende nach dem ersten Mai gewesen. Natürlich. Seit dem 2. Mai 1998 lebte die Deutsche unter ihnen. Und am 3. Mai hatte sie die ersten Liebeszeilen verfasst. Nach nur einem Tag. Giulia blätterte sich erneut durch die Zettel der Wohlgemuth. Wusste sie es doch, am 4. Mai 1998 war Fabio Romano erstmals bei ihr gewesen, als erster Auserkorener aus Abbadia Lariana. Sollten ihm die Briefe gelten? Der strenge Fabio, der jedes Gespräch nutzte, um auf die Wohltaten der heiligen Mutter Kirche hinzuweisen, der jeden Sonntag auf Knien betete, auch wenn der Rest der Gemeinde die Kirche lange Richtung Mittagstisch verlassen hatte. Fabio, dessen Tochter nur einen Rechtgläubigen, wie er die Katholiken nannte, heiraten durfte, sich deswegen, kaum achtzehn Jahre alt, heimlich aus dem Staub gemacht hatte und nun als das schwarze Schaf der Familie nicht einmal an Weihnachten in den Schoß derselben zurückkehren durfte. Dieser Fabio hatte ein Techtelmechtel mit einer ihm seit achtundvierzig Stunden bekannten Frau angefangen.

Ein Signalton ihres Computers vermeldete den Eingang einer E-Mail von Carmelo Riso. Der Lüfter des Rechners brummte, und auf dem Monitor erschien ein Porträt von Riso und seiner besseren Hälfte. Zu allem Überfluss war das Foto auch noch zu einer Herzform auf rosa Hintergrund bearbeitet worden. Darunter stand etwas von einer Party zum sechshundertfünfzigsten Tag der Eheschließung. Giulia klickte das Bild weg, griff zum Telefonhörer und wählte genervt Risos Nummer.

»Ihr kommt also. Das wird ein ganz großes Ding. Tilda ist schon völlig aus dem Häuschen«, meldete sich der Kriminaltechniker übertrieben aufgedreht.

»Wir sind bereits verplant. Tut mir leid«, log Giulia, um dann schnell das Thema zu wechseln: »Was habt ihr im Mordfall Krüger für mich?«

Riso schnaufte enttäuscht. »Ach, die … die hatte ich ganz vergessen«, antwortete er verhalten.

Giulia, die nicht weiter auf seine Enttäuschung einging, bat dringend um den Bericht und verabschiedete sich knapp. Kurz darauf landete die Datei in ihrem Postfach, und Giulia las konzentriert, was die Kriminaltechniker herausgefunden hatten.

Die Krüger war tatsächlich nicht auf der Pfarrwiese zu Tode gekommen, Fontana hatte mit seiner Mutmaßung also richtiggelegen. Die Blutmenge, die Risos Leute auf dem Rasen gefunden hatten, war zu gering gewesen. Noch dazu hatten sie weder Scherben noch Rotweinreste entdeckt. Dem zerdrückten Gras nach zu urteilen, war sie mit einer Schubkarre oder etwas Ähnlichem zur Wiese gebracht und dort abgelegt worden. Die Spuren endeten auf dem angrenzenden Asphalt und ließen leider keine Aussage darüber zu, aus welcher der drei vor der Kirche abgehenden Seitenstraßen der Mörder gekommen oder in welche Richtung er geflüchtet war. Die Suche nach der Kleidung der Krüger war erfolglos verlaufen, obwohl die Kollegen die Umgebung genau unter die Lupe genommen hatten. Auch das Haus der Krüger war sauber. Keine Spuren, die auf ein Verbrechen hindeuteten, nichts Auffälliges. Sie hielt inne. Die Krüger wohnte in der Via per Poino, gegenüber des alten Wäscheplatzes, gut und gern einen Kilometer von der Kirche entfernt. Sie hatte ihr Haus verlassen, bekleidet, davon war auszugehen. Das musste gegen Mitternacht gewesen sein. Die Spurenlage war eindeutig. Keine Scherben, kein Blut, kein Kampf. Die Krüger konnte nicht bei sich zu Hause gestorben sein. Selbst ihr Garten war sauber. Diese Frau war seltsam gewesen, so viel hatte Giulia schon herausgefunden, und wenn die Krüger nachts durch die Gemeinde geschlichen wäre, um den Mond anzuheulen oder die Fledermäuse zu zählen – es hätte sie kaum verwundert. Sie könnte ihrem Mörder auf der Straße begegnet sein, ihn bei etwas ertappt haben. Giulia kam der Motorraddiebstahl in den Sinn. Oder eine der betrogenen Ehefrauen wusste mehr, als ihr Mann vermutete, und hatte der Nebenbuhlerin nachgestellt? Vielleicht war sie mit einem ihrer Liebhaber verabredet gewesen? Womöglich bei ihm zu Hause? Das würde ihre Nacktheit erklären. Eine Kurzschlussreaktion der Angetrauten, eine Flasche Wein, und zack. Dann musste die Leiche weg. Fabio Romano kam ihr wieder in den Sinn. Er wohnte im Nachbarhaus der Krüger. Seine Frau Nadia half öfter in Peppos kleinem Lebensmittelladen unten am See aus. Peppo hatte seinen selbst gekelterten Landwein auf dem Guzzi-Fest verkauft. Was, wenn Nadia am Stand gewesen war? Dann hätten Fabio und die Krüger freie Bahn gehabt. Möglicherweise war sie eher zurückgekommen … Giulia musste noch einmal mit Fabio sprechen, dringend.

Wie auch immer es gewesen war, Giulia ging davon aus, dass der Mörder im Besitz der Kleidung der Krüger war beziehungsweise sie bereits entsorgt hatte. Allerdings hatte sie nicht den Hauch einer Ahnung, warum man sich der Leiche auf der Wiese neben der Kirche, also an prominenter Stelle, entledigt hatte. In den eng bebauten Gassen und den kleinen Vorgärten hätte es genug Gelegenheiten gegeben, sie verschwinden zu lassen. Wieso ausgerechnet neben dem Gotteshaus? Das ergab, egal welche Erklärung sie sich zurechtlegte, keinen Sinn.

Das Klingeln ihres Handys riss sie aus ihren Gedanken. Brutus' Name erschien auf dem Display. Giulia, die den Freund während ihrer Autofahrt mehrfach zu erreichen versucht hatte, um ihn nach dem Unbekannten aus dem Notizbuch der Krüger zu befragen, beeilte sich, das Gespräch anzunehmen.

»Wieso gehst du nicht ans Telefon?«, fragte sie angesäuert.

»Giuli, du weißt doch, dass ich bei der Arbeit das Handy abstelle. Es würde mich nur ablenken. Die Postzustellung erfordert absolute Konzentration; Fehler können hier fatale Folgen haben: verpasste Fristen, säumige Rechnungen, enttäuschte Herzen.« Brutus seufzte. »Die Menschen haben ein Anrecht auf schnelle, gewissenhafte Übermittlung von Neuigkeiten und Waren ihres Bedarfes«, erklärte er mit getragener Stimme. »Was hast du denn so Dringendes?«

Giulia atmete tief durch. »Wie viele Claudios kennst du bei uns?«, fragte sie.

Brutus musste nicht lange überlegen. »Claudio Marcello, der mit Abstand dümmste Polizist der Kommunalen. Weißt du noch …«

»Brutus, bitte«, fiel ihm Giulia ins Wort. An Marcello hatte sie selbst bereits gedacht, aber der war ein paar Jahre jünger als sie und 1968 kaum in der Lage gewesen zu lesen.

»Claudio Evani, aber der ist vor zwei Jahren nach Como gezogen. Die Adresse könnte ich für dich herausfinden.«

»Evani ist doch höchstens vierzig Jahre alt«, antwortete Giulia.

»Zweiundvierzig, als ich das letzte Mal für ein Einschreiben seine Personalien kontrollieren musste«, verbesserte Brutus. »Da wären dann noch Claudio Riva, Claudio Pertini und Claudio Carcano.«

»Die können es rein alterstechnisch auch nicht gewesen sein«, murmelte Giulia. »Ach, vergiss es, Brutus. Ich glaube, ich leide schon unter Verfolgungswahn. Es gibt Tausende Claudios in Italien. Entschuldige bitte.«

»Kein Problem, Giuli, ich helfe dir immer gern, das weißt du.«

»Sagt dir der Name Alfonso Fabio Gazetti etwas?«, fragte Giulia unvermittelt weiter.

»Alfonso Fabio Gazetti? Via del Lungo Lario, 23826 Mandello del Lario. Oder, wenn du ihn beruflich antreffen willst, Via Emanuele Vittorio Parodi, 63/67, 23826 Mandello del Lario. Er ist der Leiter des Moto-Guzzi-Werkes.«

5

»Commissario.« Elena streckte ihren kurz geschnittenen Fransenkopf, auf dessen Hinterseite schräg eine englische Melone saß, zur Tür herein und schaute Giulia mit ausdrucksloser Miene an. »Ich muss mit dir reden.« Sie kaute mit offenem Mund einen Kaugummi, der nach jedem Satz gekonnt zwischen der rechten und linken Zahnreihe hin- und herwechselte. Diese Angewohnheit störte Giulia von jeher, aber Elena gab es nun einmal nicht ohne ihre Marotten. Das hatte die junge, kräftige Frau, die nicht mehr als einen Meter fünfzig maß, den Anwesenden bereits in ihrem Vorstellungsgespräch unmissverständlich und breit kauend zu verstehen gegeben. Wer eine hervorragend ausgebildete, technikaffine und fließend Englisch sprechende Assistentin haben wollte, bekam Kaugummi, Melone und eine fette Portion Extravaganz dazu. *Basta.* Den Hut, den Elena nicht einmal im Hochsommer absetzte, hatte Giulia bereits am dritten Tag kaum mehr bemerkt, aber dieser ständig offene Mund, aus dem in der hitzigsten Dienstberatung oder während eines Zeugenverhöres auch noch dicke rosa Kaugummiblasen herausquollen, nur um kurz darauf lautstark zu zerplatzen, ließ sie manche Male regelrecht verzweifeln.

»Wenn du mit den Bikern fertig bist, kümmer dich bitte um den Lebenslauf von Angelika Krüger. Die Dokumente, die wir in ihrem Haus gefunden haben, solltest du dir auch mal ansehen. Das ist viel Papierkram, aber möglicherweise fällt dir etwas ins Auge. Umso besser, dass wir den Diebstahl der Motorräder abhaken können. Wir haben Wichtigeres zu tun«, sagte Giulia, wobei sie gespannt auf ihren Bildschirm blickte und sich durch die Website des Moto-Guzzi-Werkes klickte. »Die tote Deutsche braucht unsere ganze Aufmerksamkeit. Die Zorzi macht daraus einen Staatsakt.«

Elenas Kiefergelenke knackten. Sie schien kurz zu überlegen. »Bei dem Gewusel in Mandello hatten die Diebe die freie Auswahl und haben die Maschinen der Touristen mitgehen lassen. Pech für die Deutschen. Die Räder sind lange in irgendeiner Garage verschwunden und warten dort, bis Gras über die Sache wächst, um am Ende ins Ausland vertickt zu werden.« Elena klang abgeklärt, so als hätte sie bereits alles gesehen und nichts könnte sie noch erschüttern. »Wenigstens hatten die ein paar ordentliche Fotos von ihren Rädern. Damit füttere ich gleich unsere Datei.«

Giulia schaute kurz auf. »Seit wann suchen wir nach Diebesgut, das sich lange wiedergefunden hat? Hast du nichts Besseres zu tun?«

Eine Kaugummiblase, die Elenas halbes Gesicht einnahm, platzte, wobei ein Teil der rosa Fetzen auf ihrer Nase kleben blieben. »Commissario, hat dich die Tote in deinem Kaff wirr werden lassen? *Mental trauma desease?*« Elena entfernte die Gummireste, ließ sie in ihrem Mund verschwinden und kaute angestrengt, damit alles wieder zu einer Einheit wurde und nichts verloren ging.

»Lass das«, brummte Giulia. »Ich verstehe kein Englisch, aber Frechheiten wittere ich auf eine Meile.«

Elena rollte mit den Augen. »Die Kerle bleiben noch ein paar Tage und fahren dann wohl mit dem Zug nach Hause.« Sie hielt inne, und als Giulia nicht reagierte, fuhr sie fort: »Die Karren sind weg, geklaut, gestohlen, geklemmt. Nenn es, wie du willst. Die Typen haben gestern von dir deine Visitenkarte bekommen und waren der Meinung, dass ein echter Commissario ihnen ihre geliebten Guzzis zurückbringen kann. Deutsche eben, die haben es mit Hierarchien. Dass wir dafür nicht zuständig sind, haben die komplett ausgeblendet. Und da ich nett bin, auch wenn hier in diesem Laden alle das Gegenteil behaupten, habe ich ihre Anzeige aufgenommen und die Datenbank gefüttert. Die *Polizia Municipale* bewegt sich sicher noch im Zwei-Finger-Suchsystem über die Tastatur.« Sie grinste frech.

»Elena, die Motorräder sind wieder bei ihren rechtmäßigen Besitzern. Es gab keinen Diebstahl beim Guzzi-Fest. Die Typen waren wahrscheinlich im Vollrausch und konnten sich nicht erinnern, wo sie die Maschinen geparkt hatten. Claudio und Armando hatten das ganze Wochenende Dienst«, erwiderte Giulia irritiert. »Das Protokoll dazu lag auf ihrem Schreibtisch, und ich habe … na ja, einen Blick hineingeworfen.«

Elenas rechte Augenbraue zuckte, und Giulia konnte ihrer Assistentin ansehen, was diese von ihrer übersteigerten Neugier hielt. Kurz nach Elenas Einstieg hatte Giulia, natürlich nur, um die neue Kollegin besser kennenzulernen, deren Schreibtisch inspiziert. Nichts Wildes, ein kurzer Blick auf die Fotos, die Glückwunschkarten an den Blumensträußen, die auf dem Menüflyer des Bistros von nebenan angekreuzten Lieblingsspeisen. Immerhin wusste Giulia seitdem, dass Elena offenbar eine Abneigung gegen Sellerie, Erbsen und Auberginen hegte, denn alle Gerichte mit diesen Zutaten waren unberücksichtigt geblieben. Das verlangte von Jacopo bei der Zubereitung seiner berühmten Minestrone, die er Giulia bei besonderen Anlässen für die Kollegen in der *Questura* einpackte, einiges an Improvisationstalent ab. Elena jedenfalls musste – wie auch immer – Giulias Schnüffeleien mitbekommen haben, denn schlagartig waren alle Hinweise auf ein Privatleben von ihrem Arbeitsplatz verschwunden gewesen. Alles Dienstliche jedoch wurde von ihr nach Möglichkeit gut sichtbar positioniert, was Giulia ihrerseits wiederum mit einem Anflug von Peinlichkeit registriert hatte. Seitdem machte sie einen Bogen um Elenas Schreibtisch.

»Die verarschen uns nicht. Dafür kommt man nicht auf eine *Questura*, nicht einmal in Italien«, antwortete Elena ungerührt. »Erst recht nicht als Deutscher. Ich tippe eher auf Claudio und Armando.«

»Möglicherweise ein Irrtum. Klärst du das bitte?« Giulia widmete sich wieder der Website des Moto-Guzzi-Werkes.

Elena notierte die Bitte auf der To-do-Liste, die sie immer auf einem Klemmbrett mit sich trug. »Ist es möglich, dass die Commissario mir vorher noch einen Augenblick Ihrer wertvollen Zeit schenkt?«, fragte sie dann scharfzüngig.

Giulia schaute ihre Assistentin mit durchdringendem Blick an. »Die drei Typen haben gestern die tote Angelika Krüger gesehen. Richtig?«

Giulia nickte schwach, während sie an die peinliche Situation und an Brutus' quietschbunte Bettdecke dachte.

»Einer hat die Frau wiedererkannt«, erklärte Elena in einem Tonfall, als leiere sie den Wetterbericht herunter. »Also ihr Gesicht, alles andere konnte er allerdings ebenfalls gut beschreiben.« Sie rümpfte die Nase. »Kannst du mir sagen, was dich geritten hat, die Blöße der Frau nicht sofort mit irgendetwas zu bedecken? Die Venus von Botticelli? Neben der Dorfkirche zur Sonntagsmesse? Im heiligen Italien, das zu drei Vierteln aus Katholiken besteht? Ihr da oben kratzt sogar an den hundert Prozent, na gut, dich schwarzes Schaf abgezogen.«

Giulia machte ein verzweifeltes Gesicht. »Was sollte ich denn machen, Elena? Ich konnte die Krüger unmöglich unbeaufsichtigt da liegen lassen, und bei dreißig Grad schleppe ich normalerweise weder eine Jacke noch eine Decke mit mir herum. Abgesehen davon weißt du doch …«

»… wie die Bergvölker sind«, ergänzte Elena. »Na ja, viel zum Mitnehmen gab es ja bei dem Opfer nicht mehr.«

»Vorsicht, meine Liebe«, mahnte Giulia gekünstelt. »Bei uns klaut man nicht.«

Elena nickte langsam. »Nur Motorräder.«

»Hör auf mit der blöden Neckerei.« Giulia ärgerte sich. »Die hockten alle in der Messe, und ich wusste nicht, wann der Prete sie entlässt. Sollte ich in Kauf nehmen, dass die über eine Leiche stolpern? Ich weiß selbst, wie unglücklich das alles war.«

»Du hast echt Nerven.« Elena grinste. »Der Kerl jedenfalls hat die Krüger bei der großen Bühne am See gesehen. Sie soll ziemlich betrunken gewesen sein und mit allem, was nicht bei drei auf den Bäumen war, geschäkert haben. Seinem glasigen Blick nach zu urteilen, würde ich vermuten, er hätte auch gern mal … na, du weißt schon.« Sie holte mit Daumen und Zeigefinger den Kaugummiklumpen aus ihrem Mund und begutachtete ihn. Offenkundig mit dem Ergebnis zufrieden, steckte sie ihn zurück und setzte das Kauen und gleichzeitige Sprechen fort. »Hilf mir mal bitte auf die Sprünge; die Dame war achtundsechzig Jahre alt und auf den Fotos vom Fundort, also … War sie wirklich so begehrenswert, dass ein kaum vierzigjähriger Biker versucht, bei ihr zu landen?«

»Ich bin kein Mann, aber ja, das war sie wohl«, antwortete Giulia. »Und sie soll alkoholisiert gewesen sein?«

»Volle Kanne. Er erinnert sich so gut, weil sie ihm wohl in die Arme gefallen ist. Zu viel Schlagseite, du weißt schon.«

Giulia wollte etwas darauf erwidern, doch Elena war schneller. »Fontis Bericht sagt etwas anderes. Ich weiß. Wieso, das wirst du herausfinden müssen. Der Typ will auch gesehen haben, wie sie mit dem Chef des Guzzi-Werkes, Alfonso Fabio Gazetti – echt was fürs Auge, wenn du mich fragst –, aneinandergeraten ist. Er hatte letzte Woche die Titelstory in der DONNA MODERNA. Da hieß es, dass er noch Single ist, hat wohl noch nicht die Richtige gefunden …« Elena rollte mit den Augen. »Der geht häufiger zur Kosmetik als du.«

»Was soll das denn nun wieder heißen?« Giulia betrachtete ihr Spiegelbild in dem schwarzen Display ihres am Computerbildschirm lehnenden Handys. Sie sah müde aus, aber das war nichts Ungewöhnliches. Ansonsten wurde sie, so zumindest behauptete es Jacopo und sie wollte das gern glauben, seit dem vierzigsten Lebensjahr immer schöner, trotz der kleinen Fältchen hier und da. Kosmetik? Damit konnte man Giulia jagen. Eine Stunde tatenlos irgendwo herumzuliegen war nicht ihr Ding. Eine gute Seife, etwas Nachtcreme und ein Hauch Mascara, das war ihr Schönheitsprogramm, und damit war sie bisher immer gut gefahren. Sie begutachtete sich noch einmal und wandte sich dann wieder Elena zu. »Woher will der Biker wissen, dass es Gazetti war? Hat der nicht gerade erst bei Guzzi angefangen?«

»Ach, Commissario«, sagte Elena mitleidig. »Wenn du mal einen Hauch des normalen Lebens mitbekommen würdest und nicht immer nur mit deinen Dörflern oder deiner Arbeit beschäftigt wärest. Gazetti leitet den Laden seit mindestens einem Jahr. Er ist durch jedes Boulevardblatt gegangen, kein Wunder, so wie der aussieht. Er fällt schlichtweg auf.« Sie setzte ein schwärmerisches Grinsen auf. »Und er hat das Fest offiziell eröffnet. Wenn der Biker keine italienischen Frauenmagazine liest, dann hat er ihn dort gesehen.«

»Aha«, brummte Giulia nur halb überzeugt. »Und was heißt aneinandergeraten? Wollte sie dem auch in die Arme fallen? Dass beide sich kannten, davon ist ja anhand ihrer Notizen auszugehen.«

Elena zuckte mit den Schultern. »Sie haben wohl auffallend energisch miteinander geredet. Sie soll ihn stehen gelassen haben. Mehr wusste der Freak nicht. Aber vielleicht hilft dir Roberto Ferri?«

»Wer?«

»Roberto Ferri, ein alter Freund der Krüger. Er hat mich gerade angerufen. Riso hat ihm gesteckt, dass die Diva tot ist. Gestern schon. Er ist an ihr Telefon gegangen. Schön, wenn man so mitfühlende und ermittlungstechnisch versierte Kollegen hat … Roberto Ferri heult sich jedenfalls seitdem die Augen aus. Ich habe ihn kaum verstanden.«

»Ein Freund?« Giulia horchte auf. »Na, das ist doch mal was. Ich hatte schon befürchtet, die Krüger geht als Einsiedlerin durch. Keine Verwandten, keine Freunde, niemand, der näher mit ihr zu tun hatte.«

»Ha.« Elena lachte auf. »Näher, als zu schnackseln, geht ja wohl kaum – wenn überhaupt, dann eine promiskuitive Einsiedlerin.«

»Elena, bitte!« Giulia schüttelte vorwurfsvoll den Kopf. »Roberto Ferri und Alfonso Fabio Gazetti also.« Zwei weitere Männer auf der Liste. Es nahm kein Ende.

***

Am See wehte ein leichtes Lüftchen, das die Nachmittagshitze etwas erträglicher machte. Giulia lehnte im Schatten des Fahrkartenhäuschens der *Navigazione del Lago de Como*, der örtlichen Schifffahrtsgesellschaft, und beobachtete gemeinsam mit Luisa, der Kartenverkäuferin, die wartenden Touristen. Solange Giulia denken konnte, saß die alte Frau hinter dem Schalter in Abbadia Lariana und schickte die Touristen von einem pittoresken Seeort zum nächsten, über Mandello del Lario bis hinüber an das Westufer nach Bellagio und von dort aus nach Varenna, Mennagio oder Cadenabbia. Die Schiffe fuhren alle wichtigen Gemeinden an und ersparten den Reisenden nicht nur die schmalen und ständig überfüllten Straßen am See, sondern sorgten gleichsam für unvergessene Eindrücke von einem der schönsten Landstriche Italiens. Zu den Tickets gab es bei Luisa jede Menge Geschichten frei Haus, ob die Leute sie hören wollten oder nicht. Wer an ihren See kam, der musste ihm die Ehre erweisen, ihn und die Menschen, die hier lebten, kennenzulernen. Der Lago war mehr als ein nettes Naturschauspiel oder das kühle Nass, in das die verschwitzten Touristen ihre strapazierten Füße steckten. Und so erzählte Luisa mit der kratzigen Stimme einer Kettenraucherin von Cosima Wagner, der Tochter von Franz Liszt, die in Bellagio geboren worden war und die in ihrer Ehe zu Richard Wagner ihre tragische Berufung gefunden hatte. Sie beschrieb die Varennaer Villa Cipressi mit ihrem Park in den schillerndsten Farben und versäumte es auch nicht zu erwähnen, dass diese aus dem 14. Jahrhundert stammende Prachtanlage in den Achtzigerjahren nur durch eine Spendenaktion hatte gerettet werden können. Luisa wusste zu allem und jedem etwas zu berichten, und selbst, wenn sie ihr Wissen auf Italienisch vortrug – einer anderen Sprache war sie nicht mächtig –, versprühte sie so viel Begeisterung, dass sie den ein oder anderen arglosen Fahrkartenkäufer damit ansteckte. Heute hatte Luisa ihren Charme an eine japanische Reisegruppe verschenkt, die, wie Giulia auch, nach Bellagio übersetzen wollte und nun dank Luisas Visitenkartensammlung und ihrer Geschäftstüchtigkeit die Pizzeria ihres Erstgeborenen zum verspäteten Mittagessen aufsuchen würde.

»Du siehst müde aus, Mädchen«, sagte Luisa und musterte Giulia dabei ungeniert. »Nimm dir das bei euch da oben nicht so zu Herzen. Auf dem Berg leben auch nur Menschen.«

Giulia nickte und dachte an Jacopo, der sie mit ähnlichen Worten zu trösten versucht hatte.

»Und um die Deutsche …« Luisa winkte ab, schien sich aber im nächsten Moment der Bedeutung ihrer Worte bewusst zu werden. Sie hielt kurz inne und widmete sich dann eilig dem vor ihr liegenden Münzzähler.

Giulia wurde hellhörig. »Du kanntest sie?«

Luisa schob die Zwei-Cent-Münzen hoch und runter und zuckte mit den Schultern. »Mhm, wie man sich hier bei uns halt so kennt.«

»Luisa«, erwiderter Giulia streng.

Die Angesprochene schaute sie mit den treuen Augen eines Kindes an. »Jeden Sonntag um eins ist sie nach Bellagio übergesetzt. Jeden Sonntag, zwanzig Jahre lang. Du konntest die Uhr nach ihr stellen. Deutsche eben.«

»Du weißt, wohin sie wollte«, sagte Giulia mit Nachdruck.

»Ich habe sie nie gefragt«, entgegnete Luisa leise. »Hat mich nicht interessiert. Ich war froh, wenn ich mich nicht mit der unterhalten musste.« Sie verzog ihr rundes, von Falten zerfurchtes Gesicht.

Giulia antwortete nichts, verabschiedete sich angesichts des eintreffenden Schiffes knapp und lief zum Steg hinüber. Es war eigentlich vollkommen egal, wen sie zur Operndiva befragte, etwas Nettes bekam sie von niemandem zu hören. Außer natürlich von den diversen Liebhabern der Krüger, aber die waren in ihren Augen unzurechnungsfähig. Sie reihte sich am Ende der Touristenschlange ein und bestieg das Schiff. Kurz darauf heulte der Dieselmotor auf, und sie setzten sich tuckernd in Richtung Norden in Bewegung. Giulia schaute zurück auf die immer kleiner werdende Silhouette ihres Heimatortes, an dessen Uferpromenade Luisa noch immer in ihrem Kassenhäuschen saß und genau wusste, was die Krüger jeden Sonntag in Bellagio gewollt hatte. Aber ganz offenkundig waren die Frauen in diesem Mordfall die falschen Ansprechpartner.

***

Die Villa lag etwas abseits vom Zentrum. Giulia hatte kaum den Klingelknopf gedrückt, als auch schon eine sonore Männerstimme über die Gegensprechanlage fragte, was sie wünschte. Kurz darauf hatten sich beide Torflügel wie von Geisterhand geöffnet, und sie war über einen breiten Kiesweg, den rechts und links hohe Palmen und Zypressen säumten, zum Haus gelangt. Die gelb getünchte Villa hatte vier Etagen, wirkte aber durch die große Terrasse und den stufenförmig angelegten und von grauem Feldstein umfassten Garten, der sich bis zum See hinunter erstreckte, ungleich beeindruckender. Etwa auf dem halben Weg zum See, den man über einen eigenen Steg erreichen konnte und an dessen Ende ein deutlich in die Jahre gekommenes Bootshaus stand, leuchtete das strahlend blaue Wasser eines Pools, der von dicken Töpfen mit üppig rosa blühenden Schiefblättern umrandet wurde. Überall auf den Mauern standen die Pflanzen und ließen erahnen, dass die Bewohner des Hauses ein Faible für Begonien aller Art hatten.

Giulia wurde bereits erwartet. Unter einer von Marmorsäulen getragenen Arkade stand ein mittelgroßer, auffallend schlanker Mann. Das Weiß seines Leinenanzuges leuchtete intensiv und wurde nur noch von dem glitzernden Peacesymbol auf seinem schwarzen T-Shirt übertroffen. Er hatte dunkle, streng nach hinten gekämmte Haare, und als Giulia nah genug herangekommen war, sah sie, dass er diese an seinem Hinterkopf zu einem Knoten zusammengebunden hatte.

»Roberto Ferri. Freut mich, dass Sie so schnell kommen konnten«, sagte er betont ruhig, wobei ihn seine zitternden Hände verrieten. Dieser Mann musste schrecklich aufgewühlt sein. Ohne ein weiteres Wort bedeutete er Giulia, an dem breiten Metalltisch Platz zu nehmen, auf dem neben zwei Gläsern drei gut gefüllte Wasserkaraffen standen, in denen diverse Fruchtscheiben schwammen. Ferri deutete auf die Getränke, wobei Giulia seine zartgliedrigen, schmalen Hände auffielen. Sie entschied sich für das mit Erdbeeren versetzte Wasser, und er schenkte ihr mit grazilen Bewegungen ein. Während Giulia ihn aus der Ferne für höchstens Mitte dreißig gehalten hatte, konnte sie nun sehen, dass Ferri deutlich älter sein musste. Sie schätzte ihn auf mindestens sechzig, wobei das seinem Aussehen keinen Abbruch tat.

»Angelika wurde also umgebracht«, flüsterte er kaum hörbar. »Ich hatte mir schon so etwas gedacht, als sie am Sonntag nicht zum Lunch erschienen ist.« Er saß kerzengerade, hatte ein Bein über das andere geschlagen und seine Hände auf den Armlehnen des Stuhles abgelegt. »Das ist in den letzten zwanzig Jahren nicht ein einziges Mal vorgekommen. Angelika funktionierte wie ein Schweizer Uhrwerk. Absolut präzise, in jeder Lebenslage, bis zur Selbstkasteiung.«

Giulia betrachtete den dicken, leuchtenden Rubin in seinem Siegelring und die manikürten Fingernägel, dachte kurz an Luisas Worte, schaute ihm dann aber unverwandt in seine traurigen, dunklen Augen. »Wenn Menschen zu Verabredungen nicht erscheinen, denkt man im Normalfall nicht unweigerlich an Mord«, antwortete sie.

»Angelika war anders. In jeder Hinsicht. Sie wäre lieber gestorben, als normal zu sein. Nicht jeder konnte damit umgehen«, entgegnete er kühl.

Das Gespräch stockte. Er mied den Blickkontakt, und es sah aus, als suche er am Horizont nach einem Punkt, auf den er sich konzentrieren konnte, um nicht in Tränen auszubrechen.

»Sie waren befreundet?« Giulia versuchte, die Unterhaltung wiederaufzunehmen.

»Seit über dreißig Jahren. Wir hatten die gleiche Berufung. Na ja, also wir sind beide Künstler. Ich habe Ballett getanzt, war ein Schüler von Maurice Béjart. Angelika hat … aber das wissen Sie sicher schon.« Ferri sprach, ohne Giulia dabei anzusehen.

Sie schaute auf das Haus, dessen grüne Fensterläden gerade von einer Dame in schwarzem Kleid und weißer Schürze geöffnet wurden. Ferri folgte ihrem Blick.

»Ich habe das Haus und ein kleineres Vermögen geerbt. Tanzen allein verschafft einem nicht solche Annehmlichkeiten. Seit ich an den See gezogen bin, haben Angelika und ich uns regelmäßig gesehen. Ich habe hier sonst niemanden mehr.«

»Hatten Sie ein Verhältnis?«, fragte Giulia, wohl wissend, dass diese Direktheit dem elegant und zurückhaltend wirkenden Mann aufstoßen könnte.

Ihre Blicke trafen sich. Er schwieg einen Moment, dann sagte er: »Wir haben uns geliebt, auf unsere Art, jenseits dieser Sphären.« Er wedelte abwertend mit der Hand. »Außenstehende können das nicht verstehen.«

»Haben Sie sich jemals Briefe geschrieben?«, fragte Giulia weiter.

Er wirkte irritiert. »Nein, wieso sollten wir? Wir hatten unsere gemeinsamen Sonntage. Außerdem hasste Angelika die Schreiberei. Ihr Italienisch ist … war nicht fehlerfrei, und die Blöße angesichts dieser vermeintlichen Perfektionslosigkeit hätte Sie sich unter keinen Umständen gegeben.« Er atmete schwer aus, und seine Miene war kummervoll. »Bei ihr lief alles über ihr Smartphone. Da gibt es Abkürzungen, Emojis und allerhand andere sprachliche Kulturlosigkeiten – Sie wissen wohl, was ich meine.«

Giulia dachte an die dicken Briefstapel, die sie sichergestellt hatten und die in deutscher Sprache verfasst waren.

»Angelika Krüger war Deutsche«, bemerkte sie in Gedanken.

»Ja, jeder muss irgendwo geboren sein«, entgegnete er schulterzuckend. »Eine italophile Brünnhilde, die ich bis vor Kurzem für unbezwingbar gehalten hätte.«

»Sprechen Sie Deutsch, Herr Ferri?«, fragte Giulia, kaum dass er seinen Satz beendet hatte.

Er hob abwehrend die Hände. »Ich bin Italiener, und meine zweite Sprache ist der Tanz. Mehr brauchte ich nicht.«

Giulia überlegte kurz. Ferri stand offensichtlich unter Schock, daher mochte ein Teil seiner Verschlossenheit rühren, aber auch sonst strahlte er etwas Undurchsichtiges aus. Allerdings empfand Giulia ihn nicht als unangenehm, im Gegenteil. Seine kühle, fast vornehme Distanziertheit hatte etwas durchaus Anziehendes. Ferri, das spürte sie deutlich, war klug genug, ihr nicht alles zu erzählen, aber ihr Instinkt sagte ihr, dass er kein Lügner und erst recht kein Mörder war.

Das von ihm erwähnte Mobiltelefon war ein wichtiger Hinweis, dem sie dringend nachgehen musste. Seltsamerweise hatte in Risos Bericht nichts von einem Handy gestanden. Sie bat Roberto Ferri um die Telefonnummer von Angelika Krüger, dann fuhr sie der Vollständigkeit halber fort: »Dürfte ich Sie fragen, wo Sie in der Nacht von Samstag auf Sonntag gewesen sind?«

»In Mailand, in der Scala«, antwortete Ferri ruhig. »Da finden Sie mich jeden Samstag. *La Traviata.* Die Choreografie dazu hat ein alter Freund von mir gemacht. Über drei Stunden Hochgenuss. Genächtigt habe ich wie immer im Armani.«

Giulia bezweifelte das nicht, verwies aber darauf, dass sie das überprüfen werde. »Herr Ferri, haben Sie eine Idee, wer Angelika Krüger so sehr gehasst haben könnte, dass er auch vor einem Mord nicht zurückschreckt? Hat sie sich vielleicht bedroht gefühlt? Gab es Anfeindungen oder Streit?«

Er lachte gequält auf. »Die Welt ist voll von solchen Menschen. Da kann ich Ihnen leider nicht weiterhelfen. Die Kehrseite des Ruhms ist der Neid, der unweigerlich mit dem Hass daherkommt.«

»Frau Krüger hat das Musikgeschäft vor mehr als zwanzig Jahren hinter sich gelassen«, erwiderte Giulia irritiert. »Wie viel Missgunst bleibt da noch übrig? Große Reichtümer scheint sie auch nicht besessen zu haben, nach allem, was wir bisher wissen.«

»Die Kunst kennt keine zeitlichen Grenzen – das Talent auch nicht. Und das ist der größte Reichtum.«

Giulia hatte fast eine Stunde auf der Terrasse von Signore Ferri gesessen, bevor sie sich wieder auf den Weg zur Fähre gemacht hatte. Zurückgeblieben war ein gebrochener Mann, der so gut wie nichts von sich preisgegeben, aber auch aus seiner Desillusion gegenüber seinen Mitmenschen keinen Hehl gemacht hatte. Die erotischen Eskapaden der Krüger hatte er mit keiner Silbe kommentiert, Giulia hatte ihm allerdings angesehen, dass er davon wusste. Es schien ihm schlicht nichts zu bedeuten. Nur einmal kurz, in einem Nebensatz, hatte er an dem Bild der großen Diva gekratzt. Fast hätte Giulia es überhört. »Angelika war in ihrem tiefsten Inneren eben doch nur eine Kleinkrämerseele«, hatte er gemurmelt. Giulia hatte an den *Bitto* und den Wildschweinschinken gedacht und gut verstanden, was Roberto Ferri damit gemeint hatte.

***

»Danke, Giuli, dass du extra nach Bellagio gekommen bist«, nuschelte Fabio Romano kleinlaut. Er lehnte mit der Hüfte an dem Geländer der Fähre, die großen, sehnigen Hände fest um den Handlauf geklammert, und blickte gedankenversunken auf den See.

Giulia, die eine Weile gebraucht hatte, um ihn auf dem überfüllten Schiff ausfindig zu machen und ihn schließlich in einer äußersten Ecke zwischen zwei Autos entdeckt hatte, erwiderte nichts darauf. Sie kannte den stolzen, groß gewachsenen Mann mit der grauen Mähne und der Vorliebe für puderfarbene Leinensakkos ebenso lange wie jeden anderen auf dem Berg. Doch mit Fabios konservativem und selbstherrlichem Wesen, insbesondere im Hinblick auf seinen Glauben und sein Familienbild, hatte sie noch nie etwas anfangen können. Ihr Elternhaus war ihr im Vergleich zu den Romanos immer wie eine gottlose Hippiekommune vorgekommen, dabei betete selbst ihre Mutter Maria mindestens zweimal am Tag den Rosenkranz. Wenn ihr Vater Piergiuseppe einen Amaro zu viel intus oder sich die liebe Verwandtschaft aus Argentinien angekündigt hatte, rief sie den Heiligen Geist auch gern mal häufiger an, aber das war nichts gegen die militante Frömmigkeit, die Fabio Romano an den Tag legte.

»Ich werde nächsten Monat dreiundsechzig, so Gott will«, hob Fabio an, redete aber nicht weiter, sondern fixierte einen Punkt am Horizont. Giulia hatte Zeit. Die Fähre hatte gerade abgelegt und gewann langsam an Tempo. Der Motor heulte auf und verbreitete auf der offenen Ladefläche einen beißenden Dieselgeruch, der nur wenig später vom Fahrtwind wieder davongetragen wurde. Kaum dass sich das Schiff einige Meter vom Ufer entfernt hatte, verstummten die Gespräche der meisten Passagiere, ein Phänomen, das Giulia schon häufig beobachtet hatte und das sie doch immer wieder schmunzeln ließ. Gebannt starrten die Menschen auf die malerische Kulisse von Bellagio, zupften einander unter begeisterten Ausrufen an den Ärmeln, zeigten auf diese oder jene Entdeckung und zückten schließlich ihre Handys, um die Bilder der schönsten Ortschaft am Comer See im nächsten Moment über die sozialen Netzwerke hinaus in die Welt zu schicken. Selbst Giulia, die das Urlaubsflair jeden Tag vor der eigenen Haustür hatte, konnte sich an alldem nicht sattsehen. Das liebliche Bellagio entfernte sich und mit ihm die prächtigen Belle-Époque-Villen mit ihren pastellfarbenen Fassaden, die sich an den Fuß des bewaldeten Bergrückens des Monte Garnasca schmiegten und doch nur einen Vorgeschmack auf das Schauspiel gaben, das den Augen hoch über der Ortschaft geboten wurde. Dort thronte auf einem Felsplateau in aller Erhabenheit die Villa Serbelloni, in der schon Leonardo da Vinci empfangen worden sein sollte und deren mediterranen Garten mit seinen Magnolien, Kamelien, Rhododendren und Azaleen man von unten nur anhand der kerzengerade aufragenden Säulenzypressen erahnen konnte.

Es war Fabios Idee gewesen, sich auf der Fähre zu treffen. Er suchte die Anonymität inmitten des Reisegesindels – wie ihre Mutter Maria die Touristen nannte –, eine gute Stunde entfernt von zu Hause, hier draußen auf dem See, der sie alle miteinander verband und ihnen dabei immer wieder vor Augen führte, wie klein und unwichtig sie eigentlich waren. Die Wellen schlugen gegen die Außenwand der Fähre, sodass ein paar Wasserspritzer auf Fabios Jacke landeten. Er schien es nicht zu bemerken. »Dreißig Jahre in der Provinzverwaltung sind genug. Du weißt, dass sie uns im Jahr 2000 mit dem Legislativdekret die Kompetenzen beschnitten haben. Gut, Jagd und Fischfang sind mir glücklicherweise geblieben, aber irgendwann ist es eben gut. Die Kinder sind aus dem Haus. Nadia wird noch ein paar Stunden bei Peppo aushelfen, und ansonsten kümmere ich mich um meine

Tomaten, Gurken und Zucchini. Ein ruhiges Leben, verstehst du?« Er drehte den Kopf zu Giulia, schaute sie kurz an und starrte dann wieder geradeaus. In der Ferne konnte man die Küstenhäuser von Lierna erahnen, dem nächsten Anfahrtshafen auf der Ostseite des Lario.

»Du hast mir Sonntagnacht erzählt, dass du der Krüger eine Anglerlizenz besorgt hast, für den Eigenbedarf. Angelika Krüger war aber keine Anglerin«, sagte Giulia irgendwann.

Er reagierte nicht, doch Giulia konnte sehen, wie er mit sich rang. Fabio war ein kluger Mann, und seit er von der Existenz des krügerschen Notizbuches wusste, musste er befürchtet haben, dass Giulia ahnte, dass mehr dahintersteckte als die belanglose Geschichte mit der Lizenz, die er ihr aufgetischt hatte. Da war noch etwas, das spürte sie, und Fabios Körpersprache gab ihr recht.

»Was ich mich frage«, sie machte eine theatralische Pause. »Also, was ich gerne wüsste, ist: Wozu braucht eine Frau, die nie und nimmer eine Fischerrute in der Hand gehalten hat, eine Angelerlaubnis? Und darum ging es doch angeblich bei euren Schäferstündchen, also für die Krüger, nicht für dich.« Giulia räusperte sich vielsagend und beobachtete mit Genugtuung, dass die Worte ihre Wirkung nicht verfehlten.

»Aber das habe ich dir alles bereits erzählt«, sagte Fabio unsicher. »Ich habe ihr quasi als Gegenleistung«, seine Stimme war so leise, dass sie sich fast in den Motorgeräuschen des Schiffes verlor, »die Lizenz ausgestellt. Das stand doch auch so in ihren Aufzeichnungen.«

»Ja, ja«, leierte Giulia. »So wie Matteo ihr seinen Käse gebracht hat und Francesco den Wildschweinschinken …«

Fabio riss den Kopf herum und schaute sie mit weit aufgerissenen Augen an. »Hör auf damit!«, blaffte er. »Ich will nichts davon hören. Wenn ich das geahnt hätte. Der liebe Gott wird mir niemals verzeihen …«

»Die außereheliche Kopulation ohne konkreten Kinderwunsch – oder den Betrug am italienischen Staat?«, fragte Giulia spitzzüngig.

Fabio wandte sich wieder ab. Nach einer Weile sagte er: »Ich habe nie zuvor etwas Unrechtes getan. Gott ist mein Zeuge.« Seine Stimme zitterte. »Sie war eine Sirene, ein Weib, wie es dem Teufel gefällt.« Mit seinen Händen malte er ausladende Kurven in die Luft. »Wenn die mich angesehen hat, diese blauen Augen und dann diese wollüstigen Lippen …« Er kniff die Augen fest zusammen und schüttelte sich. »Die hat der Teufel geschickt, der Teufel persönlich.«

Auf der gegenüberliegenden Seeseite kam Limonta in Sicht.

»Fabio, du führst die Reihe in ihrem Notizbuch an, also in Abbadia Lariana. Ihr habt euch am 2. Mai 1998 kennengelernt, und am 4. Mai 1998 hast du sie, na ja … da gab es die erste Anglerlizenz. Das sind achtundvierzig Stunden.«

»Du darfst mich nicht verurteilen, Giuli. Mein Geist ist willig, aber mein Fleisch ist … war schwach«, jammerte er.

»Zwanzig Jahre lang?« Giulia, die keine Antwort darauf hören wollte, legte nach. »Ich möchte nur wissen, wie die Krüger es angestellt hat«, erklärte sie.

Er wurde rot bis an die Ohrenspitzen und sah betreten zu Boden.

Giulia verdrehte die Augen. »Meine Güte, Fabio, wie hat sie dich rumgekriegt?«

Er hob den Kopf. »An dem Abend hat sie eine Einzugsparty gegeben, lauter frivole Gestalten aus der Künstlerszene, du weißt schon, die Sünde in all ihren Facetten.« Er seufzte. »Nadia und ich, wir konnten bei dem Krach nicht schlafen, und da bin ich zu Angelika rüber. Ehe ich mich's versah, saß ich an ihrem Küchentisch und trank mit ihr einen dieser deutschen Schnäpse. Sie schenkte immer weiter nach, und irgendwann waren wir allein in der Küche, und sie küsste mich wie eine Wahnsinnige.«

»Und nachdem alles erledigt war, hat sie gesagt: Gut, Fabio, und nun bekomme ich einen Angelschein dafür?« Giulia biss sich auf die Zunge. Sie durfte es nicht übertreiben.

»So ungefähr. Zwei Tage später hat sie an unserer Tür geklingelt. Glücklicherweise war Nadia nicht zu Hause. Ich habe ihr versprochen, mich um die Angelerlaubnis zu kümmern. Das ist ja auch kein Akt. Am nächsten Tag hatte sie das Schreiben im Briefkasten.«

»Und dann durftest du wieder …«

Er druckste. »Es war Zufall, Wochen später.« Er schluckte schwer. »Ich weiß gar nicht, wie …« Fabio klang nun, als stünde er vor den Pforten der Hölle.

»Dieses Mal hat sie dich gleich auf die Lizenz angesprochen. Und sie hatte nie vor zu bezahlen, richtig?«, bemerkte Giulia ungerührt.

Er nickte. »Ich war doch selbst schuld. Ich konnte nicht von ihr lassen.« Er machte ein verzweifeltes Gesicht. »Die Frau hat mich verrückt gemacht. Nadia und ich, na ja, wir sind schon so lange verheiratet«, stammelte er. »Und Angelikas weiße Haut …«

»Nun, wenn ich mich richtig erinnere, hat sie deine Dienste nicht allzu häufig in Anspruch genommen«, sagte Giulia.

»Sünde bleibt Sünde«, entgegnete Fabio geistesabwesend. Leise fügte er an: »Nicht allzu häufig … ja. Und das für die vielen Lizenzen.«

Giulia horchte auf. »Von wie vielen sprechen wir denn?«

»Giuli, bitte.«

»Wie viele, Fabio?«

»In der Saison, also von März bis Oktober, zehn pro Woche«, flüsterte er.

Giulia pfiff überrascht durch die Zähne. »Das sind mehr als zweihundert Euro, die dem Staat damit verloren gegangen sind, Fabio! Pro Woche, über zwanzig Jahre lang«, sagte sie vorwurfsvoll.

»Ich weiß doch, Giuli, ich weiß. Was soll denn nun werden? Wenn das rauskommt, verliere ich womöglich meine Pensionsansprüche.« Er wand sich. »Gott bestraft unsere Sünden. Angelika ist tot. Und ich?«

Der Schiffsmotor tuckerte leiser, ein sicheres Zeichen, dass sie den nächsten Hafen ansteuerten. Giulia schaute zum Land hinüber. Sie waren bereits in Vasse am Westufer angekommen. Das bedeutete, sie hatten Lierna und Limonta schon hinter sich gelassen. Es folgten noch Onno und Mandello del Lario, dann waren sie zu Hause.

Sie sagte nichts. Die Krüger hatte Fabios Gefälligkeiten nur während der Urlaubszeit gebraucht, das heißt, sie hatte die Lizenzen schwarz an Touristen verkauft und sich damit ein hübsches Zubrot verdient. Zwanzig Jahre lang eine sichere Einnahmequelle. Giulia würde sich das Notizbuch noch einmal genau ansehen müssen. Womöglich gab es noch mehr Kandidaten wie Fabio. Der Holzkopf hatte nicht nur seinen Job, sondern auch seine Pension aufs Spiel gesetzt. Dafür kann man schon mal jemanden erschlagen. »Habt ihr euch jemals geschrieben? Kleine Briefchen vor den Schäferstündchen? Möglicherweise hast du am 3. Mai 1998 schon den ersten bekommen. Immerhin habt ihr ja am 4. Mai bereits …«

»Ich schwöre dir, Giuli, es gab keine Briefe, niemals. Das hätte Nadia mitbekommen. Wirklich, du musst mir glauben. So was kann ich auch gar nicht, also diesen Romantik-Quatsch. Nicht einmal meine Frau hat je einen Brief von mir bekommen, und die liebe ich wirklich.«

»Bist du eigentlich des Deutschen mächtig?«, fragte Giulia dazwischen.

Er schaute verwundert. »Nein, wieso? Angelika spricht … ich meine, sie sprach ein ausgezeichnetes Italienisch.«

»Du hast gesagt, dass du in der Nacht von Samstag auf Sonntag beim Guzzi-Fest warst, wie alle anderen Liebstollen von unserem Berg auch.« Giulia dachte an die Alibis, die sich die Männer gegenseitig gegeben hatten, und daran, dass sie offenkundig zu leichtgläubig gewesen war.

Fabio zögerte. »Nadia war allein dort. Sie hat für Peppo ausgeschenkt. Ich hatte keine Lust.«

Giulia atmete tief ein. »Wie konntet ihr nur, Fabio! Ich untersuche einen Mord, und ihr habt nichts Besseres zu tun, als mich anzulügen.«

»Ich weiß nicht, ob die anderen gelogen haben«, murmelte Fabio schuldbewusst.

»Warst du mit der Krüger verabredet an diesem Abend?«, fragte Giulia weiter.

»Nein, nein. Ich hatte für einen Moment gehofft, sie würde mir ein Zeichen geben. Das Kellerlicht, das war unser Signal. Sie schaltete es an, wenn sie mich sehen wollte. Der Lichtkegel bricht sich in Nadias Windlichtern und landet dann direkt an der Decke unseres Wohnzimmers.« Er stand unbeweglich da. Seine Fingerknöchel leuchteten weiß, so sehr klammerte er sich an das Geländer.

»Hast du sie in der Woche vor ihrem Tod getroffen, vielleicht am Donnerstag oder Freitag?«

Fabio schüttelte so heftig den Kopf, dass seine Haare umherflogen. »Nein, Giuli, nein. Wirklich nicht.« Eine Mischung aus Bedauern und Ablehnung legte sich in seine Stimme.

Giulia starrte auf die grauen Haare, die auf Fabios Schulter zurückgeblieben waren. Unauffällig zog sie ein sauberes Zellstofftaschentuch hervor, zupfte rasch ein Haar von Fabios Schulterpolster und verstaute alles in ihrer Hosentasche. Er hatte nichts davon bemerkt. Na warte, Bürschchen, du hast mich nur einmal hinters Licht geführt, dachte sie zufrieden. »Du hast kein Alibi, Fabio. Dafür aber ein erdrückendes Motiv. Und du hast mich angelogen.« Giulia ließ ihren Blick auf ihm ruhen.

Er wagte es nicht, sie anzusehen. »Ich bin kein Mörder, Giulia. Das fünfte Gebot.« Er schlug die Hände vors Gesicht. Offenbar erinnerte er sich an das sechste Gebot: Du sollst nicht ehebrechen. »Nein, o nein. Lieber Gott, was habe ich nur getan?«, schluchzte er verzweifelt.

Als er sich wieder einigermaßen gefangen hatte, fragte Giulia: »Wie lange hast du vor dem Fernseher gelegen? Und was hast du dir angesehen?«

»Bis weit nach Mitternacht. Erst Fußball, AC Milan gegen AS Roma, und dann irgendeine Politiksendung. Ich bin zwischendurch bestimmt auch mal eingenickt. Ich weiß es nicht so genau. Aber umgebracht habe ich Angelika nicht. Niemals. Am Sonntag nach der Messe, wie sie da lag, direkt neben der Kirche … Das ist ein Zeichen, habe ich gedacht, ein Zeichen Gottes an seinen schlimmsten Sünder. Er hat sie da hingelegt, um mich zurück auf meinen rechten Weg zu führen.

Ich habe verstanden, Herr, ich habe verstanden.« Er blickte hoch zum Himmel, bekreuzigte sich und nahm seine ursprüngliche Haltung wieder ein.

»Denk nach, was ist an dem Abend passiert?«, forderte Giulia ihn auf.

»Nadia ist um sieben Richtung See aufgebrochen. Ich habe gegessen und dann den Fernseher eingeschaltet. Um kurz nach zwölf habe ich meiner Jüngsten eine SMS geschrieben und gefragt, ob sie schon zu Hause ist. Gegen halb eins war die Mittlere dran. Dann muss ich wohl eingenickt sein. Jedenfalls standen kurz nach eins Nadia und Sebastiano in der Tür. Das weiß ich so genau, weil unsere Standuhr zu jeder Viertelstunde schlägt.« Fabio redete schnell und verhaspelte sich dabei.

»Du hast bestimmt hin und wieder zum Haus der Krüger gesehen, als du da so auf dem Sofa gelegen hast. Aus reiner Nächstenliebe.« Giulias Frustration stieg. Fabio Romano war sicherlich nicht der Einzige, der sie an der Nase herumgeführt hatte. Die Notizen der Krüger waren zu stichpunktartig, um alle Details daraus entnehmen zu können. Dass Fabio ihr nicht ein oder zwei Anglerlizenzen zum privaten Gebrauch besorgt hatte, sondern Hunderte, war daraus nicht hervorgegangen. Abgesehen davon wäre Giulia niemals auf eine derartige Idee gekommen. Das klang verdammt nach organisiertem Betrug, und bei Licht betrachtet war es auch nichts anderes. Die Frage war, zu welchen kriminellen Handlungen sich die Männer noch hatten hinreißen lassen und ob Fabio wirklich so unschuldig war, wie er ihr weismachen wollte.

»Ja. Ich habe ab und zu rübergeguckt.«

»Und da ist dir nichts aufgefallen?«

»Doch«, sagte er zögerlich. »Angelika hat kurz nach eins nur mit ihrem weißen Morgenmantel bekleidet das Haus verlassen. Dann bin ich ins Bett gegangen.«

»Woher weißt du, dass sie nichts darunter trug?«

»Sie hatte die Angewohnheit, den Gürtel nicht zu benutzen.«

***

Der Duft des angeschmorten Knoblauchs wehte ihr schon auf der Straße in die Nase. Giulia hatte ihren Wagen auf dem Platz vor St. Rocco abgestellt und war langsam den kleinen Anstieg in Richtung *Torre de Barbarossa* hochgelaufen. Zum Turm gehörte nur ein winziger Innenhof, der kaum Platz für ein Bänkchen und zwei Kübel mit Jacopos Kräutern bot. Dort ein Auto abzustellen war undenkbar. Zwar konnte man bis direkt vor das Haus fahren und halten, aber dann kamen die Passanten kaum noch zwischen den Häuserzeilen hindurch. An den Berghängen oberhalb des Comer Sees standen die Häuser so dicht beieinander, dass sich die Nachbarn fast schon aus ihren Fenstern die Hände reichen konnten. Die Moderne kam hier oben an ihre Grenzen, und Giulia konnte sich nicht vorstellen, dass dies jemals anders werden würde.

»Ach Giuli, das duftet ja wieder bei euch … köstlich. Was kocht Jacopo denn Schönes?« Lucrezia, die bald hundertjährige Nachbarin von Giulia und Jacopo, reckte ihre Nase in die Luft und schnupperte demonstrativ. Die alte Dame saß sommers wie winters an ihrem geöffneten Küchenfenster und nahm durch die Gitterstäbe, die ihr Enkelsohn vor einigen Jahren davor angebracht hatte, am Gemeindeleben teil. Giulia hielt diese Sicherheitsmaßnahme für überflüssig, zumal Lucrezia bereits vor Jahren ihren Hausschlüssel verbummelt hatte und damit ohnehin jeder durch die stets unverschlossene Tür in ihre Wohnung gelangen konnte. »*Ciao* Luci.« Giulia lächelte. »Ich lasse mich überraschen. Soll ich dir was rüberbringen? Hast du schon gegessen?« Sie blieb vor dem schmalen Eisentor stehen und wartete auf Lucrezias Antwort.

»Nein, nein. Ich bin versorgt. Du hast es nötiger, Kindchen. Bei deiner Arbeit …« Die Alte seufzte laut und schaute Giulia mit einer Mischung aus Mitleid und Sorge an.

»Geht es dir gut? Ist alles in Ordnung?«, fragte Giulia fürsorglich, da ihre Nachbarin sonst nie Jacopos Essen ausschlug. Sogar bei den

Costine, den gegrillten Schweinerippchen, konnte Lucrezia nicht Nein sagen. Wie sie es schaffte, die Knochen mit ihren wenigen verbliebenen Zähnen abzunagen, war Giulia ein Rätsel. Aber Lucrezia liebte Jacopos *Costine*, eine Spezialität im Veltlin, deren Geheimnis darin lag, dass die Rippchen in einem Kräutersud weich gekocht wurden, bevor sie eine Nacht ruhten, um dann auf dem Holzkohlegrill scharf angebraten zu werden. Am Gardasee schwor man ebenfalls auf diese Delikatesse, allerdings, und da waren sich hier alle einig, brachten es die dortigen Köche nicht auf das butterweiche, zarte Fleisch, das es nur am Lago di Como gab – und natürlich bei Jacopo.

Lucrezia winkte ab. »Die Sache mit der Deutschen … mir ist der Appetit vergangen. »Aber geh nur, Kindchen. Einen so schönen Mann wie deinen Jacopo lässt man nicht warten.« Sie zwinkerte Giulia verschwörerisch zu. Lächelnd drückte Giulia das schmale schwarze Gittertor auf, betrat den Innenhof, winkte Lucrezia, während sie die Tür wieder ins Schloss drückte, noch einmal zu und schickte sich an, Friedrich zu begrüßen. Friedrich, das war Jacopos Graupapagei und das erste und wohl eigensinnigste Haustier, mit dem Giulia jemals zusammengelebt hatte. Der Vogel saß auf einer Lampe über dem Wirtschaftseingang, plusterte sein Gefieder auf und trat von einem Bein auf das andere, die übliche Begrüßungszeremonie. Normalerweise krächzte er dabei noch ein *»Ciao Bella«* oder ein »Na endlich«, aber heute blieb er erstaunlich stumm. Giulia strich ihm über den Bauch und machte ein paar Schnalzgeräusche mit der Zunge. Dann schaute sie sich nach Jacopo um.

Die beiden Glasflügeltüren zur Küche, die man nur vom Innenhof aus betreten konnte, standen weit offen, und Giulia hörte, wie Jacopo mit jemandem redete. Leise, bedächtige Worte voller Nachdruck. In der Überzeugung, dass ihr Mann mit einem Kunden telefonierte, um ihm die Vorzüge einer fachmännischen Restauration gegenüber einer einfachen Renovierung darzulegen, huschte Giulia an der Küchentür vorbei und stieg die steile, alte Steintreppe hinauf, die von außen über einen Balkon in ihr Schlafzimmer führte. Nebenbei drückte sie ihren Zeigefinger in die Erde der dicken Geranientöpfe, die auf jeder zweiten Stufe kaum einen Fuß breit Platz ließen, aber so wunderschön in einem leuchtenden Rot strahlten, dass Giulia sich daran nicht sattsehen konnte. Oben angekommen, entledigte sie sich ihrer Schuhe und der Jeans, stützte sich kurz auf das Balkongeländer, schaute zufrieden hinauf zum Berg und atmete die Milde eines zu Ende gehenden Spätsommertages ein. In der Küche ploppte ein Weinkorken aus der Flasche. Geschirr klapperte. Schnelle Schritte klangen zum Turm hinauf. Friedrich schlug aufgeregt mit den Flügeln. Sie schaute hinunter und erblickte den Campanaro Chiapponi, der eilig das Haus verließ. Ein »Sieg Heil« aus dem Schnabel des Papageien begleitete ihn. Giulia sah, wie der Alte grußlos an Lucrezias Fenster vorbeihastete und hinter der nächsten Hausecke verschwand.

Auf dem Herd kochte die Polenta, die man hier am See zumeist nicht klassisch mit Maismehl, sondern in der Tradition der Bergbauern mit Buchweizen zubereitete. Jacopo war gerade damit beschäftigt, die große gusseiserne Pfanne zu schwenken, in der er Butter, Knoblauch und Salbeiblätter so lange gemeinsam angeschmort hatte, bis sie die typische Soße für die *Polenta uncia* ergaben. Giulia drückte ihm einen Kuss auf seinen tief gebräunten Hals, nahm sich eine große Schüssel aus dem Regal und begann, die auf einem Teller liegenden Käsestücke und die Polenta abwechselnd hineinzuschichten. Nachdem alle Zutaten verteilt waren, übergoss Jacopo die Masse mit dem kochend heißen Knoblauch-Butter-Gemisch.

»Bei der Menge an Knoblauch sollte ich morgen lieber nicht in die *Questura* gehen.« Giulia grinste, während sie sich voller Vorfreude eine dicke Portion auftat.

»Die Zorzi sieht dich sowieso lieber von hinten, und Elena ist so cool, die lässt sich doch von einer Knoblauchfahne nicht schrecken.« Jacopo lächelte und prostete Giulia mit seinem Weinglas zu, dessen verschmierter Rand verriet, dass dies nicht sein erster Schluck Barolo an diesem Abend war.

»Von wem hat Friedrich eigentlich diesen schrecklichen Ausspruch gelernt?«, fragte Giulia mit strengem Blick, wobei sie ihr Glas ebenfalls in der Hand hielt, mit dem Anstoßen aber noch wartete.

»Ich weiß nicht, was du meinst«, erwiderte Jacopo bemüht ernst.

»Du weißt es genau. Immer wenn er Chiappi sieht, spuckt er dieses Nazizeug aus. Kannst du ihm das nicht einmal abgewöhnen?«

»Tiere sind intelligenter, als die meisten denken. Sie fangen die kleinsten Schwingungen ein, vor allem Friedrich.«

»Ach, bitte. Du weißt genau, dass er nur nachplappert, was du ihm beigebracht hast.«

»Passt aber doch, oder nicht?« Jacopo zwinkerte ihr zu.

Sie schaute ihn tadelnd an. »Was wollte der alte Chiappi eigentlich bei uns?«

Jacopo verzog den Mund und stellte den Barolo zurück auf den Tisch. »Er hat sich bedankt, weil ich die Leiter zum Glockenturm repariert habe. Weiter nichts.«

»Das ist in der Tat sehr nett von dir, danke«, entgegnete Giulia, griff ihre Gabel und kostete von der Polenta. Sie kaute lächelnd. »Ein Traum, wie immer.« Dann hielt sie inne und sagte mit zusammengekniffenen Augen. »Der Campanaro hat sich noch nie für etwas bedankt. Was …?«

Jacopo fiel ihr ins Wort. »Er hat die Krüger nicht umgebracht.«

Giulia legte die Gabel auf ihrem Teller ab. »Deshalb war er hier? Um das zu sagen? Und du sollst mich jetzt von seiner Unschuld überzeugen? Er ist einer meiner Hauptverdächtigen, und ich wette, er hat kein Alibi für die Mordnacht.«

»Stimmt«, gab Jacopo kleinlaut zu. »Er lag allein in seinem Bett. Du weißt, dass er das Moto-Guzzi-Fest nicht leiden kann, weil es dort von Deutschen nur so wimmelt.«

Giulia schüttelte den Kopf. »Eben. Er ist verrückt. Er hat die Krüger gehasst und wer weiß was angestellt, um sie aus dem Dorf zu vertreiben. Wer sagt mir, dass er sie am Ende nicht um die Ecke gebracht hat? Die Indizien sprechen gegen ihn.«

»Weil er Deutsche nicht leiden kann?« Jacopos Gesicht wurde ernst.

»Giuli, machst du es dir damit nicht zu leicht? Wieso sollte er die Frau ausgerechnet jetzt umbringen? Er hatte jahrzehntelang Zeit dazu. Jedes Mal, wenn einer ihrer Liebhaber vor ihrer Tür stand, hätte er nicht auf ihn, sondern auf sie schießen können. Es wäre ein Leichtes gewesen. Aber er hatte nie vor, jemanden umzubringen. Er wollte die Kerle nur abschrecken und vor der sibyllinischen Deutschen beschützen.« Jacopos Mundwinkel gingen nach oben. »So hat er sich ausgedrückt. Abgesehen davon: Wie soll dieser Tattergreis deiner Meinung nach die Walküre zur Kirchwiese geschleppt haben? Du hast selbst gesagt, dass Fundort nicht gleich Tatort ist.«

Giulia nickte. »Das haben die Untersuchungen ergeben«, sagte sie nachdenklich. Sie horchte auf. »Aber woher weißt du …? Er hat es dir erzählt? Dass er auf alles geballert hat, was sich auf dem Grundstück der Krüger bewegt hat? Und du findest das nicht irgendwie befremdlich?« Giulia ereiferte sich. Insgeheim wusste sie jedoch nicht, was seltsamer war, ein alter Mann, der auf ein paar Liebestolle schoss, oder eine Dulzinea, die über ebenjene Buch führte?

»Wen hast du eigentlich noch im Visier, Commissario?«, fragte Jacopo, und Giulia merkte ihm deutlich an, dass er das leidige Thema Campanaro Chiapponi nicht weiter vertiefen wollte.

»Ach.« Giulia konzentrierte sich aufs Essen, schließlich schaute sie ihren Mann unschlüssig an. »Fabio Romano hat kein Alibi, und sein Motiv ist so erdrückend, dass ich mich wirklich frage, mit welchen Menschen ich da Tür an Tür zusammenlebe. Wenn es ganz dicke kommt, haben die mich alle angelogen.«

»*Du* wolltest auf dieser Seite des Sees bleiben«, antwortete Jacopo, und Giulia hörte den latenten Vorwurf heraus.

Jacopo war damals nur ihretwegen nach Abbadia Lariana gekommen. Er hatte von Anfang an so seine Probleme mit dem Menschenschlag an der Ostseite des Lago gehabt. Giulia war überzeugt, dass dies allein in seinen Vorurteilen begründet lag und sich mit der Zeit legen würde. Bei Jacopo aber, dessen erste Begegnung oben am Berg eine Art Prozession gewesen war, bei der die halbe Einwohnerschaft nicht etwa den Beelzebub, sondern den palermischen Ex-Schwiegersohn der Tommasos aus der Gemeinde getrieben hatte, hatte sich der erste Eindruck manifestiert, und er war durch nichts und niemanden von seiner Meinung abzubringen. »Hier sind die Leute schon immer anders, das weißt du sehr gut. Ich verstehe nicht, dass du dich noch darüber wunderst. Und Fabio ist kein Heiliger, auch wenn er so tut.« Jacopo begann zu essen und sagte kein Wort mehr.

Schon immer, dachte Giulia leicht verärgert. Sie hasste Jacopos Anspielungen auf die historisch gewachsenen Unterschiede zwischen den beiden Seeseiten. Das fortschrittliche Westufer, das bereits vor zweitausend Jahren durch die Römer und ihre Via Regia gut erschlossen gewesen war. Und im krassen Gegensatz dazu ihre Seite des Sees, der rückschrittliche Osten. Dessen Orte lagen weit abgeschieden und waren nur über ein paar Maultierpfade zu erreichen gewesen. Erst die Habsburger, denen die Lombardei nach dem Wiener Kongress zugesprochen wurde, hatten 1832 eine Straße entlang des Ufers gebaut. Sie waren davon ausgegangen, die zuweilen als störrisch geltenden Bewohner dadurch besser kontrollieren zu können, doch das – und da waren sich die Menschen hier bis heute einig – hatte bislang noch niemand vermocht. »Wir sind nicht die rückschrittlichen Eremiten, zu denen du uns machen willst«, konterte Giulia.

»Du hast wohl die Inzucht vergessen«, warf Jacopo lachend ein und hob erneut sein Glas.

Giulia zögerte, tat es ihm dann aber gleich. »Ich kann es nicht leiden, wenn dich jemand instrumentalisiert, um an mich heranzukommen. Ich habe den Alten heute Vormittag gesucht, um mit ihm zu reden. Ich bin kein Unmensch, nicht einmal bei Chiappi, obwohl er einen Denkzettel mehr als verdient hätte.« Sie hielt Jacopo ihr Glas hin.

»Du kannst es nicht leiden, wenn ich mich in deine Arbeit einmische«, verbesserte Jacopo sie und ließ die Gläser klirren. »Nichts liegt mir ferner, das weißt du. Aber Moto-Guzzi-Chiappi ist trotzdem kein Killer.« Er trank einen großen Schluck Wein. »Er hat sich vorsichtshalber für ein paar Tage in die Berge verzogen. Wenn du den Mörder der Krüger festgenommen hast, sollst du eine Nachricht an unserer Hütte hinterlassen. Dann kommt er zurück.«

Das werde ich wohl versehentlich vergessen, und der kann Weihnachten noch da oben hocken, dachte Giulia und löffelte ihre Polenta.

***

Alfonso Fabio Gazetti war ein außergewöhnlich schöner Mann. Sein weißes, am Kragen zwei Knöpfe weit geöffnetes Hemd leuchtete im Kontrast zu dem anthrazitfarbenen Anzug, den er mit dem Selbstverständnis eines Geschäftsmannes trug, der sich seine Kleidung bei neapolitanischen Edelschneidern maßanfertigen ließ und für den ein stilvolles Auftreten das Mindeste war, was ein Mann für sein Umfeld tun konnte. Er saß aufrecht, die Beine übereinandergeschlagen, was den Blick auf seine Socken ermöglichte, die im Gegensatz zu seinem sonstigen Erscheinungsbild alles andere als konservativ waren. Offenkundig zeigte sich Gazettis Extravaganz vornehmlich in der Auswahl seiner Strümpfe, deren altrosa-grünes Rautenmuster durchaus etwas für sich hatte. Der Chef des Moto-Guzzi-Stammsitzes war noch keine vierzig Jahre alt, ausnehmend höflich und bedachte Giulia mit einem Grad an Aufmerksamkeit, den sie bei dieser Form von Gesprächen nicht gewöhnt war. Zudem hatte sie durch seine hellblauen Augen, die unablässig auf ihr ruhten, zunächst einen Moment benötigt, um sich auf ihr Anliegen zu konzentrieren, sich dann jedoch schnell wieder gefangen.

Hinter Giulia lag eine unruhige Nacht. Dass der Campanaro über ihren Jacopo seine Unschuld beteuerte, gefiel ihr ganz und gar nicht. Fabio Romanos Lüge und seine kleinkriminellen Eskapaden auch nicht. Davon hätte sie Jacopo lieber nichts erzählt. Ab und zu redete sie mit ihm über ihre Arbeit, nicht übermäßig viel und erst recht nicht bis ins Detail, dafür war sie Profi genug. Abgesehen davon wollte sie den kunstsinnigen Jacopo nicht mit den Abgründen der menschlichen

Existenz belasten. Außerdem brauchte sie zum Ausgleich Normalität, die sie in ihrem Mann, ihren Freunden, der Familie und in der Dorfgemeinschaft fand. Letztere ließ sie beim aktuellen Fall allerdings lieber außen vor. Vielleicht war das der Grund dafür, wieso sie Jacopo mehr erzählt hatte als gewöhnlich. Dennoch, das mit dem Campanaro ging zu weit, darüber mit Jacopo in schlechte Stimmung zu geraten, auch. Er hatte nicht einmal mit dem Frühstück auf sie gewartet, sondern war in aller Früh Richtung Bellagio aufgebrochen, wo offenbar ein neuer Kunde auf ihn wartete. Giulia, die es nicht leiden konnte, allein zu frühstücken, hatte noch von zu Hause mit Gazettis Büro telefoniert und erstaunlicherweise sofort einen Termin bekommen. Jetzt saß sie diesem faszinierendem Mann gegenüber und musste ihrer Assistentin Elena, was ihren Männergeschmack anging, ausnahmsweise einmal recht geben.

Gazetti hatte erklärt, die Krüger flüchtig gekannt zu haben, zeigte sich aber über den Mord wenig erschüttert.

»Sie haben Angelika Krüger zu Hause aufgesucht, Herr Gazetti, vor etwas mehr als vier Wochen. Was war der Grund für Ihren Besuch?«

Gazetti stutzte. »Sie sind gut informiert.«

»Die Tote hatte die Angewohnheit, über ihre Herrenbesuche Buch zu führen, wenn Sie verstehen, was ich meine«, antwortete Giulia und suchte in seinem Gesicht nach der Wirkung ihrer Worte.

»Oh«, er zog beide Augenbrauen nach oben. »Die berühmte deutsche Gründlichkeit.« Er lächelte entspannt. »Ich gehöre nicht zu dieser Art Bekanntschaft, falls Sie das denken – und das tun Sie, das weiß ich.«

»Nein, das denke ich nicht«, log Giulia.

Er ließ das unkommentiert. »Ich habe Signora Krüger aufgesucht, weil ich sie um ein Autogramm bitten wollte. Mein Vater war ein großer Fan von ihr. Quasi als Reminiszenz an ihn habe ich bei ihr vorgesprochen. Sie hat mir diesen Wunsch ohne jegliche Allüren erfüllt und mich empfangen, vor der Haustür, falls es Sie interessiert. Das war eine Sache von wenigen Minuten. Glücklicherweise, denn kurz nachdem ich bei ihr geklingelt hatte, fielen Schüsse.« Er lachte und ließ dabei zwei perfekte Zahnreihen aufblitzen. »Das war schon etwas ungewöhnlich, das gebe ich zu.«

»Was haben Sie gemacht?«, fragte Giulia nach.

»Ich habe zugesehen, dass ich mit meinem Autogramm schleunigst verschwinde. Der alte Mann mit dem Gewehr sah mir nicht so aus, als hätte er seine Waffe unter Kontrolle.«

»Und Angelika Krüger?«

»Sie schien nicht sonderlich beeindruckt. Augenscheinlich hatte sie darauf gewartet, denn gleich nachdem sie mir die Tür geöffnet hatte, bat sie mich, den Schutz eines direkt neben ihrem Hauseingang stehenden Baumes zu suchen.«

»Sie hat nichts weiter dazu gesagt?«

»Nur so etwas wie ›Keine Sorge, der Mussolini-Verschnitt hat noch nie getroffen‹.« Gazetti lachte nun schallend. »Mussolini-Verschnitt, herrlich.«

»Sie hat ihn nicht ernst genommen«, murmelte Giulia vor sich hin.

Gazetti nickte.

»Die Schüsse endeten, kaum dass ich das Grundstück verlassen hatte. Signora Krüger hat dem Alten etwas auf Deutsch zugerufen und ist kurz darauf im Haus verschwunden.«

»Wollten Sie den Mann denn nicht anzeigen?«, fragte Giulia verwundert.

»Einen durchgedrehten Tattergreis? Warum denn? Es ist doch nichts passiert. Und ich hatte meinen Spaß. Aber dass die Krüger diese unwichtige Episode vermerkt hat, ist schon erstaunlich.« Gazetti wirkte nachdenklich.

»Haben Sie die Frau danach noch einmal gesehen, vielleicht am Wochenende auf dem Fest, oder standen Sie anderweitig mit ihr in Kontakt?« Giulia dachte an die Briefe der Krüger und an die Beobachtungen des deutschen Bikers.

Gazetti verneinte. »Das blieb meine einzige Begegnung mit der großen Angelika Krüger.« Das erste Mal während dieser Unterhaltung schien er nicht ganz bei der Sache zu sein.

»Sind Sie sicher?«, hakte Giulia nach.

Er schaute sie unverwandt an. Nach einer Weile antwortete er verlegen: »Ich war zu vorschnell, entschuldigen Sie bitte. Sie war auf dem Guzzi-Fest, am Samstagabend. Sie hat mich angesprochen und sich beschwert.« Er zögerte einen Moment. »Signora Krüger hatte wohl erwartet, dass unser Guzzi-Jubiläum eine prominente Patin braucht. Sie wollte die Parade am Sonntag eröffnen, hat sich geradezu aufgedrängt. Unangenehm, das können Sie mir glauben …«

»Eine Patin, die dafür entlohnt wird«, fiel ihm Giulia ins Wort.

Er nickte. »Die Frau war komplett außerhalb jeglicher Norm. Unvorstellbar.« Er klang verärgert.

»Das schien insgesamt ihr Problem zu sein«, antwortete Giulia.

»Das kann ich nicht beurteilen«, entgegnete Gazetti. »Sie war, nun, wie soll ich sagen … an diesem Abend für eine Frau in einem ungebührlichen Maß alkoholisiert und entsprechend enthemmt, eine peinliche Situation.«

»Sie haben gestritten?«, wollte Giulia wissen.

»Nein, so würde ich das nicht nennen. Ich habe ihr erklärt, dass unsere Festkonzeption keine Paten vorsieht, und sie hat mich wüst beschimpft.«

»Weiter nichts?«

Gazetti machte ein verständnisloses Gesicht. »Hätte ich zurückschreien sollen?«

»Nein, nein, ich dachte nur.«

»Ich habe mich dann wieder meinen Gästen gewidmet. Auch wenn es sich um die *einstmals*« – das letzte Wort betonte er – »große Angelika Krüger handelte, gibt es anderweitige Verpflichtungen.« Er lächelte sachlich.

»Haben Sie Signora Krüger danach noch einmal gesehen? Ist Ihnen vielleicht irgendetwas aufgefallen, Leute, mit denen sie gefeiert, womöglich ebenfalls gestritten hat?«

»Leider nein. Ich werde Ihnen wohl nicht weiterhelfen können. Tut mir leid.«

»Wie lange waren Sie auf dem Fest?«, fragte Giulia schnell, da sie den Eindruck hatte, dass das Gespräch für Gazetti beendet war.

»Bis kurz nach drei. Als guter Gastgeber muss ich warten, bis all meine Ehrengäste in ihre Betten gefunden haben.« Er lächelte – ein Lächeln, das seine Augen nicht erreichte.

»Wenn Sie mir bitte die Namen der Gäste nennen könnten.«

»Brauche ich ein Alibi?«, fragte er betont geschäftsmäßig.

»In diesem Fall scheint es besser zu sein, wenn jeder Mann am Lago eines vorweisen kann.«

***

»Jacopo war da. Ich soll dir das hier geben.« Elena hielt ihr eine gut gefüllte Vorratsdose entgegen, kaum dass Giulia das Büro ihrer Assistentin betreten hatte. »Polenta. Schmeckt sicher ausgezeichnet, wie alles, was Jacopo kocht. Habt ihr euch gestritten?« Sie drehte Giulia den Rücken zu und fuhr fort, die Fotos des Leichenfundortes und der toten Krüger an ihr großes Whiteboard zu heften. Danach zeichnete sie mit quietschendem Rotstift das Umfeld und die Verbindungen des Opfers in einer Art Spinnengeflecht nach, wobei sie darauf verzichtete, jeden einzelnen Liebhaber aufzuführen. Stattdessen begnügte sie sich mit dem Wörtchen »Hinterwäldler«.

Giulia beobachtete Elena eine Weile schweigend. »Wie kommst du darauf, dass Jacopo und ich Streit haben?«, fragte sie irgendwann und ahnte, noch während sie die Worte aussprach, dass Elena bereits bestens im Bilde war. Jacopo und Elena waren eine Art Selbsthilfegruppe der Giulia-Cesare-Geschädigten, zumindest bezeichneten sie sich manchmal scherzhaft als solche. Wenn Giulia wieder einmal über die Stränge schlug, klagten sie einander ihr Leid. Die beiden mochten sich, und obwohl Giulia dies anfänglich mit einem leichten Anflug von Eifersucht beobachtet hatte, war sie mittlerweile froh darüber, Elena als Übersetzerin zwischen sich und ihrem zuweilen für sie undurchschaubar verschlossenen Jacopo zu haben.

»Dieser Chiapponi ist nicht unser Mann. Das wäre zu leicht«, fuhr Elena fort, ohne sich zu ihr umzudrehen.

»Ist ja wieder klar, dass du mit Jacopo einer Meinung bist.« Giulia drückte die schwere Dose mit dem Mittagessen gegen ihren Bauch. »Du sollst nicht immer unsere Fälle mit ihm diskutieren. Es gibt schließlich noch so etwas wie ein polizeiliches Dienstgeheimnis. Und was den Campanaro angeht: Er hasst Deutsche, hat den Keller voller Wein und ist klein gewachsen.«

»Auf wie viele Italiener, meinst du, trifft das zu?«, fragte Elena und ignorierte dabei Giulias Kritik. »Das wäre zu offensichtlich, und das weißt du auch.«

Giulia warf sich, das Essen immer noch fest in der Hand, auf den Stuhl, der vor Elenas Schreibtisch stand. Elena und Jacopo mochten recht haben. Vielleicht war es zu einfach. Trotzdem: Was, wenn sich Chiappis jahrelang aufgestauter Hass schließlich entladen hatte? Eine Kurzschlussreaktion. Wer konnte das ausschließen? Noch dazu bei einem Neunzigjährigen, der nichts mehr zu verlieren hatte. Sie würde am Campanaro dranbleiben, egal, was er Jacopo erzählt hatte. Und Fabio Romano? Auch den würde sie im Auge behalten, aber davon brauchte zunächst keiner etwas zu erfahren. »Also gut.« Giulia sprang auf und sagte entschieden: »Du findest alles, was ich über Roberto Ferri und Alfonso Fabio Gazetti wissen muss.«

»Das Liebesgesülze der Krüger hast du sicherlich auch für mich aufgehoben«, antwortete Elena spitz.

»Wenn du es so nennen willst. Aber ich muss dich enttäuschen, die Briefe geben nichts her«, erwiderte Giulia.

Elena zog einen Flunsch und wandte Giulia wieder den Rücken zu. »Die Hinterwäldler und deren Gattinnen sehe ich mir ebenfalls an«, warf sie provozierend ein, drehte sich wieder um und schaute Giulia prüfend über den Rand ihrer schwarzen Brille hinweg an.

»Die Hinterwäldler, wie du sie nennst, lässt du bitte außen vor.

Über die weiß ich alles«, entgegnete Giulia, machte auf dem Absatz kehrt und lief fast der Zorzi in die Arme.

»Über wen wissen Sie alles?«, fragte diese mit spitzem Mund. »Über die Verdächtigen im Mordfall Krüger? Das würde mich dann aber auch brennend interessieren.« Die Zorzi trug einen weißen, taillierten Hosenanzug, hellblaue Pumps und den dazu passenden Schmuck aus blauen Edelsteinen. Sie umgab eine Wolke von Chanel N° 5, die einen Bären ins Koma hätte versetzen können. Für Giulias Geschmack war dieses Outfit für eine *Questura* völlig überzogen, noch dazu, da sie sich sicher war, dass die Zorzi unter dem mit drei Knöpfen verschlossenen Jackett nur ihren BH trug. In letzter Zeit hatte ihre Chefin kleidungstechnisch noch einmal so richtig aufgedreht.

»Leider nein«, bemerkte Giulia matt. »Wir tappen dahin gehend noch immer im Dunkeln.« Elena bedachte sie mit einem kritischen Blick, widmete sich dann aber wieder ihrem Whiteboard.

»Nicht mal einen Verdächtigen?«, fragte die Zorzi mit gerümpfter Nase. »Das ist schwach, Commissario Cesare, wirklich schwach.«

Giulia kniff die Lippen zusammen und machte ein argloses Gesicht. Schließlich hob sie an: »Unser Opfer hatte keine Familie und kaum engere Kontakte hier in Italien. Das erschwert unsere Ermittlungen.«

Die Zorzi zog eine perfekt geschwungene Augenbraue nach oben. »Die Frau war ein Star.«

»Eben. Sie lebte zurückgezogen«, erwiderte Giulia.

Elena ließ den Stift noch schneller über die glänzende Kunststoffoberfläche gleiten. Der unangenehme Quietschton wurde lauter.

»Bitte!«, echauffierte sich die Zorzi, verzog den Mund und legte theatralisch eine Hand an die Stirn. »Wie soll man denn dabei denken können?« Sie wandte sich Elena zu, und Giulia konnte sehen, wie sie zusammenzuckte. Wie in Zeitlupe ließ die Polizeichefin ihre Hand sinken und betrachtete Elenas Machwerk. »Das ist Angelika Krüger?«, sagte sie schließlich mit schwacher Stimme. »Ich habe sie ganz anders in Erinnerung.«

»Wie denn?«, erkundigte sich Giulia neugierig.

Die Zorzi brauchte einen Augenblick, um sich zu sammeln. »Auf den Plattencovern, na ja … aber das ist Blödsinn, die Illustrierten … ach«, stammelte sie.

Elena schaute Giulia verwundert an.

»Sie ist vielleicht nicht ganz so zurechtgemacht wie sonst«, entgegnete Giulia rasch und darauf bedacht, der Zorzi mehr zu entlocken. Denn dass die Chefin der Kriminalpolizei vor einer Leiche erschreckte, wollte sie beim besten Willen nicht glauben. Es musste etwas anderes sein, das die Zorzi irritierte. »Auf dem Bild ist sie mindestens acht Stunden tot. Da sieht selbst eine Diva nicht mehr taufrisch aus.«

»Ja, ja«, antwortete die Zorzi nun etwas gefasster. Mit versteinerter Miene überflog sie Elenas Wandtafel, blieb bei den Namen der bisher ermittelten männlichen Bekanntschaften hängen, wurde bleich und rauschte ohne ein weiteres Wort davon.

»Was war das denn?«, fragte Elena, nachdem sie die Tür hinter der Zorzi geschlossen hatte.

»Das Ende ihrer penetranten Einmischungen in unsere Ermittlungsarbeit«, entgegnete Giulia abgeklärt.

»Hä?« Elena tippte mit dem Zeigefinger gegen die Krempe ihres Hutes, sodass dieser ein paar Zentimeter weiter nach hinten rutschte und ihr vom Kopf zu fallen drohte. »Weißt du etwas, was ich nicht weiß?«

»Noch nicht, aber bald«, antwortete Giulia und verschwand in ihrem Büro.

***

Riso hatte das Mobiltelefon der Krüger nicht. Zumindest behauptete er das. Giulia wusste, dass die Vehemenz, mit der der Kriminaltechniker dies abgestritten hatte, nichts bedeuten musste, genauso wenig wie seine Zusage, sich darum zu kümmern. Bei der Toten hatten sie nichts gefunden, wie auch, sie hatte ja nicht einmal ihre Klamotten an, geschweige denn eine Handtasche bei sich. Die hatten Risos Leute in der hintersten Ecke ihres Kleiderschrankes entdeckt, mit allen Papieren darin, aber ohne Telefon. Angesichts des Alters der Toten und vor allem des Eindrucks, den Giulia von ihrem Lebensstil hatte, wäre sie nicht auf die Idee gekommen, in den persönlichen Sachen der Krüger auf moderne Kommunikationstechnik zu stoßen, erst das Gespräch mit Roberto Ferri hatte diese Möglichkeit offenbart. Es konnte natürlich sein, dass der Mörder nicht nur ihre Kleidung, sondern auch das Telefon mitgenommen hatte, wenigstens Letzteres würde aus Giulias Sicht Sinn machen. *»Merda!«* Giulia spürte, wie sich die schlechte Laune mehr und mehr in ihr festsetzte. Die Diskussion mit Jacopo am Vorabend und die Tatsache, dass er sich heute Morgen noch nicht einmal bei ihr gemeldet hatte, machten es nicht besser. Ungehalten wählte sie noch einmal Risos Nummer. Es dauerte eine Weile, bis der Kriminaltechniker abhob.

»Ach Giuli, du schon wieder«, schmatzte er mit vollem Mund. »Ich habe den Kollegen gerade Kuchen spendiert. Sie sollen auch etwas von Tildas und meinem Jahrestag haben.«

»Verdammt, Riso«, zischte Giulia. »Schick deine Leute noch mal in das Haus der Krüger, nimm es komplett auseinander. Jetzt sofort.« Giulia spürte Wut in sich aufsteigen, und als hätte sie eine Art siebten Sinn, tippte sie nebenbei auf ihrem Handy die Nummer der Krüger ein.

»Giuli, heute nicht mehr«, jammerte Riso, »die haben alle getrunken, und es ist doch mein Tag.«

»Deh, per questo instante solo«, erklang eine etwas blecherne Frauenstimme im Hintergrund.

»Ich liebe Mozart! Könntet ihr das bitte lauter stellen«, rief Riso noch immer kauend. »Diese Arie ist einfach herrlich.« Er begann, leise mitzusummen.

Stimmen wurden laut.

Giulia hatte Mühe, sich zu beherrschen. »Das ist ein Klingelton, Riso.« Sie drückte den kleinen roten Hörer auf ihrem Mobiltelefon, worauf der Gesang abrupt endete. Dann wählte sie noch einmal, und das Geträller begann von vorn. »Wo ist das Handy des Opfers, verdammt?«

»Also wirklich«, echauffierte sich Riso. »Was du immer für Ideen hast.« Giulia hörte, wie er ein Glas ansetzte. »Der Prosecco ist vorzüglich!« Wieder waren Schluckgeräusche zu hören. »Wir haben kein Handy gefunden. Das sagte ich bereits.«

»*Scusi,* Chef, das lag in Ihrer Tasche«, sagte jemand leise, aber für Giulias Ohren durchaus hörbar. »Sie müssen es aus Versehen eingesteckt haben.«

Schmatzen.

»Na ja«, lachte Riso auf. »So findet sich eben alles wieder. Ich bin auch ein Schussel. Aber das Teil sieht meinem wirklich zum Verwechseln ähnlich.«

Giulia hatte aufgelegt.

***

»Stell dir vor, Giuli, unsere Kleine hat beim Malwettbewerb der Grundschule den zweiten Platz gemacht. Ist das nicht toll?« Während sie das mit mehreren zwischen ihren Lippen steckenden Haarklemmen sagte, bürstete Emma, die Friseurin, unermüdlich Giulias langes, schweres Haar. »Das ist das erste Mal, dass sie etwas gewonnen hat. Dafür habe ich ihr gleich drei Comics gekauft, Belohnung muss schließlich sein.« Sie deutete auf einen Stapel bunter Hefte, die mit einer rosa Schleife umwickelt auf einem kleinen Seitentischchen lagen. »Die waren nicht billig, aber sie gewinnt ja nicht jeden Tag.«

Giulia, die nur mit einem Ohr zuhörte, dachte an die Gespräche, die sie gerade mit den Anwohnern der Kirche geführt hatte. Keiner von ihnen wollte in der Todesnacht der Krüger etwas Ungewöhnliches bemerkt haben. Einige hatten ihre Schlafzimmer auf der dem Gotteshaus abgewandten Seite, andere konnten nur mit geschlossenen Fensterläden ihre Nachtruhe finden, zumal die Geräuschkulisse des Guzzi-Festes durchaus störend sein konnte, insbesondere bei ungünstigen Windverhältnissen. Zwei oder drei Familien waren um diese Zeit noch gar nicht zu Hause gewesen, und ein Anwohner hatte ihr sogar erzählt, dass das Fernsehprogramm spannender war als alles, was auf den Straßen von Abbadia Lariana so geschehen konnte. Zuletzt war sie bei Cesira Negri vorstellig geworden, der alleinstehenden alten Dame, die zu kaum jemandem im Dorf, außer zum Pfarrer, Kontakt pflegte. Auf ihr erstes Läuten war die Opernarie, die ihr aus einem der Fenster entgegengeschallt war, lauter gestellt worden. Erst beim dritten Klingeln hatte Cesira Negri die Tür geöffnet. Und während Giulia bei allen anderen in der guten Stube gesessen hatte und mit Kaffee, Biscotti oder Amaro bewirtet worden war, hatte die alte Dame sie auf dem Treppenabsatz abgespeist. Trotz ihres unverstellten Blicks auf die Pfarrwiese wollte sie nichts gesehen oder gehört haben – ihr tiefer Schlaf.

Was die wenigen Nachbarn der Krüger anging, so hatte sie Fabio Romanos Aussage längst protokolliert. Allein das Gespräch mit dem Campanaro stand noch aus. Ansonsten gab es am Rand der Gemeinde nur das Häuschen der alten De Lucas, und die lagen, Gott habe sie selig, seit Montag nun beide nebeneinander in ihren trockenen Loculi.

»Es ist schon toll, was die Kinder heutzutage alles haben können«, plapperte Emma weiter. Dann klemmte sie eine von Giulias Haarsträhnen zwischen zwei Finger, hielt sie wortlos zur Seite und schaute sie über ihr Spiegelbild fragend an.

»Nicht so viel, nur die Spitzen«, antwortete Giulia, sichtlich aus ihren Gedanken gerissen.

»Du hast ganz schön Ärger wegen der Deutschen«, bemerkte Emma mitleidig.

»Auch nicht mehr als sonst«, wiegelte Giulia ab. Emmas kleine Friseurstube in Abbadia Lariana war der letzte Ort, an dem sie über den Fall reden wollte, zumal direkt hinter ihr noch drei weitere Damen warteten, die ihre Neugier kaum verbergen konnten. Schlimm genug, dass sie gerade das halbe Dorf abgeklappert und zu einem Alibi befragt hatte. Alle hatten nach wie vor darauf bestanden, beim Guzzi-Fest gewesen zu sein. Auch bei Franceso Tommaso, der Sonntagnacht vor lauter Tränen kaum ein Wort hervorgebracht hatte, war sie vorstellig geworden. Aufgrund seines Jobs bei der Stadtverwaltung in Abbadia Lariana war er neben Fabio Romano der Einzige, der Angelika Krüger mit wertvolleren Geschenken als *Bitto* und Olivenöl hatte beglücken können. Just in der Mordnacht musste er mit Zahnschmerzen das Bett hüten und hatte auch sonst bei seinem Leben beteuert, dass er als Hausmeister der Verwaltung über keinerlei Dokumente oder Stempel verfügte, mit denen er der Krüger in irgendeiner Weise einen Vorteil hätte verschaffen können. Auch sein Alibi, die beiden Enkel Luigi und Achille, war wasserdicht.

Der mit Fliegendreck übersäte Ventilator summte über ihren Köpfen und erzeugte in dem kleinen Raum einen solchen Luftzug, dass Emmas Haare, die im frisierten Zustand bereits an die Mähne von Tina Turner erinnerten, ihrem Berufsstand heute nicht zur Ehre gereichten. Die resolute Friseurin ließ sich davon wenig beeindrucken und erfüllte gekonnt und flink Giulias Wünsche.

»Von uns war das keiner, Giuli. Wir waren alle beim Guzzi-Fest. Ich tippe ja auf einen Fremden. In letzter Zeit werden die hier am See immer mehr.« Sie sprach diese Sätze auffallend laut.

Giulia sah im Spiegel, wie die Frauen hinter ihr einmütig nickten. Dann schaute sie Emma an, die ihrem Blick auswich, schloss schließlich die Augen und versuchte, sich zu entspannen.

Wenig später verließ Giulia das Geschäft, ein gutes Dutzend Beweismitteltütchen mit Haarproben in ihrer Hosentasche. Emma, die am Tag zuvor aus unerklärlichen Gründen einen wahren Nachfrageboom nach Herrenschnitten erlebt hatte, war clever genug gewesen, das Ganze in der Abstellkammer des Salons abzuwickeln und keine Fragen zu stellen. Dass die Haare noch hintereinander weggekehrt in der Ecke lagen und damit problemlos ihrem jeweiligen Kunden zugeordnet werden konnten, lag an dem Stress, dem sie am Montag ausgesetzt gewesen war, und natürlich an ihrem hervorragenden Gedächtnis. Giulia, die sich den Kopf darüber zerbrochen hatte, wie sie an die Genproben ihrer Freunde kommen sollte, ohne ihnen ein Wattestäbchen in den Mund zu schieben, war erleichtert. Jetzt war Professore Fontana am Zug.

Kaum war Giulia auf die Straße getreten, als Lucrezia, ihre alte Nachbarin, auf ihren Stock gestützt und schwer atmend vor ihr stand.

»*Ciao* Lucrezia, willst du auch zum Friseur?«, fragte Giulia freundlich.

»Ja, ja, ich muss doch schön bleiben«, grinste die Alte. »Außerdem sollen ruhig alle wissen, dass Sofia, meine kleine Urenkelin, heute den ersten Platz beim Malwettbewerb in der Grundschule gemacht hat.«

Giulia nickte Lucrezia anerkennend zu, streichelte ihr den Arm und verabschiedete sich.

***

Das Wasser des Lario umspülte ihre Beine. Sie saß auf dem Bootssteg, der zu Peppos Lebensmittellädchen gehörte, und schaute den sanften Bewegungen der Wellen zu. Peppo war eine Instanz in Abbadia Lariana. So wie bereits sein Vater, Großvater und Urgroßvater verkaufte er Lebensmittel, nicht in der Vielfalt der großen Supermärkte, dafür aber – und darin lag seine Berufsehre – frisch und garantiert aus der Region. Peppo schnitt selbst auf, portionierte, kreierte Rezepte und gab Zubereitungshinweise. Seine Lebensmittel waren ihm heilig, auch wenn sie neben Kaminholz, Haushaltswaren und Gartengeräten feilgeboten wurden. Das jedoch war keine Frage der Prioritäten, sondern lediglich dem beschränkten Platzangebot im Erdgeschoss seines Wohnhauses geschuldet. Das Geschäft nach über hundert Jahren an einem anderen Ort unterzubringen war dabei für Peppo ebenso abwegig, wie eine aus kaufmännischer Sicht sinnhafte Preiskalkulation vorzunehmen. Peppo war ein herzensguter Mensch, aber, und damit stand die Zukunft der Familientradition permanent auf dem Spiel, ein hundsmiserabler Kaufmann.

Giulia schloss die Augen und genoss die Stille. In ihrer Linken hielt sie die Dose mit der kalten Polenta, aus der sie genüsslich löffelte. Ab und zu nahm sie einen Schluck von dem Landwein, den ihr Peppo zusammen mit Besteck, einer Serviette und dem gut gemeinten Ratschlag, sich die Sache mit der Krüger nicht so zu Herzen zu nehmen, an den Anlegesteg gebracht hatte. Der gute alte Peppo hatte es schon vor mehr als vierzig Jahren verstanden, sie zu trösten. Damals brauchte es dazu nur ein paar Karamellbonbons, die er ihr mit einem liebevollen Zwinkern über den Tresen gereicht hatte. Heute, so musste sie sich eingestehen, würde es dafür einer ganzen Flasche seines selbst abgefüllten Landweines bedürfen. Sie grübelte. So wie es aussah, hatte Angelika Krüger zwei Menschen wirklich geliebt. Darin waren ihre Briefe eindeutig. Fast dreißig Jahre lagen zwischen diesen beiden Personen. Oder handelte es sich um ein und denselben Menschen, den sie nach drei Jahrzehnten wiedergetroffen hatte, und damit um eine alte Liebe, die neu entflammt war? Auch das war nicht auszuschließen. Ihre Wortwahl, die Formulierungen, die sie nutzte, unterschieden sich jedoch in den beiden Briefstapeln auffällig. Die Nachrichten an diesen Claudio waren heißblütig, voller Erotik, unverblümt und anzüglich. Dagegen lasen sich die an den Unbekannten fast wie die Schwärmereien eines unschuldigen Schulmädchens. Konnte das etwas mit dem fortgeschrittenen Alter der Briefeschreiberin zu tun haben? Wohl kaum, nach allem, was Giulia bisher über das Opfer wusste. Angelika Krüger schien im Alter keineswegs sittsamer geworden zu sein. Momentan musste Giulia also von zwei Männern ausgehen und im besten Fall beide finden. Denn wer könnte ihr ein besseres Psychogramm von Angelika Krüger liefern, und vor allem wer, wenn nicht die Geliebten, standen dem Opfer näher und kamen damit als Täter infrage?

Giulia kratzte die letzten Reste des Buchweizenbreies aus der Dose, leerte das Glas, schnappte sich ihre Schuhe und stand auf. Womöglich etwas zu schnell, denn sie kam ins Straucheln. Ein fester Griff um ihren Oberarm verhinderte Schlimmeres. Sie schaute erschrocken auf. Armando, der zweite Polizist der hiesigen Kommunalpolizei, stand mit leuchtend roten Ohren vor ihr.

»Giuli, geht es dir gut?«, fragte er mit besorgter Miene. »Ich hatte Angst, du …«

»Ich lande im Wasser?« Giulia lachte. »Dann hättest du mich aber gerettet, stimmt's, Armando?«

Er senkte seinen Blick.

»Ich hatte einfach zu viel in den Händen, und ich bin ja auch nicht mehr die Jüngste«, scherzte Giulia, die dem armen Armando deutlich ansah, wie unangenehm ihm das Ganze war. Sie ließ ihre Schuhe auf den Boden fallen und schlüpfte hinein. »Die sollte ich wohl lieber anziehen. Schließlich bin ich im Dienst.« Sie zwinkerte ihm zu.

»Angelika Krüger wurde umgebracht. Darum bist du doch hier draußen.« Armando flüsterte fast. »Ich mochte sie wirklich.«

Giulia wurde hellhörig. Bitte nicht auch noch Armando, dachte sie. Er hatte eine schrecklich unattraktive, dafür aber sehr liebevolle Frau, die ihm fünf Kinder geschenkt hatte. Die Sprösslinge sorgten zwar dafür, dass Armando finanziell immer klamm war, zumal seine Gattin mit dieser Kinderschar keiner geregelten Arbeit nachgehen konnte, aber sie waren sein ganzer Stolz. Er würde sein Familienglück doch nicht wegen einer wie der Krüger aufs Spiel setzen …

»Wie geht es deinen Lieben?«, fragte Giulia.

Armandos Augen blitzten auf. »Alles in bester Ordnung. Der Große hilft ein bisschen bei einem Bauern aus und bessert das Taschengeld auf, und die anderen machen uns auch keine Schande. Meine bessere Hälfte hat es in den Knien, aber bei dem, was sie leisten muss …« Er hielt inne und ließ seine Mundwinkel sinken. »Das war ein Mord. Hier bei uns«, wechselte er abrupt das Thema. »Claudio sagt, dass Brutus mit drinhängt, also dass er der Hauptverdächtige ist und du ihn schützt.«

»Claudio spinnt«, fauchte Giulia wütend. »Brutus hat die Leiche gefunden, weiter nichts. »Da war sie schon ein paar Stunden tot. Ich ermittle in alle Richtungen. Die Krüger war nun einmal sehr prominent.«

Armando nickte eilig. »Ich habe das auch nicht geglaubt, Giuli, wirklich nicht.« Er beugte sich vertraulich nach vorn, bemerkte dann aber die ungewohnte Nähe und zuckte zurück. »Claudio war ein paarmal bei ihr.«

»Was wollte er von ihr?«, fragte Giulia voller Neugier.

»Ach«, er machte eine herunterspielende Geste. »Ihre Anglerlizenz war abgelaufen. Sie sollte die Genehmigung erneuern lassen. Nichts Wildes, eine Routineüberprüfung. Wir müssen dem nachgehen, das weißt du ja.«

»Ich wusste gar nicht, dass die Krüger geangelt hat?«, warf Giulia mit gespielter Überraschung ein.

Armando zuckte mit den Schultern. »Keine Ahnung. Ich habe sie nie dabei gesehen, und ich bin ziemlich oft draußen«, entgegnete er.

Giulia dachte an Fabio Romano und die Anglerlizenzen. Wieso sollte Claudio Marcello ausgerechnet diese überprüfen? Sein Interesse galt hundertprozentig nicht seiner Arbeit. Der Polizist hatte es demnach ebenfalls bei ihr versucht, war allerdings nicht zum Zug gekommen. Und der arme Armando hatte wie so oft keine Ahnung, was sein ausgebuffter Kollege da trieb.

»Sag mal, Armando, waren die Motorräder der deutschen Touristen die einzigen Diebstahlanzeigen, die ihr am Guzzi-Wochenende aufgenommen habt, oder ist noch mehr weggekommen?«, wollte Giulia betont beiläufig wissen.

Armando überlegte angestrengt, wobei er die Augen auf die Fußspitzen gerichtet hielt, mit denen er abwechselnd über die Holzbretter schabte.

Entschuldige, mein Lieber, aber ich musste dich aufs Glatteis führen, jetzt erzähl mir was, bitte, dachte Giulia und unterdrückte ein Seufzen.

»Zwei Belgier waren noch da«, sagte Armando nach gefühlten zehn

Minuten. »Denen hat man ebenfalls die Motorräder geklaut. Und einer Frau ist das Portemonnaie gestohlen worden.« Er wischte sich den Schweiß von der Stirn. »Ein paar Zechpreller waren unterwegs. Aber wenn ich es bedenke – für die vielen Gäste war erstaunlich wenig los.«

»Wie kommt ihr mit den Ermittlungen voran?«, fragte Giulia mit schmalen Augen.

Armando schaute verblüfft. »Ich weiß nicht. Na ja. Gut natürlich. Wie kommst du darauf?« Giulia ging nicht auf seine Frage ein, stattdessen zog sie ihr Handy aus der Hosentasche und prüfte demonstrativ die Uhrzeit. »Oh, meine Mittagspause ist um, und Claudio wartet bestimmt auch schon darauf, dass du ihm sein Essen bringst. Du solltest dich beeilen.«

»Wie dumm von mir, du hast natürlich viel zu tun. Entschuldige bitte.« Er schaute sie mit treuen Augen an.

»Ich habe dich aufgehalten, Armando. Ich muss mich bei dir entschuldigen. Wir sehen uns.« Sie drückte ihm das leere Glas und den Löffel in die Hand und lief eilig, die Tupperdose unterm Arm, zu ihrem Auto.

»Giuli, du willst schon gehen?«, rief Peppo, der sie vom Laden aus beobachtet haben musste. »Nimm dir wenigstens ein paar Bonbons mit. Die magst du doch so gern.«

Sie winkte, ohne sich zu ihm herumzudrehen, und sprang in ihren Wagen.

Davide, der jüngste der Marcello-Brüder und Bürgermeister von Abbadia Lariana, saß in seinem klimatisierten Büro hinter einer dicken Wolke aus Zigarettenrauch und studierte Akten. Er war seinem ältesten Bruder Claudio wie aus dem Gesicht geschnitten, was Giulias Antipathie gegenüber ihrem Gemeindevorsteher noch befeuerte und ihr – da sie, wie gewohnt, damit nicht hinter dem Berg halten konnte – ständig Ärger mit der Verwaltung einbrachte.

Giulia, die mit der Gegenwehr von Davides Sekretärin gerechnet hatte, war unbehelligt durch das verwaiste Vorzimmer marschiert und, ohne anzuklopfen, eingetreten. Marcello schaute kurz auf, versuchte nicht einmal, seine Aversion gegenüber Giulia zu verstecken, senkte den Kopf und las weiter, als wäre nichts.

»Davide, dass dein missratener Bruder da unten die Protokolle frisiert, um dir eine saubere Kriminalitätsstatistik zu bescheren, will ich seiner Blödheit zurechnen. Wenn er aber nicht bald seinen Hintern bewegt und die Motorräder der Touristen wieder auftreibt, sorge ich für ein tagelanges Großaufgebot der Polizei in deiner Gemeinde, sodass jeder arglose Mensch zwischen Sorico und Como glauben muss, sämtliche Mafiaclans Italiens hielten in Abbadia Lariana ihre Familientreffen ab.« Giulia kochte vor Wut.

Davide nahm einen tiefen Zug von seinem Glimmstängel und schaute sie mit unbewegter Miene an. »Deinen illegalen Schnüffeleien werden die Beweise fehlen, Schätzchen«, erwiderte er mit süffisantem Grinsen.

Natürlich, dachte Giulia, ich werde noch nicht wieder im Auto sein, da hat Claudio die Statistik schon vernichtet. Sie pokerte. »Meinst du wirklich, mein Wort beim Chef der *Questura* reicht nicht aus, um Misstrauen zu säen? Und wenn Misstrauen mit einer kleinen, aber intensiven Prüfung durch das Innenministerium daherkommt, wird dir das Lachen vergehen. Dass dabei auch das Guzzi-Fest Schaden nimmt, wird sich wohl bedauerlicherweise nicht verhindern lassen.«

Der Gedanke schien ihm auch gerade gekommen zu sein, seinem blöden Gesicht nach zu urteilen. »Unsere P*olizia Municipale* leistet hervorragende Arbeit.«

»Und deswegen wird sie alles daransetzen, die Maschinen aufzutreiben. Wenn wir auf der *Questura* die Sache übernehmen müssen, wirft das kein gutes Licht auf euch.« Giulia schaute den dickwanstigen Davide mit kaltem Blick an, machte auf dem Absatz kehrt und ging zur Tür.

»Die paar Motorräder … kümmert euch lieber um die Tote«, hörte sie Davide noch meckern, dann knallte sie die Tür hinter sich ins Schloss.

6

Die Mittagshitze flimmerte über die Asphaltstraße und hatte die Bewohner hinter die kühlen Mauern ihrer Häuser getrieben, wo sie, wie im Süden üblich, einer ausgedehnten Mittagspause frönten. Das Klima forderte seinen Tribut von den Menschen, und obwohl die Lombardei nicht Neapel war, in dem die Temperatur in den heißen Monaten auch mal gut und gern auf über fünfzig Grad Celsius ansteigen konnte, waren die Sommer im nördlichen Italien drückend und trocken. Nur der sanfte Wind, der um den See wehte, verschaffte eine leichte Abkühlung, aber davon war heute kaum etwas zu spüren.

Giulia war auf ihren Berg gefahren und hatte den Wagen neben St. Antonio abgestellt. Den Weg durch die schmale Gasse hinauf zum etwas abseits gelegenen Haus der Krüger musste sie zu Fuß zurücklegen. Sie warf einen prüfenden Blick in den Rückspiegel, richtete ihre Haare, schob ihre tief auf der Nase sitzende Sonnenbrille nach oben und stieg aus. Neben ihrem alten Fiat stehend, hielt sie in der Bewegung inne und schaute hinunter auf den See, als müsse sie sich vergewissern, dass er noch da war. Ein Ritual, das sie, so lange sie denken konnte, vollzog und das ihr Kraft gab, auch wenn Jacopo nur allzu gern darüber witzelte. Giulia liebte dieses Fleckchen Erde, und sie konnte sich nicht vorstellen, jemals woanders zu leben. Wenn man am Lario geboren war, verfiel man ihm auf alle Zeit. Sie atmete den Duft des noch immer leicht feuchten Grases, erwischte dabei auch eine Note des fetten Rosenstrauches im Vorgarten der Tommasos und dachte an Jacopo, als die Tür der Kirche quietschte und der Prete hinaustrat.

»Signora Cesare, welche Freude, Sie zu sehen«, rief er mit übertriebener Euphorie aus.

Giulia kannte diese Masche, und so wunderte sie sich keineswegs, dass der Prete umgehend eine Bitte auf den Lippen hatte.

»Ist denn der werte Herr Jacopo auch zugegen?« Der Geistliche schaute demonstrativ an Giulia vorbei die Straße hinunter. »Mutter Kirche braucht seine Unterstützung.«

»Mein Mann ist in Bellagio auf einer Baustelle. Kann *ich* etwas für Sie tun?«, fragte Giulia und hoffte dabei inständig, dass dieser Kelch an ihr vorüberging. Dem Benehmen der Zorzi am heutigen Morgen nach zu urteilen, würde sie wenig Verständnis für eine Unterbrechung der Ermittlungsarbeit zeigen, egal, was der Prete gerade wollte.

Der Pfarrer nickte und verschwand eilig im Gebetshaus.

Giulia schloss das Auto ab und schickte sich an, ihm nachzugehen. Dabei fragte sie sich, wieso der Prete nicht wenigstens so viel Anstand besaß, ihr die Tür aufzuhalten oder gar auf sie zu warten. Stattdessen stand sie nun allein im Kirchenschiff, und von ihm fehlte jede Spur. Immerhin war die Luft hier drin erträglicher. Sie atmete tief ein und aus und lief zwischen den Bänken hindurch zur Sakristei, als sie Matteos Stimme hörte.

»Giuli, im Glockenturm, wir sind oben im Glockenturm«, rief er, als müsste er seine Ziegen zusammentreiben.

Giulia stieg hinauf, und da standen sie: der Prete, Matteo, der hin und wieder für den Campanaro einsprang, Camilla Damesi und Ludovica Valluzi, als die Vertreterinnen des Kirchenchores. Ihre leidenden Gesichter waren unübersehbar, das durchtrennte Seil der großen Glocke auch. Jetzt hat sich der Campanaro Chiapponi den Hals gebrochen, kam es Giulia bei diesem Anblick zuallererst in den Sinn, wobei in ihr fast schon etwas Mitleid aufkommen wollte. Doch sie wurde vom Prete eines Besseren belehrt.

»Matteo ist zu schwer für das alte Seil«, bemerkte der Geistliche sachlich. »Es ist gerissen. Der Dummkopf hätte das Geläut kaputt machen können.«

Die Damen des Kirchenchores signalisierten Zustimmung. Der Übeltäter blickte reumütig zu Boden.

Giulia schaute auf den kleinen, dicken Matteo. Er wirkte unversehrt. Um die Glocken zu bewegen, musste man sich mit dem gesamten Körpergewicht in das Seil werfen. Das hätte böse enden können. Ihr Blick fiel erst auf das am Boden liegende Seilende, dann schaute sie hinauf zu dem Stück, das von der Glocke hinabbaumelte.

»Wir wollen heute Abend die heilige Messe feiern; ohne sie einzuläuten, geht das nicht«, fuhr der Prete fort. Sein mit Messwein versetzter Atem nahm einem in dem ohnehin stickigen Turm fast die Luft.

»Welche Messe soll das sein an einem Dienstag?«, fragte Giulia arglos.

»Für die Deutsche«, flüsterte Matteo, als würde er ein Geheimnis verraten.

»Die Beerdigung kann aber noch nicht stattfinden, also nicht vor nächster Woche, denke ich«, erwiderte Giulia, gerührt angesichts dieser Geste, die sie dem Prete niemals zugetraut hätte. Dass Chiappi in den Bergen auf die Bestätigung seiner Unschuld wartete, ließ den Pfarrer offenkundig wieder ein wenig zu seinem Berufsethos zurückfinden.

»Die Glocken müssen aber funktionieren«, insistierte der Prete.

Die Damen bestätigten das energisch.

»Jacopo ist nicht vor heute Abend zurück«, sagte Giulia mit ehrlichem Bedauern. »Tut mir leid.«

»Ich könnte hochklettern und ein neues Seil anbinden«, warf Matteo ein.

Abschätzige Blicke des Prete und der Frauen trafen ihn.

»Nein, Matteo, lass das mal Jacopo machen«, widersprach Giulia.

»Und Sie meinen nicht, dass ich Ihnen bei der Reparatur assistieren könnte?« Der Prete sah Giulia fordernd an.

Sie blickte noch einmal hoch zu dem mehrere Meter über ihrem Kopf baumelnden Strick und kämpfte mit sich und ihrer Hilfsbereitschaft, als unter ihnen Motorengeräusche laut wurden.

»Matteo könnte Sie sichern«, warf der Pfarrer schnell und übertrieben laut ein. Die Frauen diskutierten aufgeregt miteinander.

Giulia trat an die schmale Fensteröffnung des Turmes und spähte hinaus. Drei feuerrot glänzende Moto-Guzzi-Maschinen preschten in einem Affenzahn hintereinander die Straße hinunter, um dann in Richtung der Osteria *Sali e Tabacci* abzubiegen. Auf dem ersten saß, das war dank des fehlenden Helmes mühelos zu erkennen, der junge De Luca. Ohne weiter auf den Prete und die anderen zu achten, rannte Giulia los, wobei sie hätte schwören können, dass irgendjemand hinter ihr einen derben Fluch ausgestoßen hatte.

Auf der schmalen Bank vor der Osteria saß Fabrizio, der Koch, und unterhielt sich mit einer jungen Kellnerin, die Giulia noch nie zuvor gesehen hatte. Direkt neben ihnen parkten dicht beieinander die drei Guzzis.

Giulia grüßte kurz und inspizierte die Motorräder unauffällig. »Habt ihr neue Gäste, Fabrizio?«, fragte sie betont unbekümmert, wobei sie dicht an einem der Räder vorbeiging, um mit ihrer Hand in die Nähe des Motors zu kommen. Er war noch warm. »Schicke Maschinen. Du solltest sie aber nachts lieber in den Schuppen schaffen, in letzter Zeit wird hier oben so einiges gestohlen – vor allem teure Motorräder.« Über die fehlenden Nummernschilder verlor sie kein Wort.

Fabrizio machte ein unwissendes Gesicht. »Ich weiß nicht, von wem die Motorräder sind, Giuli. Wir haben uns gerade erst rausgesetzt, um einen Moment zu verschnaufen, nach dem Mittagsansturm.«

Giulia betrachtete ihn misstrauisch. »Ich sage drinnen schnell Bescheid. Lass dich nicht weiter stören.« Sie lächelte höflich und verschwand in der Osteria in der Hoffnung, De Luca und seine Freunde anzutreffen, aber die waren natürlich über alle Berge. Stattdessen kam ihr aus der hintersten Ecke des Gastraumes ein vom mittäglichen Hauswein leicht angesäuselter deutscher Biker entgegen. »Commissario«, er schlug die Hacken zusammen und salutierte mit gespielter Ehrfurcht. Giulia fasste den Mann kurzerhand an dem Ärmel seines

T-Shirts und zog ihn aus dem Restaurant hinaus auf die Straße. Er folgte ihr sichtlich irritiert, aber ohne Gegenwehr. Seine nicht weniger alkoholisierten Begleiter, die das Schauspiel beobachtet hatten, stürzten hinterher und wollten Giulia, ihren Mienen nach zu urteilen, gerade zur Rede stellen, als sie die Motorräder erblickten. Für einen kurzen Moment weiteten sich ihre Augen ungläubig, dann brachen sie in frenetische Jubelschreie aus; die Freude ging sogar so weit, dass einer von ihnen Giulia an den schmalen Hüften packte, sie mit Schwung anhob und sich einmal mit ihr um die eigene Achse drehte. Nachdem sie wieder festen Boden unter den Füßen hatte, bedankten sich die Deutschen nacheinander überschwänglich bei der *»Grande Commissario«*, was Fabrizio mit lautem Klatschen begleitete.

»Ich denke, die Nummernschilder tauchen auch wieder auf«, sagte Giulia und deutete auf den leeren Platz unter dem Rücklicht. Die Biker verstanden augenscheinlich kein Wort, nickten trotzdem eifrig und lächelten glückselig. Bevor sich Giulia verabschiedete, spendierten sie dem strahlenden Fabrizio eine Flasche des hauseigenen Amaro. In Abbadia Lariana war die Welt wieder in Ordnung. Zumindest die der anderen.

***

»Was tust du hier?«, fragte Giulia.

Brutus fuhr erschrocken herum. »Giuli, willst du mich umbringen?« Schwer atmend hielt er sich die Hand an die Brust. »Ich traue mich so schon kaum zu diesem Briefkasten. Es ist so gruselig an diesem Todeshaus.« Er atmete einmal tief durch, bevor er damit fortfuhr, die Post der Krüger zu sortieren. »Die Werbesendungen nehme ich wieder mit, ach und das ist garantiert ein Autogrammwunsch. Tja, der kommt auch weg«, murmelte er vor sich hin. »Da werden die Fans enttäuscht sein. So eine Grausamkeit, also wirklich.«

»Todeshaus?« Giulia schaute ihren Freund entgeistert an. »Und du befolgst immer noch die Anweisungen der Diva?«

Brutus hielt inne. »Aber Giuli, das ist doch wichtig. Abgesehen davon ist das eine gültige Postadresse, und irgendjemand wird ja den Nachlass übernehmen. So lange stelle ich die Post ordnungsgemäß zu. Außerdem könnte etwas dabei sein, was dir bei deiner Ermittlungsarbeit hilft«, rechtfertigte sich Brutus. »Ich …« Brutus stoppte abrupt und schaute an Giulia vorbei hinüber zur Straße. Sie folgte seinem Blick und sah, wie Cesira Negri mit einem Korb unter dem Arm eilig an ihnen vorbeilief. Brutus grüßte freundlich, worauf die Negri ihn nur mit einem raschen Seitenblick bedachte und fast unmerklich nickte.

»Gut. Bist du dann so weit?« Giulia wollte ihn so schnell wie möglich loswerden. Wenn jemand Brutus und sie am Haus des Opfers sah, würde das nur wieder die Gerüchteküche brodeln lassen, die Claudio Marcello, nach ihrem denkwürdigen Auftritt bei dessen Bruder, wohl noch anheizen würde.

Brutus hatte den Wink verstanden, hauchte ihr dennoch einen Kuss auf die rechte Wange und zog mit seiner schweren Posttasche über der Schulter weiter.

»Heute Abend in der Osteria, ja?«, rief Giulia ihm nach.

Brutus brummelte etwas, das sich wie eine Zustimmung anhörte.

Giulia blieb einen Moment vor der Haustür der Krüger stehen, legte ihre Hand auf den Stamm der alten Kastanie und fuhr mit den Fingern über die unzähligen Einschusslöcher, die die dicke Rinde spickten. Sie drehte den Schlüssel im Schloss. Kaum dass sie im Haus war, strömte ihr der penetrante Lilienduft entgegen, der sich nun auch noch mit dem Geruch von fauligem Blumenwasser vermischt hatte. Irgendjemand müsste die Pflanzen mal entsorgen, dachte sie, und den Hausstand auflösen. Da hatte Brutus recht. Bis jetzt hatten sie keine näheren Verwandten der Krüger ausfindig machen können. Auch ein Testament war bislang nicht aufgetaucht. Die undankbare Aufgabe, die Überbleibsel eines Lebens beiseitezuschaffen, würde wohl Roberto Ferri zuteilwerden. Dass die Psyche dieses Mannes dem gewachsen war, bezweifelte Giulia allerdings. Doch bevor sich Devotionalienhändler über die Erinnerungsstücke der Krüger hermachen konnten, würde sie etwas finden müssen. Irgendetwas, das ihr half, den Mörder ausfindig zu machen. Langsam lief sie durch das Haus. Die alten Holzdielen knackten unter ihren Füßen, durch die geschlossenen Fenster klang das Zwitschern der Vögel. Je intensiver sie die Einrichtung betrachtete, umso mehr fiel ihr auf, wie nüchtern und leblos alles wirkte. Sie stand in der Küche und versuchte sich vorzustellen, wie die Krüger hier ihr Sauerkraut gekocht hatte. Nein, Unsinn, zu viele Klischees, dachte sie bei sich und musste trotzdem grinsen. Akribisch inspizierte sie den Raum. Die Küchenzeile war blitzblank. Giulia fuhr mit dem Finger über die Echtholzplatte, kein Stäubchen und keine Spur einstiger Kochgelage. Sie öffnete eine Schublade, eine weitere und dann alle Schranktüren. Bis auf ein paar Champagner- und Wassergläser, Teetassen, diverse Kannen, etwas Besteck und eine Singleausstattung an Geschirr war diese riesige Küche leer. Angelika Krüger besaß weder Töpfe noch Pfannen, geschweige denn irgendein anderes Kochzubehör. Giulia trat an den Side-by-side-Kühlschrank und zog unter lautem Geschepper die linke Tür auf. Sie schaute auf ein gutes Dutzend Veuve-Clicquot-Flaschen, einen Kanten Weißbrot, etwas *Bitto* und eine Ecke vertrockneten Schinken. »Fabrizio hat sie wohl gut versorgt«, murmelte sie vor sich hin. »In einer Osteria fällt ja genug ab.« Ihr Blick fiel auf ein kleines Wandregal, auf dem drei Büchsen einer deutschen Kaffeemarke standen. Giulia öffnete eine nach der anderen, sah hinein, roch daran und fragte sich, warum die Deutschen nur alle auf ihren eigenen Kaffee schworen, schließlich waren die Italiener die wahren Meister der Kaffeezubereitung. Sie hatte die dritte Dose soeben aufgedreht, als ihr ein Duft in die Nase stieg, der nichts mit gerösteten Kaffeebohnen gemein hatte. Giulia stutzte, kippte den Büchseninhalt auf die Arbeitsplatte und staunte nicht schlecht. Vor ihr lagen mindestens fünf Gramm Marihuana. In Italien war das für den Eigenbedarf erlaubt, sodass Giulia, die im Haus der Krüger auf keine Anzeichen kommerziellen Drogenhandels gestoßen war, das Gras wieder in der Dose verstaute und diese ins Regal zurückstellte. Aufmerksam umrundete sie den großen Tisch. Mit dieser Ausstattung konnte die Krüger keine Partys ausrichten, aber die von Risos Leuten sichergestellten Fingerabdrücke, die einzig und allein von der Krüger stammten, zeugten ohnehin nicht von großer Geselligkeit. Offenbar hatte lange Zeit kein anderer Mensch dieses Haus betreten, nicht einmal den diversen Liebhabern war das vergönnt gewesen. Giulias Blick fiel auf den Briefkasten, der an der Innenseite der Haustür angebracht war. Der Schlüssel steckte. Sie öffnete ihn, und all das, was ihr Freund Brutus so ordentlich darin versenkt hatte, landete in einem Haufen vor ihren Füßen. Rechnungen von Weingütern, Modekataloge und ein unbeschrifteter dicker Umschlag. Giulia hockte sich hin, griff danach, riss ihn auf und zog zehn jungfräuliche Anglerlizenzen heraus. Deshalb hatte Fabio Sonntagnacht so sehnsüchtig auf ein Zeichen der Diva gewartet. Dieser Dummkopf. Sie faltete die Papiere unwirsch zusammen und schob sie in die Gesäßtasche ihrer Hose. Im Aufstehen begriffen, streifte sie mit den Augen etwas Weißes, das neben ihr von der Wand baumelte. In Ermangelung einer Garderobe hatte die Krüger rechts neben der Haustür ein paar Garderobenhaken anbringen lassen, und dort hing ein einzelnes Kleidungsstück. Giulia nahm es herunter und begutachtete das federleichte Stoffteil ausgiebig. Es war ein Morgenmantel aus reiner Seide. Seine Arme bestanden bis zur Höhe der Ellenbogen aus zarter Spitze, und auch ohne sich das Teil direkt an die Nase zu halten, konnte sie deutlich das von Zitrusfrüchten dominierte Parfüm der Krüger wahrnehmen, das noch immer wie ein Schleier durch das Haus schwebte. Das war der Morgenmantel, den Fabio Romano erwähnt hatte. Wenn die Krüger damit tatsächlich in der Nacht von Samstag auf Sonntag das Haus verlassen hatte, wieso hing er dann hier? Möglicherweise besaß die Opernsängerin ja mehrere dieser kostbaren Stücke. Die Frage war dann allerdings, wo der Mantel geblieben war, den sie zum Zeitpunkt ihrer Ermordung getragen hatte? Giulia versuchte, das Kleidungsstück zusammenzufalten, wobei sie mit dem weichen Stoff Mühe hatte. Schließlich gab sie es auf und legte den Mantel auf dem Küchentisch ab. Das Ding musste ins Labor. Nachdem sie im Haus erfolglos nach weiteren Morgenmänteln gesucht hatte, setzte sie sich auf eine mit beigem Damast überzogene Chaiselongue im Wohnzimmer und schaute sich um. Alle offiziellen Unterlagen wie Bank- und Versicherungsdokumente, Rechnungen, Rentenbelege und so weiter, aber auch diverse Fotoalben und natürlich die Briefe hatten die Kollegen eingepackt und mit auf die *Questura* genommen. Wie sie Elena kannte, wühlte die sich gerade durch das Leben der Krüger, und mit etwas Glück würde sie etwas finden. Giulia hatte den Gedanken noch nicht beendet, da meldete sich ihr Telefon. Elena.

»Giuli, hast du eine Vorstellung davon, was die Deutsche alles aufbewahrt hat? Ich habe Gehaltsnachweise von 1962, Kontoauszüge ab 1967, zwei Dutzend Fotoalben«, hob ihre Assistentin in vorwurfsvollem Ton an. »Wenigstens kann man sich leicht in ihren Unterlagen zurechtfinden, alles ordnungsgemäß sortiert und chronologisch abgeheftet. So weit ich das bis jetzt überblicke, ist aber nichts Interessantes darunter. Allerdings hat sie zu ihrer Glanzzeit erstaunliche Gagen bekommen. Ich sollte vielleicht auch mal anfangen zu trällern.«

»Gott bewahre«, erwiderte Giulia.

Elena ignorierte den Kommentar. »Sie hat gut vorgesorgt, also im Vergleich zu einer Assistentin in der *Questura* Lecco. Seit dem Ende ihrer Karriere erhält sie monatlich knapp zweitausend Euro aus einem Rentenfonds.«

»Damit sollte man auch bei uns in Italien gut leben können«, bemerkte Giulia.

»Mhm. Das Häuschen war abbezahlt, sie lebte allein, na ja, und Naturalien bekam sie ja gegen Naturalien.« Elena lachte grunzend. »Trotzdem war sie ständig pleite. Der Schneider in Mailand, der edle Rotwein und Champagner, die Blumen – das kostet eben.«

»Die Kleinkrämerseele musste an Geld kommen«, murmelte Giulia vor sich hin.

»Also, ihre Ausgaben übersteigen seit Jahrzehnten die Einnahmen, so viel kann ich dir sagen. Wenn sie nicht ein geheimes Konto in der Schweiz hatte, von dem wir noch nichts wissen, muss sie irgendwie an Kohle gekommen sein, vorzugsweise in bar.« Elena blätterte in den Papieren.

»Keine Eingangsbuchungen, nichts?«, fragte Giulia und dachte an das von Fabio unterstützte Geschäft mit den Anglerlizenzen.

»Nichts, was das Finanzamt nicht auch gesehen hat«, erwiderte Elena. »Vielleicht hat Roberto Ferri ihr ein wenig unter die Arme gegriffen. Er scheint ja sehr wohlhabend zu sein. Oder einer der anderen Männer.«

»Ja, vielleicht«, erwiderte Giulia abwesend.

»*Bitto*-Prostitution«, lachte Elena auf. »Ich habe allerdings noch etwas, das dich interessieren dürfte. Die Fotoalben. Wir haben alles, die Babyjahre, der erste Schultag, die ersten Gesangsstunden. Wirklich alles! Fehlt nur noch ein Foto vom Inhalt ihres Nachttopfes.«

»Einzelkind«, sagte Giulia und dachte an ihre eigenen Eltern, um die es seit dem verpatzten Mittagessen am Sonntag erstaunlich still geworden war.

»Der Vater war im Krieg, sieht nach Offizier aus. Arm waren die auch nicht. Ist das eigentlich eine allgemeine Marotte der Deutschen, dass sie ihre vollgepackten Festtafeln auf Zelluloid verewigen? Dutzende Bilder mit Bratenplatten und Sauerkrauttöpfen.« Elena blätterte. »Die konservieren ihren Wohlstand auf diese Weise, oder?«

»Na, na, na.«

»Ist doch wahr. Die gute Angelika war jedenfalls schon als Kind ziemlich proper.«

»Gibt es denn irgendetwas, das uns weiterhelfen könnte?«, fragte Giulia leicht ungeduldig.

»Ach so, ja, deswegen rufe ich ja an. Wie das so bei einer anständigen Teutonin ist, sind die Fotoalben nach Jahren geordnet.« Elena machte eine Pause.

»Jetzt mach es nicht so spannend.«

»Von 1968 bis 1972 gibt es kaum Fotos. Also, die Seiten waren ganz offensichtlich dicht beklebt, die Fotoecken sind noch drin, aber dazwischen herrscht gähnende Leere. Nur hier und da ist die Aufnahme eines Auftrittes oder einer Gala zu finden. Die zeigen die Krüger aber allein.«

»Claudio, ihr Geliebter ...«, grummelte Giulia gedankenversunken.

»Der war von 1968 bis 1972 am Start, genau. Ich staune immer wieder über dein Gedächtnis. – Du meinst, sie hat ihn komplett ausgelöscht, also erinnerungstechnisch?«, fragte Elena überrascht.

»Und trotzdem hat sie die Briefe aufgehoben«, ergänzte Giulia. »Kann sein.«

»Aber nur ihre an ihn«, verbesserte Elena. »Oder hast du seine mittlerweile auch gefunden?«

Giulia saß regungslos da. »Noch nicht.« Sie holte tief Luft. »Aber wenn ich jemanden vollkommen aus meinem Leben streichen will, entsorge ich doch alle Erinnerungen und Briefe. Das ist nicht konsequent, und diese Eigenschaft würde ich der Krüger, nach allem, was ich bislang über sie weiß, zuschreiben. Keine halben Sachen.«

»Du meinst, es steckt etwas anderes dahinter?«, wollte Elena wissen. »Ach was. Nicht einmal du, Giulia Cesare, kannst in die Abgründe einer erratischen Operndiva blicken. Echt mal, nur weil du dich nicht an die Lustknaben in deinem Dorf rantraust, suchst du nach geheimnisvollen Verflossenen, deren Rolle bei diesem Mord für mich höchst zweifelhaft ist.«

Giulia schwieg einen Moment. Dann teilte sie Elena in knappen Worten mit, dass der Diebstahl der Guzzis aufgeklärt war, und legte ohne weitere Erklärungen auf.

»Komm schon, Krüger, erzähl mir was von dir«, flüsterte Giulia, während sie die dicht bestückte Bücherwand ablief. Schiller, Heine, Tucholsky, Brecht, ja sogar das *Kommunistische Manifest.* Giulia zog die Bücher eins nach dem anderen aus dem Regal, blätterte, suchte Widmungen, Notizen, Hinweise und blieb am Ende ohne die kleinste

Entdeckung ratlos auf der Chaiselongue zurück. Im ganzen Haus gab es keine Spur von Claudio oder sonst irgendwem. Sie lehnte sich zurück und schloss die Augen. Angelika Krüger musste in ihrem Leben viele Männer gehabt haben, die amourösen Abenteuer während ihrer Zeit in Abbadia Lariana ließen keinen anderen Schluss zu. Doch davon war außer den geschäftsmäßigen Eintragungen in ihrem Notizbuch und den Briefen nichts geblieben. Giulia streckte sich, wobei ihr Blick auf den hohen Zeitschriftenstapel fiel, den sie am Sonntag nicht weiter beachtet hatte. Egal, welches dieser in die Jahre gekommenen Boulevardblätter sie aufschlug, Angelika Krüger lächelte ihr in einer Homestory, von der Bühne oder einem Paparazzifoto entgegen. Je tiefer sich Giulia durch die bunten Seiten grub, umso jünger und erfolgreicher wurde die Krüger. Hier ein Foto mit einem Filmstar, da ein Bild, das sie gemeinsam mit Kollegen auf der Bühne zeigte. Es musste eine Zeit gegeben haben, in der die Krüger in der Klatschpresse omnipräsent gewesen war. Giulia las neugierig jeden Artikel. Ein besonders interessanter fand sich zu ihrem großen Auftritt als Aida an der Mailänder Scala 1972. Da wurde sie gemeinsam mit der die Amneris singenden Sopranistin Nero befragt. Die Frauen lächelten professionell in die Kamera, aber man konnte ihnen ihre Feindschaft deutlich ansehen. Giulia dachte an die Worte von Tiziana, der Bestatterin, die die Nero für die bessere Besetzung gehalten hatte. Schließlich stieß sie auf ein bekanntes Wochenmagazin, auf dessen Cover die Krüger im Arm eines smarten Mannes abgebildet war. Eilig suchte sie nach dem Beitrag. Er handelte vom Musikchef der Mailänder Scala und dessen politischem Engagement bei der Kommunistischen Partei Italiens. Claudio Salvatore spielt ohne Honorar vor italienischen Arbeitern. Blablabla. Claudio Salvatore. Und dann in einem Nebensatz, da stand es. »Angelika Krüger, die langjährige Geliebte: aufstrebender Star am Opernhimmel und Muse eines herausragenden Genies mit einem streitbaren politischen Sendungsbewusstsein.« Giulia überflog die Zeilen, betrachtete erneut das Cover. Ausgabe 12/1971. Das war der gesuchte Claudio. Endlich. Sie las weiter. »Das Wunder von Mailand«, so nannte man ihn damals. Und Angelika Krüger soll ihm politisch und künstlerisch in nichts nachgestanden haben. Sogar von Hochzeit war die Rede gewesen. Giulia rief Elena an.

»Willst du dich für dein unmögliches Benehmen vorhin entschuldigen?«, platzte es aus ihrer Assistentin, kaum dass sie das Gespräch entgegengenommen hatte.

»Befrag mal bitte unsere Datenbank nach Claudio Salvatore«, entgegnete Giulia, ohne auf ihre Spitze einzugehen.

Sie hörte, wie Elenas Finger über die Computertastatur flogen, und wartete neugierig, bis Elena endlich etwas sagte.

»Claudio Emanuele Salvatore, geboren am 3. Januar 1939, gestorben 8. August 2003.«

»Er ist tot?«, fragte Giulia enttäuscht.

»Ganz eindeutig. Dieser Claudio kann sie nicht umgebracht haben. Aber dafür kann ich dir noch eine unter derselben Adresse gemeldete Signora Salvatore anbieten.«

***

Auf der Piazza del Duomo tummelten sich mindestens so viele Tauben wie Menschen. Die Mailänder Altstadt war bekannt für die gefiederten Plagegeister und für ihren Dom, der sich als drittgrößtes Gotteshaus der Welt in die Riege der architektonischen Meisterwerke einreihte. Der imposante Solitär aus weißem Marmor erhob sich inmitten der ansonsten eng bebauten Altstadt. Seine Pracht und die Tatsache, dass er überwiegend im gotischen Stil erbaut worden war, was in der italienischen Baukunst nur selten vorkam, machten ihn zu einem beliebten Anlaufpunkt für Touristen aus aller Welt. All jene, die mehr hierherführte als der kurze Moment eines Handyschnappschusses, fanden im Innersten des Gotteshauses wohl kaum einen Ort der Besinnung, dafür aber so viele faszinierende kunsthistorische Eindrücke, dass die Zeit, sie alle zu entdecken, niemals auszureichen schien. Um die Attraktivität des Domes noch zu erhöhen, was keineswegs notwendig, aber offenkundig sehr einträglich war, hatte man die Dachterrassen für die Besucherscharen geöffnet und ihnen damit einen unvergesslichen Blick über die zweitgrößte Stadt Italiens beschert. Die Galleria Vittorio Emanuele II., das Kaufhaus Rinascente, die neue Skyline im Gebiet der Garibaldi und das alles überragende Stadion San Siro ließen so manchen Gast die Hitze, den Lärm und das Gedränge um ihn herum vergessen. Herrschte über der Stadt klare Sicht, was Wetter und Smog zuweilen zu verhindern wussten, erschloss sich vor einem die gesamte nördliche Alpenkette bis hin nach Como.

Giulia hastete mit verkniffenem Gesicht über den Platz. Mit einem Rauschen flogen die Tauben auf. Dicht neben ihr sprangen aufgescheuchte Touristen zur Seite, schauten den Vögeln nach und kicherten dann albern über ihre eigene Schreckhaftigkeit. Überall standen die Fremdenführer mit ihren aufgespannten Sonnenschirmen, die den Tross der ihnen Folgenden zusammenhielten, wobei sie eine solche Fülle an Informationen über die modernen Entdeckungsreisenden ausgossen, dass diese am Ende des Tages bestimmt kaum mehr sagen konnten, ob sie nun das Reiterstandbild von König Vittorio Emanuele II. oder das des Erbauers des Gotteshauses gesehen hatten. Die unterschiedlichsten Sprachen und Kulturen vermischten sich auf dem Platz und in den angrenzenden Cafés miteinander, und fast schien es, als ob sich die Mailänder aus dem Herzstück ihrer Stadt freiwillig zurückgezogen hätten, um erst wieder zurückzukommen, wenn die Invasion ein Ende hatte. Inmitten dieses Gewusels fand sich die ein oder andere zwielichtige Gestalt, die diverse Sinnlosigkeiten an spendierfreudige Urlauber verscherbelte oder ihnen mittels farbiger Armbändchen gegen ein paar Euros das Seelenheil versprach.

Signora Angela Salvatore hatte am Telefon nicht mit Giulia reden wollen. Familienangelegenheiten bespreche sie grundsätzlich nicht mit Fremden und noch weniger über den Fernsprechapparat, hatte die resolute Dame Giulia wissen lassen. Der Hinweis auf ihre polizeilichen Ermittlungen hatte die Zugänglichkeit der Witwe des ehemaligen Musikchefs der Mailänder Scala, Claudio Slavatore, zwar befördert, Giulia aber nicht den Weg nach Mailand erspart. Entsprechend übellaunig hatte sie den Lago hinter sich gelassen und war – das war das einzig Gute an dieser Tour – zunächst zu Fontana ins rechtsmedizinische Institut gefahren, um den Morgenmantel der Krüger und die Haarproben ihrer Liebhaber dort abzugeben. Nun quälte sie sich, nachdem sie das Auto in einer Seitenstraße abgestellt hatte, durch die überfüllte Innenstadt. Giulia hatte eine angeborene Aversion gegen zu viele Menschen, Beton, Zivilisationskrach und schlechte Luft, kurzum: gegen Großstädte. Mailand jedoch war für sie das größte aller Übel, war es doch nichts mehr als eine Geschäftsstadt, unterkühlt, unfreundlich und ewig gehetzt. Die Stadt hatte nichts mit dem romantischen Italien zu tun, das sie so sehr liebte. Nach Mailand zu müssen, hatte sie für ein schlechtes Karma gehalten. Das Telefonat, das sie auf dem Weg hierher mit Fabio Romano geführt hatte, bestätigte das. Er hatte – wie sollte es anders sein – keine Ahnung, wie viele weiße Morgenmäntel die Krüger besessen hatte, und konnte sich auch nicht an die genaue Beschaffenheit des Kleidungsstückes erinnern, das die Diva in ihrer letzten Nacht getragen hatte. Dafür hatte er Giulia noch einmal inständig angefleht, ihm seine Unschuld zu glauben und die Sache mit dem Betrug unter den Tisch fallen zu lassen. Zu allem Überfluss hatte Giulia anschließend noch mit Jacopo telefoniert, der ganz und gar nicht begeistert von seinem neuen Auftrag im Dienste der Kirche gewesen war und insgesamt auch immer noch ziemlich angesäuert geklungen hatte.

Signora Angela Salvatore schien, was Mailand anging, komplett gegensätzlicher Meinung zu sein, denn die ältere Dame lebte in einer großen Altbauwohnung direkt im Zentrum. Giulia wurde von einem jungen Mädchen im Treppenhaus in Empfang genommen und in einen weiträumigen Salon geführt. Dort stand eine schlanke Dame um die siebzig vor einer Staffelei und kleckste dicke gelbe Farbtupfer auf eine überdimensionale Leinwand. In dem Zimmer herrschte eine bedrückende Hitze, die durch die weit geöffneten Flügelfenster hereinströmte und den Motorenlärm der Autos gleich mitbrachte. Giulia sah sich neugierig um. Die Staffelei stand auf einem großen Teppich, dessen Muster unter einer in die Jahre gekommenen Schicht unterschiedlichster Farbspritzer fast flächendeckend verschwunden war. Keine der Utensilien, die die Künstlerin für ihre Arbeit brauchte, berührte das perfekt restaurierte Eichenparkett, das ansonsten den Fußboden des Raumes ausmachte. Alles schien fein säuberlich an der Kante des Teppichs ausgerichtet zu sein, was im krassen Gegensatz zu dem Chaos stand, das sich darauf befand. Ansonsten war die Zimmereinrichtung für Giulias Geschmack etwas zu exzentrisch. Ein knallrotes, überdimensioniertes Ledersofa bildete den Mittelpunkt des Raumes. Darauf lagen kreuz und quer aufgeschlagene Bücher und Zeitschriften, die ineinander verwoben mitunter eine Höhe von einem halben Meter erreichten. An der rechten und linken Außenwand, also vor und hinter dem Sofa, standen zwei überlebensgroße barocke Putten, deren alabasterfarbener Glanz und filigrane Verarbeitung von beeindruckender Schönheit waren. Giulia betrachtete die pausbäckigen Engel eine Weile und verstand, warum jedes weitere Möbelstück hier fehl am Platze gewesen wäre.

Sie wartete das Martinshorn einer *Ambulanza* ab, trat an Signora Salvatore heran und grüßte freundlich. Angela Salvatore musste einmal eine schöne Frau gewesen sein. Die hohen Wangenknochen verliehen ihrem Gesicht etwas Anmutiges, über ihren dunklen, eng stehenden Augen schwangen sich breite Augenbrauen unter einer hohen Stirn. Die Signora hatte beim Eintreten Giulias umgehend ihr Tun unterbrochen und sie mit wachen, klugen Augen gemustert.

»Mein Mann hatte so seine Fehlgriffe, aber wenn Sie mich fragen, war die Krüger der vermaledeiteste unter ihnen«, sagte sie ohne große Umschweife, während sie Giulia bat, Platz zu nehmen, sich selbst allerdings vorbehielt, durch das Atelier zu laufen, da sie so besser denken könne.

Giulia, die keine Einwände hatte, war dankbar, dass Signora Salvatore gleich zum Thema gekommen war. »Die beiden waren nur ein paar Jahre liiert, wenn ich richtig informiert bin«, erkundigte sie sich.

»Vier, um genau zu sein. Die haben meinen Claudio allerdings fast in den Ruin gestürzt. Ich habe diese Frau nie persönlich kennengelernt, aber sie muss eine Gabe gehabt haben, die Männer gefügig zu machen, die beängstigend ist.« Sie tupfte sich den Schweiß von der Stirn, trank einen Schluck aus einer zwischen den Farbtöpfen stehenden Kaffeetasse und fuhr fort: »Claudio war ein genialer Musiker. Die Scala hatte nie wieder einen besseren Musikchef. Er hat die Wiener Philharmoniker dirigiert, war ständiger Gast der Londoner Symphoniker, in den größten Opernhäusern und Konzertsälen der Welt zu Hause. Die Plattenstudios haben sich mit ihm eine goldene Nase verdient. Er war Italiens Wunderwaffe der klassischen Musik, der ungekrönte König unter den weltweiten Kapellmeistern.« Sie erzählte all das ruhig und gefasst. »Diese militant linke Deutsche hat ihm mit ihrem Gleichheits- und Solidaritätsgeschwätz das Hirn vernebelt, sodass er geglaubt hat, ein Musiker müsse auch politisch klar Stellung beziehen.« Sie jauchzte auf. »Meine Güte, die sollen Noten lesen können, mehr nicht.«

»Woran ist die Beziehung letztendlich zerbrochen?«, fragte Giulia dazwischen.

Signora Salvatore hielt inne und schaute Giulia mit durchdringendem Blick an. »An mir.«

»Wie lange …«

Sie fiel Giulia ins Wort. »Wir waren fast dreißig Jahre verheiratet, haben vier Kinder, und das junge Fräulein, das Sie gerade hereingebeten hat, ist meine Enkelin. Sie studiert Violine am Konservatorium.« Sie bemühte sich um ein Lächeln. »Malerei wäre mir lieber gewesen, aber wenn eine Familie mit einer derartigen Fülle an Talenten ausgestattet ist, darf man nicht wählerisch sein.«

»Sie haben Angelika Krüger nie persönlich kennengelernt?«, fragte Giulia.

»Ich verschwende meine Zeit nicht. Niemals.« Sie griff nach einem der Pinsel und setzte einen weiteren gelben Punkt auf das Leinen.

»Fahren Sie oft an den Comer See?«, wollte Giulia wissen.

Signora Salvatore stutzte. »Ich mache mir nichts aus Sommerfrische. Erst recht nicht aus einem See, der von Bergen umzingelt ist, dass einem die Luft zum Atmen wegbleibt.«

»Waren Sie in der letzten Zeit in Abbadia Lariana? Das ist eine kleine Gemeinde auf der Ostseite, in der Nähe von Lecco.«

»Ich verstehe Ihre Frage nicht. Falls das ein Quiz zur italienischen Geografie werden soll, muss ich Sie enttäuschen. Für derlei eigne ich mich nicht. Der Ort sagt mir überhaupt nichts.«

»Angelika Krüger wurde erschlagen«, warf Giulia trocken ein.

Signora Salvatore beeindruckte das offenkundig nicht. »Diesen Dienst hätte man der Welt schon viel eher zuteilwerden lassen müssen«, antwortete sie ungerührt, ohne sich Giulia zuzuwenden.

Giulia fragte sich, woher dieser tiefe Hass auf die Deutsche kam. »Hatte Ihr Gatte nach seiner Trennung von Angelika Krüger jemals wieder Kontakt zu ihr?«

»Claudio war ein äußerst kluger Mann«, entgegnete Signora Salvatore kurz.

»Ich verstehe.« Giulia überlegte. »Darf ich Sie fragen, wieso Sie diese Frau dann so sehr hassen? Sie haben Claudio geheiratet, waren glücklich mit ihm.«

Signora Salvatore legte den Pinsel zur Seite, wischte ihre Hände an dem Overall ab und erwiderte mit Eiseskälte in der Stimme: »Menschen, die aus einer vergangenen Liebe Profit ziehen, Bilder, Platten, intime Dokumente wie Briefe und Erinnerungsstücke, ja sogar Tonaufnahmen einer gemeinsamen Liebesnacht verscherbeln wie ein paar alte Schuhe, ohne Ehrfurcht vor den Lebenden, noch weniger vor den Toten, sind die Bezeichnung Homo sapiens nicht wert. Sie sind Abschaum, Dreck – nichts als schmieriger, widerlicher Gossendreck.«

Giulia schaute Signora Salvatore mit weit geöffneten Augen an. »Sie meinen …?«

»So wie ich es gesagt habe. Ich sage nichts, was ich nicht auch so meine«, fiel sie Giulia ins Wort. »Nach Claudios entsetzlichem Tod hatte diese Person nichts weiter im Sinn, als alles, was sein Andenken trug, zu Geld zu machen. Er war zu Lebzeiten eine Legende, wiederum nach seinem Ableben …« Sie seufzte tief, wobei ihr der Kummer ins Gesicht geschrieben stand. »Nach seinem Tod war das Wunder von Mailand, wie ihn seine Mitstreiter und Fans, ja sogar seine Konkurrenten nannten, gefragter denn je. Das war ein willkommenes Fressen für diese Person. Anstatt eines Trauergrußes oder irgendeiner menschlichen Anteilnahme, die man eventuell hätte erwarten können, hat sie alles zu Geld gemacht, was ihr von ihm geblieben war. Die Sammler, und ja, auch die Kritiker haben sich die Hände gerieben, vor allem angesichts des Gestöhnes auf diesem Tonband. Ekelerregend!«

»Das erklärt so manches«, murmelte Giulia und dachte an die Leerstellen in den Fotoalben und die fehlenden Liebesbriefe.

Signora Salvatore hörte offensichtlich sehr gut. »Das erklärt nur, wes Geistes Kind diese Frau war. Möge sie in der Hölle schmoren.« Sie widmete sich wieder ihrer Staffelei, griff nun jedoch zur roten Farbe und verteilte sie mit schnellen, bestimmten Strichen auf der Leinwand.

»Verstehen Sie mich bitte nicht falsch, ich habe schlichtweg keine Ahnung von diesen Kreisen …«, fuhr Giulia fort.

Signora Salvatore fiel ihr abermals ins Wort, wobei sie angesichts Giulias Unsicherheit sanft lächelte. »In diesen Kreisen, Kindchen, gibt es völlig durchgeknallte Sammler. Verrückte, die sonst was dafür geben würden, etwas Persönliches aus dem Besitz eines Weltstars ihr Eigen nennen zu dürfen. Ich bitte Sie, Goethe hatte angeblich Schillers Schädel auf seinem Schreibtisch stehen, Einstein hat man das Gehirn und die Augen geklaut. Sie finden immer jemanden, der bereit ist, für diese Dinge zu zahlen. Solche Leute wie die Krüger und dieser Tänzer, wie hieß er gleich?« Sie blieb stehen, rieb sich das rechte Ohrläppchen und überlegte. »Ferri, genau. Unwichtige Menschen vergesse ich glücklicherweise schnell. Na ja, diese Personen wissen, wo sie fragen müssen und was sie verlangen können. Glauben Sie mir.«

»Roberto Ferri?«, fragte Giulia ungläubig.

Die alte Dame nickte. »Dieser Abschaum hat Claudios Briefe einem der renommiertesten Antiquitäten- und Kunsthändler Mailands angeboten, für fünfzigtausend Euro. Pech war nur, dass dieser Signore ein Freund der Familie ist und die Sache so aufflog. Irgendein Russe hat den ganzen Quatsch dann gekauft, angeblich für mehr als hunderttausend Euro. Dafür wird er das fette Weib gleich dazubekommen haben. Die war sich doch für keinen zu schade.«

»Und Sie konnten es nicht verhindern?«, fragte Giulia dazwischen.

Signora Salvatore lachte freudlos. »Privateigentum, das war die Begründung meiner Anwälte. Damit konnte diese Hure machen, was sie wollte. Das muss man sich mal vorstellen!« Für einen Moment wirkte sie tieftraurig, fing sich aber schnell wieder und malträtierte erneut die Leinwand. »Nach allem, was mein Claudio für sie getan hatte.«

»Was genau meinen Sie?«, wollte Giulia wissen.

Die Signora machte eine Pause und kniff die Augen zusammen. »Es gibt immer Künstler, die besser sind, nur dass es nicht ausschließlich nach dem Talent geht, wenn Sie verstehen, was ich meine.«

Giulia nickte und schaute Signora Salvatore unverwandt an.

»Die Krüger war Mittelmaß, mehr nicht, ein beliebiger Mezzosopran, wie es Dutzende gibt. Durch ihre Liaison mit dem Wunder von Mailand stieg ihr Wert an den Opernhäusern dieser Welt. Meinen Sie etwa, vor ihr hätte schon mal ein Mezzosopran die Aida gesungen? Amneris, die Tochter des Pharao, die braucht die mittlere Stimmlage, aber Aida selbst?« Sie warf aufgebracht die Hände in die Luft und fuhr lauter fort: »Verdi hätte sich im Grab umgedreht! Aida, diese herrliche Aida, braucht eine reine Oberstimme. Und Claudio, der Dummkopf, lässt die Krüger singen, während die wunderbare Stimme der Nero als Amneris quasi verkommt. Was für eine Verschwendung. 1972, Mailänder Scala. Wenn ich nicht selbst dort gewesen wäre … Da hat sich das Wunder wohl von seinem Unterleib leiten lassen.« Sie rümpfte die Nase. »Na ja, die Krüger hat ihre Chance als Liebling des großen Meisters genutzt. Von diesem Abend an wurde sie gefeiert. Wer wollte dem großen Claudio Salvatore auch widersprechen? Ihre Karriere jedenfalls ging steil bergauf, und sie hat alles mitgenommen, was sich ihr geboten hat. Glücklicherweise jedoch überleben mittelmäßige Begabungen nicht lange, ob protegiert oder nicht.«

»Sie hat sich Anfang der Neunzigerjahre zurückgezogen«, bemerkte Giulia.

»Ich bitte Sie!« Signora Salvatore spitzte die Lippen. »Zurückgezogen? Die Schnepfe hat keine Engagements mehr bekommen. Stimmen wie Maria Callas können vielleicht mit vierzig aufhören, auch wenn Sängerinnen dieses Ranges dies selten tun, weil sie ihren Beruf und vor allem den Erfolg lieben. Menschen mit Fußgängerzonentalent wie die Krüger hingegen müssen weitermachen oder sich einen Job als Putzfrau suchen. Nun ja, so wie ich sie einschätze, hat sie Mittel und Wege gefunden, sich über Wasser zu halten. Wer weiß, wessen Gestöhne sie noch meistbietend verscherbelt hat.«

»Signora«, hob Giulia an, nachdem fast die komplette Leinwand mit roten Strichen überzogen war. »Was wissen Sie über Roberto Ferri?«

Sie legte den Pinsel zur Seite, wischte sich die Hände an einem verschmierten Lappen ab und trank einen Schluck von ihrem Kaffee. »Ein Parasit, aber kein schlechter Tänzer. Seine Knochen haben ihn jedoch beizeiten im Stich gelassen.« Sie zuckte mit den Schultern. »Krüger und Ferri, zwei gescheiterte Existenzen, irgendwie tragisch, wenn ich nur einen Hauch von Mitgefühl verspüren könnte.«

Giulia erwiderte nichts. Sie erhob sich von ihrem Stuhl, bedankte sich für Signora Salvatores Zeit und wollte sich verabschieden. »Nur aus Interesse«, sagte sie beiläufig. »Was ist eigentlich aus dieser Nero, der Sopranistin, geworden?«

»Sie hat den großen Sprung nicht geschafft. Zumindest habe ich nie wieder etwas von ihr gehört«, antwortete Signora Salvatore ungerührt.

»Bitte, noch eine letzte Frage«, sagte Giulia beim Hinausgehen.

»Wenn es Ihnen hilft«, entgegnete die Signora mild.

»Was haben Sie in der Nacht von Sonntag auf Montag gemacht?«

Signora Salvatores Augen weiteten sich. Wie in Zeitlupe öffnete sie die Lippen und brüllte außer sich: »RAUS!«

***

Immer dienstags fand in der Osteria *Sali e Tabacchi* der Abend der internationalen Küche statt. Für eine kleine Osteria, die kaum zwanzig Plätze fasste und weitab von den Touristenströmen am See lag, war diese Idee ebenso innovativ wie gewagt. Für die wenigen ausländischen Gäste jedoch, die sich hoch auf den Berg verirrten und voller Vorfreude auf Saibling mit Butter und Salbei, Maifische auf Risotto oder Haselnuss-Schokoladen-Kuchen mit Honig hier einkehrten, konnte das mitunter eine herbe Enttäuschung werden. Für Giulia und Jacopo hingegen gehörte der Dienstag zu den kulinarischen Höhepunkten ihrer Woche. Sooft es ihre Zeit erlaubte, saßen sie gemeinsam mit Brutus in dem urigen Lokal und genossen die von Fabrizio zubereiteten Köstlichkeiten.

»Giuli, ich habe noch nie arabisch gegessen. Was kriegt man da so?«, flüsterte Brutus, wobei er neugierig zu den anderen Tischen hinüberäugte. »Uh! Das sieht aber komisch aus.«

Giulia rollte mit den Augen.

Jacopo grinste.

»So. Da hätten wir Hummus an Salat mit selbst gebackenem Pitabrot.« Der Koch Fabrizio servierte mit monotoner Stimme sein Machwerk, wobei man ihm ansehen konnte, dass ihm die Flitze seiner Frau gehörig auf die Nerven fielen.

»Kichererbsenpüree«, erläuterte Giulia, bevor Brutus danach fragen konnte.

»Und die Witwe dieses Musikers hat dich wirklich rausgeworfen?«, fragte Jacopo, bevor er sich voller Begeisterung über sein Essen hermachte.

Giulia nickte. »Dabei hat sie aus meiner Sicht ein handfestes Motiv«, entgegnete sie leise und dachte daran, wie die Frau angesichts ihrer Routinefrage ausgerastet war. Die Demütigungen, die Signora Salvatore durch die Krüger erfahren hatte, rechtfertigten die Frage nach einem Alibi, davon war Giulia überzeugt. Den Schlag mit der Weinflasche traute sie der aufbrausenden Signora ebenfalls zu. Allerdings lag der Tod ihres Mann fünfzehn Jahre zurück, und warum sie so lange gewartet haben sollte, darauf wusste Giulia noch keine Antwort. Aber ohne Zweifel konnte es einen aktuellen Auslöser wie ein zufälliges Treffen der beiden Frauen gegeben haben. Die vielen vergangenen Jahre hatten dem Hass der Witwe auf die Krüger keinen Abbruch getan. Dass der sich durch irgendein Ereignis spontan entladen haben könnte, war nicht auszuschließen. Die Geschichte, die Signora Salvatore berichtet hatte, war nach allem, was Giulia bisher über Angelika Krüger wusste, durchaus glaubhaft. Der rücksichtslose Egoismus im Umgang mit ihren Mitmenschen schien eine ihrer ausgeprägten Charaktereigenschaften gewesen zu sein. Diese Chuzpe allerdings empfand Giulia als beispiellos. Die Krüger hatte sich alles, was mit ihrem Ex-Geliebten Claudio Salvatore in Verbindung zu bringen war, versilbern lassen. Die einstige große Liebe, der Mann, dem sie ihre Karriere zu verdanken hatte, taugte noch zu einer lukrativen Nebeneinnahme. Und auch wenn sie heute der fehlenden Belege wegen nicht mehr sagen konnten, wie viel er der Krüger genau gebracht hatte, so war diese Skrupellosigkeit erschreckend. Dass der feine Roberto Ferri, der enge Freund der Opernsängerin, einen maßgeblichen Anteil an dem Geschäft gehabt haben sollte, konnte Giulia fast nicht glauben, allerdings hatte sie bereits in so viele menschliche Abgründe geschaut, dass sie es auch nicht ausschließen konnte. Was, wenn die beiden durch ihre Geldgier noch mehr Menschen verunglimpft hatten? In jedem Fall war da noch immer der zweite Stapel Briefe, den die Krüger ebenfalls aufbewahrt hatte und dessen Adressat nicht Claudio gewesen sein konnte. Die Frage war also: Wen hatte die Krüger von 1998 bis zwei Tage vor ihrer Ermordung bezirzt? Giulia schwante Böses. Was, wenn es sich bei diesem Menschen ebenfalls um einen Promi, zur Abwechslung um einen noch lebenden, handelte? Seit einigen Jahren zog es Schauspieler, Musiker und Millionäre an den Comer See. George Clooney immerhin residierte zuweilen in Lagio am Westufer des Lario. Die Krüger könnte nach dem gleichen Muster wie bei Claudio verfahren sein. Eine Affäre, ein paar erotische Souvenirs, ein schnelles Geschäft oder eine kleine Erpressung – je nachdem, wie bekannt ihre Liebschaft war. Nach allem, was sie wussten, brauchte die in die Jahre gekommene Diva ständig Geld. Von den ihr verfallenen Dörflern konnte sie kaum mehr als ein paar Hilfsdienste und landwirtschaftliche Erzeugnisse erwarten. Auch der Deal mit Fabio Romano war nicht mehr als ein nettes Zubrot, das bei Weitem nicht ausreichte, um ihren anspruchsvollen Lebensstil zu finanzieren. Irgendwo musste sie Geld aufgetrieben haben, und nach der Sache mit Claudio Salvatore war alles denkbar. »Was, meint ihr, bekommt man für Devotionalien eines verstorbenen Musikers?«, fragte Giulia in die Runde.

»Also die Gitarre, auf der Kurt Cobain kurz vor seinem Tod gespielt hat, ist angeblich mehrere Millionen wert«, warf Brutus ein.

»Ich rede von klassischer Musik«, erwiderte Giulia amüsiert.

»Wenn du die richtigen Leute kennst und ein paar fanatische Sammler auftreibst, könnte ich mir vorstellen, dass mehrere tausend Euro drin sind. Kommt auf die Erinnerungsstücke an«, antwortete Jacopo mit vollem Mund.

»Sextonbänder«, nuschelte Giulia und dachte an die enorme Summe, die die Krüger für die Liebesbriefe aufgerufen hatte. Dass es jemanden gegeben hatte, dem die Zeilen von Claudio Salvatore so viel wert gewesen waren, erstaunte sie immer noch, zumal der Mann ihr bis zu diesem Fall nie ein Begriff gewesen war.

Brutus bekam einen roten Kopf und stierte auf seine Vorspeise.

»Wow«, rief Jacopo aus. »Die Krüger muss die wilden Sechziger ja voll ausgekostet haben. Sex, Drugs und Rock'n'Roll – und das Ganze noch als Tonbandmitschnitt zur Sicherung der eigenen Rente. Rebellen sind eben auch nur Menschen.« Jacopo lachte.

»Du hast den Salonkommunismus vergessen«, sagte Giulia. »Sex, Drugs, Rock'n'Roll und Salonkommunismus.«

»Na dann, ich erhöhe um tausend Euro.« Er feixte.

Es ist müßig, dachte Giulia. Was auch immer die Krüger mit diesem Geschäft verdient hatte, das Geld war lange weg. Die Kränkung bei Signora Salvatore und ihrer Familie hingegen saß immer noch tief.

»Wenn ich das so höre, dann kann ich ja froh sein, dass ich ihrem Werben nicht nachgegeben habe«, vermeldete Brutus im Brustton der Überzeugung.

»Wie bitte?«, fragte Jacopo grinsend.

Giulia verpasste ihrem Mann unter dem Tisch einen Tritt.

»Na ja, stellt euch mal vor, ich hätte auch etwas mit ihr angefangen. Dann stünde ich jetzt ebenfalls unter Mordverdacht.« Er schüttelte den Kopf. »Ich sehe doch jetzt schon, wie die Leute mich auf meiner täglichen Posttour ansehen. Die denken alle, ich hätte mit der Krüger auf der Kirchwiese … nur weil ich sie gefunden habe. Also wirklich«, echauffierte er sich. »Und dann noch an einem Sonntagvormittag.«

»Brutus, bitte. Auf die Idee kommt doch wirklich niemand, der dich kennt. Höchstens vielleicht …« Giulia grinste und zwinkerte ihrem Freund zu.

Brutus sah sie verständnislos an. Dann sickerte die Erkenntnis ein. »Francesco!«, vervollständigte Brutus ihren Satz mit unverhohlenem Entsetzen. »Dieser … dieser …«

Jacopos Oberkörper vibrierte, so sehr musste er ein Lachen unterdrücken.

»*Cretino.* So nennt er dich heute noch, stimmt's?«, ergänzte Giulia. Jetzt musste sie sich wirklich auf die Lippen beißen, um nicht laut loszulachen.

»Wieso, wolltest du seiner Francesca auch an die Wäsche?«, fragte Jacopo provozierend.

Brutus ließ das Besteck auf seinen Teller fallen und stemmte die

Hände in die schmalen Hüften, was bei seinem Gemüt einem Wutausbruch gleichkam. »Ihr wisst genau, dass wir Mitte zwanzig und bereits drei Jahre zusammen waren. Da wird man doch mal nach« – er senkte die Stimme zu einem kaum hörbaren Flüstern – »Sex fragen dürfen.« Brutus räusperte sich verlegen, dann fuhr er in normaler Tonlage fort: »Immerhin war sie von diesem schmierigen Typen aus Palermo schon nach einem halben Jahr schwanger.«

»Der hatte eventuell eine etwas andere Strategie«, gab Jacopo amüsiert zu bedenken.

Giulia nickte und streichelte ihrem Freund über den Arm. Sie war sich sicher, dass Brutus noch einige andere Frauen »gefragt« hatte, wie er sich ausdrückte – dass es allerdings jemals geklappt hatte, wagte sie zu bezweifeln.

Brutus drückte mit seiner Gabel den Hummus auf seinem Teller breit und schaute verdrießlich in Richtung Bar, hinter der die Wirtin die bestellten Getränke zapfte. »Dass sich Fabrizio aber auch nicht durchsetzen kann und dem Spektakel ein Ende macht. Noch nie haben Italiener Kichererbsen gegessen. Das ist absolut … unnatürlich.« Er rümpfte die Nase und schob sein kaum angerührtes Essen beiseite.

Jacopo lachte. »Wenn du es nicht magst, nehme ich es gern«, sagte er, griff nach Brutus' Teller und reichte ihm seinen leeren herüber.

Fabrizio servierte das Hauptgericht. »Gemüsecouscous mit Datteln«, sagte er mit angewidertem Unterton und fügte an Brutus gewandt hinzu: »Du kannst noch Nachschlag von dem Hummus haben. Der ist sowieso übrig.«

Brutus hob abwehrend die Hände. »Nein, nein … danke. Aber kann ich vielleicht etwas *Saltimbocca* bekommen, darf auch von gestern sein.«

Fabrizio stellte die Teller auf den Tisch, beugte sich zu Brutus herunter und flüsterte verschwörerisch: »Ich durfte nichts anderes zubereiten als diesen orientalischen Kram. In meiner Küche riecht es so penetrant nach Kardamon und Kreuzkümmel, dass sich nicht einmal mehr die Katze hereintraut.« Er wischte sich mit einem über seiner Schulter hängenden Tuch den Schweiß von der Stirn. »Alles, was noch übrig war, habe ich vertilgt. Du musst leider den Couscous essen. Wenn man sich einmal an den Geschmack gewöhnt hat, geht es auch runter.«

Brutus murrte, folgte aber Fabrizios Aufforderung. »Ab heute komme ich dienstags nur noch zum Trinken mit.«

Giulia tätschelte ihm erneut den Arm. »Die Weißwürste mit Sauerkraut, die es letzte Woche gab, haben dir auch geschmeckt.«

»Das war deutsches Essen. Da kenne ich wenigstens die Zutaten, und lecker sind die obendrein. Am liebsten mag ich allerdings diese Rouladen vom Rind mit Klößen. Und Schweinshaxe. Tja, die Fleischeslust der Deutschen …«, entgegnete Brutus grinsend und biss sich, kaum dass er den Satz beendet hatte, auf die Zunge. »Die arme Signora Krüger. Das hat sie nicht verdient. Mir wird ihr Kräuterschnaps fehlen. Die Art, wie sie mir immer das Gesicht gestreichelt hat, auch.« Er schien den Tränen nah.

»Sie hat *was*?«, fragte Jacopo erstaunt, noch bevor Giulia, die das Gleiche gedacht hatte, reagieren konnte.

Brutus ließ von seinem Essen ab und lehnte sich entgeistert zurück. »Jetzt bitte ich euch aber. Das war doch eine nette Geste von ihr.«

»Wann hat sie dich denn ›gestreichelt‹?«, wollte Giulia mit verständnisvoller Stimme wissen.

»Immer wenn ich ihr Apfelsaft vom Bauern mitgebracht habe«, antwortete Brutus arglos.

»Du hast was?«, fragte Jacopo unter schallendem Gelächter.

»Das war kein Umweg für mich«, Brutus winkte ab, »lag quasi auf dem Weg. Keine wilde Sache. Die Kästen waren zu schwer für sie.« Er legte den Kopf schief. »Bloß komisch, dass sie nie Geld im Hause hatte, um den Saft zu bezahlen.«

Giulia schaute ihren Freund mit großen Augen an. »Du also auch … und ich habe nichts davon mitbekommen«, hauchte sie.

»Du hast ja nie Zeit für deine Freunde«, entgegnete Brutus vorwurfsvoll, um sich gleich darauf dafür zu entschuldigen.

»Für deinen Mann auch nicht«, sagte Jacopo lächelnd und zwickte sie in den Arm. »Den schickst du lieber in die Kirche, damit er das Geläut zusammenflickt.«

Giulia strahlte ihren Mann an. »Das hast du schon erledigt? Danke, du bist wirklich ein Schatz! Dann ist das Requiem für die Krüger wenigstens angemessen abgelaufen.«

»Es war sehr feierlich«, schmatzte Brutus. »Fast schon theatralisch, hätte der Diva sicher gefallen. Dass so viele gekommen sind, auch, ist ja das Mindeste, wenn man so eng zusammenlebt. Die haben sich vielleicht rausgeputzt, also zumindest die Männer. Sahen aus, als wären sie alle vorher in Emmas Friseurzimmer gewesen.«

»Wer war denn da?«, fragte Giulia nach und dachte an die konfiszierten Haare.

Brutus antwortete kauend: »Fast alle.« Er stierte auf seinen Teller und schluckte. »Nicht einmal bei Großvater De Luca war es so voll. Einige haben sogar geweint. Ich war auch kurz davor. Aber deine Mutter hat mich in die Seite gezwickt, und da bin ich doch so kitzlig.«

»Um die Krüger geweint?« Giulia zog eine Augenbraue hoch.

»Mhm. Francesco, Fabrizio und Matteo, ich habe es genau gesehen. Und Giovanni hätte auch geheult, wenn nicht Teresa neben ihm gestanden hätte. Die hat vielleicht ein Gesicht gezogen, richtig fies kann die aussehen. Der arme Giovanni.«

»Na ja, die einzige Chance ist nun kalt, da kann man schon mal ein paar Tränen vergießen«, bemerkte Jacopo grinsend.

»Also bitte«, echauffierte sich Giulia.

Jacopo schaute umgehend ernst. »Pipistrello, du weißt aber schon, dass das Seil der Glocke nicht gerissen war.«

Sie erwiderte nichts und schaute ihn nur verständnislos an.

»Jemand hat es fein säuberlich durchgeschnitten. Ein gerissenes Seil sieht anders aus. Ich würde vermuten, Sabotage, oder …«

»… da wollte mich jemand für dumm verkaufen«, beendete Giulia entgeistert seinen Satz. »Oder mich beschäftigen. Schließlich sind just in dem Moment, als ich auf den Turm der Kirche geklettert war, draußen die gestohlenen Guzzis vorbeigefahren.«

Jacopo fasste nach ihrer Hand und drückte sie fest. »Du kennst sie alle. Wieso siehst du das Offenkundige nicht?«

***

Die Frauen redeten wild durcheinander. Hin und wieder brach eine von ihnen in Tränen aus, worauf sich die anderen auf die Bedauernswerte stürzten, sie tätschelten und in einem fort auf sie einredeten. Hatte die eine ihren Kummer überwunden, flossen bei der nächsten die Tränen, und das Spiel begann von vorn. Zwischen ihnen lief die Wirtin der Osteria *Sali e Tabacchi* hin und her und verteilte große Schlucke aus einer Flasche Limoncello, die sie in einem über ihrem Arm hängenden Korb bei sich trug. Kaum dass die erste Flasche des vierunddreißigprozentigen Zitronenlikörs zur Neige gegangen war, zog sie eine neue hervor und ließ die aufgeregten und mittlerweile durchaus angeheiterten Frauen daran teilhaben.

Giulia stand bereits eine ganze Weile vor der Tür des Besprechungsraumes der *Questura* und lauschte dem Treiben dahinter. Sie war um kurz vor acht im Büro gewesen und hatte Elena gleich nach ihrer Ankunft darum gebeten, die Frauen aus Abbadia Lariana, deren Männern in irgendeiner Form mit der Krüger verbandelt gewesen waren, einzubestellen. Elena hatte sogar eine höchst offizielle Vorladung ausgesprochen, die durch ihre zeitliche Knappheit von zwei Stunden zwischen Einladung und Termin sowie Elenas unnachahmlicher Art eine nicht zu unterschätzende Brisanz bekommen hatte. Die Frauen, das war offensichtlich, waren sich dieses Schachzuges ihrer Commissario sehr wohl bewusst, und sie fürchteten, was da kommen mochte. Giulia ihrerseits war ebenfalls etwas mulmig dabei, ihr halbes Dorf aufs Präsidium zitiert zu haben, aber das durfte man ihr keinesfalls anmerken.

Sie atmete tief durch.

»Wollen wir?« Elena stand neben ihr und machte eine große Kaugummiblase, die ebenso schnell und mit einem lauten Knall wieder in sich zusammenfiel.

Giulia zuckte erschrocken zusammen. Elena sollte mit in die Befragung, natürlich, fürs Protokoll und für ihre Glaubwürdigkeit, sollte die Zorzi später danach fragen. Sie brauchte einen Moment, um ihre Gedanken zu ordnen, dann öffnete sie die Tür.

Die Frauen verstummten augenblicklich und hielten in ihren Bewegungen inne. Nur Eleonora Tommaso, die gerade den Likör angesetzt hatte, trank noch zwei große, gierige Schlucke, bevor sie ihre gesamte Aufmerksamkeit Giulia widmete.

»Alkohol ist in der *Questura* verboten«, blaffte Giulia mit einer ungewohnten Härte in der Stimme, zog sich einen Stuhl heran, bedeutete Elena, es ihr gleichzutun, und setzte sich, ohne den übrigen Damen einen Platz anzubieten. Die standen wie die Lämmer vor der Schlachtbank und starrten sie mit großen Augen an.

Giulia fixierte eine nach der anderen mit festem Blick, dann hob sie an: »Lieber heiliger Antonius, glorreicher Diener Gottes …«

»Na jetzt geht es aber ab hier«, raunte Elena ihr spöttisch zu.

»… du bist berühmt für deine Verdienste und Wunder, hilf uns, die verlorenen Dinge wiederzufinden«, sprach eine der Frauen weiter. Kurz darauf stimmten alle ein. »Lass uns in der Versuchung deine Hilfe erfahren und erleuchte uns den Pfad …«

»Der Campanaro versteckt sich in Matteos alter Hütte, die bei dem kleinen Eichenwäldchen. Du weißt schon, Giuli«, rief eine der Frauen mitten in das Gebet hinein, das umgehend endete.

»Lass meinen Mann aus dem Spiel, du dumme Gans«, fauchte Matteos Gattin. »Er hat damit nichts zu tun.«

»Ach, aber dafür schleppt er dem Campanaro jeden Tag Weißbrot und Käse hinauf«, widersprach die Erste.

Elena schrieb fleißig mit.

»Ich weiß, wo der Campanaro ist«, entgegnete Giulia kalt.

»Aber der heilige Antonius ist dafür da, Verlorenes wiederzufinden, und du hast doch …«, rief eine der Frauen dazwischen.

»Alter Schwede, das wird ja immer abgefahrener«, brummte Elena. »Gleich werfen wir uns noch alle auf die Knie und beten in Richtung Rom.«

Giulia verkniff sich ein Grinsen. »Wie wäre es mit verlorenem Vertrauen.«

Die Frauen schauten einander betreten an. Einige von ihnen liefen rot an, wobei Giulia nicht sagen konnte, ob das nicht vielleicht auch am Limoncello lag.

»Du weißt, wie der junge De Luca ist, Giuli. Ich bitte dich«, sagte jemand. »Immer knapp bei Kasse. So junge Menschen müssen sich ihren Weg eben erst suchen. Du solltest etwas Verständnis haben.«

»Erstaunlich, diese Rechtschaffenheit«, bemerkte Elena spitz.

»Den Weg auf die schiefe Bahn, oder was?«, schnaubte Giulia. »Wir reden nicht über ein paar geklaute Tomaten. Am Wochenende sind fünf teure Motorräder aus unserem Ort verschwunden. Das ist meines Erachtens organisierter Diebstahl. Dafür kann ich De Luca vor Gericht bringen.«

»Die Maschinen der drei Deutschen sind wieder aufgetaucht«, warf eine der Frauen ein. »Die belgischen …«

»Bist du still!«, unterbrach sie eine andere.

Giulia kniff die Augen zusammen. »Die der Belgier werden ihren rechtmäßigen Besitzern auch noch zurückgegeben, da bin ich mir ganz sicher.«

»Aber die haben die Rumänen doch bereits abgeholt«, wusste Eleonora Tommaso. »Ihr Lieferwagen stand Samstagnacht auf dem Parkplatz neben St. Antonio. Am Morgen war er weg.«

»Die sind ganz schön fix, die Burschen«, warf die Wirtin der Osteria *Sali e Tabacchi* trocken ein.

»Das sagst ausgerechnet du.« Giulia hatte Mühe, ihre Wut zu unterdrücken. »Die Motorradfahrer waren Gäste in *deiner* Osteria. Sie haben sogar bei euch genächtigt. Ihr lebt doch auch von den Touristen. Das ist eine himmelschreiende Sauerei, dabei zuzusehen, wie sie ausgeraubt werden.«

»Nettes Völkchen auf deinem Berg«, sagte Elena und hüstelte.

»Aber der junge De Luca braucht das Geld.«

»Wenn die auf solchen Maschinen zu uns an den See kommen können, sind das keine Armen.«

»Wir müssen uns gegenseitig helfen, zusammenhalten, das sagt Prete Filippo auch immer.«

»Die Gemeinschaft ist wichtig.«

»Schluss jetzt!« Giulia sprang auf. »Hört auf! Ihr lügt, betrügt, stehlt, hintergeht. Was kommt als Nächstes? Mord?«

»Saubere Überleitung«, murmelte Elena.

Die Frauen zuckten zusammen.

»An nur einem Wochenende haben wir bei uns auf dem Berg so ziemlich alles aufgefahren, was an Straftaten möglich ist.« Giulia trug ganz bewusst etwas dicker auf. »Schwerer Diebstahl in mehreren Fällen, Mitwisserschaft, Beihilfe zur Flucht eines Tatverdächtigen und …«, sie machte eine gewichtige Pause, »Mord.«

»Bei den Straftaten übertreibst du aber ein wenig, Giuli. Mit Drogen haben wir zum Beispiel nichts zu tun«, meldete sich eine der Frauen mit naiver Stimme.

»Quatsch, der junge De Luca hat bei der *Cascata* …«, hob Eleonora Tommaso an.

»Halt den Mund«, zischte die neben ihr Stehende und rammte ihr dabei den Ellenbogen in die Seite.

»Was denn, Giuli hat doch gefragt? Außerdem ist das Cannabisfeld kaum zu übersehen«, fuhr Eleonora Tommaso unbedarft fort.

»Du sollst ruhig sein. Privater Hanfanbau ist illegal«, raunte eine andere. »Wir könnten alle ins Gefängnis wandern.«

Elena kreischte auf und hielt sich dann die Hand vor den Mund. Sie räusperte sich. »Commissario, du hast Prostitution vergessen«, sagte sie dann laut und deutlich in die Runde.

Jetzt hätte man eine Stecknadel fallen hören können.

Giulia überging die Bemerkung. »Eine unserer Dorfbewohnerinnen, Angelika Krüger, wurde ermordet aufgefunden. Möchte mir eine von euch dazu etwas sagen?« Sie fixierte Nadia, die Frau von Fabio Romano. Die lief rot an und senkte den Kopf.

Die Wirtin der Osteria trat nach vorn und machte ein ernstes Gesicht. »Sie war kein guter Mensch, Giuli. Aber bei allen Meinungsverschiedenheiten, wir sind keine Mörderinnen. Das weißt du.« Sie nestelte an dem Tuch, was über ihren Korb gespannt war, zog ein Blatt Papier hervor und streckte es Giulia entgegen.

Die warf einen kurzen Blick darauf. Jede der Frauen hatte minutiös ihr Tun am vergangenen Wochenende, von Samstagabend bis Sonntagmorgen, aufgelistet. Wenn das die Wahrheit war, konnte keine von ihnen die Krüger umgebracht haben.

***

»Ich verstehe nicht, warum du sie nicht danach gefragt hast«, maulte Elena, als sie zurück in ihrem Büro waren.

»Das war nicht notwendig. Sie haben ein Alibi«, erwiderte Giulia.

Elena stützte die Hände in die Hüften und musterte Giulia kritisch. »Ihre Männer hatten alle ein Techtelmechtel mit der Krüger. Die Frauen haben ein Motiv und einen ausgewachsenen Hang zu gesetzeswidrigem Verhalten. Also nicht nur, dass sie den Grad zwischen Recht und Unrecht augenscheinlich fehlinterpretieren, sie sind sich dabei auch noch keiner Schuld bewusst, ich sage nur: Motorräder.« Sie drehte sich um, nahm Schwamm und Stift von ihrem Schreibtisch, wischte die roten Pfeile weg, die zwischen den Dörflern und der Krüger auf ihrem Whiteboard hin- und herführten, und ersetzte sie durch schwarze. Dabei konnte sie es nicht lassen, Giulia aus dem Augenwinkel und mit eingefrorener Miene zu beobachten.

Irgendwann wandte sie sich ihr zu und sagte: »Soll ich dir was sagen, Commissario Cesare – du hast Angst. Du hast Angst vor deinen eigenen Leuten. Du denkst, wenn einer von ihnen ein Mörder ist, fliegt dir der Laden da oben um die Ohren. Dein heiliges Dorf. Meine Güte, Giulia, es sind alles nur Menschen, und du bist eine Commissario, die von ihrer Vorgesetzten genauestens beäugt wird. Weißt du, was du mit deiner Sentimentalität aufs Spiel setzt?«

Giulia stand auf und verließ das Büro. Nein, Angst würde sie das, was sie empfand, nicht nennen. Wut und Enttäuschung trafen es schon eher.

Zwei Stunden später fuhr ein Kleinbus der *Questura*, Abteilung Rauschmittel, den Berg nach Abbadia Lariana hinauf. Mit Giulias vortrefflicher Wegbeschreibung fanden die Kollegen die im dichten Wald liegende *Cascata* und die auf der gegenüberliegenden Lichtung angelegte Hanfplantage ohne Probleme. Der junge De Luca, der gerade mit der Ernte beschäftigt gewesen war, hatte die Beamten rechtzeitig kommen hören und konnte dank seiner hervorragenden Kenntnis dieses unwegsamen Geländes unerkannt verschwinden. Es dauerte Stunden, bis die Polizei die Pflanzen gesichert und abtransportiert hatte. Erstaunlicherweise war sie dabei von niemandem aus der Gemeinde gestört worden, obwohl dieses Plätzchen hier oben nicht nur Kastanienbäume, Pilze und Beerensträucher sowie saftige Ziegenweiden bot, sondern darüber hinaus noch als eines der schönsten Wanderziele der Gegend galt. Nur einem Menschen waren die erstaunten Ordnungskräfte begegnet: Angelo, dem Einsiedler, der seine Hütte neben der *Cascata* hatte und dem, wenn man es genau nahm, das Feld gehörte, auf dem der junge De Luca seine Hanfplantage betrieb. Angelo war ihnen mit offenem Hemd, herabhängenden Hosenträgern und auf seltsame Weise tänzelnd entgegengekommen. Diese auffällige Heiterkeit war jedoch nicht dem unerwarteten Besuch geschuldet, sondern hatte an der etwas zu üppigen Keksanzahl gelegen, die der gutmütige, ein wenig schlichte Angelo mit großem Appetit verspeist hatte. Angelo hatte seine Begeisterung für das Gebäck, das die gute Maria Cesare einmal in der Woche nach einem alten Familienrezept für ihn backte, überschwänglich kundgetan und zum Beweis jedem der Polizisten eine Kostprobe angeboten. Glücklicherweise war seine Zunge schneller als sein Verstand, und so hatte die Tatsache, dass Marias Wunderplätzchen ihm die Schmerzen aus den arthritischen Gelenken pusteten, einen Massenrausch verhindert und den alten Angelo nach über vierzig Jahren das erste Mal wieder nach Lecco gebracht. Das Verhör der Drogenfahndung hatte allerdings nicht lange gedauert, da der alte Mann nicht nur eine durch und durch ehrliche Haut war, sondern in puncto Hanfplantage auch noch eine so überbordende Ahnungslosigkeit und Naivität an den Tag legte, dass die Polizisten ihm beim besten Willen keine Mittäterschaft nachweisen konnten. Angelo wollte vor lauter Aufregung nicht einmal mehr wissen, wer sein Feld bestellt hatte, und da es keinen ordentlichen Pachtvertrag gab, war alles weitere Nachbohren müßig gewesen. Der Einsiedler vertrat den Standpunkt, dass die Natur ohnehin tat, was sie wollte, und wenn sie beschlossen hatte, direkt vor seiner Haustür diese wunderschöne Pflanze in vielfacher Ausfertigung wachsen zu lassen, dann sollte das so sein. Dass Giulia ihm nach zwei Stunden in ihrem Büro und mehreren Tassen Espresso am See noch ein Eis spendiert hatte, war ihm ein sichtliches Vergnügen gewesen, das nur durch das erneute Einsetzen seines Arthroseschmerzes ein wenig getrübt wurde. Bei allem Verständnis, das Giulia gezeigt hatte – aber eine Commissario, die einen zugekifften Greis durch die Stadt führte, das ging dann allerdings etwas zu weit.

Etwa zeitgleich zu der Drogenaktion nahmen nur wenige Hundert Meter entfernt zwei Mitarbeiter der kriminalpolizeilichen Abteilung den Campanaro Chiapponi in einer Waldhütte fest. Das Repetiergewehr, mit dem er auf die Polizisten zielte, versagte kläglich und konnte problemlos konfisziert werden. Dass ihn die Technik im Stich ließ, verwirrte den Alten dermaßen, dass er ohne weitere Gegenwehr abgeführt und in eine Untersuchungszelle auf die *Questura* nach Lecco gebracht werden konnte. Dort saß er nun und wartete auf Commissario Giulia Cesare; aber die hatte zunächst Wichtigeres zu tun.

7

»Was rauscht denn so bei dir?«, fragte Professore Fontana genervt, kaum dass Giulia das Telefonat entgegengenommen hatte. »Diese Hintergrundgeräusche machen ein Gespräch ja unmöglich.«

Hab dich nicht so, dachte Giulia und lenkte den Fiat mit der rechten Hand durch die Tunnel der Strada stratale Richtung Varenna, während sie mit der linken das Mobiltelefon an ihr Ohr drückte. Die Hitze des heutigen Tages war nur durch das geöffnete Verdeck zu ertragen, wenn man wie sie in einem Auto ohne Klimaanlage unterwegs war. Dabei nahm sie gern die paar Tropfen Kondenswasser, die von den Tunneldecken tropften, und die nach Abgasen riechende Luft in Kauf. »Ich sitze im Auto.«

»In deinem alten Cabriolet«, lachte Fontana. »Kein Wunder, dass mir gleich das Trommelfell platzt. Wollen wir unser Gespräch nicht vertagen?«

»Keine Zeit. Wenn ich die Tunnel hinter mir habe, wird es erträglicher«, erwiderte Giulia. »Wie geht es Cinzia?«

»Wem?«

»Na deiner jungen Freundin vom Sonntag. Der Pharmaziestudentin.« Giulia klemmte das Mobiltelefon zwischen Ohr und Schulter und legte die linke Hand ans Lenkrad, da sie die rechte zum Schalten brauchte. »Diese Touristen machen mich wahnsinnig. Schleichen am See entlang, als befänden sie sich auf einer Trauerprozession«, murmelte sie vor sich hin.

»Ach, Cinzia …«, entgegnete Fontana. »Keine Ahnung. Wieso fragst du?«

Giulia verdrehte die Augen. »Vergiss es, Fontana. Warum rufst du an?«

»Na gut«, blaffte Fontana. »Die Sache mit deiner Deutschen hat mich beschäftigt, zumal sie ja nicht irgendwer gewesen ist. Ich habe ein bisschen recherchiert.« Er schnalzte mit der Zunge. »Du weißt ja, ich unterbreche meine Untersuchungen zuweilen und friere meine Leutchen zwischendurch gern noch mal ein, nur um dann wieder von vorn anzufangen. Das ist, wie wenn du schon dreißig Jahre verheiratet bist und dann so tust, als würdest du dich gerade erst kennenlernen.« Ein kehliges Lachen schallte durch das Telefon. »Manchmal muss man eben einfach den Resetknopf drücken. Das hilft.«

»Was hast du gefunden?«, fragte Giulia ungeduldig. Ihre Schulter drohte durch die unbequeme Haltung einzuschlafen, und das Gespräch war aufgrund der Geräuschkulisse tatsächlich mehr als anstrengend. Abgesehen davon wollte sie halbwegs pünktlich in Varenna sein.

»Die Teutonin hatte einen mächtigen Splitter an der Innenseite des rechten Zeigefingers. Kastanienholz. Ich vermute biologisch behandelt, also pestizidfrei, aber bei dem kleinen Stückchen kann ich das nicht genau sagen. Man weiß ja nie, ob die Handwerker nicht einfach schlampig gearbeitet haben. Wir sind schließlich in Italien!« Er lachte polternd.

»Aha«, bemerkte Giulia unbeeindruckt.

»Da der Entzündungsprozess noch nicht eingesetzt hatte, muss sie sich den Splitter kurz vor ihrem Tod zugezogen haben.« Fontana machte eine bedeutsame Pause, bevor er weitererzählte. »Wenn du wissen willst, wo sie ermordet wurde, solltest du nach behandeltem Kastanienholz suchen.«

»Oje, Fontana, das hört sich nach der Nadel im Heuhaufen an«, seufzte Giulia. »Und du meinst nicht, dass der Splitter schon älter sein könnte?«

»Natürlich, wenn die schöne Deutsche auf Schmerzen stand«, knurrte der Rechtsmediziner. »Jeder, der sich so einen Splitter zuzieht, setzt alles daran, ihn sofort wieder loszuwerden. Das kannst du mir glauben. Soll ich dir ein Foto schicken?«

Giulia schlug das Angebot aus: »Nicht nötig! Kastanienholz also.

Danke, dass du dir die Mühe gemacht hast.« Sie seufzte schwer. »Das Ganze wird immer verzwickter.«

»Du kriegst das schon hin, wie du alles hinkriegst, Giuli«, tröstete Fontana.

»Was hast du noch?« Giulia wusste, dass der Professore hin und wieder gefragt werden wollte, bevor er mit einer Information herausrückte.

»Der Morgenmantel«, begann Fontana verheißungsvoll.

»Was ist damit?« Giulia übte sich in Geduld.

»Der ist eindeutig von der Krüger. Das beweisen die Hautschuppen. Aber«, er holte tief Luft, »während ihrer Ermordung kann sie den unmöglich getragen haben. Keine Rückstände von Barolo und Blut, nichts. Das kann man nicht spurlos herauswaschen, nicht aus Seide, falls du das fragen wolltest.«

Das wollte Giulia nicht. »Dann suchen wir also nach einem zweiten weißen Morgenmantel.« Es sei denn, die Krüger war in der Nacht noch einmal, unbemerkt von ihrem Nachbarn Fabio Romano, nach Hause zurückgekehrt und hatte sich umgezogen. Oder sie war nackt wieder auf die Straße gegangen?

»Sieht ganz danach aus. Was die Haarproben angeht – meine Güte, Giulia, ich habe dir ja so einiges zugetraut, aber den Müll eines Friseursalons zu durchforsten … Dass das illegal ist, muss ich dir nicht sagen.« Er schnalzte mit der Zunge. »Jedenfalls war es keiner von den frisch frisierten Herren, der bei dem Stelldichein mit deiner Leiche seine Spuren hinterlassen hat.«

Giulia blies erleichtert die Wangen auf und ließ die Luft geräuschvoll entweichen.

»Die Ziege übrigens auch nicht«, schob Fontana ironisch hinterher.

»Sehr witzig.« Giulia hatte keinen Nerv für blöde Sprüche.

»Kein Witz, meine Liebe. In der einen Probe war tatsächlich auch Ziegenhaar; ganz eindeutig, nicht derartige Mengen, dass man auf einen Kurzhaarschnitt schließen könnte, aber immerhin«, sagte Fontana.

Giulia lachte laut auf. Sie dachte an Matteo und dessen innige Liebe zu seinen Tieren. So waren ihre Leute vom Berg, so mochte sie sie.

»Ich würde mich darüber allerdings im Bericht ausschweigen. Man weiß ja nie, wer so etwas in den falschen Hals bekommt«, erwiderte Fontana und lachte ebenfalls.

»Ich danke dir.« Giulia hörte ihn nicht mehr und befürchtete, dass das Funknetz zu schwach war. »Professore? Bist du noch dran?«

»Ich bin da«, sagte Fontana.

»Was ist mit dem einzelnen Haar, dem von Fabio Romano?«, fragte sie schnell.

»Auch der hatte nicht das Vergnügen, nein. Allerdings muss ich dir sagen, dass die Corticosteroide darauf schließen lassen, das der gute Mann ziemlich unter Stress steht. Tja, eine Haaranalytik lüftet so manches Geheimnis.«

»Ach, du hast also wieder experimentiert«, entgegnete Giulia mit einem müden Lächeln.

»Der Mann hat massiven Stress oder steckt in einem depressiven Schub. Eine Schwangerschaft lässt sich wohl ausschließen. Auch dann steigt die Konzentration dieses Hormons.«

»Das mit dem Stress glaube ich gern. Er ist normalerweise päpstlicher als der Papst, und Ehebruch, na ja, du weißt doch, wie die Katholiken sind.«

»Natürlich. Ich bin schließlich selbst einer.« Fontana brummte. »Verstehe. Bei ihm bist du dir also sicher, dass er das sechste Gebot gebrochen hat. Mit der Krüger?«, sagte Fontana.

»Ja, und nicht nur das sechste. Unser Mörder ist er aber wohl nicht«, antwortete Giulia leicht resigniert.

»Hm. Wie weit bist du eigentlich ansonsten mit dem Fall?«

»Du, die Verbindung wird gerade ziemlich schlecht. Ich melde mich«, flunkerte Giulia, legte auf und warf das Handy auf den Beifahrersitz. Das Ortsschild von Varenna tauchte vor ihr auf, und sie verspürte keine Lust, Jacopo warten zu lassen. Immerhin kam es nicht allzu häufig vor, dass sie mitten in der Woche Zeit für ein gemeinsames Mittagessen fanden.

***

Das kleine Café, das Jacopo ausgesucht hatte, lag direkt an der Seepromenade von Varenna. Die Sitzgelegenheiten im Außenbereich des Lokals waren auf einer Art Brandungsmauer aufgestellt worden, die von steinernen Arkaden überdacht wurde und damit einen sonnengeschützten Platz direkt am Wasser bot. Die Miniterrasse fasste kaum die drei nebeneinanderstehenden schmalen Tische, die mit den unverkennbar grün-weiß karierten Decken der hiesigen Lokale belegt waren. Jacopo saß inmitten einer Gruppe englischer Touristen und beobachtete ein älteres Pärchen, das keine drei Meter neben ihm verzweifelt versuchte, sein Boot wieder in Gang zu bringen. Vor Jacopo auf dem Tisch standen zwei Gläser Prosecco und zwei Portionen *Risotto Pesce Persico*, der berühmte cremige Reis mit Seebarsch, den Giulia so sehr mochte. Auf ihrem Teller fehlte allerdings bereits das obligatorische Salbeiblatt, auf dem Jacopo, der wusste, wie sehr seine Angetraute das Gewürzkraut verabscheute, genüsslich kaute. Er hatte sie noch nicht entdeckt. Während sie sich an den Engländern vorbeischlängelte, griff er nach dem Salbeiblatt auf seinem eigenen Teller und schob es sich in den Mund. Ohne sich vorher bemerkbar zu machen, küsste sie ihn auf den Hals, worauf er erschrocken zusammenzuckte.

»Pipistrello! Meine Güte, hast du mich erschreckt.« Jacopo sprang auf, drückte ihr einen Kuss auf die Lippen und strahlte sie an. »Setz dich, wir haben etwas zu feiern.« Er schob ihr eines der Gläser hin, wobei sie ihm ansah, dass er kaum noch an sich halten konnte.

»Jetzt sag schon«, forderte Giulia, amüsiert über seine kindliche Freude.

»Ich werde in Bellagio ein Bootshaus sanieren, von Grund auf, mit allem Drum und Dran.« Er setzte sein Glas an und trank einen großen Schluck. Als ihm gewahr wurde, dass er vergessen hatte, ihr zuzuprosten, senkte er leicht den Blick, streckte ihr das Glas entgegen und schmetterte: »*Salute,* meine Süße!«

Giulia stieß mit ihm an. So ausgelassen hatte sie ihren stets besonnenen und zurückhaltenden Jacopo bisher selten gesehen. »Ein altes, antikes?«, fragte sie nach.

Er nickte eilig. »Baujahr 1890. Nach Originalplänen. Ich werde mindestens ein halbes Jahr zu tun haben. Nicht nur, dass mein Unternehmen damit auf sicheren Füßen steht, mit dem Projekt kann ich mir auch einen Namen machen. Der Auftraggeber ist quasi ein Promi und hat viele, viele Promifreunde …« Jacopo begann hektisch seinen Reis zu löffeln. »Entschuldige, aber ich hatte heute kein Frühstück«, er zwinkerte ihr zu. »Und ich muss dann auch gleich wieder los. Die alten Zeichnungen sind kaum lesbar. Ich werde nach Lecco müssen, um einen ordentlichen Kopierer aufzutreiben.«

Sie begann ebenfalls zu essen. Der cremige Reis mit dem feinen Geschmack nach Butter und Käse zerging auf der Zunge. »Das ist ja toll. Glückwunsch!«

»Das ist das, worauf ich so lange gewartet habe. Von den alten Bootshäusern gibt es nur noch einige wenige. Komplett aus Holz. Sie stehen sogar auf Holzpfählen im See. Ich habe noch keinen Schimmer, wie ich das machen soll. Das ist eine echte Herausforderung.« Er strahlte. »Aber so etwas muss man erhalten. Das hat einen enormen Wert.« Seine Worte überschlugen sich. »Ich muss herausfinden, wie die Baumeister das damals gemacht haben. Die Alten waren nicht dumm, im Gegenteil. Früher gab es diesen ganzen Blödsinn noch nicht, mit dem heutzutage unsere Baumärkte vollgestellt sind. Die mussten sich was einfallen lassen.«

»Das weiß ich doch.« Sie lächelte und ließ Jacopo in seinem Freudentaumel gewähren. Das war nichts, was er ihr nicht an anderer Stelle bereits erzählt hatte, aber sie schaute ihn interessiert an und freute sich über seine Euphorie. Nebenbei genoss sie ihr Mittagessen.

»Der Auftraggeber, Roberto Ferri, war einmal ein berühmter Tänzer. Er lebt allein mit seiner Haushälterin in dieser traumhaften Villa. Ich frage mich, wie man mit dem Tanzen so viel Geld verdienen kann.« Jacopo schüttelte den Kopf. In seinem Bart war ein halbes Reiskorn kleben geblieben. Giulia griff nach ihrer Serviette und nahm es auf. »Dabei hat er nicht einmal ein Boot. Es geht ihm nur darum, die Villa wieder in ihren ursprünglichen Zustand zu bringen. Dazu gehört eben auch das verfallene Bootshaus.«

»Wie sagst du, heißt der Mann?«, fragte Giulia zögerlich.

»Roberto Ferri. Ein beeindruckender Mensch, dem es noch um echtes Handwerk geht. Nicht schnell, schnell und schönes, wetterfestes Plastik, Hauptsache, haltbar.« Jacopo kratzte mit seinem Löffel die Reste auf seinem Teller zusammen. »Handwerk ist Kunstwerk, das hat er sofort verstanden.« Er tupfte sich seinen Mund mit der Papierserviette ab, streckte Giulia das Kinn entgegen und wartete darauf, dass sie alles für sauber befand.

Sie nickte und streichelte ihm über die Wange.

»Entschuldige, aber die Zeit drängt.« Er ließ die Serviette auf den Tisch fallen und schaute Giulia fragend an. »Du bist nicht böse, Pipistrello, oder?« Dabei hatte er sich schon mit beiden Händen auf den Stuhllehnen abgestützt und war im Aufstehen begriffen.

»Beeil dich, du hast viel zu tun«, antwortete sie bemüht fröhlich.

Jacopo sprang auf, küsste sie auf die Stirn und eilte davon. Im Gehen drehte er sich noch einmal zu ihr um, warf ihr einen Luftkuss zu und rief: »Die Rechnung ist bezahlt!« Dann war er im bunten Gewimmel der Touristen verschwunden.

Giulia legte ihr Besteck auf dem Tellerrand ab, lehnte sich auf dem Bistrostuhl zurück und ließ den Blick über den See wandern. Das ältere Paar war mit laut knatterndem Bootsmotor davongefahren. Sie dachte an Jacopo und wie glücklich er gerade gewesen war. Viele anstrengende Jahre waren vergangen, bis Jacopos Ein-Mann-Restaurationsbetrieb so lief, wie er sich das vorgestellt hatte. Anfänglich hatte er jeden Auftrag annehmen müssen, von einfachen Malerarbeiten bis zum Mauern von Regenwasserzisternen. Aber je mehr sich herumgesprochen hatte, welches Talent in Giulias Mann steckte, umso öfter fragten die Leute nach außergewöhnlichen Restaurationsarbeiten. Italien war bekannt für seine immensen Kulturschätze, auch weitab von UNESCO-Welterbestätten und touristischen Attraktionen. Noch im hintersten italienischen Dörfchen konnte man auf historische Bauwerke, antiken Fassadenschmuck, aufsehenerregende Palazzi, Fresken oder Skulpturen stoßen. Die Statistiken zählten etwa 4,7 Millionen Objekte, wie viele es wirklich waren, konnte niemand genau sagen. Wenn man in Italien in der Erde wühlte, konnte einem alles entgegenkommen, vom Müll des Nachbarn bis zum linken Oberarm der Venus von Milo, pflegte Jacopo gern zu spötteln. Das Land war ein einziges riesiges Freilichtmuseum. Und Jacopo Pavese dessen selbst ernannter Retter. Was der italienische Staat schon lange nicht mehr leisten konnte, übernahmen vermehrt Privatleute, die ihre Leidenschaft für die Schätze der Geschichte oder einfach nur für ihr Eigentum entdeckten und Handwerker wie Jacopo engagierten. In Italien hatte sich in den letzten Jahren dahin gehend einiges geändert. Glücklicherweise, wie Giulia fand. Jetzt war es Roberto Ferri, der beste Freund, Vertraute und allem Anschein nach dubioser Geschäftspartner von Giulias aktueller Leiche, der nach Jacopos Arbeit verlangte. Nur ein Zufall? Sie hatte Jacopo nicht sagen können, dass ihr das halb verfallene Bootshaus während ihres Besuches bei Roberto Ferri aufgefallen war, dass Ferri nach aktuellen Erkenntnissen tiefer in den Fall verwickelt sein musste, als sie es zunächst angenommen hatte, und dass es in einer Mordermittlung selten Zufälle gab. Vor allem keine, die den Ehemann der leitenden Commissario zum Auftragnehmer eines wichtigen Zeugen werden ließen. Was vielerorts in Italien womöglich überhaupt kein Problem darstellte, ging für Giulia nicht zusammen. Und es würde Jacopo tief kränken.

Giulia hatte fast nichts von ihrem Fisch gegessen, und sie verspürte auch keinerlei Appetit mehr. Sachte schob sie den halb vollen Teller zur Mitte des Tisches, leerte ihr Glas und wollte gerade gehen, als ihr Mobiltelefon sich meldete.

»Giuli, entschuldige die Störung, aber das ist hier gerade eine Atmosphäre wie auf dem Mailänder Hauptbahnhof in der Rushhour«, meldete sich ihre Assistentin Elena hörbar erregt.

»Hast du mit Nadia Romano gesprochen?«, fragte Giulia übergangslos.

»Hä, was? Natürlich«, stutzte Elena. »Sie war bis kurz nach eins auf dem Fest, hat sich von einem Freund nach Hause bringen lassen, und dort haben die beiden zusammen mit ihrem Mann noch eine Flasche Wein geleert. Sie haben Fabio Romano wohl auf dem Sofa schlafend vorgefunden. Der Freund bestätigt das. Das Fernsehprogramm habe ich auch abgeglichen. Das mit den Kurznachrichten an seine Töchter ist ebenfalls korrekt. Damit hätte er nicht genügend Zeit gehabt, die Krüger aufzusuchen, wo auch immer, sie zu erschlagen und ihre Leiche zur Kirche zu bringen. Ihre Klamotten müsste er auch noch irgendwo entsorgt haben, und das so gut, dass Risos Leute sie bis jetzt nicht gefunden haben. Kurzum: Fabio Romano kann es nicht gewesen sein. Ich hätte es trotzdem gut gefunden, wenn du mich vorab mal eingeweiht hättest. Mir war überhaupt nicht klar, dass Romano für dich einer der Hauptverdächtigen ist.«

»War. Er war einer der Verdächtigen«, entgegnete Giulia mürrisch. »Hat sich hiermit erledigt.« Sie war einen Moment lang unschlüssig, ob es ihr lieber gewesen wäre, wenn sie mit Fabio Romano den Mörder der Krüger ausgemacht und damit Roberto Ferri aus der Schusslinie genommen hätte. Für Jacopo und sein Bauprojekt hätte sie sich das wirklich gewünscht. Aber für Fabio und die Leute in ihrem Dorf?

»Na, du bist ja heute drauf – heiliges Italien. Ich weiß auch nicht, warum du immer abdrehst, wenn es um deine Mannen da oben in der Pampa geht ...«

»Was gibt es zu Roberto Ferri?«, fiel Giulia ihr ins Wort.

»Sklaventreiberin«, blaffte Elena und blätterte geräuschvoll in ihren Unterlagen. »Ferri hat eine weiße Weste, zumindest offiziell, und er ist pleite. Komplett. Er hat keinen müden Euro mehr. Seine Altersversorgung ist auch bei Weitem nicht so üppig wie die der Krüger. So wie es aussieht, geht alles für die laufenden Kosten seiner Villa drauf. In Sachen üppiger Lebensstil konnte ich auf seinen Konten nichts finden. Aber man weiß ja nie, ob die Leute nicht noch einen Sparstrumpf unterm Kopfkissen haben.«

Giulia spürte, wie sich ihr Herz zusammenkrampfte. Roberto Ferri hatte kein Geld, beauftragte aber Jacopo mit der Reparatur eines Bootshauses, das keiner brauchte. Die Sache stank zum Himmel.

Giulia hörte Elena atmen. Dann wurden Stimmen laut. Die Zorzi zeterte. Eine Tür knallte. Elena fluchte.

»Was ist los?«, fragte Giulia.

»Das wollte ich dir die ganze Zeit erzählen. Die Zorzi knöpft sich jetzt den Campanaro Chiapponi vor. Sie sagt, du seist augenscheinlich mit dem Fall überfordert und anderweitig beschäftigt. Genauer gesagt, geht sie davon aus, dass du gerade einer Oma die Einkaufstüten über die Straße trägst oder deren Dackel Gassi führst. Das waren ihre Worte.« Elena schnaufte. »Ich befürchte, das gibt einen Riesenärger. Der Alte ist von deinem Berg. Du solltest schnell kommen, nicht dass noch ein Unglück passiert.«

***

Es waren exakt 19,3 Kilometer von Varenna bis zu Giulias Parkplatz auf dem Gelände der *Questura* in Lecco. Die Straße führte überwiegend am See entlang, der in der Mittagssonne funkelte wie ein Diamant. Hier und da quetschte sich mal ein Haus zwischen Fahrbahn und Lago, dessen von Staub und Abgasen ergraute Fassade mitunter fast bis an die Seitenlinie heranreichte und das so trostlos wirkte, als hätten es seine Bewohner schon vor Jahren verlassen. Bei genauerem Hinsehen jedoch – soweit das durch hohe Zäune mit fleckigen Sichtschutzmatten und baumgroßen roten, weißen und rosa Orleanderbüschen möglich war – offenbarte sich eine herrschaftliche Villa mit Balkonen und Terrassen und einem überaus gepflegten und ebenso üppigen Gartenparadies, das nicht selten bis hinunter zum Uferrand reichte und dort mit einer privaten Bootsanlegestelle den Luxus komplettierte. Wer sich ein Haus in direkter Seelage leisten konnte, verspürte nicht immer das Bedürfnis, dies auch auf den ersten Blick zu zeigen. Sicherlich waren die Häuser an der Strada stratale nicht das Mondänste, was der Lago in Sachen Architektur zu bieten hatte, für eine Commissario in der *Questura* Lecco aber waren sie unerschwinglich.

Giulia fuhr mit hohem Tempo auf der Schnellstraße, ohne auf das Vorbeiziehende zu achten. Nur in den Tunneln drosselte sie die Geschwindigkeit, denn nicht selten standen die Kollegen der *Polizia Municipale* an deren Ende und straften die Verkehrssünder mit empfindlich hohen Bußgeldern. Der Fiat gab sein Bestes und unterstrich dies mit dem lauten Quietschen seiner Reifen, sobald Giulia ihn ein wenig zu zügig über die kurvenreiche Strecke lenkte. Mit allem Vorgeplänkel, das ein Verhör aus rechtlicher Sicht notwendig machte und auf das die stets auf Korrektheit bedachte Zorzi unmöglich verzichten würde, sollte Giulias Chefin derzeit noch nicht weiter als bis zur Belehrung des Befragten gekommen sein. Wenn Chiappi, so wie Giulia ihn kannte, bereits nach der Begrüßung zu pöbeln angefangen hatte – das wichtigtuerische Auftreten der Zorzi dürfte dies noch befeuern –, würde ihre Chefin noch nicht einmal das Pflichtprogramm absolviert haben. In zwanzig Minuten konnte sie dort sein und den Campanaro aus seiner misslichen Lage befreien beziehungsweise – und das war nüchtern betrachtet eher der Grund ihrer Eile – die Einmischungen und das Kompetenzgerangel ihrer Vorgesetzten verhindern. Giulia war die Commissario, sie leitete die Ermittlungen und damit das operative Geschäft. Der Zorzi kam es zu, sich berichten zu lassen, aber bitte erst, wenn Giulias Nachforschungen ein brauchbares Ergebnis aufwiesen, so viel Zeit musste schon sein. Zehn Minuten hatte sie noch. Dieser Fall allerdings stellte für Giulia aufgrund seiner Verbindung zu den Bewohnern ihres Dorfes und damit zu sich selbst eine echte Herausforderung dar. Denn was einen emotional gefangen hält, das kann man nicht neutral von außen betrachten, auch wenn sie dies in den vergangenen Tagen immer wieder versucht hatte.

Giulia kämpfte mit dem Durcheinander in ihrem Kopf. Der Campanaro Chiapponi hatte die Krüger jahrzehntelang attackiert, ohne sie oder einen ihrer Gäste jemals ernsthaft zu verletzen. Diese Tatsache und sein genereller Hass auf alles Deutsche hatten ausgereicht, um ihn verdächtig zu machen. Dass Giulias Antipathie gegen den alten Griesgram ihr Urteilsvermögen womöglich trübte, blendete sie wohlweislich aus. Die Zorzi wusste von alldem nichts, würde aber nicht lange benötigen, den Alten dermaßen zu reizen, dass er seine Missetaten von allein ausspuckte. Das konnte für Giulia gefährlich werden; im schlimmsten Fall würde ihr die Zorzi Befangenheit und Verschleierung vorwerfen. War dieser Stein erst einmal ins Rollen geraten, würde Chiappi, ohne zu zögern, auf seine Pflichten als italienischer Staatsbürger aufmerksam machen, zu denen er es auch zählte, seine männlichen Mitbürger vor den Reizen der deutschen Weiber zu schützen. Das brächte schnurstracks die Verwicklung der Liebhaber und deren Ehefrauen auf den Tisch. Und dann müsste Giulia zugeben, dass sie sie alle überprüft und für unschuldig befunden hatte. Damit war klar, dass sie von alldem Kenntnis und es wissentlich verschwiegen hatte. Am heikelsten war die Sache zweifelsohne für Fabio Romano, den die überkorrekte Zorzi am Ende nur wegen dieser dämlichen Anglerlizenzen um seine Rente bringen könnte. Für die Romanos würde das die sichere Armut bedeuten, bei den paar Stunden, die Nadia als Aushilfe arbeitete. All das durfte nicht passieren. Sie biss sich auf die Unterlippe, bis sie Blut schmeckte. Reiß dich zusammen, Giulia, dachte sie. Dann waren da noch der geschäftlich und privat mit der Toten verbandelte Roberto Ferri und die Witwe ihrer einstigen Liebe Claudio Salvatore. Die krummen Geschäfte, und nichts anderes vermutete Giulia bei dem Gespann Ferri und Krüger mittlerweile, sowie auch seine prekäre finanzielle Situation könnten ein Tatmotiv sein. Und Signora Salvatore? Die hatte ein handfestes Motiv und die Frage nach ihrem Alibi bislang energisch verweigert, was

Giulia zunächst auf sich beruhen lassen hatte. Sie hatte ihre Leute erst aus der Schusslinie bringen wollen, und zwar, ohne ihre Kollegen einzuweihen. Das war ihr gelungen, hatte sie aber in dem Mordfall kein Stück weitergebracht …

Der Nachmittagsverkehr hatte glücklicherweise noch nicht eingesetzt, und auch die Touristen schienen an den letzten heißen Spätsommertagen ein Mittagsschläfchen eingelegt zu haben. Giulia bretterte über die Hauptverkehrsstraße und bog kurz darauf, begleitet vom freundlichen Winken des Pförtners, auf das Gelände der *Questura* ein. Ohne ihr Auto abzuschließen, rannte sie über den Hof auf das alte, aus dem 19. Jahrhundert stammende Gebäude zu, nahm drinnen zwei Stufen auf einmal, hetzte keuchend Richtung Verhörraum und lief Elena in die Arme, die eine übervolle Kaffeetasse und einen Stapel Akten durch die Tür zum Vorzimmer des Verhörraumes balancierte, während sie mit ihren Hüften deren Zuschlagen verhinderte. »Na endlich«, lautete ihr lapidarer Kommentar auf das Eintreffen ihrer Vorgesetzten.

»Wie weit seid ihr?«, japste Giulia und half ihrer Assistentin.

Elena verzog den Mund. »Ich darf nicht mit rein.«

»Wie, du darfst nicht mit rein?« Giulia stand die Fassungslosigkeit ins Gesicht geschrieben. »Seit wann befragen wir Verdächtige ohne Zeugen?«

»Die Chefin hat ab heute einen neuen Lakaien. Frischfleisch von der Polizeischule. Ich hab ihn vorhin das erste Mal gesehen. Ist ja auch vollkommen unnötig, den mal vorzustellen. Sitten sind das hier …« Elena stellte die Tasse auf den Schreibtisch, warf die Akten daneben und schaute Giulia entnervt an. »Die ist einfach so mit diesem Wicht da reinmarschiert und hat Kaffee geordert, worauf ich den mal ganz locker gefragt habe, ob er Angst vor dem Getränkeautomaten auf dem Flur hat. Der hat vielleicht blöd aus der Wäsche geguckt.«

»Einen eigenen Mitarbeiter von der Polizeischule?« Giulia traute ihren Ohren nicht. »Wir kriegen seit Jahren keine Sekretärin, und sie greift sich einen persönlichen Assistenten?«

»Quasimodo ist ein Model gegen den.« Elena zog eine Grimasse. »Glaub mir, den willst du nicht um dich haben. Du brauchst etwas, das dich aufbaut, jemanden von meinem Schlag.« Sie zwinkerte verwegen. »Und von meinem Aussehen.«

»Mhm, na ja, und jetzt dürfen wir jeden Tag Quasimodo zulächeln«, erwiderte Giulia in Gedanken.

»Seit wann lächelst du?«, fragte Elena spitzzüngig.

Giulia verzog den Mund und winkte ab.

»Die Zorzi baut sich ein Imperium auf, ich habe es dir immer gesagt. Mitte dreißig, kinderlos, Kampfsingle. Frauen mit Stürmerqualitäten sind nicht zu unterschätzen.« Elena drehte Giulia den Rücken zu und nahm den Kaffee wieder auf. »Bevor der kalt wird, bringe ich ihn lieber rein. Wir müssen ihr das Gefühl geben, dass wir die Hierarchien ernst nehmen. Aber hässliche Männer können sich ihre Getränke selbst holen, das haben wir ja hiermit schon mal klargestellt.« Sie unterstrich ihre Bemerkung durch ein entschiedenes Kopfnicken und verschwand im Nebenraum.

»Merda«, fluchte Giulia. Das alles würde nur wieder Theater geben. Der Campanaro war unberechenbar, und er würde kein gutes Haar an ihr lassen. Möglicherweise kam die Zorzi sogar auf die Idee, ihr den Fall zu entziehen.

Elena kam wieder zurück und ließ sich auf einen der an der Wand stehenden Stühle fallen. »Setz dich, Commissario. Gleich geht es los.«

»Du glaubst doch nicht, dass ich hier vor der Tür warte wie ein Laufmädchen«, erwiderte Giulia säuerlich.

»Ist ein Laufmädchen ein Relikt aus deiner Zeit, damals, als die Gleichberechtigung noch nicht erfunden war?«, neckte Elena. »Heutzutage ziehen Frauen die Strippen. Setz dich und vertrau darauf, dass ich mühelos eine Gegensprechanlage bedienen kann und wir gleich live dabei sind – zumindest so lange, bis die Zorzi mir auf die Schliche kommt.« Sie grinste.

»Du bist unmögli…«

»Psst.«

Nebenan wurde eine Kaffeetasse klirrend abgestellt. Papier raschelte. Ein Klicken. »Fortsetzung des Verhöres von Josefo Filippo Chiapponi, geboren am 31. Dezember 1930 in Stuetta/Montespluga. Es ist vierzehn Uhr elf. Gut, Herr Chiapponi, nachdem ich Sie ausführlich über Ihre Rechte informiert habe, würde ich jetzt gern ein paar Fragen an Sie richten.« Die Stimme der Zorzi klang noch kühler und überheblicher als sonst. »Angelika Krüger wurde am Sonntagmorgen um zehn nach zehn tot auf der Kirchwiese in Abbadia Lariana gefunden …«

»Ich habe die Hexe umgebracht«, warf der Campanaro entschlossen ein.

Elena schlug sich die Hand vor den Mund, warf sich nach vorn über und kämpfte mit einem Lachanfall. »Gut, dass wir nicht gewettet haben«, presste sie zwischen zwei tiefen Atemzügen hervor. »Du hättest tatsächlich das erste Mal gewonnen. Aber der ist ja herzallerliebst und an Deutlichkeit nicht zu überbieten. Herrlich. Sind die alle bei dir da oben so? Ich muss dich wohl doch mal besuchen kommen.«

Giulia traute ihren Ohren kaum.

»Ein Geständnis also, Herr Chiapponi.« Die Zorzi räusperte sich, und Giulia konnte förmlich hören, wie überrumpelt sie von diesem Frontalangriff war.

»Ich habe die Sau erschlagen«, führte der Campanaro aus. »Dann bin ich geflüchtet, und Commissario Giulia Cesare hat mich in meinem Versteck aufgreifen und hierherbringen lassen. Sie hat keine zweiundsiebzig Stunden dafür gebraucht.«

Dieses gerissene Schlitzohr, dachte Giulia. Was um alles in der Welt bezweckte der Alte damit?

»Das bringt Leben in die Bude. Das wollte die Zorzi mit Sicherheit hören«, kicherte Elena leise. »Die große Commissario Giulia Cesare.«

»Warum musste Angelika Krüger sterben?«, fragte die Zorzi vernehmbar angefressen.

»Sie war eine Deutsche«, entgegnete der Campanaro so knapp wie entschieden.

»Das ist kein Grund«, erwiderte die Zorzi trocken.

»Na, Sie haben wohl Ahnung«, keifte Chiappi. Es raschelte. Dann knallte etwas auf den Tisch. »Sehen Sie genau hin!«, schrie er. »So was machen Deutsche. Dutzende Granatsplitter wandern mir heute noch durchs Fleisch, und dabei hatte ich noch Schwein, dass die mir das Bein nicht abgenommen haben. Wenn Sie einmal im Artilleriefeuer dieser Kartoffelfresser gelegen hätten, würden Sie anders denken. Aber heutzutage wird ja in diesem Scheißeuropa nur noch Ringelreihen getanzt, und keiner traut sich mehr, die Wahrheit zu sagen.« Es folgten wiederholt klopfende Geräusche. »Die Geißel sind nicht die Flüchtlinge, die wir Italiener an unseren Grenzen gleich abtreten lassen. Es sind die Deutschen, die sich immer noch für was Besseres halten.«

Er hat tatsächlich sein nacktes Bein auf den Tisch geknallt, dachte Giulia. Dieser Irre. Sie konnte sich ein Grinsen nicht verkneifen.

»Niemals hätte die Stadtverwaltung es zulassen dürfen, dass Deutsche«, sein Naserümpfen war unüberhörbar, »bei uns wohnen. In unserem schönen italienischen Staat haben die nichts zu suchen. Schlimm genug, dass die hier Urlaub machen. Dass die sich hierhertrauen! Schämen sollten die sich alle miteinander!« Die letzten beiden Sätze brüllte er voller Inbrunst. »Die Weiber sind die Schlimmsten. Wenn die ihre dicken weißen Möpse am See entlangschieben …« Ein angeekeltes Geräusch folgte. »Da drüben am Gardasee gibt es schon ganze Landstriche, die in deutscher Hand sind. Alles kaufen die teutonischen Halunken auf. So weit wird es an unserem schönen Lago nicht kommen. Das weiß ich zu verhindern.«

»Von verdecktem Rassismus unter der Kriegsgeneration kann hier wohl kaum die Rede sein«, witzelte Elena. »Ein gesunder Nationalstolz ist schon was wert. Das moderne Frauenbild inbegriffen.«

»Es waren also ausländerfeindliche Motive, die Sie zu diesem Mord getrieben haben«, sagte die Zorzi gereizt.

»Nenn es, wie du willst, Püppchen. Ich hab das Weibsbild erschlagen. Damit ist unsere schöne Gemeinde wieder teutonenfrei. Das hätte ich schon vor Jahren tun sollen.«

»Würden Sie bitte Ihr Bein vom Tisch nehmen«, forderte die Zorzi in angewidertem Tonfall.

»Ich bin fast neunzig Jahre alt. Ich brauche Hilfe«, entgegnete Chiappi, wobei in seiner Stimme beißender Spott mitschwang.

Giulia schüttelte den Kopf. Dieser Lügner. Kaum einer war so gelenkig wie der alte Campanaro. Mindestens einmal täglich stieg er den Turm von St. Antonio hinauf und warf sich in das Seil, um die Glocken zu läuten.

Getuschel. Ein Stuhl wurde zurückgeschoben. Wieder raschelte es. Dann kratzen noch einmal Stuhlbeine über den Boden.

»Arbeitet der auch hier?«, fragte der Campanaro stinkig.

»Wie ich eingangs bereits sagte, Herr Mancini ist mein Assistent«, entgegnete die Zorzi peinlich berührt. »Können wir jetzt bitte fortfahren.«

»Früher waren die italienischen Burschen auch mal schöner.«

Der foppt sie, ging es Giulia durch den Kopf. Das ist eine Show, damit will er sie gegen sich aufbringen.

»Was heißt, Sie hätten den Mord schon eher begehen sollen? Warum haben Sie es nicht getan? Sie leben doch schon lange gemeinsam in der Gemeinde, Frau Krüger und Sie.« Die Zorzi bemühte sich krampfhaft um Haltung.

»*Gemeinsam* schon mal überhaupt nicht, Püppchen.« Er zog die Nase hoch. »Am Samstag hat es einfach gepasst. Irgendwann ist die Zeit eben reif. Ich werde ja auch nicht jünger.«

»Wieso war Frau Krüger unbekleidet, als Sie sie erschlagen haben?«, fragte die Zorzi ungeduldig.

»Woher soll ich wissen, warum die dumme Pute nackt durch die Gemeinde rennt? Pfui Teufel.« Er kicherte. »Die Hauptsache ist, sie ist tot und ich bin der Mörder.«

»Wollten Sie sich an ihr vergehen?« Der Satz war messerscharf.

»Wie bitte? Bevor ich einer Deutschen zu nahe komme, nehme ich Matteos Ziegen.« Ein Spuckgeräusch. »Außerdem ist meiner nur noch zum Pinkeln da, und selbst damit habe ich so meine Schwierigkeiten.«

»Ich darf doch sehr bitten. Wir sind hier in einer *Questura*«, empörte sich die Zorzi. »Behalten Sie Ihre Auswürfe bei sich, auch auf diese Art der Information verzichte ich gern!«

»Wer hat denn mit dem Schweinkram angefangen?«, keifte der Campanaro. »Und jetzt auf prüde machen. So sind sie, die Weiber.«

Tuscheln. Kratzende Stuhlbeine. Schritte. Ein Stöhnen. Schritte. Erneut der Stuhl.

»Der Neue musste die Aule wegmachen«, triumphierte Elena. »Sei froh, dass du nicht mit reindurftest.«

»Wie haben Sie die Frau umgebracht?«, wollte die Zorzi nun wissen, und man hörte ihr deutlich an, wie abstoßend sie das alles fand.

»Erschlagen, hab ich doch schon gesagt«, antwortete Chiappi.

»Mit was?«, hakte sie nach.

»Mit dem Ding, das ich gerade in der Hand hatte ... Ich bin fast neunzig, woher soll ich das noch wissen?«, blaffte er.

»Von welcher Seite?«, fragte sie.

»Von vorn. Die Wunde war deutlich zu sehen. Warum stellen Sie so blöde Fragen? Halten Sie mich etwa für senil?« Der Campanaro wurde immer ungehaltener.

»Das sind Routinefragen«, belehrte die Zorzi ihn und fuhr fort: »Wo haben Sie sie erschlagen?«

»Auf der Straße.«

»Und wie ist sie dann auf die Wiese bei der Kirche gekommen?«

»Die Deutschen sind zäh. Die hat sich noch ein paar Meter geschleppt. Da gab es im Krieg mal einen Burschen, der hat es mit einem Lungendurchschuss noch fast fünfhundert Meter geschafft. Hat ihm auch nichts genützt, er ist in die falsche Richtung gekrochen.« Ein gehässiges Lachen folgte.

Giulia stand langsam auf. Die Zorzi würde das Gespräch jeden

Moment abbrechen, und dann wollte sie hier keinesfalls erwischt werden. Sie hatte genug gehört. Chiappi hatte keine Ahnung, wie der Mord passiert war, oder er stellte sich erfolgreich blöd. Beides ergab keinen Sinn, da er ein Geständnis abgelegt hatte. Der Alte hatte es nicht getan. Er versuchte nur, Verwirrung zu stiften. Die Frage war bloß: Warum? Das Einzige, was Giulia dazu einfiel, war, dass er jemanden schützen wollte. Jemanden aus ihrem Dorf. Und damit war sie wieder am Anfang ihrer Ermittlungen.

»Bin ich jetzt verhaftet?«, fragte der Alte ungeduldig. »Dann hoffe ich nur für euch, dass die Bedingungen besser sind als im Krieg. Ich will etwas Anständiges zu essen haben und einen Fernseher.«

»Sie bleiben in Untersuchungshaft und werden dann dem Richter vorgeführt. Das Protokoll wird Ihnen umgehend zur Unterschrift vorgelegt«, informierte ihn die Zorzi.

»Ich will meinen Prete sprechen«, forderte Chiappi.

»Wir können Ihnen einen Geistlichen organisieren. Natürlich. Die Beichte kann in Ihrem Fall nicht schaden«, antwortete die Zorzi mit zurückgewonnener Blasiertheit.

»Ich will Prete Filippo von meinem Berg. Mit einem anderen von den Schwarzkitteln rede ich nicht. Wäre ja noch schöner.«

8

Maria und Piergiuseppe Cesare saßen in ihrem Wohnzimmer an dem schweren, alten Holztisch und schauten betreten auf die mit einer runden Stickdecke verzierte Platte. Hin und wieder streichelte Maria behutsam über die Stickerei, befeuchtete den Zeigefinger ihrer rechten Hand mit der Zunge und nahm ein paar Krümel auf, die sie zwischen den Lochmustern entdeckt hatte, um sie dann an ihrer bunten Schürze wieder loszuwerden. Piergiuseppe hingegen hielt sich kerzengerade, die Hände auf den Armlehnen seines Stuhles abgelegt, und stierte apathisch vor sich hin. Schräg hinter den beiden kauerte Brutus Grazioli mit zusammengezogenen Schultern in der äußersten Ecke des Raumes in Piergiuseppes Fernsehsessel und wagte es kaum zu atmen. Wie so oft hatte er nach Beendigung seiner Postbotenrunde einen Zwischenstopp bei Giulias Eltern eingelegt. Marias Kochkünste und der Tratsch, mit dem die beiden sich gegenseitig versorgten, waren für ihn ein wichtiges Ritual in der Eintönigkeit seiner Tage. Maria und Piergiuseppe waren von jeher so etwas wie seine Ersatzeltern gewesen, und je älter Brutus wurde, umso mehr schien er die beiden zu brauchen, als emotionale Basis und Vertraute. Maria hatte auch bei ihm, wie seinerzeit bei ihrer Tochter Giulia, darauf bestanden, dass die regelmäßigen gemeinsamen Mahlzeiten – die in Brutus' Fall weit häufiger vorkamen – mit einer sich anbahnenden Eheschließung ein Ende nehmen sollten, doch abgesehen von Marias fehlender Konsequenz in diesen Dingen lagen potenzielle Heiratskandidatinnen für den braven Postboten in weiter Ferne.

Giulia war so wütend, dass sie sich nicht einmal setzen konnte. Sie lief in dem kleinen, durch die halb verschlossenen Fensterläden abgedunkelten Raum auf und ab und schimpfte vor sich hin. Die Luft war trocken und roch nach ihrer Kindheit. Eine Melange aus Bohnerwachs, billigem Rotwein und überreifen Früchten. Auch intensives Lüften konnte hier keine Abhilfe schaffen. Der Geruch klebte in diesem Haus, und wenn ihre Eltern irgendwann einmal nicht mehr wären, würden die nachfolgenden Bewohner damit leben müssen.

»Ihr könnt mir nicht erzählen, dass ihr nicht wisst, was hier bei uns vor sich geht. Maria rennt jeden Tag durchs Dorf und bequatscht die Leute. Du gehst sogar beim Campanaro Chiapponi ein und aus.« Giulia bedachte ihre Mutter mit einem schnellen Seitenblick. »Abgesehen davon glaube ich euch nie und nimmer, dass ihr am Sonntag ganz zufällig in St. Antonio zur Messe gewesen seid. Und warum erzählt Angelo meinen Kollegen, dass meine Mutter ihm seine Wunderplätzchen backt, nach einem Familienrezept? Möglicherweise hast du in der Speisekammer ein ganzes Drogenarsenal versteckt. Dann wird es nicht lange dauern, und die marschieren hier mit ihren Spürhunden ein. Heiliges Italien, womit habe ich das nur verdient!«

Piergiuseppe schaute schüchtern zu seiner Frau hinüber und sagte: »Sie hat nur ein ganz kleines bisschen, in einer alten Kaffeebüchse hinter den Konserven, nicht wahr, Maria? Nur das, was wir zum Leben brauchen.«

Giulia stockte. »Wie bitte? Was ihr zum Leben braucht? Wie viel illegal angebautes Gras brauchen denn zwei Senioren zum Leben?« Sie wurde laut. »Ihr macht euch strafbar!« Kritisch schaute sie Brutus an.

»Giuli, wir haben doch nur hin und wieder ein paar Kekse ... Wenn nichts im Fernsehen kam, für die Gesundheit«, sagte ihr Freund leise und mit ängstlichem Gesichtsausdruck. »Davon weiß keiner. Angelo ist ein Freund. Wie soll er denn selbst backen, da oben in seiner Einöde? Dafür haben wir von dem Kraut immer mal wieder etwas umsonst bekommen.«

»Das Kraut, das er von De Lucas Plantage geklaut hat«, fauchte Giulia. »Ich habe mich schon gewundert, wo der gute Angelo den vielen Ziegenkäse hernimmt, so ganz ohne Ziegen, nicht wahr, Mutter!«

Maria senkte den Blick und strich das Deckchen glatt.

»Den kriegt er von Matteo«, bemerkte Brutus naiv. »Der hat es schon seit Jahren mit dem Ischias, und du glaubst nicht, wie schnell der nach einem Plätzchen wieder laufen kann.«

Giulia sah ihre Eltern an und dann Brutus. »Das hat ein Ende. Sofort!« Sie schnaubte vor Wut. »Und von dir, Brutus, bin ich wirklich enttäuscht. Dass die beiden«, sie deutete auf ihre Eltern, »zu derartigen Sperenzien neigen, das kenne ich nicht anders. Aber dass mein ältester und bester Freund sie dabei auch noch unterstützt …«

»Nachdem die Polizei alle Pflanzen weggeschafft hat«, flüsterte Maria beleidigt, »werden die Alten und Kranken hier auf dem Berg leiden müssen, aber meiner vorbildlichen Commissario-Tochter ist das ja völlig schnurz.«

Giulia hielt inne. »Ist die alte Kaffeedose eigentlich voll?«, wollte sie mit gespielter Unbedarftheit und nach oben gezogener Augenbraue wissen.

Piergiuseppe hielt den Kopf gesenkt und nickte zaghaft. »Am Sonntag aufgefüllt.«

»Während der Prete die heilige Messe gefeiert hat«, ergänzte Giulia.

»Mhm.« Piergiuseppe schluckte.

»Damit kommen wir erst einmal eine Weile aus«, kommentierte Brutus unbekümmert.

Giulia erwog für einen kurzen Moment, in die Vorratskammer zu gehen und die Büchse samt Inhalt im Klo zu versenken. Dann dachte sie an die Kollegen, die von einer Frau namens Maria gesprochen hatten – immerhin hatte Angelo den Nachnamen nicht verraten –, davon gab es gut zwei Dutzend hier oben. Wie sie ihre Leute kannte, würde sich keiner von denen die Mühe machen und nach einer ominösen Bäckerin suchen, zumal sie den Einsiedler Angelo ohnehin nicht für zurechnungsfähig hielten.

»Sag mal, Mama, wann hast du den Campanaro eigentlich das letzte Mal gesehen?« Giulia konnte es nicht lassen.

»Am Sonntag in der Messe«, murmelte Maria kleinlaut.

Piergiuseppe nickte eilig. »Am Montag ist er doch schon rauf zur *Cascata*.«

Giulia schaute ihren Vater kritisch an.

Der wiegte unsicher den Oberkörper vor und zurück. »Ich habe ihm gesagt, dass das Blödsinn ist. Wenn man versucht, der Polizei zu entkommen, macht man sich nur verdächtig. Außerdem, was taugt schon ein Versteck, das die ermittelnde Commissario kennt?« Er biss sich auf die Zunge.

»Erzähl ruhig weiter«, forderte Giulia ihn auf.

»Na ja, er hätte nach Onno gehen müssen oder sonst wohin. Aber er wollte ja seine Astore nicht allein lassen. Dabei haben wir nach dem Motorrad gesehen, jede Stunde. Man hilft sich eben in der Not. Nun, mit seiner Verhaftung wird es wohl länger dauern, da müssen wir uns neu organisieren. Abgesehen davon, mein liebes Kind: Den Campanaro zu verdächtigen, war wirklich nicht besonders klug von dir. Er ist ein alter Mann, ohne überzeugendes Motiv. Das braucht man aber zwingend, um einen Mord zu begehen. Das weißt du doch hoffentlich.« Piergiuseppe setzte ein enttäuschtes Gesicht auf und neigte den Kopf.

»Etwa zwanzig Prozent aller Mörder haben gar kein Motiv. Sie stehen in keinerlei Verhältnis zu ihrem Opfer«, erklärte Giulia bemüht ruhig. »Aber das weißt du ja selbst.«

Ihr Vater nickte nachdenklich.

»Und meinst du als Experte nicht, Deutschfeindlichkeit ist ein hinlängliches Motiv für einen Mord, insbesondere, wenn zwei Jahrzehnte Nachbarschaftshass hinzukommen?« Giulia bemühte sich um Zurückhaltung, war aber kurz davor zu platzen. Jeder auf diesem Berg, einschließlich ihrer eigenen Eltern, schien sie zum Narren halten zu wollen. Aber das würde sich ändern. Das Vertrauen, das sie ihren Leuten geschenkt hatte, war hiermit aufgebraucht. Restlos. *Finito.*

»Das kann schon sein«, bemerkte Piergiuseppe vorsichtig. »Ich will dir auch gar nicht reinreden.«

»Was gibt es denn sonst so Neues vom Campanaro?«, fragte Giulia weiter.

»Woher sollen wir das wissen?«, fauchte Maria. »Du hast ihn doch verhaften lassen.«

»Die Leute erzählen, er wird stündlich von dir verhört, aber du kannst ihm nichts nachweisen«, beteuerte Brutus.

»Na, wenn die Leute das sagen«, erwiderte Giulia.

Das Geständnis des Campanaro hatte sich also noch nicht herumgesprochen. »Was wisst ihr über Angelika Krüger?«, fragte sie weiter.

»Nichts«, fauchte Maria und warf Piergiuseppe einen bösen Blick zu. »Frag deinen Vater.«

Piergiuseppe lief knallrot an und rutschte unruhig auf seinem Platz hin und her. »Sie hat am Samstag bei Peppo ein Brot gekauft.«

»Aha.« Giulia blieb mit verschränkten Armen stehen und sah ihren Vater prüfend an.

»Siehst du. Ich habe es dir gleich gesagt, Giuli«, keifte Maria. »Dein Vater hat es faustdick hinter den Ohren, wenn es um diese Deutsche geht.«

Giulia wusste es besser, verkniff sich aber eine Antwort.

Piergiuseppe wand sich. »Sie wollte mich auf einen Wein einladen. Richtig bedrängt hat sie mich, am Gemüseregal. Ich wäre fast vornüber in die Tomaten gefallen. Die Leute haben schon geguckt ... Signora Negri hat sogar einen solchen Schreck bekommen, dass sie fluchtartig den Laden verlassen hat.«

»Und was hat sie gesagt?«, fragte Giulia wenig beeindruckt.

»Na das mit dem gemeinsamen Glas Wein und ob ich auf das Guzzi-Fest gehe. Sie wollte dort mit irgendeinem Toni oder so ähnlich hin, aber wenn ich sie ausführen würde, könnte der ihr gestohlen bleiben, das hat sie gesagt.« Piergiuseppe hob vorsichtig den Blick und sah zu Giulia rüber. »Dabei gehen deine Mutter und ich nie zum Guzzi-Fest. Die ganzen Leute und der Krach, außerdem kann ich nicht mehr so viel trinken. Die Prostata ... du weißt doch.«

Giulia wusste um sein Leiden und hatte keine Ahnung, wer »Toni oder so ähnlich« sein könnte. Noch ein Unbekannter im Umfeld von Angelika Krüger. Ein weiteres Puzzlestück – langsam wurden es eindeutig zu viele.

Dann fragte sie an Brutus gerichtet: »Kennst du einen Toni?«

Brutus dachte kurz nach. »Unten im Ort, da gibt's einen Toni Costa, Via Manzini 12a. Der arbeitet als Pförtner bei den Guzzi-Werken. Allerdings bist du da etwas zu spät dran.«

»Wie meinst du das?«

»Na ja ...« Er zögerte. »Er ist gestern gestorben.«

***

Die gegenüberliegende Seite des Sees lag schon im Schatten, und auch in Abbadia Lariana würde bald die Sonne untergehen. Giulia saß auf dem schmalen Balkon, der an der Außenseite ihres Schlafzimmers um den Turm herumführte, und betrachtete die wenigen am Himmel stehenden Schleierwolken. Sie war müde und fühlte sich so grässlich, dass sie in ihrer Not zu einem von Jacopos Kochweinen gegriffen hatte, den sie in großen Schlucken hinunterkippte. Noch dazu hatte diese Plörre eine Temperatur, die Giulia schon während des Trinkens erahnen ließ, welchen Brummschädel sie am nächsten Morgen haben würde. Angesichts der Geschehnisse der letzten Tage nahm sie das allerdings in Kauf. Sie lehnte sich in ihrem Korbsessel zurück, streckte die Beine zwischen den Gitterstäben des Geländers hindurch und schloss die Augen. Jacopo, der meistens vor ihr zu Hause war, hatte sich seit dem Mittagessen nicht gemeldet. So wie sie ihren Mann kannte, kniete er sich mit voller Kraft in sein neues Projekt und vergaß dabei die Zeit. Diese Leidenschaft war etwas, was Giulia an Jacopo besonders schätzte, noch dazu, da es ihr als Polizistin nicht anders ging. Sie erinnerte sich, wie sie heimlich die Bewerbungsunterlagen für die Polizeischule zur Poststelle nach Lecco gebracht hatte. Nicht einmal Brutus hatte sie eingeweiht. Der wäre imstande gewesen, den Brief verschwinden zu lassen, zumal er damals als Neuling im Postdienst die Aufgabe gehabt hatte, die Ausgangspost nach Regionen vorzusortieren. Ein Brief nach Rom, noch dazu mit ihrem Absender, wäre ihm nicht entgangen. Die Gefahr, dass Giulia bei erfolgreicher Schulaufnahme mehrere Jahre vom Lago verschwinden würde, hätte den braven Brutus dazu bringen können, den Ehrenkodex eines Postangestellten, den er schon damals ernster als die Heilige Schrift genommen hatte, kurzerhand zu brechen und ihre Bewerbung zu vernichten. Giulia hatte für ihre Eltern und am Ende auch für ihren Freund diese Überrumpelungstaktik gebraucht, ansonsten hätte sie niemals die Chance gehabt, ihren Traumberuf zu ergreifen. Marias Prophezeiungen klangen jetzt noch in ihren Ohren. Wenn es danach ginge, hätte Giulia heute den dritten Alkoholentzug, diverse Selbstmordversuche und mehrere missglückte Ehen hinter sich. In den Augen ihrer Mutter war ein Commissario eine gescheiterte Existenz, kaum lebensfähig und sozial inkompatibel. Hinzu kamen Marias sicherlich genetisch bedingten Befindlichkeiten gegenüber der staatlichen Exekutive, die wohl jedem Menschen zu eigen waren, der sich bewusst – und in ihrem Fall mit begeistertem Eifer – über die Grenzen der Legalität hinwegbewegte. Giulias Mutter brauchte den Nervenkitzel, das Gefühl von Cleverness und Überlegenheit. Abgesehen davon waren Maria und Piergiuseppe ständig knapp bei Kasse und Marias »Geschäftchen«, wie sie sie nannte, konnten so einige Löcher in der Haushaltskasse stopfen. Als die Aufnahme zur Polizeischule besiegelt war, hatte Maria drei Tage lang nicht mit Piergiuseppe gesprochen. Schließlich war er derjenige gewesen, der die Tochter mit den »Genen der Rechtschaffenheit« ausgestattet hatte. Doch auch diese dunklen Wolken über den Köpfen der Familie Cesare hatten sich irgendwann verzogen, und der Stolz der Eltern hätte nicht größer sein können, als Giulia schließlich mit dem besten Zeugnis ihres Ausbildungsjahrganges in der Tür gestanden hatte. Die Feier, die Maria daraufhin organisiert hatte, war jedoch mit vier Gästen relativ bescheiden ausgefallen. Die Peinlichkeit, die einzige Commissario weit und breit hervorgebracht zu haben, hatte dann schlussendlich doch über die Freude gesiegt. Marias Sorge vor dem Ausschluss aus der Gemeinschaft war sogar so weit gegangen, dass sie Giulia nötigen wollte, über ihren wahren Beruf zu schweigen und sich als Hauswirtschafterin auszugeben. Giulia hatte niemals auch nur einen Gedanken an diesen Blödsinn verschwendet. Die anfängliche Skepsis ihres Umfeldes hatte sich gelegt, war irgendwann sogar in ein stetes Einfordern von Hilfe und Fürsorge umgeschlagen. Giulia hatte dies nahezu uneingeschränkt bedient und sich dabei im Kreise der ihr vertrauten Menschen aufgehoben und ernst genommen gefühlt. Bis zum Tod von Angelika Krüger.

Über ihren Gedanken war sie ein wenig eingeschlummert. Erst das laute Krächzen von Friedrich, dem Papagei, hatte sie aufgeweckt. Sie rieb sich die Augen. Die Dunkelheit hatte den See verschluckt und das auf der anderen Seite liegende Ufer in einen breiten Streifen aus leuchtenden Punkten verwandelt. Giulia liebte es, wenn am Lago die Lichter angingen und der im Dunkeln ein wenig unheimlich und unwirtlich wirkende See damit ein heimeliges Gesicht bekam. Was tagsüber die Sonne allein bewerkstelligte, übernahmen in der Nacht die Straßenlaternen und hell erleuchteten Fenster. Als Kind hatte sie sich oft vorgestellt, wie der Lario wohl ganz ohne menschliche Zivilisation ausgesehen haben mochte. Bei Tag hatte ihre Fantasie ihr dabei romantische Berge und Wälder versprochen, die bis in das klare Wasser hineinragten und deren satte Farben fast schon die Augen anstrengten, bei Nacht hingegen war nichts mehr übrig gewesen von diesem stimmungsvollen Bild, und sie hatte sich vor jedem Schatten gegruselt.

Friedrich schien sich an irgendetwas zu stören. Giulia stand auf, lief zur hinteren Turmseite und schaute in der Hoffnung, ihren Mann zu erblicken, hinunter. Die automatische Außenbeleuchtung hatte sich eingeschaltet, aber der Hof war, bis auf den vor sich hin schimpfenden Papageien, leer. Sie ging in ihr Schlafzimmer, zog sich eine alte, löchrige Jeans und ein Sweatshirt über und löste ihren Haarknoten. Gerade als sie im Begriff war, nach unten zu steigen, um sich etwas

Käse und eine anständige Flasche Wein zu holen, klingelte ihr Mobiltelefon. Zu ihrer Enttäuschung war es nicht Jacopo, sondern Carmelo Riso, der Kriminaltechniker.

»Du? Um diese Zeit? Bist du krank?«, scherzte Giulia, ohne abzuwarten, was Riso von ihr wollte.

Er stöhnte und erklärte dann in übertrieben erschöpftem Ton: »Seit über zwei Stunden sind wir bei diesem Campanaro im Haus. Befehl der Zorzi. Wir sollen Beweise für seine Täterschaft finden. Kannst du bitte helfen?«

Giulia dachte an Risos fehlenden Arbeitselan und die Überredungskünste, die sie üblicherweise aufbringen musste, um ihn außerhalb der Dienstzeiten zu einem Einsatz zu bewegen. Die Zorzi befahl und fertig. »Ich kann dir auch keine Beweismittel herbeizaubern«, entgegnete sie ärgerlich. »Der Campanaro hat die Krüger nicht umgebracht.«

»Wie bitte?«, entrüstete sich Riso. »Warum stehen wir dann hier und nehmen die Hütte auseinander? Die Zorzi hat ein unterschriebenes Geständnis, und für mich klang es so, als ob der Fall gelöst sei – also durch sie, nicht durch dich, Commissario.« Riso, der immer auf der Seite der Macht stand, räusperte sich. »Noch dazu musste ich mich von diesem dicken, unangenehmen Menschen, diesem Prete, anschreien lassen.«

»Prete Filippo?« Giulia wunderte sich. »Was hat der denn im Haus von Chiappi zu suchen?«

»Ich dachte, der Priester wollte dem alten Mann ein paar Sachen in die U-Haft bringen, zumal der Gute ja wohl keine Angehörigen hat. Darum ging es aber überhaupt nicht.« Riso lachte auf. »Der Prete hat die Astore hier herausgeschoben und ist damit in der Kirche verschwunden. Kannst du dir das vorstellen? Die Maschine war im Wohnzimmer, mit einem Doppelschloss gesichert. Meine Leute und ich standen kurz vor der Exkommunikation, so hat der Kerl sich hier aufgeführt. Dabei kann ich dem nicht einfach das Privateigentum von diesem Campanaro herausgeben. Ohne Quittung.«

»Ich würde wetten, die Astore steht jetzt in der verschlossenen Sakristei«, murmelte Giulia.

»Was hast du gesagt?«

»Ach, nichts. Du hast alles richtig gemacht. Habt ihr sonst noch etwas beim Campanaro gefunden?«

»Im ganzen Haus gibt es keinen einzigen Fingerabdruck von der Krüger«, hob Riso enttäuscht an.

»Das wundert mich nicht. Sie hat es niemals betreten. Darauf kann ich schwören.«

»Auch sonst haben wir nichts. Er hat den Keller voller Weinflaschen, trinkt aber offenbar ausschließlich Bardolino. Wenn der Alte es gewesen sein sollte, muss er den Barolo eigens für den Mord gekauft haben. Und dann wäre er ein noch größerer Idiot, als ich dachte.« Giulia hörte seiner Stimme an, dass er grinste.

»Unsinn. Der Campanaro hätte für die Krüger niemals Geld ausgegeben, nicht mal für ihren Tod. Ihr könnt abbrechen und zusammenpacken.«

»Das wollte ich hören«, jubilierte Riso. »Schönen Abend noch, meine Liebe.«

»Halt, warte«, rief Giulia eilig. »Habt ihr euch endlich das Handy der Krüger angesehen?«

Riso stockte.

Giulia konnte förmlich sehen, wie unangenehm ihm die Frage war. Er hatte, wie gewöhnlich, keine Ahnung, ob und was seine Leute gefunden hatten und wie das in die Aufklärung des Falles passen könnte. Was auch immer Riso den ganzen Tag umtrieb, Kriminalfälle waren es jedenfalls nicht.

»Ja, also, ich weiß jetzt … mal sehen«, stockte er. Im Hintergrund flüsterte jemand. Riso atmete erleichtert aus. »Du hast die Ergebnisse gleich auf deinem Handy«, sagte er schließlich beschwingt.

Sei du nur froh, dass du deine Leute hast, dachte Giulia. Sie wünschte ihm ebenfalls einen schönen Abend und legte auf. Im nächsten Moment vermeldete ihr Telefon den Eingang von vier neuen Bildnachrichten. Neugierig klickte sie sich durch die Fotos, die die letzten Anrufe und Textnachrichten der Krüger zeigten. Roberto Ferri tauchte am häufigsten auf. Seine Kontaktdaten waren auch vollständig eingespeichert. Am Samstagnachmittag hatte es zwei verworrene SMS mit Emojis an eine unbekannte Nummer gegeben. Der Adressat hatte irgendwann mit drei nach oben gereckten Daumen und einem Kussmund geantwortet. Giulia wählte die Nummer und wartete gespannt. Eine automatische Ansage teilte mit, dass diese nicht vergeben war. *»Merda!«*, fluchte Giulia. Da war jemand schneller gewesen. Kein Wunder, bei dem Tempo, das dieser stinkfaule Riso an den Tag legte. Giulia telefonierte sich durch alle von der Krüger gewählten Rufnummern und erreichte die Bandansage eines Weingutes, den Besitzer eines Antiquitätenladens, der über den Anruf außerhalb der Öffnungszeiten ganz und gar nicht erbaut war, und die Anrufbeantworter diverser Dienstleister. Als sie schließlich entnervt bei der letzten Nummer angekommen war, meldete sich unerwartet eine leise Frauenstimme. Giulia hatte zunächst erwogen, sich als die Sprechstundenhilfe irgendeines Arztes auszugeben, aber die Frau fragte nicht einmal, wen sie da am Apparat hatte. Unter Tränen erzählte sie, dass ihr Mann Toni, in dessen Handy sie sprach, gestern einen tödlichen Herzinfarkt erlitten habe und sie noch immer unter Schock stehe. Giulia bemühte sich um ein paar tröstende Worte, fragte noch einmal mit gespielter Verwirrung nach, ob sie auch wirklich über Toni Costa aus Abbadia Lariana redeten, und verabschiedete sich schnell. Der ominöse Toni, der für ihren Vater Piergiuseppe von der Verabredungsliste der Krüger gestrichen worden wäre, war einer der letzten Menschen, mit denen das Opfer am Samstag telefoniert hatte. Toni Costa würde allerdings nichts mehr aussagen können.

Friedrichs Flügelschlag hallte durch die Dunkelheit. Giulia beugte sich über das Geländer, aber wieder blieb im Hof alles ruhig. Langsam stieg sie die Stufen hinab. Die Geranientöpfe zu ihren Füßen mussten dringend gewässert werden. In der Ferne läuteten Viehglocken, und ab und zu ertönten Autogeräusche. Lucrezia, ihre Nachbarin, hatte den Fernseher eingeschaltet und verfolgte offenbar eine Quizsendung. Giulia lächelte bei dem Gedanken an die liebenswürdige alte Dame, die nun eingehüllt von dem blau flimmernden Licht wie gebannt auf den übergroßen Fernsehbildschirm starrte und keine Ahnung davon hatte, dass die halbe Straße ohne Probleme mitraten konnte. Sie ging hinüber zum Wasserhahn und befüllte die Gießkanne, wobei sie aus dem Augenwinkel einen Schatten auf der Bank unter der Treppe wahrnahm. Langsam stellte sie die Kanne ab, atmete tief durch, straffte die Schultern und drehte sich um. »Wer ist da?«, fragte sie mit fester Stimme. Keine Antwort. »Kommen Sie raus oder ich mache von meiner Schusswaffe Gebrauch«, forderte sie. Dass die in ihrem Halfter im Schlafzimmerschrank hing, stand ihr ja nicht auf der Stirn geschrieben.

»Entschuldige, ich wollte dich nicht erschrecken«, sagte eine leise Männerstimme. Der junge De Luca trat aus der Dunkelheit hervor und schenkte Giulia einen bemüht treuherzigen Blick. »Meine Mutter hat mich geschickt, ich soll dir ein paar Gläser von ihrer frisch eingekochten Marmelade bringen und vom Honig.« Er hielt ihr einen gut gefüllten Weidenkorb entgegen.

Giulia drosselte ihre Atmung. Der Kerl sollte nicht merken, dass er sie erschreckt hatte. »Ach du bist es«, sagte sie in gespielt freudigem Ton. »Nach der Diebstahlserie bei uns weiß man ja nie. Wobei wir kein Motorrad haben, nicht einmal ein Fahrrad, wenn ich es mir recht überlege.« Sie musterte ihn mit durchdringendem Blick.

Auf seinem Gesicht zeigte sich keinerlei Regung. »Das hast du doch alles im Griff, eine Vorzeige-Polizistin wie du«, säuselte De Luca heuchlerisch.

»Na, du kennst mich ja«, sagte Giulia steif lächelnd, ging zu ihm hinüber, nahm ihm den Korb ab und bedankte sich. »Die Motorräder der Belgier stehen bald vor der *Polizia Municipale*, da bin ich mir sicher. Die Diebe sollen in eine richtig große Drogengeschichte verwickelt sein, ein Kartell, das den halben See versorgt hat. Aber über die Fingerabdrücke in Angelos Hütte kriegen wir sie. Da muss sich keiner bei uns hier oben sorgen.« Giulia plapperte möglichst unbedarft wirkend drauflos. Der Typ musste schon ein bisschen früher aufstehen, um sie zum Narren zu halten. Und Fingerabdrücke waren immer ein schöner Aufhänger, auch wenn Angelos Hütte mit Sicherheit nicht dahin gehend untersucht worden war.

De Luca stand wie angewurzelt da und starrte sie mit eingefrorener Miene an. Er war ein Kindskopf mit der Physiognomie eines Zehnkämpfers, bauernschlau, durchtrieben und ohne den leisesten Anflug eines Gewissens. Die Liste seiner kriminellen Aktivitäten wuchs seit seinem vierzehnten Lebensjahr stetig an, wobei er entweder gekonnt um eine Anzeige umhin kam oder gar nicht erst erwischt wurde. Allerdings versuchte er sich nie an wirklich schweren Straftaten. Hier und da mal eine kleine Betrugskiste und ein paar krumme Geschäfte, alles andere überstieg seinen Horizont. Die Hanfplantage im Wald und der Guzzi-Diebstahl waren da schon von einem anderen Kaliber. Entweder traute er sich nun an größere Delikte, oder er war nur der willfährige Gehilfe professioneller Krimineller. In beiden Fällen konnte Giulia ihm nichts nachweisen. In der Drogensache stocherten die Kollegen bislang im Nebel. Angelo war der einzige Zeuge, und aus dem war nichts Brauchbares herauszubekommen gewesen. Was die Motorräder anging, hatte Giulia zwar gesehen, wie De Luca und seine Kumpanen darauf gefahren waren, aber er hatte später bei seiner Aussage geschworen, sie am Straßenrand gefunden und nur zurückgebracht zu haben, was seine Freunde nachdrücklich bestätigt hatten. Irgendwann würde ihn Giulia drankriegen. Sie behielt ihn im Auge. Die Erwähnung der Guzzis der Belgier war nur ein kleiner Wink, den er zweifelsohne verstanden hatte.

»Sicher. Das wird sich alles aufklären. Aber Drogen bei uns am See, Giuli, Giuli.« Er schüttelte den Kopf und machte ein erschüttertes Gesicht. »Wo soll das noch hinführen? Gut, dass wir dich haben.«

Sein falsches Lächeln ließ in Giulia die Wut aufsteigen. Aber sie spielte mit und verabschiedete sich herzlich, wobei sie ihn hinausbegleitete, um das Tor hinter ihm abzuschließen. Sie sah, wie er durch das blaue Fernsehlicht lief, vor dem Fenster von Lucrezia kurz stoppte, ihr zuwinkte, zwei Fragen des Showmasters falsch beantwortete und davontrottete. Unschlüssig, was dieser Besuch zu bedeuten hatte, trug Giulia den Korb in die Küche. Mutter De Luca hatte sich selbst übertroffen. Etwa zehn Gläser feinste Marmelade und ein Kilo köstlichen Kastanienhonig war der armen Frau die weiße Weste ihres missratenen Sohnes wert. Das würde nur alles nichts nützen. Giulia verstaute die Geschenke und befüllte den Korb dann mit Jacopos eingekochten Kastanien und einer Flasche Wein. Wie sich das in einer kleinen Gemeinde gehörte, würde sie den Weidenkorb morgen vor Dienstbeginn bei den De Lucas abliefern, als kleines Dankeschön und um sich gegen den Verdacht der Bestechlichkeit abzusichern. Sie setzte sich an den Küchentisch, und ihre Gedanken wanderten wieder zum Mordfall. Dass sich der Campanaro gestellt hatte, würde nun wie ein Lauffeuer durch den Ort gehen und für einigen Wirbel sorgen. Genauso wie eine mögliche Verwicklung von Toni Costa in den Fall. Und Gerüchte würden Giulias Arbeit nur behindern. De Luca hatte zu den Liebhabern der Krüger gehört. Sein Alibi aber war wasserdicht. Interessant war jedoch die Frage, ob und inwieweit die beiden ansonsten miteinander zu tun hatten. Giulia dachte an das Cannabis, das sie in der Küche der Deutschen gefunden hatte. Höchstwahrscheinlich hatte sie auch zu den Kunden des jungen De Luca gehört. Und möglicherweise gab es da noch mehr krumme Geschäfte. Giulia war sich bewusst, dass dies angesichts der fehlenden Indizien nur eine vage Vermutung war, aber die Krüger und De Luca schienen sich in puncto krimineller Energie nicht viel zu nehmen. Zweifelsohne mochte die Primadonna klüger gewesen sein als der Jungspund, aber vielleicht hatte sie ihn gerade deshalb mitunter als einfältigen Handlanger beschäftigt. Giulia hockte mit hängenden Schultern im Schein der Küchenlampe und wartete; auf die Lösung des Falles, auf Jacopo oder darauf, dass sie sich zum Weinkühlschrank schleppte, um ihren Kopf mit den tausend Gedanken, die darin umherschwirrten, endlich zu benebeln. Schließlich erhob sie sich schwerfällig, trottete zum Kühler, griff nach dem Wein und löschte das Licht. Metallische Geräusche drangen ins Haus. Jemand rüttelte ungestüm an den Gitterstäben des Eisentores. Lautes Fluchen.

»Jacopo?« Giulia eilte hinaus. Ihr Mann drückte seine rechte Schulter gegen das Tor, während er mit der linken Hand versuchte, den Schlüssel ins Schloss zu stecken. Dabei drohte er immer wieder wegzusacken, was ihn zu derben Ausrufen veranlasste. Giulia beobachtete ihren offenkundig angetrunkenen Gatten eine Weile amüsiert, kam ihm dann aber zu Hilfe, worauf er sich jubilierend in ihre Arme fallen ließ.

»Roberto is' mein Freund, ein stinkreicher, feiner Freund«, lallte er. »Was der alles in seinem Weinkeller stehen hat, du würdest Augen machen.« Er kicherte wie ein Kind. »Das wird die beste Baustelle meines Lebens, Pipistrello. Mit Roberto komme ich ganz groß raus. Du wirst sehen.«

***

»*Ciao* Commissario, so früh schon unterwegs?«, rief Tiziana, die Bestatterin, erfreut aus. Sie stand mit ihrem Wagen halb schräg auf der Bordsteinkannte, lehnte gegen die Motorhaube und zog genussvoll an einer fast aufgerauchten Merit-Zigarette.

»Nicht freiwillig, das kannst du mir glauben«, antwortete Giulia und winkte ab. »Jacopo hat letzte Nacht, nach einem feuchtfröhlichen Männergelage, einen ganzen Wald gesägt.«

»Nanu«, Tiziana neigte den Kopf, »dein Prachtkerl trinkt doch sonst nicht. Habt ihr Stress?« Ein heftiger Hustenanfall verstümmelte das letzte Wort.

»Noch nicht«, murmelte Giulia zu sich selbst. Laut sagte sie: »Du bist hier, um Toni Costa abzuholen?«

Tiziana nahm einen neuen, kräftigen Zug, wobei sie die Augen zu schmalen Schlitzen verengte, als würde das die Konzentration des in ihren Lungenflügeln eintreffenden Nikotins erhöhen. »Die Frau wollte ihn nicht hergeben, aber irgendwann setzt sich die Natur durch, und bevor das passiert, bin ich zur Stelle. Der frühe Morgen ist dafür der beste Zeitpunkt. Rein, den Kerl eingesargt und wieder raus. Auch in meinem Business muss man schnell sein.« Sie schnippte die Kippe in einem Bogen fort und wischte sich mit dem Handrücken über den Mund. »Und du? Immer noch auf der Suche nach dem Mörder der Walküre und nun bei Toni angekommen? Leider etwas zu spät. Aber er war kein schlechter Kerl, vielleicht ein bisschen treudoof. Das ist gefährlich, wenn man an keinem Rock vorbeigehen kann.«

»Tiziana.« Giulia bemühte sich um einen strengen Tonfall. »Wieso hast du eigentlich eine Übersetzerin für meine Ermittlungen organisiert? Warum engagierst du dich so im Fall Krüger?«

»Giuli, wir kennen uns schon so lange. Du warst noch ein kleines Mädchen mit deinen schönen schwarzen Zöpfen«, sie streichelte Giulia über die Haare, »und wolltest immer in meinem Auto mitfahren. Erinnerst du dich?« Mit der Handfläche klopfte sie auf das Wagendach. »Damals war die Kiste noch fast neu.« Sie lachte kratzig. »Deine Mutter hat es verboten.« Sie imitierte Marias Tonfall: »›In einem Leichentransporter, pah!‹ Dabei fährt man nirgendwo so komfortabel wie in einem Bestattungswagen. Nur wissen das die meisten Menschen nicht.« Sie gluckste.

»Aber wir sind heimlich gefahren, mit dem Großvater von Francesco.« Giulia schmunzelte bei der Erinnerung. »Sogar bis hinauf zum Wald.«

»Der gute Alfredo. Wir haben ihn zusammen abgeholt, genau. Er hat den Wald geliebt, da musste ich mir schon die Zeit nehmen«, erwiderte Tiziana gerührt. »Und weißt du, was Alfredo immer zu mir gesagt hat?« Tiziana legte ihre kleine Hand mit den gelben Raucherfingern auf Giulias Schulter. »Er hat gesagt: ›Mädchen, lass dich nie mit einem Deutschen ein. Die mögen vielleicht ordentlich und fleißig sein, aber ein fröhliches, leichtes Leben hast du mit denen nicht. Die haben für alles einen Plan, den arbeiten sie stupide ab, komme, was wolle. Und wir Italiener, wir lassen eben auch mal fünfe gerade sein.‹ Alfredo musste es wissen, er hat in beiden großen Kriegen gekämpft.«

»Das ist keine Antwort auf meine Frage.« Giulia blieb hartnäckig.

Tiziana schaute zu Boden. »Es gibt keine Antwort. Ich wollte dir eben helfen und *basta*«, polterte sie. »Die Krüger hat ihre Strafe bekommen, und ich dachte, je schneller du den Fall löst, umso eher ist sie vergessen, diese Metze.« Sie spuckte die Worte förmlich aus. »Die hat lange genug unsere Männer verrückt gemacht.«

»Deinen Alessandro auch?«, fragte Giulia mit weicher Stimme.

»Dieser nichtsnutzige kommunistische Bestattergehilfe.« Tiziana bekreuzigte sich. »Bei einem Mal bin ich mir ganz sicher«, hob sie an. »Da habe ich ihn im Zinksarg aus dem Hotelzimmer tragen lassen, nur in Unterhosen. Die Krüger wusste nicht, wer ich bin, und hat mir noch Trinkgeld gegeben dafür, dass ich das alles so diskret behandele – aus seinem Portemonnaie. Was soll's, war ohnehin mein Geld.«

»Was war die Gegenleistung?« Giulia dachte an die großen, vorstehenden Zähne und den Silberblick von Alessandro, und ihr wollte beim besten Willen nicht einfallen, welchen Gefallen ein Bestattergehilfe der Krüger hatte tun können.

»Also hör mal, mein Alessandro war eine echte Augenweide«, empörte sich Tiziana. »Der hätte jede haben können und sicherlich auch genommen.« Sie spuckte vor sich aus, schaute hoch in die Wolken und bekreuzigte sich wieder. Dann schien ihr etwas einzufallen. »Hatte Toni Costa auch etwas mit der Deutschen?«, fragte sie neugierig.

Giulia wiegte den Kopf.

»Du weißt es noch nicht genau«, konterte Tiziana. »Na ja, aus der aufgelösten Frau dadrin«, sie deutete mit dem Kopf auf das Haus, »wirst du nur schwer etwas herauskitzeln, wenn sie überhaupt etwas mitbekommen hat. Es kann ja nicht jeder so viel Glück haben wie mein Alessandro und nach seinem Ableben in flagranti ertappt werden.«

»Er war mit ihr am Samstag verabredet, mehr kann ich nicht sagen«, antwortete Giulia.

»Verstanden.« Tiziana wackelte zum hinteren Teil des Autos, öffnete es, klopfte dreimal auf den Deckel des Sarges und klappte ihn schließlich auf. Ein bleicher Toni Costa im schwarzen Sonntagsanzug kam zum Vorschein. Sie wischte sich die Hände an ihrer dunklen Schürze ab, beugte sich hinunter, fasste beherzt in die Haare des Toten und streckte Giulia ein kleines Büschel entgegen. »Das hätten wir«, sagte sie zufrieden und schloss mit Karacho erst den Sarg und dann das Heck ihres Wagens. »Nun mach was draus, Mädchen. Ich muss los.« Sie küsste sich auf die rechte Handfläche, hielt sie Giulia entgegen, kletterte in ihr Auto und brauste mit aufheulendem Motor davon.

***

»Das lässt du bitte per Eilkurier zu Fontana nach Mailand bringen, und dann suchst du mir alles raus, was du zu Toni Costa finden kannst.« Giulia stand vor Elenas Schreibtisch, nippte an einem dampfenden Pappbecher und hielt ihrer Assistentin die Tüte mit den Haaren entgegen.

»Und wer ist das schon wieder?«, fragte Elena schroff. Dann schaute sie argwöhnisch auf das Gefäß in Giulias Hand und schüttelte den Kopf. »Die Umwelt wird es dir danken. Außerdem könntest du dich wenigstens zu einem ›Guten Morgen‹ hinreißen lassen, auch wenn du damit in diesem Laden eine Ausnahme wärst.« Elena verzog beleidigt den Mund und stierte in die leere Kaffeetasse auf ihrem Schreibtisch.

Giulia verdrehte die Augen. »Gut, ich hole dir einen.« Sie griff nach der Tasse und verschwand, um kurz darauf mit einem frischen Kaffee zurückzukehren. »Hast du noch *Biscotti* da? Ich habe viel zu zeitig gefrühstückt.«

»Aha, daher die ungewohnte Freundlichkeit«, konterte Elena, bückte sich und zog aus dem neben ihrem Schreibtisch stehenden überquellenden Einkaufskorb einen Beutel Plätzchen, den sie Giulia zuwarf. »Ich bin noch nicht einmal zum Auspacken gekommen, so viel Trubel herrscht hier.«

»Toni Costa war der letzte Mann, mit dem die Krüger in der Nacht ihres Todes zusammen war, also das vermute ich zumindest«, sagte Giulia kauend. Viel hatte sie aus dessen Witwe nicht herausbekommen. Costa soll ohne seine Frau am Samstag beim Guzzi-Fest gewesen und gegen elf Uhr angetrunken nach Hause gekommen sein. Er hatte, und daran erinnerte Signora Costa sich genau, nach fremdem Parfüm gerochen, worüber die Eheleute in Streit geraten waren. Frau Costa war darauf mitsamt ihrem Bettzeug zu ihrer Mutter geflüchtet, die im Haus der Familie eine Einliegerwohnung besitzt. Die alte Dame hatte das bestätigt, nicht ohne die Flasche Limoncello zu erwähnen, die ihre Tochter zum Trost allein geleert hatte. Aber das Schlimmste sollte erst noch kommen, denn am Freitag bereits soll Costa, der dreißig Jahre an der Pforte des Moto-Guzzi-Werks gesessen hatte, seine fristlose Kündigung erhalten haben. Nicht einmal zum legendären Guzzi-Fest durfte er zurückkehren. Dieser Schock und die damit einhergehende Schmach hatten wohl zu dem Herzinfarkt geführt, das vermutete jedenfalls die Witwe, die die Guzzi-Werke auf Schadensersatz verklagen wollte.

»Na hoffentlich ist das endlich unser Mann. Der irre Alte in der U-Haft ist jedenfalls ganz sicher nicht unser Mörder. Ich habe das Protokoll noch einmal in Ruhe gelesen. Der verarscht uns. Womöglich will er auf Kosten des Steuerzahlers seinen Lebensabend verbringen – statt ein teures Pflegeheim lieber Vollpension auf Staatskosten.« Elena blätterte in ihren Akten. »Wie lange willst du den eigentlich noch schmoren lassen?«

Giulia zuckte mit den Schultern, dann sagte sie lächelnd: »Da werden wohl noch viele Wolken über den See ziehen.« Seit ihrer Kindheit hatte sie darauf gewartet, es dem Alten einmal heimzuzahlen. Das schreckliche Essen, das in der U-Haft ausgegeben wurde, kam ihr da gerade recht. Überdies wusste sie, dass Chiappi, getrennt von seiner geliebten Astore, tausend Tode starb, aus Angst, jemand könnte ihm die Maschine entwenden oder einfach nur anfassen.

»Ich habe auch noch was Neues für dich.« Elena schaute Giulia über den Rand ihrer Brille hinweg an. »Dieser Roberto Ferri ist pleite, das habe ich dir ja schon berichtet.« Elena wartete auf Giulias Reaktion. Die nickte. »Wenn das Testament der Krüger fällig wird, ändert sich das schlagartig.«

»Welches Testament?«, fragte Giulia, hellhörig geworden.

»Davon will ich dir doch die ganze Zeit erzählen. Riso war noch einmal mit seinen Leuten im Haus der Toten. Sie haben dieses Mal wirklich alles auseinandergenommen, so wie du es angeordnet hast. In diesem ausgeweideten Fernseher, der mit dem Plattenspieler – du erinnerst dich? Da war ein Schließfachschlüssel nebst Adresse der Bank eingeklebt. Unicredit, Via Montanara, Lecco. Dort hatte ich gerade ein Date. Jetzt halt dich fest. In dem Fach war nur ein liebliches Schreiben an Roberto Ferri, aber der Inhalt, der hat es in sich. Ferri ist damit ein reicher Mann, zweihunderttausend Euro, das gesamte Geld der Krüger, notariell beglaubigt.«

»Du meinst, er erbt ihr ganzes Vermögen? Auch das Haus?«, vergewisserte sich Giulia.

»Nein, das meine ich eben nicht«, widersprach Elena. »Roberto Ferri erbt ihren Sparstrumpf, wie auch immer die den so gut gefüllt hat.«

»Und wer kriegt dann den Rest?«

»Alfonso Fabio Gazetti, der Chef der Moto-Guzzi-Werke in Mandello de Lario.«

***

»Meine Eintrittskarte für die Oper, die Quittung für die Hotelübernachtung und meine Rechnung von der Bar.« Roberto Ferri legte alles auf Giulias Schreibtisch und schaute sie dabei unverwandt an. »Bitte beachten Sie auch die Uhrzeit auf dem letzten Beleg. Ein Uhr sechsunddreißig.« Er wiederholte den Satz mehrfach und deutete dabei immer wieder auf die Zettel.

»Herr Ferri, wir haben Ihr Alibi bereits überprüft«, antwortete Giulia ungerührt. Angesichts Elenas Entdeckungen und der noch jungen Freundschaft zwischen Jacopo und diesem Mann beschlich sie ein zunehmendes Misstrauen. Die Opernkarte war nicht personalisiert und damit unbrauchbar. Das Hotel hatte Ferris Anwesenheit bestätigt, konnte allerdings aufgrund des Schichtwechsels nicht zuverlässig die Uhrzeit seines nächtlichen Eintreffens bezeugen. Da er zudem nicht in der hoteleigenen Tiefgarage, sondern in einer Seitenstraße geparkt hatte, ließen sich auch die Aufzeichnungen der Überwachungskameras nicht heranziehen. Aber was Giulia vor allem stutzig werden ließ, war die Vehemenz, mit der Ferri auf den Zeitpunkt seines Barbesuches pochte. Sie hatte ihm gegenüber den Zeitraum, in dem Angelika Krüger ermordet worden war, nie erwähnt. Etwa eine Stunde Autofahrt lag zwischen Abbadia Lariana und Mailand. Selbst nach dem Ende der Oper hätte er noch genug Zeit gehabt, auf den Berg zu fahren, die Krüger umzubringen, den Rückweg anzutreten und sich in die Hotelbar zu setzen.

»Warum haben Sie mich dann herbestellt?«, fragte Ferri.

»Sie wissen, dass Sie das Geldvermögen von Frau Krüger erben?« Angesichts der Motivlage hatte Giulia keine andere Wahl gehabt, als mit Ferri zu sprechen. Da sie jedoch Sorge hatte, in Ferris Villa ihrem eigenen Mann über den Weg zu laufen – was weder dem Fall noch ihrer Ehe dienlich gewesen wäre –, hatte sie Elena gebeten, Ferri offiziell und unverzüglich vorzuladen. Der hatte beteuert, auch nach dem Tod von Angelika in ihrer Schuld zu stehen, und war umgehend in der *Questura* erschienen.

»Natürlich. Wir haben über das Geld gesprochen. Im Gegenzug wäre sie im Falle eines vorzeitigen Ablebens meinerseits von mir bedacht worden. Wie ich bereits erwähnte: Wir hatten nur uns.« Er schien sich keiner Schuld bewusst zu sein und nicht zu ahnen, worauf Giulia hinauswollte.

»Wissen Sie auch, wem sie das Haus in Abbadia Lariana vermacht hat?«, fragte Giulia weiter.

Er zögerte kurz. »Wissen Sie es?«

»Herr Ferri, ich denke, wir wissen es beide.« Giulia fragte sich, ob Ferri und Gazetti einander kannten. Ferri schien sich jedenfalls augenscheinlich nicht daran zu stören, dass auch Gazetti im Testament bedacht worden war. Er machte nicht einmal den Eindruck, als ob es ihn in irgendeiner Weise verwunderte.

Ferri schwieg und schloss für ein paar Sekunden die Augen. Selbst als Giulia ihn mit den Aussagen seiner Bank konfrontierte, blieb er stumm. »Habgier ist ein handfestes Motiv für einen Mord. Die Summe von zweihunderttausend Euro macht das nicht schwächer, im Gegenteil.«

Der ehemalige Tänzer öffnete die Augen. »Ein Menschenleben ist wertvoller. Es ist unbezahlbar«, entgegnete er. »Ich bin kein reicher Mann, das wissen Sie. In meinem Beruf schaffen das nur die wenigsten, und ich glaube, dass es dafür mehr Glück braucht als Talent. Aber ich bin nicht der blauäugige Traumtänzer, für den Sie mich vielleicht halten, zumindest nicht in finanziellen Dingen.« Er machte eine Pause. »Es gibt keine Schulden und eine Villa, die mehrere Millionen Euro wert ist. Wenn ich gezwungen wäre, würde ich die Immobilie verkaufen – bevor ich auf die Idee käme, meine einzige wahre Freundin des Kostbarsten zu berauben.«

»Sie lieben dieses Haus«, konstatierte Giulia.

Er schluckte. »Ja. Deswegen werde ich ab nächsten Monat zwei Etagen an gut betuchte Feriengäste vermieten, die ihr eigenes Boot mitbringen können und bei mir Ruhe und Abgeschiedenheit finden.« Seine Augen ruhten auf Giulia. »Das erfordert ein intaktes Bootshaus.«

»Und dafür kommt Ihnen das Erbe gerade recht.« Giulia verstand, was er ihr sagen wollte, ließ sich aber nichts anmerken.

»Wenn Sie so wollen. Angelikas Erspartes erleichtert es.« Ferri klang freundlich und in keiner Weise aufgeregt.

»Wie, meinen Sie, ist Ihre Freundin an so viel Geld gekommen?

Wenn man mit knapp fünfzig seine Karriere beendet, versiegen die Quellen irgendwann.« Giulia dachte an Jacopo und seine Einschätzung vom Charakter dieses Mannes. Die im krassen Gegensatz dazu stehenden Worte von Signora Salvatore kamen ihr ebenfalls in den Sinn.

»Neben ihrer üppigen Altersversorgung? Nun ja, Angelika hatte überall ihre Hände im Spiel, auch bei Dingen, die … wie soll ich sagen, Dinge, von denen ein rechtschaffener Mensch die Finger lassen würde.« Trotz des über ihm schwebenden Mordverdachtes verhielt sich Ferri auch weiterhin loyal seiner Freundin gegenüber.

»Sie meinen die Hinterlassenschaften von Claudio Salvatore, die Sie sich haben versilbern lassen?«, hakte Giulia ein.

»Sie sprechen im Plural, ich habe es durchaus bemerkt«, erwiderte Ferri. »Nun, ich gebe zu, dass dies zu den düsteren Kapiteln meines Lebens gehört. Angelika konnte zuweilen äußerst besitzergreifend und dominant sein. Dennoch hätte ich ihr den Gefallen niemals tun dürfen. Das weiß ich inzwischen.« Wieder unterbrach er sich und schaute Giulia eine Weile schweigend an. »Ich schäme mich bis heute dafür. Es war mir ein dringendes Anliegen, mich bei der Witwe zu entschuldigen, aber sie wollte mich nicht anhören. Auf meine Briefe hat sie nie reagiert.«

»Haben Sie sich häufiger für die Geschäfte Ihrer Freundin einspannen lassen?«, hakte Giulia nach. Sie war durchaus geneigt, ihm seine offenkundige Betroffenheit abzunehmen.

»Nein. Niemals wieder.«

»Aber Sie wussten davon?«

»Mehr oder weniger. Angelika hat gern ein wenig geprahlt. Als sie es wieder einmal übertrieben hat, habe ich sie gebeten, mich damit nicht mehr zu belästigen. Daran hat sie sich konsequent gehalten. Wie sie bei allem konsequent war.« Über Ferris Gesicht huschte ein Anflug von Trauer.

»Sie können mir also nicht mehr zu den kriminellen Machenschaften von Frau Krüger sagen?«

Er verneinte.

»Es gibt da ein Notizbuch …«

Ferri seufzte tief.

»In diesem Buch hat sie ihre Liebhaber und auch, sagen wir mal, ihre Tauschhandel dokumentiert. Beischlaf gegen *Bitto*, Anglerlizenzen …«

»Das ist nichts, was ich hören möchte, wirklich nicht.« Ferri schloss erneut die Augen. »Denken Sie bitte dennoch nicht schlecht von ihr. Sie war einer der wunderbarsten Menschen, die ich kennenlernen durfte. Die Lücke, die ihr Tod hinterlässt, ist immens.«

»Sie wissen nichts darüber?«

»Nein. Ich ahnte vieles, habe mich aber dagegen verschlossen. Eine Freundschaft kann nicht alles gutheißen und nicht alles verzeihen. Ich wollte das zwischen Angelika und mir nicht aufs Spiel setzen.« Er atmete schwer.

Es war Mittag geworden, als Giulia Roberto Ferri verabschiedet hatte. Der Mann hatte sie ratlos zurückgelassen. Aufgewühlt von der Undurchsichtigkeit dieses Falles und der in ihn verwickelten Menschen, stand sie am Fenster ihres Büros und knabberte Elenas *Biscotti*. Wenn Jacopo einen großen Auftrag hatte, gab es für Giulia keine vorgekochten Mahlzeiten, das war die eiserne Regel im Hause Pavese / Cesare. Die Plätzchen mussten also für heute genügen.

Ohne dass sie sie bemerkt hatte, stand Elena plötzlich hinter ihr. »Du musst etwas Anständiges essen.« Sie stellte ihr einen Teller mit Tomaten und einem großen Stück Büffelmozzarella auf den Schreibtisch. Daneben drapierte sie eine kleine Flasche Olivenöl sowie Salz- und Pfefferstreuer, außerdem eine Serviette und ein Stück Weißbrot.

Giulia beobachtete sie dabei lächelnd. »Wenn ich dich nicht hätte.«

»Meine Qualitäten als Hausfrau und Mutter sind unübertroffen«, scherzte Elena.

»Du bist weder das eine noch das andere, aber dein Talent, die Versorgungslage zu sichern, ist grandios. Danke.« Giulia wusste, dass sie ihrer Assistentin gegenüber oftmals zu schroff auftrat und sich zu selten für ihre Arbeit bedankte. Dabei räumte Elena klaglos alles ab, was Giulia als Zeitverschwendung abtat. Small Talk mit den Kollegen, Geburtstagskarten oder eben die ein oder andere Wohlfühlrunde mit Keksen und Kaffee. Giulia eignete sich dafür nicht im Geringsten, erst recht nicht, wenn es einen Mordfall aufzuklären galt. Dann hatte sie nur ihre Ermittlungen im Kopf, getrieben von dem Bedürfnis, die Welt ein bisschen gerechter zu machen.

Elena schaute sie eine Weile besorgt an und verließ dann wortlos das Büro. Sie war kaum draußen, als die Tür mit Wucht aufflog, die Zorzi hereinpreschte und sich mit verschränkten Armen wie eine wandelnde Drohung im Zimmer aufbaute. Keine zwei Meter hinter ihr postierte sich ein junger Mann, dessen Segelohren rot glühten und bei dem es sich zweifelsohne um Signore Mancini, den neuen Assistenten der Chefin, handeln musste. Giulia ignorierte die Zorzi und musterte den Fremden ungeniert. Er bemerkte das und wurde mit jeder Sekunde nervöser, was sich im Hin- und Herwiegen seines Oberkörpers und dem gesenkten Blick zeigte.

»Commissario«, keifte die Zorzi. »Nachdem ich gestern Ihre Arbeit erledigen musste, möchte ich Sie nun dringend ersuchen, den Erlass des Haftbefehles gegen Josefo Filippo Chiapponi zu forcieren. Der Herr dürfte Ihnen ja bekannt sein. Sein Geständnis ist dazu wohl ausreichend.« Sie rümpfte die schmale Nase. »Ich habe als Chefin dieser Abteilung Wichtigeres zu tun. Nun, der Mordfall Krüger scheint der Aufklärung entgegenzugehen. Wenigstens die Formalitäten sollten Sie nicht überfordern.«

Signore Mancini nickte im Takt ihrer Worte.

Giulia fixierte die Zorzi mit schmalen Augen und fragte sich, ob die Chefin sie wirklich für so blöd halten konnte. Das Geständnis mochte zwar für einen Haftbefehl ausreichen, aber kein Staatsanwalt dieser Welt würde sich nur mit Indizien zufriedengeben, zumal Chiappis Aussage bei mehrmaligem Nachfragen wie ein Kartenhaus in sich zusammenfiel. Giulia würde sich lächerlich machen, aber offenkundig war es genau das, was die Zorzi bezweckte.

»Entschuldigung, darf ich fragen, was Sie in meinem Büro suchen? Hier findet eine interne Besprechung statt. Ich würde Sie also bitten, uns allein zu lassen.« Giulia beugte sich leicht zur Seite und schaute an der Zorzi vorbei in Richtung des jungen Mannes.

Aus Elenas Büro klang ein leises, aber deutlich vernehmbares Kichern.

Signore Mancini schnappte nach Luft, machte auf dem Absatz kehrt und eilte hektisch hinaus.

Die Zorzi sah erst Giulia an und dann ihrem fliehenden Assistenten nach. Sie wirkte ein wenig aus dem Konzept gebracht, richtete den Kragen ihres Jacketts und räusperte sich. »Signore Mancini ist mein neuer Assistent. Er wird eng mit Ihnen zusammenarbeiten. Ich dachte, das hätte sich bereits herumgesprochen.«

»Mitnichten, aber ich freue mich, dass wir so tatkräftige Unterstützung bekommen. Was den aktuellen Fall angeht …«

»Entschuldigung«, Elena steckte den Kopf zur Tür herein, »ein Herr Alfonso Gazetti ist in der Leitung. Es ist offenbar sehr dringend.«

Noch ehe Giulia darauf reagieren konnte, drehte sich die Zorzi um. Ihr stark geschminktes Gesicht glühte in dunklem Rot, als hätte man sie bei etwas Unrechtem ertappt. Sie fuchtelte unkoordiniert mit den Armen umher, fand augenscheinlich keine Verwendung für diese und stiebte auf wackligen Beinen und mit einem schnippischen »Ich rufe sofort zurück« davon. Mancini, der bei Elena im Büro gewartet hatte, trippelte ihr in gebührendem Abstand hinterher.

Giulia und Elena schauten einander verblüfft an.

»Der Anruf war nicht für sie.« Elena fand als Erste ihre Sprache wieder. »Er wollte dich sprechen.«

»Mhm, dachte ich mir schon. Aber jetzt wissen wir wenigstens, wieso die Zorzi so viel Interesse an einer schnellen Aufklärung des Falles hat«, entgegnete Giulia mit süffisantem Lächeln.

»Du meinst, sie kennt Gazetti näher?«, fragte Elena ungläubig. »Immerhin ist er als Geschäftsführer von Moto Guzzi quasi ein Promi hier bei uns am See.«

»Sie kennt ihn gut, den begehrtesten Junggesellen am Lago, und das ist, glaube ich, noch untertrieben. Ihre Augen und ihre Körperhaltung haben soeben Bände gesprochen.« Giulia schaute noch immer auf die geöffnete Tür, durch die ihre Chefin verschwunden war. Dass dies einem Profi wie der Zorzi passieren konnte, hätte sie nie für möglich gehalten. Aber auch ein »Kampfsingle«, wie Elena gern frotzelte, wurde irgendwann einmal von Amors Pfeil erwischt. Man konnte es ihr nicht verdenken, Gazetti war ein echter Hingucker, wenn man auf Anzugträger stand, und er war smart und erfolgreich, was für die Zorzi sicherlich ein entscheidendes Kriterium war. Dass ihre Chefin diese Schwäche, und das waren Emotionen für sie zweifellos, nicht vor ihren Untergebenen offenbaren wollte, leuchtete Giulia ein. Dass sie es dennoch getan hatte, mochte am Überschwang der Hormone liegen. Oder sollte ihre Reaktion in erster Linie mit ihrer aus dem Verhältnis rührenden persönlichen Befangenheit zu tun haben? Gazetti war zunächst nur ein einfacher Zeuge gewesen, aber nach den aktuellen Entwicklungen könnte der Mann durchaus etwas zu verbergen haben. Allerdings wusste die Zorzi noch nichts von Giulias Verdacht gegen Gazetti, dafür hätte sie die Chefin laufend informieren müssen. Doch das umschiffte Giulia tunlichst. Wenn überhaupt, dann war Gazetti aus Sicht der Zorzi höchstens am Rande in diesen Mordfall involviert. Für eine überkorrekte Aufsteigerin wie sie mochte schon das zu viel sein, denn allein der Anschein konnte sie ihren makellosen Ruf kosten.

»Du meinst, sie vögelt mit ihm?«, kreischte Elena. »Das hieße ja … die Zorzi ist ein Mensch!«

»Elena!«

***

Der goldene Adler auf dem in kräftigem Rot lackierten Tor zum Moto-Guzzi-Firmengelände in Mandello de Lario funkelte in der Sonne. Giulia stutzte. Sie hatte den Haupteingang zum Guzzi-Werk anders in Erinnerung gehabt. Verblichene Farben, ein in die Jahre gekommenes Wahrzeichen, hier und da Roststellen und bröselnder Putz hatten das äußere Bild geprägt. Dabei musste es auch im Inneren des Traditionsunternehmens gekriselt haben, so hatten es zumindest die Zeitungen berichtet. Aber mit der Übernahme durch die Piaggio-Gruppe, einem toskanischen Fahrzeughersteller, hatten die Kult-Motorräder vom Comer See wieder Aufwind bekommen, und das Geschäft brummte offenbar. Der Stammsitz in Mandello war gründlich modernisiert worden, was – wenn Giulia Elenas Tratsch- und Klatschgeschichten glauben durfte – sicherlich auch an dem neuen Geschäftsführer Alfonso Fabio Gazetti lag.

Unschlüssig betrachtete sie den straßenseitigen, lang gezogenen gelben Verwaltungsbau und das direkt dahinterliegende Produktionsgebäude. Gazetti würde ihr so einiges erklären müssen. Von einem fremden Menschen, so zumindest hatte er es behauptet, zu erben war sicherlich nicht an der Tagesordnung. Er musste in irgendeinem Verhältnis zu Angelika Krüger gestanden haben, auch wenn er das bislang vehement bestritten hatte. In Anbetracht einer möglichen Affäre zwischen der Zorzi und ihm könnte das noch zu einer richtig unschönen Sache werden – für die Zorzi wohlgemerkt. Giulia sah jetzt schon deren entsetztes Gesicht vor sich, wenn sie Gazetti als Tatverdächtigen präsentierte, und das würde sie, sollte das jetzige Gespräch dies auch nur im Ansatz rechtfertigen. Die Aussicht auf Genugtuung gefiel ihr, auch wenn das nicht gerade ein professioneller Zug war. Im Fall Zorzi war ihr das jedoch gleichgültig. Diese Frau musste einfach mal jemand in ihre Schranken weisen, und hier bot sich eine hervorragende Gelegenheit.

Es klopfte gegen eine Scheibe. Giulia schaute zum Fenster links neben dem Tor und erblickte eine Frau, die sie mit Gesten aufforderte, nicht sinnlos vor dem Eingang herumzuhängen. Gerade als das augenscheinlich garstige Weib Anstalten machte, herauszukommen, fuhr das Haupttor langsam nach rechts auf, und Roberto Ferri trat heraus. Hinter ihm folgte Alfonso Fabio Gazetti. Die Männer blieben stehen, schauten sich schweigend an und umarmten einander herzlich. Dann erblickten sie Giulia, die wortlos an sie herangetreten war.

»Geh ruhig, Roberto, ich mache das«, sagte Gazetti mit warmherziger Stimme und mit einem Gestus, der erahnen ließ, dass sich die beiden nahestanden.

Roberto Ferri schaute Giulia unsicher an, verabschiedete sich freundlich, nickte Gazetti mit sichtlicher Erleichterung zu und eilte dann davon.

»Na dann machen Sie mal, Herr Gazetti«, sagte Giulia forsch und folgte ihm auf das Werksgelände. Das elektrische Tor schloss sich hinter ihr, und aus dem Augenwinkel sah sie, wie die unhöfliche Frau sie durch das zum Hof hinausgehende Fenster der Pforte argwöhnisch beobachtete. Ihr Telefon klingelte in ihrer Hosentasche. Das könnte Professore Fontana sein, dachte sie und zog es eilig hervor, ohne weiter auf den bereits mit Small Talk beschäftigten Gazetti zu achten. Tatsächlich, der Professore. Sie ließ sich ein wenig hinter Gazetti zurückfallen, der ihr bedeutete, dass er im Guzzi-Museum auf sie warten würde.

»Was hast du?«, zischte Giulia leise, schließlich konnten überall fremde Ohren lauern.

Fontana störte sich nicht an ihrer Ruppigkeit. »Toni Costa ist unser Mann. Definitiv. Er hat der Deutschen als Letzter beigewohnt. Volltreffer.« Er feixte über seine eigene Formulierung. »Gut gemacht, Commissario. *Ciao,* du Gestresste.« Fontana hatte aufgelegt. »Endlich«, seufzte Giulia. Damit kam Toni Costa auch als Mörder in Betracht, nur dass sie ihn nicht mehr dazu befragen konnte. Entschlossen betrat sie das Guzzi-Museum. Jacopo war fast schon ein Besessener, wenn es um die Motorräder ging. Stundenlang konnte er hier umherlaufen und würde auch nach dem hundertsten Besuch noch irgendein neues Detail entdecken. Sein größter Traum war eine Moto-Guzzi-Sport 14 mit Beiwagen aus dem Jahr 1929, wie sie der Bürgermeister Peppone Bottazzi in den *Don Camillo und Peppone*-Romanen fuhr und wie sie hier irgendwo in dieser riesigen Ausstellungshalle herumstand.

Giulia passierte die beiden am Eingang aufgebauten Modelle der Guzzi-Familie, die Normale von 1921 und die 8V von 1957, und durchquerte zügig das lange Gebäude auf der Suche nach Gazetti. Der stand telefonierend neben einer hochbeinigen, mit rotem Samt ausgelegten Holzvitrine, die ein altes Motorrad beherbergte, das Giulia schon zur Genüge betrachtet hatte und vor dem jeder Besucher andächtig stehen blieb. Bei Giulias Eintreffen beendete er das Gespräch umgehend.

»Toni Costa, Sie kennen ihn, Herr Gazetti«, begann Giulia die Befragung ohne viel Federlesen. »Der Mann hat bei Ihnen ein halbes Leben an der Pforte gesessen und ist am Dienstag plötzlich verstorben. Kurz vorher haben Sie ihm fristlos gekündigt.« Giulia schaute Gazetti aus schmalen Augen an. Sie wählte diesen Einstieg in die Befragung mit Bedacht. Manchmal war es besser, schräg von der Seite zu kommen anstatt direkt von vorn, und Toni Costa war derzeit für sie die einzige greifbare Verbindung zwischen der Toten und Gazetti.

Zärtlich strich er mit der rechten Hand über das hellbraune Holz des Glaskastens. »Sehen Sie, Frau Commissario, das ist unser Heiligtum, die erste Guzzi, der Anfang von alledem hier.« Er machte eine weit ausholende Geste. »Das ist der Prototyp von 1920, eine Einzylindermaschine mit zwölf PS.« Pause. »Es gibt nur dieses eine Stück, unbezahlbar.« Er räusperte sich und straffte die Schultern. »Hier stehen viele solcher Schätzchen, aber sie ist die Königin.«

Giulia dachte an die Vorträge von Jacopo über »die Königin«, die sie schon über sich hatte ergehen lassen müssen, und fragte sich, wie weit Gazetti sein Ablenkungsmanöver treiben wollte. Bisher war sie bereit, ihm zuzuhören, aber das konnte sich schlagartig ändern.

»Es ist ein Wunder, dass diese Maschine überhaupt noch existiert. Wenn Sie bedenken, dass Carlo Guzzi und Giorgio Parodi damals nicht den Hauch einer Ahnung haben konnten, welche Begeisterung sie mit ihrer Erfindung auslösen würden. Die beiden Freunde haben gemeinsam an diesem Motorrad geschraubt. Das beeindruckt mich immer wieder.« Gazetti betrachtete die aus Giulias Sicht rostige alte Gurke voller Ehrfurcht. »Wissen Sie eigentlich, dass es ursprünglich drei Gesellschafter geben sollte? Giovanni Ravelli, der Pilot, kam leider kurz vor der Gründung der Firma durch einen Flugzeugabsturz ums Leben. Ihm zum Gedenken haben sich Guzzi und Parodi für den Adler mit den ausgebreiteten Schwingen als Markenzeichen entschieden. Daran hat bis heute niemand gerüttelt. Das ist Gesetz.« Er schaute Giulia eindringlich an. »Was ich Ihnen sagen will: Niemand, der zur Guzzi-Familie gehört, und bitte begreifen Sie diesen Begriff nicht als Floskel, niemand, der für Guzzi arbeitet, schädigt das Unternehmen.«

»Aber Toni Costa …«, hob Giulia an, die ahnte, worauf er hinauswollte.

Er hob die Hand als Signal, ihn ausreden zu lassen.

»Wir sind ein Traditionsunternehmen und haben das große Glück, trotz aller Widrigkeiten noch immer an unserem alten Standort zu sitzen. Hier hat alles angefangen. Dahinten ist das Grab von Carlo Guzzi.« Er schaute aus einem der Fenster. »Mehr Authentizität geht nicht. Die Guzzi gehört nach Mandello de Lario. Sie gehört zu den Menschen, die hier leben. Sie ist ein Teil ihrer Geschichte, und sie wird auch zu ihrer Zukunft gehören.« Er schluckte. »Toni Costa hat viele Jahre unsere Philosophie geteilt. Denn bei Guzzi muss man nicht Ingenieur sein, um etwas zu gelten. Wir sind alle nur kleine Zahnräder in einem großen Getriebe.«

Giulia wurde das Gefasel langsam zu viel, aber sie ließ ihn weiterreden.

»Es gab Verbindungen zu einem russischen Oligarchen. Ein paar unserer alten Ersatzteile, einiges, was im Museum steht, ist verschwunden. Wir sind erst letzte Woche dahintergekommen. Der Motor einer Guzzi 4V von 1924, das ist die, die auf der Rennstrecke von Monza europäisches Gold holte, ist weg. Die Bicilindrica 500 aus dem Jahr 1946 von Ombono Tenni hat ihre Startnummer eingebüßt.« Er schaute Giulia an und fügte dann erklärend hinzu: »Ombono Tenni war vor dem Zweiten Weltkrieg einer der besten italienischen Motorradrennfahrer. Zwischen 1933 und 1947 gewann er für uns siebenundvierzig bedeutende Rennen und Meisterschaften.«

Sie nickte wissend, obwohl sie keinen blassen Schimmer von Motorsportgeschichte hatte.

»Ich könnte Ihnen noch einige Teile nennen, die hier auf mysteriöse Weise herausgewandert sind«, sagte er frustriert. »Der materielle Wert ist das eine und aus meiner Sicht zu verschmerzen. Aber der geistig-emotionale Schaden für unser Unternehmen …« Er schüttelte den Kopf. »Das ist so, als ob Ihnen jemand einen Teil Ihrer Geschichte raubt, der dann unwiederbringlich verloren ist.«

»Toni Costa kannte sich mit den Sicherheitssystemen aus«, sprach Giulia ihre Gedanken laut aus. »Aber wie bringen Sie den einfachen Pförtner mit einem russischen Oligarchen in Verbindung? Ist das nicht etwas zu weit hergeholt?«

»Keineswegs, wenn man mit Angelika Krüger befreundet ist.« Gazettis Stimme klang verbittert.

»Angelika Krüger … Und Costa hat den Diebstahl zugegeben?«, fragte Giulia überrascht. Das war wieder ein neues Puzzlestück im Fall der toten Deutschen. »Costa hat im Auftrag der Krüger die Teile hier herausgeschafft? Er wusste, was wertvoll ist … oder hat der Russe seine Wünsche geordert?«

»Ich vermute Letzteres. Und ja, der arme Toni hat alles zugegeben. Dabei hat er keine fünfhundert Euro verdient. Die feine Signora Krüger hingegen … na ja, reden wir lieber nicht davon.« Gazetti winkte ab. »Glücklicherweise haben wir zwei wirklich pfiffige Reinigungskräfte, denen der Verlust rasch aufgefallen ist. Das meinte ich vorhin mit der Guzzi-Familie.« Er bemühte sich um ein Lächeln.

»Das ist ja ganz schön harter Tobak«, erwiderte Giulia nachdenklich. »Ob Sie das Diebesgut allerdings jemals wiedersehen, ist fraglich. Meine Erfahrung in solchen Fällen ist …«

»Darum geht es nicht«, fiel Gazetti ihr ins Wort. »Sie haben mich gefragt, warum ich Toni entlassen habe, und das ist der Grund. Es gab keine andere Möglichkeit. Ein derart zerstörtes Vertrauensverhältnis lässt sich nicht wieder kitten. Dass es der arme Kerl vor lauter Kummer mit dem Herzen bekommen hat, tut mir sehr leid, aber ich kann es bedauerlicherweise nicht mehr ändern.« Gazetti machte ein betroffenes Gesicht.

»Seit wann genau wussten Sie von dem Diebstahl?«, hakte Giulia nach.

»Seit Freitag. Die Putzkräfte kommen nach Feierabend, und die beiden Frauen sind sofort mit ihrer Entdeckung zu mir gekommen. Ich habe Toni zu mir zitiert und zu der Sache befragt. Er ist sofort eingebrochen, hat nicht mal versucht, irgendetwas abzustreiten. Dann musste ich die Kündigung aussprechen. Das Guzzi-Wochenende habe ich mit Aushilfen überbrückt. Die Kollegen haben das natürlich schnell bemerkt. Toni nicht beim Guzzi-Fest – das hat es noch nie gegeben.« Gazetti redete immer schneller, und man merkte ihm an, wie aufgewühlt er war.

»Sie haben mir am Montag von einem Streit mit Angelika Krüger während des Festes erzählt. Zeugen haben das bestätigt. Ging es dabei vielleicht in Wahrheit um den Diebstahl?«, fragte Giulia und ahnte dabei schon, wie die Antwort ausfallen würde.

»Ja. Ich habe ihr gesagt, dass ich sie anzeigen werde, aber sie hat nur gelacht. Der gute Toni wäre wohl an ihrer Stelle zur Verantwortung gezogen worden. Sie war zu clever.« Gazetti wirkte nun ziemlich mitgenommen.

»Sie sagten bei unserem letzten Gespräch etwas von einer angetrunkenen Signora Krüger«, warf Giulia ein. »Unsere Rechtsmediziner konnten das nicht bestätigen.«

Gazetti schaute ratlos. »Vielleicht war auch das eines ihrer Spielchen. Ich weiß es nicht. Möglicherweise brauchte sie diese Show oder wollte bloß Aufmerksamkeit erzeugen.«

Giulia fuhr zielstrebig fort. »Und Sie sind sich sicher, dass Ihre Wut über den unwiederbringlichen Verlust Sie in der Nacht von Samstag auf Sonntag nicht auf den Berg geführt und zu einem Mord getrieben hat?« Für Giulia offenbarte sich nun ein Motiv, auf das sie im Traum nicht gekommen wäre. »Toni Costas Witwe hat ausgesagt, dass er am Samstag gegen dreiundzwanzig Uhr zurückgekehrt ist und das Haus nicht mehr verlassen hat. Sie hat ihn wohl eingeschlossen. Also auch, wenn er alle Gründe hatte, sich an Angelika Krüger zu rächen. Er war es nicht. Sie hingegen …«

»Ganz sicher. Ich bin kein Mörder. Nicht einmal für meine Guzzis.« Gazetti klang entschlossen.

»Dann hätte ich gerne ein Alibi«, forderte Giulia.

»Das gibt es, aber ich möchte darüber nicht reden. Es ist … sehr privat.« Seine Stimme blieb fest.

»Signore Gazetti, Sie werden wohl darüber reden müssen, wenn ich Sie nicht vor den Staatsanwalt schleifen soll. Mordverdacht in Ihrer Position – das schädigt auch den Ruf der Guzzi-Familie.« Giulia konnte ihm ansehen, dass die Drohung ihren Zweck erfüllte.

Gazetti stierte vor sich hin. Offenkundig rang er nach Worten. »Ich will diejenige nicht mit in diese unschöne Geschichte hineinziehen. Das ist nicht meine Art. Und ich möchte … die Sache nicht gefährden. Dafür ist sie zu wichtig für mich.« Er raufte sich die Haare. »Ich stecke im Dilemma. Ich verstehe Ihre Mutmaßungen ja, aber ich habe Angelika Krüger nicht umgebracht. Das schwöre ich.«

Giulia schwieg eine Weile. »Dafür brauche ich Beweise. Es gibt Zeugen, die Sie in der Mordnacht gesehen haben. Es gab Streit. Dann der Diebstahl …«, sagte sie nachdrücklich.

»Ich weiß. Ich weiß das alles.« Er wiegelte ab.

»Herr Gazetti, nur mal für mich zum Mitschreiben, Angelika Krüger bestiehlt Ihr Unternehmen in nicht unerheblichem Maße, und kurz nachdem das auffliegt, stirbt sie. Sie haben ein handfestes Motiv, wollen aber zu Ihrer eigenen Entlastung nichts beitragen. Und« – sie hielt einen Moment inne – »Sie stehen im Testament der Krüger.«

»Wie bitte? Ich stehe wo?« Gazetti verlor schlagartig die Gesichtsfarbe und sah aus, als hätte er einen Geist erblickt.

»Sie erben das Haus von Angelika Krüger«, sagte Giulia. »Das Testament wurde auch nicht erst am Freitag der letzten Woche aufgesetzt, sondern bereits vor mehr als zwanzig Jahren. Sie verstehen sicherlich, dass diese ganze Geschichte inklusive Ihrer Aussage vom

Montag, nach der Sie von der Krüger nichts weiter wollten als ein Autogramm, äußerst befremdlich auf mich wirken muss. Es kann durchaus sein, dass eine Person des öffentlichen Interesses einem besonderen Fan etwas vermacht – aber nach nur einer Begegnung vor der Haustür, die erst zwei Jahrzehnte nach der Erbverfügung stattgefunden haben soll, entsteht bei mir der Eindruck, dass hier irgendetwas gewaltig stinkt.« Giulia fixierte Gazetti mit schmalen Augen.

Der starrte vor sich hin und wirkte apathisch.

»Ich möchte Ihnen die Geschichte mit dem Diebstahl gern glauben, aber der Rest Ihrer Aussage erscheint mir äußerst zweifelhaft. Noch dazu, nachdem ich Sie vorhin in so enger Vertrautheit mit Roberto Ferri gesehen habe.«

Pause.

»Ich habe mit Roberto nie über … über meine Mutter gesprochen«, sagte Gazetti mit gebrochener Stimme.

Giulia stockte. Sie brauchte einen Moment, bis sie sich wieder gefangen hatte. Schließlich sagte sie: »Angelika Krüger war Ihre Mutter?« Ihr Mund war trocken, und sie verspürte einen intensiven Drang nach einem starken Schnaps.

»Ja, das ist … das war sie wohl.«

»Ihre *Mutter* bestiehlt das Unternehmen, in dem *Sie* der Geschäftsführer sind?« Giulia konnte kaum glauben, was sie gerade gehört hatte.

»Eine Frau, die ihren Sohn drei Tage nach der Geburt bei den barmherzigen Schwestern abgibt, nie Kontakt zu ihm sucht, nicht mal den Namen seines Vaters preisgibt – ja, die beklaut auch das Unternehmen, für das er die Verantwortung trägt.« Gazetti bemühte sich um Fassung, aber man konnte ihm deutlich ansehen, wie nahe ihm all das ging. »Ich bin nicht lange bei den Schwestern geblieben, sondern hatte das große Glück, mit Paola und Georgio Gazetti wunderbare Pflegeeltern zu finden. Irgendwann fragt man dann aber doch nach seinen leiblichen Eltern, und mit etwas Hartnäckigkeit kriegt man ihren Namen auch heraus.«

»Mit etwas Hartnäckigkeit …«, wiederholte Giulia seine Worte nachdenklich. Dabei versuchte sie in seinem Gesicht irgendeine Ähnlichkeit mit der deutschen Diva zu finden. Vergebens.

»Wie der Zufall es wollte, hat mich das Leben dann nach Mandello de Lario verschlagen. Ganz in ihre Nähe. Ich wusste, dass sie hier lebt, und bin trotzdem gekommen. Die Neugier überstieg die Ablehnung. Deswegen der Autogrammwunsch und mein Besuch bei ihr. Es hat eine Weile gedauert, bis ich diesen Gang antreten konnte. Und ja, ich gebe es zu, am Ende war ich enttäuscht. Sie mochte auf die Männer durchaus anziehend gewirkt haben, auf mich jedoch wirkte sie eiskalt. Herzlos.«

»Woher wussten Sie, dass sie hier am See lebt?«, fiel ihm Giulia ins Wort.

»Von Roberto. Onkel Roberto.« Er lächelte. »Er hat sich mein ganzes Leben lang um mich gekümmert, ist quasi mein Ersatzvater. Ich kenne keinen besseren Menschen. Dass er mir das mit dem Erbe nicht gesagt hat …« Gazetti wirkte nachdenklich. Dann huschte Erleichterung über sein Gesicht. »Wieso auch? Wir haben nie über Angelika gesprochen, bis heute nicht. Sogar von ihrer Ermordung habe ich erst durch Sie erfahren.«

»Er wusste um die Schwächen seiner Freundin«, bemerkte Giulia.

Gazetti lachte gequält auf. »Wahrscheinlich kannte die keiner so gut wie der arme Roberto. Ich habe nie verstanden, warum er so sehr an ihr hängt. Ich glaube, ein guter Mensch kann auch nicht aus seiner Haut.«

»Aber die Krüger wusste, wer Sie sind«, mutmaßte Giulia. »Sie kannte Ihren Namen, er stand in ihrem Testament.«

»Ich habe mich damals vorgestellt, so wie es sich gehört. Sie ist kurz zusammengezuckt, das ist mir aufgefallen. Allerdings hat sie sich nichts weiter anmerken lassen. Dann prasselten ja auch schon die Schüsse auf uns ein. Gut möglich, dass sie meinen Namen bereits von Roberto gehört hat, vielleicht wollte er mich damit vor ihr schützen.« Gazetti bemühte sich um ein Lächeln.

»Verstehe«, murmelte Giulia, wobei sie die Stirn kraus zog. »Wenn ich ehrlich bin, macht die familiäre Verbindung Ihre mögliche Rolle beim Mord allerdings nicht unwahrscheinlicher.«

»Das denke ich mir. Die Rache des verlassenen Sohnes. Natürlich. Das untermauert den Verdacht.« Gazetti schien das nicht zu verunsichern.

»Sie haben bis heute keine Ahnung, wer Ihr Vater ist?«

»Da es nicht einmal Roberto weiß«, er zuckte mit den Schultern. »Denn wenn er es wüsste, hätte er es mir erzählt. Im Zweifel wusste diese Frau das selbst nicht so genau.«

»Möglich.«

»All das fällt aber unter Ihre Schweigepflicht, richtig?«, fragte Gazetti unsicher.

Bloß nicht am Image kratzen, dachte Giulia. »Selbstverständlich.« Sie nickte. »Sagen Sie, Signore Gazetti, nehmen wir einmal an, Ihr Alibi wäre eine hochrangige Mitarbeiterin der Kriminalpolizei, also *rein hypothetisch*. Sie wollen die Dame nicht in Misskredit bringen, was ich in diesem speziellen Fall durchaus nachvollziehen kann. Ich würde Ihnen entgegenkommen. Vorausgesetzt, dass Sie mir glaubhaft versichern können, dass die besagte Dame die Zusammenhänge zwischen Ihnen und dem Mordopfer nicht kennt.«

»Sie weiß nichts davon, das schwöre ich Ihnen.«

***

»Ach, Jacopo, ich liebe ja deine *Misultitt*, aber dieser Geruch …« Giulia schlängelte sich an ihrem Mann vorbei zum Weinkühlschrank, um einen kräftigen Nebbiolo herauszuangeln, den sie im Handumdrehen entkorkte.

»Finten, Pipistrello, die riechen nun mal nach Fisch«, antwortete er liebevoll, während er damit beschäftigt war, die kleinen Heringe zu putzen und auszunehmen.

»Wieso kaufst du sie nicht einfach küchenfertig?«, fragte Giulia und füllte ein Glas mit dem Wein.

Jacopo schaute kritisch zu ihr herüber. »Der muss atmen. Noch dazu, wenn du einen unserer besten Tropfen nimmst.«

»Ich hatte gestern den billigen. Heute brauche ich etwas Anständiges«, entgegnete Giulia mürrisch und ließ sich auf dem ihm gegenüberstehenden Stuhl fallen.

»Außerdem bin ich ein *Comasco*, die nehmen ihren Fang noch selbst aus. Das ist Ehrensache.« Jacopo stand auf, ging zum Herd und zog zwei Pfannen aus dem Regal daneben. Ganz in der Manier eines echten Italieners goss er Unmengen von Olivenöl hinein. Nachdem das Öl heiß war, bestückte er eine Pfanne mit den Fischen und die andere mit einer Mischung aus zerdrücktem Knoblauch, Frühlingszwiebeln, Salbeiblättern, Thymian und Zwiebeln. Während die duftende Mischung vor sich hin brutzelte, wendete er die Fische, um sie schließlich vorsichtig herauszunehmen und in eine Schüssel zu legen. Danach goss er einen großen Schuss Essig und etwas Wasser zu dem Gemüse, würzte alles mit Salz und Pfeffer, ließ es kurz aufkochen und kippte es schließlich über die Fische. Er bedeckte die Schüssel mit einem großen Teller, schob das Ganze in die äußerste Ecke der Arbeitsplatte und drehte sich mit fröhlich entschlossenem Gesicht zu Giulia um. »So, in zwölf Stunden können wir essen.«

»Sehr witzig.« Giulia verzog den Mund. »Aber gut. Dann trinke ich eben.« Sie nahm einen Schluck, wischte sich über den Mund, wohl wissend, dass die dunkle Nebbiotraube unschöne Spuren auf ihren Lippen hinterlassen würde, und schaute ins Leere.

»Ich habe noch Käse, den schneide ich dir auf. Mit ein paar Oliven und etwas Brot. So wie früher, als wir noch kein Geld hatten.« Jacopo grinste. »Also bevor wir uns überhaupt kannten, irgendwann, das muss noch vor dem Krieg gewesen sein.«

Giulia hatte nur mit einem Ohr zugehört. Die Gazetti-Geschichte beschäftigte sie noch immer. »Kannst du dir einen Mann vorstellen, der vierzig Jahre lang keine Ahnung hat, wer seine Mutter ist, sie schließlich ausfindig macht, feststellt, dass sie ein noch schlechterer Mensch ist, als er dachte, und sie dann umbringt?«, fragte sie geistesabwesend. Ohne auf Jacopo zu achten, redete sie weiter, wobei sie zwischendurch immer wieder das Weinglas zum Mund führte. »Also, so etwas kommt sicher vor, aber bei diesem Menschen, unwahrscheinlich. Außerdem wird die Zorzi ihm ein Alibi geben. Na das wird ein Spaß. Aber möglicherweise ist sie, seitdem sie einen Liebhaber hat, besser drauf. Gemerkt habe ich davon zwar noch nichts, aber wenn man Freud Glauben schenken darf …«

»Hallo Pipistrello!« Jacopo wedelte mit seiner Hand vor ihrem Gesicht. »Käse, Oliven, Brot?«

Sie fuhr zusammen und schaute ihn entgeistert an. »Ja, ja, mach nur.«

Er schüttelte den Kopf und begann, den Tisch zu decken. »Dass die Zorzi ein Verhältnis hat, wusste ich ja noch gar nicht. Welcher Kerl traut sich denn das zu?« Er klapperte mit den Tellern. »Der *Bitto* ist ganz frisch, den habe ich vorhin erst von Matteo gekauft. Ich soll dich übrigens schön grüßen.«

»Mhm. Wenn es die Männer nicht waren …« Giulia war gedanklich weit weg.

Jacopo ließ den Käseteller mit einem Scheppern auf den Tisch fallen. »Giuli, wir wollen zusammen essen. Kannst du die Arbeit vielleicht mal für ein paar Minuten vergessen.« Er nahm ein Glas aus dem Schrank und schenkte sich Wein ein.

Giulia strich sich über die Stirn. »Entschuldige, du hast ja recht. Aber diese Sache mit der Krüger … Ich komme einfach nicht weiter.« Sie nahm das Käsemesser, schnitt einen Riegel *Bitto* ab und biss hinein. »Es sind einfach zu viele Leute darin verstrickt.« Sie kaute. »Ich verliere langsam den Überblick. Die Männer …«

»Die waren es nicht«, bemerkte Jacopo wie beiläufig. Er setzte sich neben sie und brach ein Stück von dem Weißbrot ab, das er zuvor in dem Brotkorb auf den Tisch gestellt hatte.

»Na klar. Mein werter Gatte löst den Fall in Sekundenschnelle, ohne irgendeine Ahnung zu haben«, frotzelte Giulia. »Einfach so nebenbei, während des Tischdeckens.« Sie aß mit knackendem Kiefer.

»Im Ernst. Nach allem, was ich weiß, waren die Männer verrückt nach dieser Frau. Sie haben mit sich spielen lassen, jahrelang. Jeder Einzelne hätte irgendwann die Reißleine ziehen können, stattdessen sind sie ihr nachgelaufen, ohne Anstand, Würde und Charakter. Du kannst mir sagen, was du willst: Es war eine Frau. Frauen sind konsequenter als Männer, zumindest in Liebesdingen.« Jacopo angelte sich eine Olive aus der Schale, schob sie sich in den Mund, kaute und spuckte den Kern auf seine Gabel, um ihn dann vorsichtig auf seinem Teller abzulegen. »Frauen fackeln einfach nicht lange.«

»Ich bitte dich. Das würde ja bedeuten, dass wir die meisten Morde begehen. Das ist absurd«, widersprach Giulia. »Zumal ein kräftiger Schlag mit einer Flasche Rotwein nicht gerade ladylike ist.«

»Das würde ich so nicht sagen. Für mich sieht das eher nach einer Tat im Affekt aus. Die Dame hatte den Barolo gerade in der Hand, ist der Krüger begegnet, und zack. Das war nicht geplant, ganz sicher nicht. Affekt, eindeutig.« Jacopo brachte seine Vermutungen im Brustton der Überzeugung hervor. »Ein Mann geht in den Schuppen und holt eine Axt, eine Frau sucht sich etwas aus der Küche.« Er grinste.

»Interessante Theorie. Allerdings gebe ich dir recht, was den Affekt angeht.« Die einzige Frau, die Giulia direkt in den Sinn kam, war Signora Salvatore, die Witwe von Claudio Salvatore, dem einstigen Geliebten und Mäzen der Krüger. Aber wenn Jacopos Hypothese der emotionalen Erregung zutreffen sollte, dann musste sich die Frau in Abbadia Lariana aufgehalten haben. Im Affekt würde man nicht von Mailand hinaus an den See fahren und zuschlagen. Giulia hatte die Signora für den nächsten Morgen auf die *Questura* bestellt, aber wenn sie ehrlich war, machte sie sich nicht viel Hoffnung, mit dieser Dame die Täterin zu finden. »Die meisten Frauen haben ein Alibi«, murmelte sie vor sich hin und verspürte schlagartig keine Lust mehr, mit Jacopo über ihre Arbeit zu reden. »Hast du den Fisch eigentlich selbst gefangen?«, fragte sie, um vom Thema abzulenken.

Jacopo nickte eifrig. »Sozusagen. Roberto hat eine Reuse am Bootshaus. Ab und zu verirren sich wohl ein paar Fische darin. Er hat mir welche geschenkt.« Er rieb sich die Hände und griff erneut nach dem Brot. »Da dachte ich, Mensch, Jacopo, *Misultitt* hast du deiner Angebeteten lange nicht gemacht. Dabei liebt sie doch diese alten, einfachen Gerichte vom Lago. Und siehe da, morgen bekommst du ein köstliches Abendessen.« Er formte einen Kussmund und zwinkerte ihr zu.

»Wie läuft es mit deiner Baustelle?«, fragte sie und dachte daran, wie Gazetti seinen Onkel Roberto beschrieben hatte. Dazu kamen ihr die zweihunderttausend Euro von der Krüger in den Sinn, die in ein paar Wochen auf Ferris Konto eintreffen würden. Womöglich ging das mit Jacopos Job am Ende gut aus. Sie müsste ihm irgendwann von alledem erzählen. Wenn der Fall gelöst war, nicht vorher. Je weiter Roberto Ferri aus der Schusslinie kam, umso besser. Seit dem Gespräch mit Gazetti glaubte sie nicht mehr daran, dass der Freund der Krüger auch ihr Mörder war. Aber glauben und beweisen können, waren zwei verschiedene Paar Schuhe. Und sie hoffte, dass sie sich dabei nicht zu sehr von Jacopos Euphorie blenden ließ.

Sichtlich dankbar für ihr Interesse, plapperte ihr Mann drauflos: »Das Holz ist bestellt, feinste Kastanie aus der Toskana. Ich habe Roberto gesagt, etwas anderes kommt am See kaum infrage, also was Preis, Leistung und die Historie dieses Baustoffes angeht.« Er biss kräftig in sein Brot. Mit vollem Mund fuhr er fort: »Ich muss nicht alles neu machen. Erstaunlich viele Bretter haben die Zeit überdauert, aber der Boden, der ist fällig.«

»Was ist das Besondere an Kastanie?«, hakte Giulia nach und spürte, wie sie Stück für Stück wieder in ihren Fall entglitt. Der Splitter am Finger der Krüger war aus Kastanienholz. Laut Rechtsmedizin musste sie ihn sich kurz vor ihrem Tod zugezogen haben, möglicherweise sogar am Tatort.

»Kastanienholz eignet sich hervorragend für den Außenbereich. Dank des hohen Tanningehaltes, also der Gerbsäure, ist es äußerst witterungsbeständig und resistent gegen Pilzbefall und Insektenfraß. Bei den Klimaschwankungen und der Feuchtigkeit am See – perfekt!«

»Das heißt, man muss es nicht behandeln?«, wollte Giulia wissen.

»Nicht unbedingt. In den Bergen nehmen sie die entrindeten Kastanienhölzer für den Lawinenschutz. Ansonsten siehst du die Stöcke oft als Zäune. Unbehandelt.«

»Möbel?«

Jacopo klopfte auf den Tisch. »Selbstverständlich. Aber dafür würde ich es immer mit Öl oder Wachs präparieren und natürlich auch mit einem Feinschliff versehen, je nach Wunschoptik.«

»Außen …«, flüsterte Giulia. »Ein Gartenzaun.«

»Was sagst du?«

»Ach nichts. Ich habe bloß laut gedacht.« Sie leerte ihr Glas mit wenigen großen Schlucken. »Kastanienholz gibt es oft bei uns hier oben, meinst du?«

»Ja klar. Den Hühnerstall vom Pfarrer, den habe ich aus Kastanie gebaut, Matteos Ziegengatter und unsere kleine Bank im Innenhof ebenfalls.« Jacopo schnalzte mit der Zunge. »Der Käse ist mal wieder erstklassig.« Dann nahm er einen Schluck von seinem Wein und schaute Giulia an. »Du musst bald mal auf die Baustelle kommen und Roberto kennenlernen. Er wird dir gefallen.«

Giulia antwortete nicht. Sie starrte auf die kleine Fruchtfliege, die sich in seinem Weinglas verirrt hatte und um ihr Überleben kämpfte.

***

Der Cappuccino schmeckte fad. Die *Biscotti* waren zu trocken. Die Morgensonne blendete. Giulia erhob sich widerwillig von ihrem Schreibtischstuhl und ließ die Jalousien herunterfahren. Als der Motor aufhörte zu summen, ging sie zurück an ihren Platz. Auf ihrem Schreibtisch ausgebreitet lagen die Bilder des Tatortes, die Protokolle der Zeugenaussagen, der Bericht des Rechtsmediziners Fontana und auch der von Riso, der eher an das Drehbuch zu einer Seifenoper als an die Untersuchungsergebnisse der Kriminaltechnik erinnerte. Giulia nahm eines der Fotos in die Hand und betrachtete es eindringlich. »Wer war es?«, murmelte sie vor sich hin. Die Verdächtigen gingen ihr nach und nach aus. Sie stand erneut auf, um mehr Licht in ihr Büro zu lassen. Die Beschattung ratterte wieder hinauf, bis sie die Technik in halber Höhe stoppte. Nebenan hörte sie Elena genervt aufstöhnen. Sie ließ sich auf ihren Stuhl sinken, trank den letzten Schluck Cappuccino und ließ die Tasse unsanft auf dem Unterteller landen.

»Kann ich bitte noch einen haben?«, rief sie unkonzentriert.

»Das war schon dein vierter«, vermeldete Elena, ohne dass irgendetwas daraufhin deutete, dass sie Giulias Wunsch nachkam. »Zu viel Koffein macht ADHS.«

Giulia hörte nicht zu. Sie war heute in aller Herrgottsfrühe von zu Hause aufgebrochen und hatte, da sie den De Lucas noch den Korb mit dem kleinen Dankeschön schuldig war, eine Runde durch die Gemeinde gedreht. Gerade als sie an St. Antonio vorbeigekommen war, hatte der Pfarrer vor dem Haupteingang gestanden und die Tommasos in die Kirche geleitet. Er hatte Luigi, Achille, Eleonora und schließlich Francesco einem nach dem anderen die Hand auf den Rücken gelegt und sie mit strahlendem Gesicht durch das Portal ins Innere geschoben. Francesco hatte dabei seine Brieftasche gezückt und dem Pfarrer einen Geldschein zugesteckt. Prete Filippo war allerdings bei Giulias Anblick dermaßen verdattert gewesen, dass seine Hand ins Leere gegriffen hatte und die Euronote zu Boden gesegelt gewesen war. Giulia, die wahrlich nicht auf den Kopf gefallen war, hatte sofort begriffen, was der Geistliche trieb. Um sieben Uhr in der Früh gab es keine Messe, maximal eine Beichte, aber auch das war um diese Zeit eher ungewöhnlich, noch dazu ließ man sich diese nicht in der Gruppe abnehmen. Außerdem zahlte der gute Christ für gewöhnlich beim Verlassen des Gotteshauses, und zwar in den Opferstock, oder während der Kollekte, nicht aber, um hineingelassen zu werden. Ganz offenkundig räumte der Prete seinen von der nur allzu menschlichen Begierde der Neugier ergriffenen Schäfchen die großzügige Möglichkeit ein, die Astore des Campanaro in Augenschein zu nehmen. Die Gelegenheit war einmalig, und die Menschen taten mitunter erstaunliche Dinge, um ein Stück von dem Privatleben eines anderen erhaschen zu können. Dafür zu bezahlen, schien dabei nicht abwegig zu sein. Die Gewissheit, dass es dem Campanaro niemals recht gewesen wäre, seinen Augenstern den Blicken des gemeinen Pöbels auszuliefern, hob den Reiz und damit auch den Preis. Die Frage war, wer in den Genuss dieser Sammelaktion kommen sollte? Bei allen charakterlichen Schwächen des Prete waren die Gaben wohl weniger für den schlimmstenfalls notwendig werdenden Rechtsbeistand des Campanaro, sondern eher für den Weinkeller des Kirchenoberhauptes gedacht. Mit dieser Entdeckung hatte Giulias Tag bereits verheißungsvoll begonnen, aber das Unbehagen sollte sich noch steigern. Dann nämlich, als sie am Haus der Krüger vorbeigekommen war und Zeugin wurde, wie die Frauen des Dorfes das vor dem Gartenzaun aufgestapelte Meer aus Blumen in ihre Weidenkörbe packten und davontrugen. Augenscheinlich war es dabei nicht um welk gewordene Beileidsbekundungen gegangen, deren Aussortieren ein Akt der Freundlichkeit gewesen wäre, stattdessen hatte hier eine aggressive Beseitigungswut zugrunde gelegen, die Giulia ziemlich irritiert zurückgelassen hatte. Noch dazu, da die Damen ihre Beute entschlossenen Schrittes und ohne das kleinste Zeichen von Reumütigkeit gen Friedhof trugen, um dort die Gräber der Anverwandten damit zu schmücken. Die Prozession, die sich an der Kirche vorbei und die Hauptstraße Richtung Mandello hinunter gebildet hatte, war eindrucksvoll und bestand – wenig überraschend – aus den Frauen, deren Ehemänner der Krüger verfallen waren. Die Einzige, die nicht in diese Kategorie fiel, war Cesira Negri, deren Miene sich verfinsterte, als sie Giulia erblickte. Mit gemischten Gefühlen war Giulia davongefahren, um, wie der Zufall es so wollte, vor der Station der *Polizia Municipale* zwei abgestellte Moto-Guzzi-Motorräder zu erblicken, die von den Polizisten Claudio und Armando sichtlich aufgeregt umrundet und begutachtet wurden. Obwohl sie in einem Tross von anderen Autos gewesen war, die sich am Morgen nach Lecco zur Arbeit quälten, hatte Armando Giulia bemerkt und ihr auffallend fröhlich zugewunken, was ihm umgehend einen Rüffel von dem grimmig dreinblickenden Marcello eingebracht hatte. Die Drohgebärde gegenüber dem jungen De Luca hatte Wirkung gezeigt, und eigentlich hätte Giulia sich darüber freuen sollen, dass zwei Belgier kurz vor der Rückgabe ihrer entwendeten Motorräder standen, aber irgendwie bekam sie das alles hier nicht mehr zusammen.

»Wo bleibt mein Cappuccino?«, maulte sie und blätterte fahrig und unkonzentriert durch die Papiere.

Im Nebenzimmer wurden Geräusche laut. Elena trat in ihr Büro und hielt eine Vollmilchschokolade hoch. »Ist besser für die Nerven.« Sie riss die Verpackung auf, trat an den Schreibtisch und streckte Giulia die Tafel entgegen. Unter ihrem Arm klemmte eine Akte.

»Ich esse vor dem Mittagessen niemals Süßes«, sagte sie, ohne aufzuschauen.

»Meine Herren«, fauchte Elena und brach sich eine Ecke von der herrlich duftenden Nascherei ab. »Dieser Ich-löse-den-Fall-nicht-Blues geht mir langsam auf die Nerven. Du kannst halt nicht immer die Super-Commissario sein.« Sie hielt Giulia die aufgeschlagene Akte unter die Nase. »Ein Schreiben vom Anwalt der Signora Salvatore. Sie sieht keine Notwendigkeit, der Vorladung zu folgen, also das ist die Kernaussage der ersten zehn Seiten. Auf den übrigen zehn sind ihr Alibi und die entsprechenden Zeugen mit Adressen und Telefonnummern vermerkt. Ich klappere die nachher alle ab, wollte nur sichergehen, dass du informiert bist.«

»Sie also auch nicht«, knurrte Giulia.

Elena zog die Akte weg und legte sie am Rand von Giulias Schreibtisch ab. »Das hebt deine Laune noch mehr, was?«

Giulia starrte auf die Fotos der Toten. »Ich war heute Morgen bei der Zorzi.«

»Wie, so früh?« Elena sah demonstrativ auf die Uhr. »Deswegen warst du heute schon vor mir da.« Sie warf sich auf einen der Stühle, schlug die Beine übereinander und aß ungehemmt ein Stück Schokolade nach dem anderen. »Damit sei Eure Laune entschuldigt, Eure

Durchlaucht.« Elena kicherte; als Giulia nicht darauf einstieg, fuhr sie fort: »Sah sie wieder so unverschämt gut aus, dass du dich am liebsten mit einer Pizza im Kellerloch versteckt hättest?« Sie lachte laut.

»Na ja, so toll ist sie nun auch wieder nicht«, sagte Giulia bissig. »Bei dem Rock, den sie trägt, hätte auch ein Gürtel gereicht.«

»Oh, so was aus deinem Mund. Dann ist es wohl wieder richtig abgegangen beim Zickenkrieg«, entgegnete Elena.

»Nichts Zickenkrieg, Befragung, also zumindest der Versuch«, konterte Giulia säuerlich.

»Hä?« Elena blickte sie verständnislos an und hörte auf zu kauen. »Sie dich?«

»Nein, ich sie, wegen der heißen Nacht mit Alfonso Fabio Gazetti, die ihm das Alibi verschafft, das er so dringend brauchte. Dabei kam ich gar nicht so weit, das zur Sprache zu bringen.« Giulia berichtete Elena in aller Ausführlichkeit von der peinlichen Szene, die sich vor einer Stunde im Büro ihrer Chefin abgespielt hatte. Zunächst hatte sich die Zorzi Giulias Schilderungen zum Fall in Ruhe angehört, nur um dann, nachdem eine mögliche Täterschaft Gazettis einschließlich des Diebstahlmotives zur Sprache gekommen war, wie eine Hyäne auf ihre Mitarbeiterin loszugehen. Worte wie Rufmord, Sozialneid und Inkompetenz hatte sie ihr an den Kopf geknallt. Die Zorzi war, und das konnte man aus jeder ihrer Aussagen deutlich heraushören, absolut sicher, dass Gazetti nicht der Mörder sein konnte. Über ihr Verhältnis zu ihm hatte sie sich aber ausgeschwiegen. Stattdessen hatte Giulia einen Vortrag über anständige Polizeiarbeit bekommen, den sie sich gemeinsam mit dem neuen Assistenten, Signore Mancini, hatte anhören dürfen. Schließlich hatte die Zorzi angedroht, ihr den Fall zu entziehen, und sie unsanft aus ihrem Büro hinauskomplimentiert.

»Gazetti ist nicht unser Mörder«, bemerkte Elena nachdenklich.

»Mit der Aussage der Zorzi können wir das endgültig ausschließen«, entgegnete Giulia. »Er hätte ein Motiv, aber er ist für mich niemand, der seine eigene Mutter mit einer Flasche Barolo erschlägt.«

»Noch dazu ist er zu groß. Fontana hat von einem kleineren Täter gesprochen«, sagte Elena leise. »Aber das mit der Zorzi, Mannomann. Sonst halb nackt durch die Gegend laufen und alles hervorkramen, was die Männer von ihrer Arbeit ablenkt, und dann, wenn es darauf ankommt, die keusche Jungfrau mimen. Das sind mir die Liebsten.« Sie rümpfte die Nase.

Giulia rang sich ein Lächeln ab. »Na, wenigstens ist auf dich Verlass«, sagte sie immer noch angefressen.

»Du wirst dich doch von der nicht fertigmachen lassen? Commissario!« Elena stampfte mit beiden Beinen auf. »Die ist auch nicht mehr als die Tochter eines kleinen Pizzabäckers. Und wir haben bis jetzt noch jeden Fall gelöst.«

Giulia winkte ab. Gerade als sie etwas darauf antworten wollte, bemerkte sie die im Türrahmen stehende Zorzi. Ihrem Gesichtsausdruck nach zu urteilen, musste ihre Chefin schon eine ganze Weile dort zugebracht haben.

»Commissario, auf ein Wort«, sagte sie erstaunlich ruhig, wobei sie Elena mit einem vernichtenden Seitenblick bedachte. »Und Sie, Elena, dürfen der Tochter des Pizzabäckers, der es immerhin zu achtzehn Läden gebracht hat, einen Kaffee holen – aber hurtig!«

Elena lief knallrot an und hastete aus dem Büro. Zeitgleich mit dem Zuschlagen der Tür fing sie an, lauthals zu fluchen.

Giulia lehnte sich auf ihrem Schreibtischstuhl zurück und blickte die Zorzi mit gleichmütiger Miene an. Eine Freundlichkeit, die angesichts dieses Fauxpas angebracht gewesen wäre, wollte ihr dabei jedoch nicht über die Lippen kommen.

Die Zorzi ging langsam zu einem der Stühle, nahm Platz, schlug elegant die Beine übereinander und richtete in Zeitlupe die dicken Goldringe an ihren Fingern. Als sie damit endlich fertig war, hob sie den Kopf und schaute Giulia mit ausdruckslosen Augen an, die nichts mehr von der Aufregung verrieten, mit der sie ihr heute Morgen begegnet war. »Ich bin das gesamte Wochenende mit Alfonso Fabio Gazetti zusammen gewesen. Auch die Nächte.« Sie sprach mit fester Stimme und betonte jede einzelne Silbe überdeutlich.

Giulia wartete einen Moment ab, bis sie antwortete. »Gut. Dann hat Signore Gazetti ein Alibi, das ihn als Täter ausscheiden lässt.«

»Damit sind wir uns einig«, erwiderte die Zorzi kühl und schickte sich an aufzustehen, hielt aber inne, als Giulia zu reden ansetzte.

»Wie Sie wissen, ist Signore Gazetti der Sohn der Ermordeten. Aufgrund des persönlichen Verhältnisses musste ich ganz sichergehen.« Was wie eine entschuldigende Rechtfertigung klingen sollte, war nichts weiter als ein Versuch der eiskalten Desavouierung. Und Giulia traf genau ins Schwarze.

Die Zorzi öffnete den Mund, brachte jedoch kein Wort heraus. Es dauerte, bis sie sich gesammelt hatte. »Das ist mir bekannt«, log sie, hielt dabei aber Giulias Blick stand.

»Wenn Sie seine Unschuld bezeugen ...« Giulia machte eine dramaturgische Pause. »Wir müssen nur aufpassen, wegen Ihrer möglichen Befangenheit.« Giulia bemühte sich, die Peinlichkeit nicht zu sehr auszukosten.

»Es gibt keine Befangenheit«, erwiderte die Zorzi so vehement, als wollte sie sich selbst überzeugen. Giulia konnte ihr allerdings von der Nasenspitze ablesen, dass auch dies nicht der Wahrheit entsprach.

»Dann ist ja alles in bester Ordnung«, entgegnete Giulia mit einem unschuldigen Lächeln.

Die Zorzi stand auf, richtete ihren Rock und rauschte davon. Kurz vor der Tür drehte sie sich noch einmal um. »Ach übrigens«, sagte sie betont beiläufig, »der Haftbefehl gegen diesen Campanaro Chiapponi wurde mangels Beweisen aufgehoben. Der Mann scheint mir verwirrt. Sein Geständnis ist unglaubhaft.«

Bevor sie nach der Klinke greifen konnte, ging die Tür auf, und Elena stand mit einer Tasse Kaffee darin. Die Zorzi griff danach, ohne sie eines Blickes zu würdigen, und schritt erhobenen Hauptes davon.

»Die hat es ja tatsächlich richtig erwischt«, sagte Giulia leise und wusste nicht, ob sie darüber froh sein sollte.

9

»Stamattina mi Sono alzato, o bella, ciao! Bella, ciao! Bella, ciao, ciao, ciao!« Die Gesänge schallten bis hinaus auf die Straße. Die Männer grölten das alte Partisanenlied, das in Italien jedes Kind kannte, aus vollem Hals, hielten sich in den Armen und schunkelten übermütig. Giulia stand einen Moment lang unschlüssig vor der Osteria und beobachtete das ausgelassene Treiben durch die großen Fenster. Eigentlich war sie zu müde, aber als sie ihren Freund Brutus erspähte, der gemeinsam mit Matteo, dem Ziegenhirten, zum Takt der Musik auf der Stelle marschierte, beschloss sie hineinzugehen. Sie hatte die Tür noch nicht richtig hinter sich geschlossen, da hatten die Männer sie bereits erblickt und kamen auf sie zugestürmt. Jeder Einzelne umarmte sie stürmisch – wobei Francesco Tommaso ihr fast die Luft abdrückte –, schüttelte ihre Hand und wollte ihr ein Getränk ausgeben. Der junge De Luca klopfte ihr anerkennend auf die Schulter und grinste zweideutig, als wollte er sagen, dass diese Runde an sie gegangen war. Fabrizio, der Koch, stand hinter dem Tresen und sprach einen Toast auf Giulia aus.

»Unsere Commissario, sie lebe hoch, sie lebe hoch, sie lebe hoch!«, grölten die Männer im Chor.

Brutus kam herbeigelaufen, drückte Giulia ein Glas, randvoll gefüllt mit Amaro, in die Hand und gab ihr einen Schmatzer auf die Wange. »Du bist die Beste.«

»Kannst du mir sagen, was ihr hier feiert?«, fragte Giulia irritiert.

»Na die Freilassung von Chiappi«, entgegnete Brutus vollkommen überdreht. »Das warst doch du. Du hilfst deinen Leuten, immer. Du bist eine von uns.« Er lächelte sie verzückt an. »Und du hast bewiesen, dass wir keine Mörder sind.«

Giulia erwiderte nichts und betrachtete die vom Alkohol geröteten, fröhlichen Männergesichter. Ihr seid keine Mörder, dachte sie – ihr seid unverbesserliche Kindsköpfe. Sie schaute sich suchend um. Von Chiappi war nichts zu sehen. Dabei ließ der Alte ansonsten keine Gelegenheit aus, sich in den Mittelpunkt zu drängen, und eine bessere als diese würde sich nicht so schnell bieten. Sie packte Brutus, der wieder zu tanzen begonnen hatte, am Arm und zog ihn zu sich.

»Wo ist der Campanaro?«, zischte sie.

Ihr Freund hielt in seiner Bewegung inne. »Der wollte nicht kommen, meinte, es gibt nichts zu feiern. Du kennst ihn doch.«

Ja, sie kannte den Campanaro leider nur allzu gut. Chiappis falsches Geständnis hatte sie bereits stutzig gemacht, aber dass er hier nicht mit den anderen seine Freilassung feierte, war der Beweis dafür, dass irgendetwas zum Himmel stank; nur dass Chiappi nicht einmal unter Folter mit der Wahrheit herausrücken würde, und einer Giulia Cesare gegenüber erst recht nicht.

»Ich bin so stolz auf dich«, säuselte Brutus.

»Es gibt keinen Grund, noch nicht«, antwortete Giulia grüblerisch, kippte den Schnaps in einem Schluck hinunter, knallte das Glas mit einer zackigen Bewegung auf den Tresen und verließ ohne ein weiteres Wort die Osteria.

Die Männer stimmten wieder ihren Gesang an.

***

»Herr, erbarme dich. Ich bin nichts als ein Sünder, einer unter ihresgleichen. Erbarme dich meiner verirrten Seele und führe mich wieder auf den rechten Weg.« Prete Filippo kniete vor dem Altar und murmelte vor sich hin, während der Campanaro den verdorrten Blumenschmuck vom Ambo nahm und ihn unter lautem Rascheln in einem großen blauen Müllsack verschwinden ließ. Nach und nach wanderte alle verwelkte Zierde in die Tüte, und Chappi machte dabei ein Gesicht, als hätte man ihn dazu abgestellt, Schlachtabfälle zu entsorgen.

In der ersten Bank saß Cesira Negri, deren nach vorn geneigter Kopf darauf deutete, dass sie ebenfalls in ein Gebet vertieft war. Ansonsten war die Kirche leer.

»O Herr, welch Schande ist über uns gekommen«, sagte der Prete mit weinerlicher Stimme.

Der Campanaro schüttelte mürrisch den Sack, als ob das bisschen Grünzeug darin nicht genug Platz finden könnte. Der Prete achtete nicht auf ihn, er war gänzlich in sein Gespräch mit dem Allmächtigen versunken. »Gott ist gerecht. Er lässt die Dinge geschehen und wird uns den richtigen Weg weisen. Der Herr lässt uns nicht allein.«

Giulia hatte St. Antonio leise betreten und war gleich neben dem Becken mit Weihwasser stehen geblieben. Sie hatte kaum damit gerechnet, um diese Zeit jemanden in der Kirche anzutreffen. Eigentlich war sie sogar davon ausgegangen, das Gotteshaus bereits verschlossen vorzufinden. Denn normalerweise sicherte der Campanaro alles bei Einbruch der Dunkelheit vorschriftsmäßig, aus Angst vor den deutschen Touristen, die es auf Heiligenfiguren, den Opferstock oder auch den Messwein abgesehen haben könnten. Weil Giulia den Campanaro jedoch nicht zu Hause angetroffen hatte, hatte sie es zuerst hier versucht und war nun also tatsächlich fündig geworden.

Ihr Tag war alles in allem schrecklich verlaufen. Außerdem hatte sie Sodbrennen von dem vielen Kaffee und den Dutzenden *Biscotti*, die sie in sich hineingestopft hatte. Der Amaro in der Osteria hatte das flaue Gefühl zwar etwas beruhigt, aber um sich emotional zu stärken, hätte sie eine ganze Flasche leeren müssen. Jetzt lehnte sie im Schatten des Eingangsportals, atmete die kühle, leicht modrig riechende Luft und beobachtete die drei Menschen, die in ihrem Glauben die Kraft zu finden schienen, die man zum Überwinden der Hürden und Tücken des Alltags brauchte.

»Ich gehe jetzt. Ich kann meine Astore nicht so lange allein lassen. Das zweite Schloss ist kaputt«, brummte Chiappi, knotete den Müllsack zu und ließ ihn mit voller Wucht auf den Boden fallen. »Schlimm genug, dass ich sie achtundvierzig Stunden nicht ölen konnte. Aber woher die Fingerabdrücke auf dem Lack kommen, ist mir ein Rätsel.« Gedankenversunken schüttelte der Alte den Kopf.

Der Prete rappelte sich schwerfällig auf. »Ja, du hast recht.« Er klopfte sich den Staub von den Knien. »Das Tagwerk ist vollbracht, und es wird Zeit, sich in die Ruhe der Abendstunden zu begeben.« Den Blick auf die große Jesusfigur gerichtet, bekreuzigte er sich. »Nun, da nach den Aufregungen der letzten Tage in unserer kleinen Gemeinde so langsam wieder Ruhe einkehrt.«

Giulia war irritiert. Wie konnte der Prete von Ruhe sprechen? Eines seiner Schäfchen war gewaltsam zu Tode gekommen. Wie sollte auf dem Berg der Alltag wieder einkehren, wenn der Mörder noch frei herumlief? Und war Ruhe wichtiger als Gerechtigkeit? Giulia spürte angesichts dieser Gleichgültigkeit die Wut in sich aufsteigen.

»Meine Rede«, konterte der Campanaro und schulterte den Sack. »So wie es nun gekommen ist, ist es richtig. Es wird Gras über die Sache wachsen. Das Leben geht weiter.« Er wackelte langsam neben dem Pfarrer auf das Eingangsportal zu. »Man muss selbst für Gerechtigkeit sorgen. So mache ich das schon mein ganzes Leben, und ich bin immer gut damit gefahren.«

»Sehr wohl, mein Sohn«, murmelte der Prete.

»Ich habe übrigens Matteo Bescheid gesagt, die Wiese an der Kirche ist fällig. Wird Zeit, dass er seine Ziegen hinuntertreibt«, sagte der Campanaro knurrig. »Wenigstens hat er nicht so herumdiskutiert wie am Sonntagmorgen. Als ob es ein Problem ist, wann und wo seine Viecher fressen.«

»Sehr wohl, mein Sohn«, wiederholte der Prete.

Die Negri stand auf, nestelte an ihrem Tuch, verneigte sich in Richtung Altar, überholte die beiden Männer schweigend und mit schnellen Schritten. Der Schein der dämmrigen Kirchenbeleuchtung fiel auf ihr bleiches Gesicht.

»Guten Abend, Signora«, grüßte Giulia. Sie wollte die alte Frau nicht erschrecken und machte einen Schritt aus der Ecke, als Cesira Negri nur noch wenige Meter vor ihr war.

Signora Negri hob den Kopf und erwiderte den Gruß verhalten. Erst im nächsten Moment schien sie die Commissario zu erkennen, und die Gesichtszüge entglitten ihr. Sie schaute zu Boden und hastete an Giulia vorbei, wobei sie es krampfhaft vermied, sie anzusehen. Die schwere Holztür knallte hinter ihr ins Schloss.

Merkwürdig, dachte Giulia bei sich und wollte der alten Dame schon nachlaufen, da quiekte der Prete erschrocken: »Signora Cesare, Sie im Haus Gottes?«

Giulia stellte sich den Männern in den Weg und grüßte freundlich. »Warum denn nicht? So ein Besuch in einer Kirche kann durchaus erleuchtend sein.« Sie schaute die beiden mit unnachgiebigem Blick an.

»Wie lange lungerst du schon hier rum, Cesare?«, fauchte Chiappi mit verkniffener Miene.

»Wieso? Habt ihr etwas zu verbergen?«, entgegnete Giulia spitz.

Der Prete rieb sich die Hände und trat von einem Bein auf das andere. Die Schweißperlen sammelten sich auf seiner Stirn. »Die Kirche ist ein offenes Haus. Für alle. Wir waren gerade beim Abendgebet.« Er senkte den Kopf und betrachtete seinen runden Bauch.

»Ich habe es durchaus vernommen«, konterte Giulia streng. »Und der fleißige Campanaro hat wieder alles so schön hergerichtet. Kaum dass er zwei Tage nicht da ist, fällt das schon auf. Da gilt es einiges an Arbeit nachzuholen. Hier war ja auch jede Menge Betrieb während seiner Abwesenheit. Die vielen neugierigen Besucher …«

Der Prete wackelte mit dem Kopf. »Nun ja, verehrte Frau Cesare, wir wollen Sie nicht von Ihrem wohlverdienten Feierabend abhalten. Bei Ihrem aufreibenden Beruf.« Er legte ihr seine schwere Hand auf die Schulter und versuchte, sie aus der Kirche zu schieben.

»Das ist sehr zuvorkommend von Ihnen«, entgegnete Giulia. »Aber jetzt wird ja wieder Ruhe in der Gemeinde einziehen.«

Sie provozierte die beiden, denn eines war klar: Aus dem Campanaro allein würde sie nichts herausbekommen. Der Alte war mit allen Wassern gewaschen. Ebenso wenig aus dem Prete, denn der würde sich sofort auf das Beichtgeheimnis berufen. Gemeinsam jedoch wies dieses unheilvolle Gespann deutliche Schwachstellen auf, sodass Giulia versuchen wollte, sie mit ihren eigenen Waffen zu schlagen.

»Ja, ja, es ist schön, dass sich alles am Ende so gut gefügt hat«, säuselte der Prete salbungsvoll.

»Gewiss«, erwiderte Giulia mit weicher Stimme. »Und in allem Schlechten liegt auch immer etwas Gutes. So waren die zwei Tage Abwesenheit des Campanaro wenigstens nicht umsonst. Nicht wahr, Prete?« Sie zwinkerte ihm verschwörerisch zu.

Der verstärkte den Druck auf ihre Schulter, doch Giulia hielt dagegen. Die Gegenwehr spürend, ließ er von ihr ab und japste aufgeregt nach Atem ringend: »Der Weihrauch legt sich auf meine Lunge. Ich brauche frische Luft. Jetzt sofort.«

Giulia ignorierte ihn.

»Wie meint die das?« Der Campanaro stieß den Prete unsanft gegen den Arm.

Der Geistliche wiegte den Oberkörper. Er legte die Hand auf seine Brust und hechelte.

»Es ist wirklich schön, dass du so großzügig bist, Campanaro«, sagte Giulia lächelnd. »Mit dem Geld, das der Prete eingenommen hat, könnt ihr bestimmt einen Teil des Gestühls überarbeiten lassen. Jacopo wird in den nächsten Wochen nämlich kaum noch Zeit haben. Und da sind wirklich schon ein paar schäbige Bänke dabei, die unserer Gemeinde nicht gut zu Gesicht stehen …«

»Was meint sie damit?«, fiel der Campanaro ihr ins Wort, wobei er den Blick auf den Prete richtete.

»Oh … nun ja … ich weiß nicht, was, wer?«, haspelte der.

»Ach, er ist immer so bescheiden, unser Prete Filippo.« Giulia tätschelte den Arm des Priesters. »Ich rede von dem vielen Geld, das ihr für die Besichtigung deiner Astore bekommen habt. Immerhin war fast das gesamte Dorf hier in der Sakristei, um einmal einen Blick auf die tolle Maschine zu werfen.«

Jetzt hätte man eine Stecknadel fallen hören können. Dann ertönte ein gellender Schrei. Der Müllsack verfehlte den Prete nur knapp.

»Du hinterlistiger alter Pope hast mein Motorrad prostituiert?! Das hat Konsequenzen!« Der Campanaro stieß Giulia zur Seite und rannte, soweit das mit seinem lädierten Bein möglich war, zur Kirche hinaus. Wieder fiel die Tür unsanft ins Schloss.

»Einen schönen Abend noch, Signore Filippo«, sagte Giulia lächelnd und folgte dem Campanaro, wobei sie darauf achtete, die Tür behutsam hinter sich zu schließen.

Mit dem zufriedenen Gefühl, Zwietracht zwischen den beiden Männern gesät zu haben, lief sie zu ihrem Auto. Direkt daneben wartete Cesira Negri. Sie hielt einen Koffer in ihrer rechten Hand.

***

Es war kurz nach zweiundzwanzig Uhr. Giulia saß am Beratungstisch in ihrem Büro und trank den Kaffee, den sie sich aus dem Automaten gezogen hatte. Das Licht der Deckenlampe blendete ihre müden Augen, und sie hatte Mühe, sich zu konzentrieren.

»Noch einmal, Signora Negri.« Giulia drückte den Aufnahmeknopf des Diktiergerätes. »Sie sagen aus, Angelika Krüger Samstag gegen kurz nach Mitternacht mit einer Flasche Wein erschlagen zu haben.«

»Ja«, antwortete die Negri klar und deutlich. »Ich bin von links gekommen und habe mit dem Barolo auf ihren Kopf gezielt. Der erste Schlag war bereits so heftig, dass die Flasche zerbarst und die Krüger zusammenbrach. Da ich davon ausgehen konnte, dass sie tot ist, bin ich nach Hause gegangen und habe mich ins Bett gelegt.«

»Womit war Frau Krüger bekleidet?«, fragte Giulia.

»Mit nichts. Sie ist nackt durch die Gemeinde gelaufen.«

»Nackt?«

»Ja. Splitter-faser-nackt.«

»Und das Ganze hat wo stattgefunden?«, wollte Giulia wissen.

»Auf der Pfarrwiese neben der Kirche, da, wo man die Krüger am nächsten Morgen auch gefunden hat«, entgegnete die Negri mit fester Stimme.

Auf der gemeinsamen Fahrt von Abbadia Lariana bis zur *Questura* in Lecco hatte Cesira Negri ihr das alles bereits erzählt. Sie hatte von dem erschrockenen Gesicht der Krüger gesprochen, aber auch davon, dass sie nicht einmal geschrien habe. Dafür war wohl alles zu schnell gegangen. Cesira Negri hatte in ihrer Küche gestanden und durch das Fenster gesehen, wie die Krüger barbusig über die Straße getänzelt war. Mit der Weinflasche, die sie sich gerade hatte öffnen wollen, in der Hand, war sie hinausgestürzt, auf die Krüger zugerannt und hatte wie in Trance ausgeholt. Der Tathergang war nachvollziehbar, sogar der Todeszeitpunkt und die Weinsorte passten. Trotzdem zweifelte Giulia an den Worten der betagten Dame. Die Krüger war, das hatten die Kriminaltechniker zweifelsfrei festgestellt, nicht auf der Pfarrwiese zu Tode gekommen. Das musste der Mörder wissen. Die Frage war nun: Wieso erzählte die Negri etwas anderes? War das ein strategischer Schachzug, oder wusste sie es nicht besser? Auch ihr angebliches Motiv hinterließ bei Giulia einen faden Beigeschmack. Cesira Negri, alias Signora Nero, war Sopranistin und hatte 1972 gemeinsam mit Angelika Krüger an der Mailänder Scala gesungen. Sie hatte zur Besetzung der von Claudio Salvatore inszenierten berühmten *Aida*-Aufführung gehört und war, zugunsten der Krüger, degradiert und nur als Amnira eingesetzt worden. Für die Krüger hatte mit ihrer Darbietung eine beispiellose Karriere begonnen. Cesira Negri hingegen hatte den großen Sprung nicht geschafft. Sie war mit kleineren Rollen abgespeist worden und hatte sich irgendwann verbittert aus dem Operngeschäft zurückgezogen. Nach vielen Jahren als Musiklehrerin in Mailand gab sie jetzt, da die Rente knapp war, den Kindern der Reichen und Schönen hin und wieder Gesangsunterricht. Für Giulia war ihr Hass auf Angelika Krüger nachvollziehbar; dass er aber nach über vier Jahrzehnten auf solch mörderische Art und Weise hervorbrechen sollte, wollte sie nicht glauben. Die Negri war viele Jahre vor der Krüger nach Abbadia Lariana gezogen, da sie gehofft hatte, in der Anonymität und Abgeschiedenheit ihren Frieden in Gott zu finden. Zu ihrem Unglück war irgendwann ihre

Erzfeindin Angelika Krüger im Dorf aufgetaucht. Die beiden Frauen hatten einander sofort erkannt, waren sich aber, laut Aussage der Negri, die ganzen Jahre über aus dem Weg gegangen. Wie man das in einer derart kleinen Gemeinde bewerkstelligte, blieb Giulia zwar ein Rätsel, aber sie hatte es so stehen gelassen. Viel entscheidender war für sie die Tatsache, dass Cesira Negri ihren Hass auf die Krüger so lange schweigend mit sich herumgetragen hatte und dieser sich plötzlich entladen haben sollte, aus heiterem Himmel. Ebenso überraschend fand Giulia das Geständnis der Negri. Das ganze Dorf redete seit fast einer Woche über nichts anderes als über den rätselhaften Mord. Giulias Treiben wurde von allen mit Argusaugen beobachtet. Wieso kam die Frau just in dem Moment auf die Idee, zur Polizei zu gehen, als sie Giulia in der Kirche quasi in die Arme rannte?

»Signora, wenn ich Ihnen sage, dass Angelika Krüger nachweislich nicht auf der Pfarrwiese zu Tode gekommen ist, wie würden Sie sich das erklären?«, fragte Giulia erneut nach.

»Ich habe Ihnen gesagt, wie es sich zugetragen hat«, antwortete die Negri ohne erkennbare Unsicherheit. Sie saß aufrecht, mit durchgedrücktem Rücken, und schaute Giulia unverwandt an. Giulia fiel das erste Mal auf, wie schön und anmutig sie trotz ihres Alters war.

Giulia überlegte kurz. »Haben Sie nach Ihrem Engagement an der Mailänder Scala jemals wieder mit Frau Krüger gesprochen?«

»Nein. Es gab keinen Grund.« Die Negri fuhr sich mit der Zunge über die schmalen Lippen, zeigte aber ansonsten keinerlei Regung.

»Und mit Claudio Salvatore? Immerhin hatte er sich für Ihre Konkurrentin als Aida entschieden. Aus meiner Sicht hätten Sie *ihm* böse sein können – aber der Krüger?«

»Wie meinen Sie das?«, fragte Signora Negri, wobei ihr rechtes Augenlid fast unmerklich zu zucken anfing.

»Nun. Claudio Salvatore, das Wunder von Mailand, war der Chef der Scala. Er hat über die Besetzung seiner Inszenierungen entschieden, und er hat seine Geliebte bevorzugt. Das kann ein Talent, wie Sie es sind, ganz schön wütend machen. Oder nicht?«

»Claudio … Claudio ist am 8. August 2003 gestorben.« In ihrer Stimme schwang Wehmut mit, obwohl sie sich bemühte, diese zu unterdrücken.

»Das wissen Sie auf den Tag genau?«, hakte Giulia nach.

Signora Negri antwortete nicht.

»Wann sind Sie zu Salvatore an die Scala gekommen?«

»1965.«

»Und wie lange haben Sie mit ihm zusammengearbeitet?« Giulia spürte, welche starken Gefühle die Erinnerung an Claudio Salvatore bei Signora Negri auslöste. Von Hass konnte allerdings keine Rede sein.

»Nach der Saison von 1972 nicht mehr«, presste sie hervor, und man sah ihr an, dass ihr diese Fragen unangenehm waren. »Ich habe die Scala verlassen.«

»Wegen der Aida-Geschichte?«, bohrte Giulia nach.

»Ich habe es abgelehnt, dort weiter aufzutreten. Punkt.« Cesira Negri wollte nicht reden, und genau das konnte Giulia nicht zulassen, denn der Schlüssel zur Feindschaft mit der Krüger lag nicht allein in der verpatzten Karriere. Es war Claudio Salvatore. Nur dass die Eifersucht als Motiv Giulia an diesem Punkt ebenfalls nicht recht einleuchten wollte, zumal Salvatore fast zwanzig Jahre tot war.

»Aber er wäre Ihre Chance gewesen? Er war damals der wichtigste Mann am Klassikhimmel. Ich dachte, in Ihrer Branche kann man sich diese Form der Eitelkeit nicht erlauben, besonders, weil Sie damals noch am Anfang ihrer Karriere standen. Hätten Sie nicht die Kröte mit der Amnira einfach schlucken und weitermachen müssen?«

»Ich habe mich entschieden zu gehen. Es spielt heute auch keine Rolle mehr. Das ist Geschichte.« Die Negri biss sich auf die Lippen.

»Ich sage Ihnen, was ich denke, Signora Negri. Sie waren zutiefst verletzt über Salvatores Entscheidung, die ja ganz offensichtlich mehr mit seinem intimen Verhältnis zu Angelika Krüger als mit Ihrer Eignung zu tun hatte.«

»Ich kann mich nicht daran erinnern.« Die alte Dame wurde patzig.

»Sie waren so sehr getroffen, dass Sie sich zurückgezogen haben. Nach allem, was ich gehört habe, waren Sie die bessere Sängerin. Darüber reden die Leute noch heute. Diese Ungerechtigkeit kann einen verletzen. Ohne Frage. Aber ich glaube, dass hinter Ihrer Reaktion mehr steckte als die berufliche Enttäuschung. So heftig reagiert nur eine Frau, die verstoßen wird, und zwar von einem Mann, den sie liebt.«

Cesira Negri rang um Fassung. Ihre Mundwinkel begannen zu zittern. Sie atmete schwer, blieb aber stumm.

Giulia reichte das als Antwort. Die beiden Frauen waren nicht nur Konkurrentinnen im Job, sondern auch um Claudio Salvatore gewesen. Nur dass die Krüger in beiden Fällen den Sieg davongetragen hatte. Die Schmach darüber schien noch immer an Cesira Negri zu nagen. Aber rechtfertigte das einen späten Mord? »Warum haben Sie mit Ihrem Geständnis so lange gewartet?«, fragte Giulia weiter.

»Ich hatte das Gefühl, meine Tat erst mit mir und Gott ausmachen zu müssen. Das war falsch. Ich hätte sofort zur Polizei gehen sollen. Mord ist eine Todsünde. Du sollst nicht töten, heißt es im fünften Gebot. Ich habe mich nicht daran gehalten und bin schuldig vor Gott.« Sie bekreuzigte sich, faltete die Hände, schloss die Augen und betete leise.

Giulia wartete einen Moment. Dann sagte sie: »Sie haben Angelika Krüger ermordet. Was haben Sie danach aus dem Amulett, das um ihren Hals hing, genommen? Ein Bild von Claudio Salvatore?«

Cesira Negri öffnete die Augen und sah Giulia irritiert an. »Welches Amulett?«

***

Brutus trat ein und küsste Giulia auf beide Wangen. »Bei euch riecht es nach Fisch.« Er stand in der Küchentür und schnupperte. In seinem Arm trug er einen großen bunten Blumenstrauß, wie er ihn jeden Samstag als Dankeschön für die Einladung zum Frühstück mitbrachte. »Hat Jacopo denn auch sein Tiramisu gemacht?«

»Hat er nicht«, rief Jacopo. »Keine Zeit.« Lächelnd kam er auf Brutus zugelaufen, um ihm die Blumen abzunehmen und ihn zu umarmen. »Ich restauriere ein altes Bootshaus in Bellagio und komme zu nichts anderem mehr.« Ein strahlendes Lächeln stand ihm im Gesicht. »Aber *Misultitt* kannst du haben. Die sind jetzt richtig schön durchgezogen.«

Brutus versuchte, sich seine Enttäuschung nicht anmerken zu lassen, doch Jacopo schob gleich nach: »Und was Süßes natürlich auch.« Der Postbote ging zu seinem angestammten Platz und setzte sich.

»Es gibt *Mescia*«, sagte Giulia und schenkte Kaffee ein.

Er hob die Augenbrauen. »Du hast selbst geba…«

»Nein.« Giulia grinste. »Aber ich habe ihn selbst geholt, bei Peppo, gerade eben. Sie schob den Kuchen aus Brot und Obst auf einen Teller und stellte ihn vor Brutus ab. Dann setzte sie sich.

Brutus nahm sich ein Brötchen, drückte es zusammen und riss es in zwei Teile. Dann bestrich er die hellen Teigstellen dick mit Nuss-Nugat-Creme und begann zu essen, während Jacopo noch vor dem Spülschrank lehnte und die Pfirsiche aufschnitt.

Giulia beobachtete Brutus missbilligend, aber sie hatte es aufgegeben, ihren Freund zu ermahnen. Jegliche Erziehungsversuche bei einem über fünfzigjährigen Junggesellen waren vergebens, das hatte sie mittlerweile begriffen.

»Du hast den Fall gelöst, oder? Der Mörder soll ein Tourist gewesen sein, der die Krüger ausgeraubt hat«, sagte Brutus angestrengt kauend. »Das ganze Dorf redet darüber. Ich habe es heute früh von Francesco gehört. Und der junge De Luca erzählt es auch.«

Giulia schaute Jacopo an, der ihr aufmunternd zunickte. »Hör auf, diesen Blödsinn zu glauben. Die hatten gestern alle zu viel Wein«, sagte sie. »Cesira Negri hat den Mord gestanden. Alles deutet darauf hin, dass sie es tatsächlich gewesen ist. Bis auf … ach, vergiss es.« Giulia nahm sich eine Pfirsichhälfte und biss herzhaft hinein.

»*Unsere* Signora Negri?« Brutus blieb der Mund offen stehen, was den Blick auf eine unschöne braune Masse aus Brot und Nugatcreme freigab. Er schloss den Mund wieder und schluckte. »Die zurückhaltende, feine Signora?« Energisch schüttelte er den Kopf. »Nie im Leben! Das glaube ich nicht. Das … das kann nicht sein. Obwohl ein bisschen merkwürdig ist sie schon. Aber damit wäre es ja einer von uns gewesen.«

»Warum ist das so abwegig?«, mischte sich Jacopo ein. »Meinst du, hier leben nur Heilige?« Er blinzelte Giulia an.

Brutus behielt die schüttelnde Kopfbewegungen bei. »Eigentlich ist sie ja aus Mailand und erst dreiundzwanzig Jahre bei uns auf dem Berg. Da gehört sie noch gar nicht richtig dazu … Und du bist sicher?« Er schaute Giulia fragend an.

»Sie hat den Mord gestanden. Auch wenn es da noch einige Ungereimtheiten gibt«, antwortete Giulia.

»Siehst du«, entgegnete Brutus in nöligem Ton. »Wie beim Campanaro.«

»Zeugen?«, erkundigte sich Jacopo.

Giulia zuckte mit den Schultern. »Es gibt jedenfalls jemanden, der gesehen hat, wie Angelika Krüger gegen Mitternacht in einem weißen Morgenmantel das Haus verlassen hat.« Giulia tupfte sich den Mund mit einer Serviette ab und griff sich eine Brötchenhälfte von Jacopos Teller.

»Sie war aber nackt, als sie am Sonntag da gelegen hat«, murmelte Brutus wie ein trotziges Kind. »Ich habe es genau gesehen.«

»Ich weiß. Der einzige Morgenmantel, den wir gefunden haben, hing an der Garderobe in ihrem Haus. Und der war blütenweiß sauber.« Giulia belegte ihr Brötchen mit zwei Scheiben *Bresaola* und biss hinein. »Das gehört zu den Ungereimtheiten. Die Negri behauptet, die Krüger sei nackt gewesen, als sie sie … ihr wisst schon.« Giulia legte das angebissene Brötchen auf ihrem Teller ab, lehnte sich zurück und trank kleine Schlucke aus ihrem Kaffeepott.

»Weiß, sagst du?«, fragte Brutus zögerlich. Dabei schaute er mit vorgeschobener Unterlippe auf seinen Teller.

»Was ist, Brutus?« Giulia, die sah, dass ihren Freund etwas beschäftigte, beugte sich nach vorn und legte ihre Hand auf seinen Unterarm.

»Ach, nichts«, entgegnete er nachdenklich. Behutsam legte er sein Messer auf dem Teller ab und rieb sich mit beiden Händen über die Oberschenkel. Dabei lag sein Kinn fast auf seinem Brustkorb, so tief hatte er seinen Kopf nach unten geneigt.

»Was?«, sagte Giulia energischer.

»Giuli«, ermahnte Jacopo, als ginge es um den gemeinsamen Sohn, den sie gerade zu sehr maßregelte.

»Also … ich …«, hob Brutus stockend an. »Giuli, ich habe da, na ja, ich habe da etwas gesehen.« Er hob den Kopf und schaute sie bekümmert an. »Ich wusste doch nicht, dass es wichtig ist. Es war so unsinnig. Und dass es mit der Krüger … ach. Nie wäre ich darauf gekommen, und außerdem …«

»Was?« Giulia bemühte sich um Selbstbeherrschung. »Was hast du gesehen?«

»Am Samstag, ich war aber nicht mehr ganz nüchtern«, sagte er kleinlaut. »Auf dem Weg vom Guzzi-Fest nach Hause. Da sind die zwei Damen vom Kirchenchor, Camilla Damesi und Ludovica Valluzi, aus dem Garten des Prete gekommen. Ich habe sie nur aus dem Augenwinkel erkannt. Ich schwöre es, Giuli.« Er sah sie mit flehendem Blick an. »Eine hielt ein langes weißes Stoffstück in der Hand. Die beiden hatten es ziemlich eilig.«

»Wo sind sie hingegangen?«, fragte Giulia mit Nachdruck.

Er zuckte mit den Achseln. »Keine Ahnung. Darauf habe ich nicht geachtet.« Er seufzte. »Ich habe mir nichts dabei gedacht. Die gehen Tag und Nacht beim Prete ein und aus. Hab wohl vermutet, dass es eine Tischdecke ist oder ein Bettlaken. Die machen den Haushalt für ihn. Was weiß denn ich?«

»Das Kastanienholz am Hühnerstall des Prete, sein merkwürdiges Verhalten, von Chiappis sinnlosem Geständnis ganz zu schweigen, und dann die Negri, die sich genau in dem Moment stellt, als ich in der Kirche auftauche«, murmelte Giulia.

»Nein, Giuli, tu das nicht«, jammerte Brutus. »Nicht der Prete und Chiappi. Das kann nicht sein.« Er rutschte unruhig auf seinem Stuhl hin und her und machte ein leidendes Gesicht. »Und dann auch noch die Frauen aus dem Kirchenchor. Mit denen darf man es sich nicht verscherzen ...«

Jacopo blickte Giulia an. »Du denkst, der Prete ...?«

»Mhm.« Giulia erhob sich, ohne weiter auf die Männer zu achten, und verschwand.

***

»Gallina, Gallina, Gallina«, zirpte Prete Filippo wie ein verliebter Jüngling, während er aus einer Schüssel, die er im linken Arm hielt, haufenweise Weizenkörner in den Hühnerauslauf warf. »Ihr seid meine liebsten Federdamen. Und was ihr für schöne Eierchen legt.«

»Guten Morgen, Prete«, sagte Giulia laut und entschlossen.

Der Geistliche fuhr erschrocken herum, wobei ihm fast die Schüssel aus der Hand fiel. »Signora Cesare ... Sie? Am Samstag? Aber ich habe gar nichts für Sie oder Ihren Jacopo zu tun? Wobei ... mal überlegen.« Er zog die Augenbrauen zusammen.

»Ich komme nicht, um Ihnen einen Gefallen zu tun«, entgegnete Giulia. »Oder vielleicht doch, wer weiß?« Sie lief langsam auf das Hühnergehege zu und strich mit der Hand über einen der Pfosten. »Das ist wirklich schönes, frisches Kastanienholz, das Jacopo da verbaut hat.«

Der Prete, dem die Situation nicht geheuer zu sein schien, schaute sie erwartungsvoll an. Offenkundig hatte er keine Ahnung, worauf sie hinauswollte.

»Angelika Krüger hat sich kurz vor ihrem Tod einen dicken Splitter eingefangen, einen Splitter aus Kastanienholz«, fuhr Giulia fort.

Der Prete öffnete den Mund, schloss ihn aber gleich wieder. »Kann es sein, dass Signora Krüger bei Ihnen gewesen ist, verehrter Filippo? In der Nacht ihres Todes? Bekleidet nur mit einem weißen Morgenmantel? Ebenjenem Mantel, mit dem Ihre beiden Chordamen, Camilla Damesi und Ludovica Valluzi, in derselben Nacht gesehen wurden, und zwar, als sie Ihren Garten verließen?«

Laut scheppernd fiel die Schüssel mit dem Hühnerfutter zu Boden und zersprang in tausend Teile. Die Körner flogen in alle Richtungen und verteilten sich auf dem Kopfsteinpflaster. Der Geistliche trat einen Schritt zurück, griff sich an die Brust, legte den Kopf in den Nacken und rief: »Herr, erbarme dich!« Dann fing er an zu torkeln. Giulia fasste nach seinem Arm, hatte aber Mühe, den großen, schweren Mann zu halten. Ohne dass sie seinen Aufprall hätte abbremsen können, landete der Prete im Dreck. Er war bewusstlos.

Zwei Stunden später wimmelte es im Pfarrgarten von Menschen. Akribisch durchkämmte das Team der Spurensicherung jeden Meter des Grundstücks, wobei der Leiter, Carmelo Riso, damit beschäftigt war, den Gemüsegarten des Pfarrers zu inspizieren. Besonders die prallen Tomaten hatten es ihm angetan, was er immer wieder mit lauten Begeisterungsrufen kundtat. Der Prete, der mittlerweile durch ein vom Campanaro verabreichtes Riechsalz wieder bei Sinnen war, saß kreidebleich auf einer Bank und stierte ins Leere. Chiappi hockte mit verkniffenem Gesicht neben ihm und wedelte ihm mit einer alten Zeitung Luft zu. Dabei war er so unkonzentriert, dass er das Papier in regelmäßigen Abständen mit voller Wucht ins Gesicht des Pfarrers klatschte, was der wiederum mit einem Jammerlaut quittierte. Die Chordamen Camilla Damesi und Ludovica Valluzi standen etwas abseits und heulten in ihre bestickten Stofftaschentücher.

Einer der Kriminaltechniker winkte Giulia zu sich heran und deutete auf eine Stelle im Pflaster, in dessen Ritzen die Kollegen soeben auf winzige Glasscherben gestoßen waren. Es dauerte nicht lange, und sie konnten auch Blutreste ausmachen. Zwar hatte sich jemand alle Mühe gemacht, den Hof gründlich zu säubern, aber gegen die Wunderwaffen der KTU kam auch der penibelste Hausmeister nicht an. Als ob das nicht schon Beweismittel genug gewesen wären, fanden sich am Hühnergehege vereinzelte weiße Seidenfäden, die, wie sich wenig später herausstellen sollte, ganz eindeutig vom Morgenmantel der Krüger stammten. Überdies stieß die Polizei im Schuppen des Pfarrhauses auf jene Schubkarre, mit der – auch das ließ sich relativ schnell feststellen – die Leiche hinunter zur Pfarrwiese gebracht worden war. Es bestand kein Zweifel: Der Mord an Signora Krüger war im Garten des Pfarrhauses geschehen. Die Frage war nur, warum Cesira Negri etwas anderes behauptet hatte und welche Rolle der Prete, Chiappi und die beiden Chordamen dabei spielten.

»Allora!«, rief Giulia aus, klatschte in die Hände und blickte den Campanaro und den Prete herausfordernd an. »Jetzt mal Klartext, die Herren.«

»Was habe ich damit zu tun?«, fauchte Chiappi. »Das ist schließlich nicht mein Garten.«

Der Prete schaute seinen Freund mit weit aufgerissen Augen an. »Aber Josefo, wie kannst du nur …« Er war den Tränen nahe. »Nach all den Jahren.«

Die Rache für die Prostitution der Astore, dachte Giulia und verkniff sich ein Grinsen.

»Na immerhin hast du ein falsches Geständnis abgegeben, Chiappi. Dass du damit jemanden schützen wolltest, liegt wohl auf der Hand«, antwortete Giulia.

»Du warst schon als Kind vorwitzig, Cesare«, blaffte der Alte.

Giulia fuhr fort: »Und mir fällt auf dieser Welt nur ein Mensch ein, vor den du dich stellen würdest.« Sie machte eine bedeutungsvolle Pause. »Nämlich Prete Filippo.«

»Ich …«, stammelte der Priester. »Wieso ich?« Er verdrehte die Augen und schien wieder das Bewusstsein zu verlieren.

»Reiß dich zusammen«, wetterte der Campanaro. »Mit solchen Schwächlingen wie dir hätten uns die Deutschen damals im Nullkommanichts überrannt.« Er stieß dem Pfarrer den Ellenbogen in die Seite.

Der schrie auf. Dann sagte er: »Ich habe mich an das Beichtgeheimnis zu halten.«

»Im Fall von Cesira Negri?«, fragte Giulia forsch. Sie glaubte nicht einen Moment daran, dass der Prete die Geheimnisse seiner Schäfchen für sich behalten konnte. Zumindest der Campanaro war eingeweiht, darauf würde sie wetten. »Kann sein, dass Sie sich hinter dem Beichtgeheimnis verstecken möchten, Prete, aber die Signora hat die Tat gestern Nacht gestanden.«

Chiappi und der Prete konnten ihre Überraschung nicht verbergen. Dabei war ihnen anzusehen, dass sie wussten, wer die Krüger umgebracht hatte. »Jetzt tut nicht so«, schimpfte Giulia. »Cesira Negri hat die Krüger im Pfarrgarten erschlagen, und ihr habt gemeinsam die Leiche weggeschafft. Ich würde mal vermuten, damit der gute Prete nicht in ein falsches Licht gerückt wird, zumal die Diva ja offenkundig nur im Morgenmantel über das Pfarrgrundstück spaziert ist.«

»Meistens war sie ganz nackt«, hauchte der Prete und schien darüber noch immer bis ins Mark erschüttert zu sein.

»Verfluchte Metze.« Chiappi spuckte vor seine Füße.

Giulia wartete.

»Bereits einen Tag nach ihrem Einzug ging das los«, begann der Prete leise. »Erst waren es nur kleine Zettel mit netten Wünschen, aber dann ...« Er verzog angewidert das Gesicht. »Obszönitäten, ekelhaftes Zeug, jeden Tag; im Beichtstuhl, im Briefkasten, überall habe ich ihre widerlichen Botschaften gefunden.«

»Und Sie haben sie ihr alle zurückgegeben«, ergänzte Giulia und dachte an den zweiten Stapel Liebesbriefe, dessen Empfänger sie nun augenscheinlich endlich ausgemacht hatte.

»Pah, der?« Chiappi schaute den Prete abschätzig an. »Ich habe den Schweinkram Tag für Tag eingesammelt und dieser teutonischen

Dirne in den Briefkasten geworfen. Aber die ließ sich einfach nicht davon abbringen, zwanzig Jahre lang nicht. Sie hat ihm nachgestellt, nach der Messe aufgelauert, ihn angeschmachtet. Einen katholischen Priester – das muss man sich mal vorstellen.« Er spuckte erneut aus.

»Aber das war noch nicht das Schlimmste«, klagte der Prete. »In den letzten Wochen hat sie aufgedreht, was auch immer sie dazu getrieben hat.« Er schluckte und redete, ohne jemanden dabei anzusehen. »Fast jede Nacht kam sie in meinen Garten. Nackt. Sie hat nackt getanzt.« Er schloss die Augen.

Die Krüger hatte also zwei Jahrzehnte lang den Prete gestalkt, sozusagen den einzigen Mann in der Gemeinde, den sie nicht haben konnte. Das schien sie angestachelt zu haben. Aber wes Geistes Kind musste man sein, einem Prete, noch dazu einem wie Filippo, nachzustellen? Die Geschmacksverirrung war beeindruckend, verwunderte Giulia aber beim Anblick der meisten anderen Männer, mit denen die Krüger angebändelt hatte, kaum.

»Sie hat gesagt, ich sei ihre große Liebe«, hechelte der Prete. »Dabei bin ich ein Mann Gottes. Ihm allein gehört mein Herz. Signora Negri versteht das. Sie hatte niemals etwas anderes als eine platonische Freundschaft zu mir im Sinn. Aber diese Deutsche, die hat unseren Glauben verhöhnt …«

»Gottlos! So waren die Kartoffelfresser schon immer«, pflichtete Chiappi bei.

Die Negri hat ihn also auch geliebt, auf ihre Art, aber immerhin. Das war es. Die Krüger hatte ihr damals Claudio Salvatore genommen, und jetzt wollte sie ihr auch noch ihren Freund, ihre Liebe im Glauben, nehmen. Das hatte den Schalter bei der alten Dame umgelegt. »Die letzten Wochen, haben Sie gesagt?«, fragte Giulia.

Der Prete nickte leidend. »Zwei oder drei. Ich habe sie mehrfach gebeten, damit aufzuhören. Regelrecht angefleht habe ich sie, aber …« Er winkte ab.

»Wie verheimlicht man das bei uns hier oben?« Giulia dachte an die wackelnden Gardinen, die neugierigen Blicke, den Tratsch. Und trotzdem hatte niemand im Dorf ihr gegenüber so etwas erwähnt. Wie viele haben wohl davon gewusst und aus Scham geschwiegen? Cesira Negri jedenfalls hatte alles mit angesehen. Mit dem Anblick der nackten Krüger müssen die Erinnerungen wieder hochgekommen sein. Sie muss sich auf den Arm genommen gefühlt haben, verletzt in ihrer Liebe und im Glauben. Das erklärte ihre Kurzschlussreaktion. Giulia fragte noch einmal: »Wie verheimlicht man das bei uns hier oben?«

Die beiden Männer antworteten nicht.

»Jedenfalls konnte das dicke Weibsbild nicht im Pfarrgarten liegen bleiben«, nahm Chiappi das Gespräch wieder auf. »Und der Prete konnte nicht mit anfassen.«

»Ich habe doch gar nichts davon mitbekommen«, rechtfertigte dieser sich. »Nachts höre ich Vivaldi, also wenn ich nicht schlafen kann. Sobald der Frühling durch mein Haus schallt, geht mir das Herz auf.« Er lächelte gedankenversunken, doch schon im nächsten Moment wurde sein Gesicht wieder ernst. »Hätte ich bloß nicht noch einmal das Fenster aufgemacht.« Er wischte sich mit zittriger Hand über die Stirn. »Da lag sie. Direkt unter meinem Schlafzimmerfenster. Diese weiße Haut.« Hilfe suchend schaute er zum Campanaro hinüber.

»Dann haben Sie Ihren treusten Gefährten angerufen, und der hatte nichts Besseres zu tun, als die Krüger neben der Kirche abzulegen«, ergänzte Giulia.

»Wenn ich das mal allein geschafft hätte«, maulte der Campanaro. »Aber unsere Chorfrauen haben wirklich Schneid.«

»Die haben dann auch den Morgenmantel weggeschafft«, sagte Giulia. »Und das Bild aus dem Amulett entsorgt. Das hat den Prete gezeigt – oder liege ich falsch?«

Der Prete nickte eifrig. »Ich, zwischen den Brüsten einer Deutschen. Allein der Gedanke …« Er schlug eine Hand vor den Mund.

»Also, Schneid haben sie, aber das heißt ja nicht, dass unsere Chorfrauen die Hellsten sind«, konterte Chiappi. »Ich habe denen gleich gesagt, dass die den Fetzen über die Alte werfen sollen. Aber nein, die wollten den feinen Stoff lieber in Sicherheit bringen. Weiber!« Der Alte warf die Hände in die Luft. »Stattdessen sind sie am Montagabend in das Haus der Krüger und haben das Teil dort aufgehängt.«

»Aber woher …?« Giulia sprach den Satz nicht zu Ende. Dank Brutus Grazioli wusste mit Sicherheit jeder in der Gemeinde, wo die Krüger ihren Ersatzschlüssel versteckt hatte.

Chiappi grinste sie frech an.

»Und warum habt ihr sie nur bis zur Pfarrwiese gebracht?«, fragte Giulia.

»Na weißt du, was so ein deutsches Weib wiegt?«

***

»Die war in den Prete verliebt, also so richtig mit Sex und so?«, fragte Brutus ungläubig, während er neben Giulia auf dem kleinen Bootssteg gegenüber von Peppos Lädchen saß und sich einen Karamellbonbon nach dem anderen in den Mund schob.

»Ohne Sex. Er hat ihre Liebe nicht erwidert, und das konnte die Diva nicht ertragen«, sagte Giulia und nahm sich ebenfalls einen Bonbon aus der Tüte.

»Und dann hat sie es nackt versucht.« Brutus grinste. »Beim Prete.«

»Da wäre ich im Leben nicht drauf gekommen. Heiliges Italien!«, schmatzte Giulia. Die klebrige Masse hatte sich in einem ihrer Backenzähne verfangen. »Dank deiner Beobachtungen, Brutus. Wenn du die Chordamen nicht gesehen hättest, wer weiß …«

Brutus legte seinen Kopf auf Giulias Schulter. »In Zukunft erzähle ich dir alles sofort. Versprochen.« Er seufzte glücklich.

Giulias Blick wanderte über den See. Die Sonne spiegelte sich auf der Wasseroberfläche und ließ sie wie tausend Diamanten funkeln. Hin und wieder ertönte Peppos Ladenklingel, fröhliche Wortfetzen drangen zu ihnen hinüber, und in der Ferne heulte ein Motor auf. Am Lago herrschte das übliche geschäftige Treiben. Es war, als wäre nichts passiert. Dann holte Brutus sie aus ihren Gedanken.

»Weißt du, dass die Tommasos im Lotto gewonnen haben?«, plapperte er drauflos. »Es war Eleonoras Los, und Francesco will davon ein neues Gewehr kaufen. Matteo hat zwei neue Ziegen, schwarze. Sind übers Internet gekommen. Giovanni will mit seiner Teresa nach Varenna ziehen, also er muss wohl, aber so richtig recht ist ihm das nicht. Varenna ist schon ein bisschen groß. Fabrizio will nur noch italienische Küche anbieten, mit wenigen Ausnahmen, wie er sagt. Die Astore vom Campanaro soll im Guzzi-Museum stehen, hinter Glas und ...«

Giulia schloss die Augen, atmete die warme Sommerluft ein, und es überkam sie ein Gefühl tiefer Zufriedenheit.